SANDRA BROWN

Diese unendliche Zärtlichkeit

Deutsch von Irene Paetzold

Weltbild

Originaltitel: *Send no Flowers* (Diese unendliche Zärtlichkeit)
Riley in the Morning (Manche mögen's immer wieder)
Originalverlag: Bantam Books

Besuchen Sie uns im Internet:
www.weltbild.de

Die Autorin

Sandra Brown hat seit ihrem Debüt 1981 mehr als 65 Romane geschrieben, die sich fast alle ihren Platz auf der Bestsellerliste der *New York Times* erobert haben. Ihre Bücher wurden in 30 Sprachen übersetzt, einige wurden verfilmt, und die Gesamtauflage ihrer Bücher beträgt weltweit mehr als 70 Millionen Exemplare. Sandra Brown ist in Texas geboren und aufgewachsen; heute lebt sie mit ihrem Mann, dem Autor Michael Brown, in Arlington, Texas.

Weltbild Taschenbuch

1

Frederic bot sich ein äußerst attraktiver Anblick.

Von seinem Standort an der Eingangstür aus betrachtete er interessiert die wohlgerundete weibliche Kehrseite, die in einer hautengen abgeschnittenen Jeans steckte.

Die dazugehörige Person kniete am Boden und machte sich verzweifelt an dem niedrig gelegenen Sicherungskasten zu schaffen. Als sie sich noch weiter vorbeugte, umspielte ein genüßliches Lächeln Frederics Lippen. Er schämte sich ein wenig, jedoch nicht genug, um seinen Blick abzuwenden.

Es war dunkel in dem Ferienhäuschen. Die Taschenlampe der Frau spendete nur einen dürftigen Schein. Die regelmäßig wiederkehrenden Blitze lieferten die einzige wirkliche Beleuchtung.

Zwei kleine Jungen beobachteten die ergebnislosen Anstrengungen ihrer Mutter mit wachsender Ungeduld.

»Ich bin hungrig. Du hast uns versprochen, wir essen sofort, wenn wir angekommen sind!«

»Ich wette, du hast keine Ahnung, wie man das macht, Mama!«

Der Mann an der Tür sah, wie die Frau leise aufseufzend den Kopf sinken ließ. Es dauerte nur einen kleinen Augenblick, dann riß sie sich wieder zusammen und holte tief Luft. »Mit einem Sicherungskasten kenne ich mich aus, David. Ich muß nur den Notschalter finden, dann ist unser Problem behoben. Sicher hat der Sturm den Kurzschluß verursacht. Adam, sobald wir Licht haben, werde ich den Wagen auspacken, und es gibt etwas zu essen.«

»Ich finde das Ferienhaus nicht so toll, wie du uns immer

wieder vorgeschwärmt hast. Es stinkt hier drin«, maulte David. »Wir hätten besser zelten sollen!«

»Ja, zelten, juchhu!« wiederholte sein jüngerer Bruder.

»Wenn du mir nicht einmal zutraust, mit einem Sicherungskasten fertig zu werden, wie kommst du darauf, daß ich ein Zelt aufbauen könnte?«

Ihre wachsende Ungeduld machte sich unmißverständlich in dem Tonfall der jungen Frau bemerkbar, und Frederic hatte vollstes Verständnis dafür. Aber auch die beiden kleinen Jungen erregten sein Mitleid. Wie zwei Häufchen Elend standen sie nach einer offensichtlich langen Anreise dort und haderten mit dem Schicksal.

Frederic hatte ihre Ankunft durch das Aufleuchten der Autoscheinwerfer bemerkt. Wenige Minuten später entschloß er sich dann, dem heftigsten Gewitter aller Zeiten zu trotzen und die hundert Meter durch dichtes Waldgebiet zurückzulegen. Dieser Fußmarsch war unter den gegebenen Umständen zwar eine Tortur, aber Frederic fühlte sich in irgendeiner Form für seine neuen Nachbarn verantwortlich. Zehn Minuten vor ihrem Erscheinen war der Strom ausgefallen, und Gott allein wußte, wann der Schaden behoben sein würde.

Nachdem er nun die Klagen der Kinder und den verzweifelten Ton der jungen Frau gehört hatte, war Frederic froh, diese Unbequemlichkeit auf sich genommen zu haben. Offensichtlich war die Frau allein und brauchte Hilfe.

Weit und breit schien es keinen Ehemann und Vater zu geben.

»Wir hätten doch zu McDonald's gehen sollen. David und ich wollten da einen Hamburger essen, stimmt's, David?«

»Ich hatte von Anfang an keine Lust, in dieser muffigen Bude zu hocken. Ferien im Zeltlager, das wäre echt Spitze gewesen.«

Die Mutter der beiden Jungen richtete sich auf und

stemmte die Hände in die Hüften. »Wenn das so ist, warum gehst du Naturbursche nicht in den Regen hinaus, um uns fürs Abendessen etwas zu jagen oder zu angeln?« Die Jungen schwiegen. »Mit euch zweien bin ich fertig, habt ihr mich verstanden? Dieses Ferienhaus wurde uns großzügig zur Verfügung gestellt. Da wir weder ein Zelt noch überhaupt irgendwelche Erfahrungen damit haben, habe ich mir eingebildet, ihr würdet euch darüber freuen, daß wir hier Ferien machen. An dem Sturm kann ich nichts ändern, aber ich bemühe mich, den Strom wieder in Gang zu setzen. Jetzt hört endlich auf, herumzumeckern!« Sie unterstrich ihre energischen Worte mit einem entschlossenen Blick und machte sich dann wieder am Sicherungskasten zu schaffen.

Enttäuscht sahen sich die Brüder an und schüttelten langsam die Köpfe. Sie waren offensichtlich fest davon überzeugt, daß ihre Reise ein einziger Reinfall wurde. »Glaubst du, sie kriegt den Strom wieder an?« flüsterte der Kleine seinem älteren Bruder hörbar zu.

»Nein, du?«

»Bestimmt nicht!«

Jetzt war für Frederic die Zeit gekommen, sich bemerkbar zu machen. Er schämte sich ein wenig dafür, daß er die drei so lange belauscht hatte. Da sie sich jedoch in keiner unmittelbaren Gefahr befanden, hatte er es genossen, eine Weile den Zaungast zu spielen. Die Kommentare der beiden Jungen und die mütterliche Frustration der jungen Frau entlockten ihm ein Lächeln. Er fühlte sich zu der kleinen Familie hingezogen und war für eine Weile von seinem eigenen Problem abgelenkt.

Neben seiner leichten Belustigung hatte der Anblick der nackten Oberschenkel und des runden weiblichen Pos noch ein anderes Gefühl in ihm geweckt. Frederic fand es zwar unangebracht, schließlich war sie die Mutter zweier Söhne, aber was konnte ein Mann schon für seine Gedanken?

»Mama, wo ist hier die Toilette?« erkundigte sich Adam.
»Großes oder kleines Geschäft?«

»Kleines, aber ganz dringend!«

»Dann geh nach draußen, ich habe das Badezimmer hier noch nicht gefunden.«

»Aber es regnet doch.«

»Das weiß ich, Adam«, antwortete sie mit wachsender Ungeduld. »Du kannst dich ja auf die Terrasse stellen und auf den Rasen davor zielen.«

»Okay!« murmelte er und ging zur Tür. »He, Mama!«

»Hmm?« Ohne aufzuschauen, arbeitete seine Mutter weiter am Sicherungskasten herum.

»Da draußen ist ein Mann!«

Wie von der Tarantel gestochen, wirbelte die junge Frau herum und taumelte dabei nach hinten. »Ein *Mann*?« stieß sie entgeistert hervor.

Um sie nicht noch mehr zu erschrecken, schaltete Frederic seine Taschenlampe ein. Angstvoll aufgerissene blaue Augen starrten ihn an. Frederics neugierigem Blick entging der zerzauste blonde Pferdeschwanz ebenso wenig wie das unterhalb des hübschen Busens zusammengeknotete Ferienhemd.

Mit wild pochendem Herzen rang Alicia Russell nach Luft. Ein aufzuckender Blitz beleuchtete die Umrisse des Mannes draußen auf der Veranda. Was sollte sie nur tun? Was sie im spärlichen Licht von ihm erkennen konnte, wirkte riesig und bedrohlich! Jetzt kam er auch noch herein!

Der Sturm schlug krachend die Tür hinter ihm zu. Die junge Frau und die Jungen schmiegten sich furchtsam aneinander. Frederic durchquerte den Raum und kniete sich neben Alicia. Das helle Licht der Taschenlampe hatte sie fast völlig geblendet, so daß sie nur mehr eine riesige Gestalt erkennen konnte, die sich zu ihr hinüberbeugte. Voller Panik wollte sie aufschreien, es drang jedoch kein Ton über ihre Lippen.

»Sind Sie in Ordnung?« Frederic schaltete die Lampe aus, und einen Moment lang war alles in tiefes Dunkel getaucht. »Ich wollte Sie nicht erschrecken. Kommen Sie, ich helfe Ihnen auf!«

Alicia wich zurück.

»Es... es geht mir gut!« stammelte sie. »Ich bin nur etwas überrascht, mehr nicht!« Ohne Frederics Hilfe zu akzeptieren, stellte sich Alicia auf die Füße. Ihre Sorge galt in erster Linie den Kindern, die den Fremden neugierig betrachteten. »David, geh und hilf Adam... du weißt schon... draußen.« Sollte sie vergewaltigt und ermordet werden, so durften die Kinder auf keinen Fall Zeugen sein.

Guter Gott, wo war nur das Telefon? Warum, um alles in der Welt, ging das Licht nicht an? Wer war dieser Mann, und wo, in drei Teufelsnamen, kam er her? Ihr Herz schlug wie wild gegen die Rippen, und ihr Puls raste.

»Hallo«, rief David fröhlich aus. Alicia verfluchte sich selbst, ihre Kinder zu Höflichkeit und Aufgeschlossenheit erzogen zu haben. »Ich bin David, das ist hier mein Bruder Adam. Er ist jünger als ich.«

»Hallo«, erwiderte der Mann seinen Gruß. Alicia meinte, er habe gelächelt, konnte es aber in der Dunkelheit nicht klar erkennen. Ihre Taschenlampe hatte den Geist aufgegeben, und er hatte seine nicht wieder angeschaltet. »Ich heiße Frederic!«

»David...«, begann Alicia, wurde jedoch sofort von ihrem Ältesten unterbrochen.

»Wir wollen hier eine Woche wohnen, aber Mama kriegt das Licht nicht in Gang. Sie kennt sich mit technischen Dingen nicht so gut aus.«

Frederic sah zu ihr hinüber und dann wieder auf die Kinder. »Nur wenige Mütter sind auf diesem Gebiet begabt. Das Licht hätte sie allerdings auf keinen Fall anbekommen. Der Sturm hat die elektrischen Leitungen lahmgelegt.«

»David«, stieß Alicia mit zusammengebissenen Zähnen hervor.

»Vielleicht solltest du besser mit deinem Bruder nach draußen gehen«, schlug ihm Frederic vor, »während ich versuche, deiner Mama zu helfen.«

»Okay! Komm schon, Adam!«

Die Tür schlug hinter den beiden zu, und Frederic wandte sich an Alicia. »Sie haben sich wirklich keinen glücklichen Ferienbeginn ausgesucht. Die beiden Camper scheinen nicht sehr fröhlich zu sein.«

Sollte es sich bei ihm tatsächlich um einen Wüstling handeln, so war er wenigstens ein höfliches Exemplar. Das allerdings hatte es von Jack the Ripper auch geheißen. »Sobald wir wieder Strom haben und die Kinder etwas zu essen bekommen, hebt sich die Stimmung in Windeseile.« Alicia war stolz auf sich. Sie hatte überzeugend ruhig und beherrscht geklungen.

»Wo sind Ihre Petroleumlampen? Ich könnte sie für Sie anzünden.«

»Lampen?« Alicia starrte Frederic an und strich sich hilflos über das Haar. »Keine Ahnung. Ich kenne mich in dem Häuschen nicht aus.«

»Kerzen?«

Sie schüttelte den Kopf.

»Wollen Sie damit sagen, daß Sie keinerlei Notfallausrüstung bei sich haben?«

»Ganz recht, ich habe nichts dabei«, brachte Alicia ungehalten hervor. Sie ärgerte sich über den erstaunten Unterton in Frederics Stimme. Es war schließlich der erste Urlaub dieser Art, den sie mit ihren Söhnen unternahm, deshalb sollte er ihr einiges nachsehen. »Sobald die Stromversorgung wieder klappt, ist alles bestens in Ordnung.«

»Warum kommen Sie nicht zu mir hinüber und warten dort, bis der Sturm vorbei ist? Wir müßten zwar durch den Wald gehen, aber es ist nicht weit.«

»Nein!« lehnte sie hastig ab. Dieser Mann vermittelte ihr ein Gefühl der Unfähigkeit, das ihrer momentan sowieso nur spärlich vorhandenen Selbstsicherheit nicht bekam. Diese Tatsache hatte Alicia sogar für eine Weile die Angst genommen. Sein Angebot ließ sie jedoch wieder in Panik geraten.

»Es wäre unter den gegebenen Umständen bestimmt das Vernünftigste. Auf meinem Gasherd könnte ich den Jungen etwas zu essen machen.«

»Nein, wirklich nicht, Mister …?«

»Frederic.«

»Vielen Dank, Mister Frederic, aber …«

»Pardon, Frederic ist mein Vorname, Frederic Reynolds heiße ich.«

»Mister Reynolds, wir kommen schon klar. Ich möchte lieber hier im Häuschen bleiben.«

»Warum?«

Alicia konnte hören, wie sich die Kinder draußen amüsierten. »Mein … mein Mann kommt später nach. Deshalb sollten wir hier sein, wenn er ankommt, damit er sich keine Sorgen macht.«

»Oh!« Unentschlossen rieb sich Frederic den Nacken. »In diesem Unwetter lasse ich Sie hier nur ungern zurück. Wir könnten ihm doch eine Nachricht hinterlassen, wo Sie zu finden sind?«

»He, Mama, wir sterben fast vor Hunger«, ertönte Davids Stimme.

Es war ihm und seinem Bruder offensichtlich langweilig geworden, und sie kamen wieder herein. »Wann bekommen wir etwas zu essen?«

»Wir haben großen Hunger«, bekräftigte auch Adam.

»Ich denke wirklich, es wäre das Beste, Sie kämen mit mir.«

»Ich …«

Bevor Alicia noch eine Chance erhielt abzulehnen,

wandte sich Frederic an die beiden Jungen. »Was haltet ihr von Spaghetti? Wenn ihr mit zu mir hinüberkommt, könnte ich sie euch in Windeseile zubereiten!«

»Einsame Spitze! Das wäre 'ne Wucht!« entfuhr es David begeistert.

»Spitze!« wiederholte Adam.

»Aber wir müssen ein Stück durch den Wald marschieren«, warnte Frederic. »Von hier aus kommt man nicht mit dem Wagen hinüber.«

»Das macht uns nichts aus! Stimmt's, Adam?« Die beiden stürmten schon los.

»Moment mal, Jungs!« rief Alicia hinter ihnen her. Ihr Ruf verhallte ungehört.

»Nun kommen Sie schon, Mrs. ...«

»Russell.«

»Mrs. Russell. Ich kann Sie und die Kinder unmöglich hier Ihrem Schicksal überlassen. Ich verspreche Ihnen, Sie brauchen keine Angst vor mir zu haben.«

Ein erneuter Blitz zerriß den Himmel. Alicias Hoffnung sank, daß die Stromversorgung bald wieder intakt sein würde. Warum war sie nur so mangelhaft ausgerüstet auf diese Reise gegangen? Doch es war müßig, jetzt noch darüber nachzudenken, ermahnte sich Alicia. Die Jungen brauchten etwas zu essen, und das war vorrangig. Sobald der Regen nachließ, würden sie in ihr Häuschen zurückkehren und den Morgen abwarten.

Resigniert seufzend schickte Alicia ein Stoßgebet gen Himmel, daß sie diesem Mann ihrer aller Leib und Leben wirklich unbesorgt anvertrauen könne. »In Ordnung«, murmelte sie schließlich und griff nach ihrer Handtasche. Das Gepäck aus dem Wagen zu laden, erschien ihr unter den gegebenen Umständen überflüssig.

Vor der Haustür nahm Frederic Reynolds den kleinen Adam auf den Arm und wies David an, die Hand seiner Mutter zu nehmen. »Alles klar? Halten Sie sich gut bei mir fest, Mrs. Russell.« Einen Augenblicklang starrte Alicia auf die ihr entgegengestreckte starke Hand. Schließlich legte sie ihre eigene hinein, die sofort fest umfangen wurde.

Der Regen klatschte ihnen unbarmherzig ins Gesicht, während der Wind an ihren Kleidern und Haaren zauste. Jedesmal, wenn ein Blitz aufzuckte, verbarg Adam sein Gesicht an Frederic Reynolds Schulter. David riß sich tapfer zusammen. Als sie dann schließlich das andere Häuschen durch die Bäume erkennen konnten, hing allerdings auch er ängstlich am Hals seiner Mutter.

»Wir haben es fast geschafft«, rief Frederic ihnen zu.

Sie hatten gerade die schützende Terrasse erreicht, als ein heftiger Donner die Fensterscheiben klirren ließ. »Die Schuhe bleiben besser draußen«, schlug Frederic vor und setzte Adam zu Boden. Barfuß marschierten sie in die Hütte. Der Wohnraum wurde von zwei Petroleumlampen sanft erhellt, und im Kamin brannte ein kleines Feuer.

»Mir ist kalt. Wie steht's mit euch anderen?« Frederic ging zum Feuer hinüber und legte einige Holzscheite auf. Als er über die Schulter zur Tür sah, bemerkte er, daß seine drei Gäste dort unschlüssig stehengeblieben waren. Sie zitterten förmlich vor Kälte. »David, bring mir doch bitte mal den Blasebalg.« Der Junge kam seiner Aufforderung eilig nach. »Vielen Dank!« Frederic strich ihm übers nasse Haar. »Im Badezimmer sind genug Handtücher für jeden von euch.«

»Ja, Sir«, meinte David und rannte zu einer Tür, die offensichtlich nur ins Badezimmer führen konnte. Das Ferienhaus bestand neben dem Bad aus einem großen Raum, der gleichzeitig als Wohnzimmer, Schlafzimmer, Eßzimmer und Küche diente. Ein Sofa und mehrere bequeme Sessel standen vor dem Kamin. Am hinteren Zimmerende unter einer Schräge befand sich ein breites Doppelbett. Von dort aus führte eine schmale Stiege zur Schlafgalerie empor. Alles war sehr gemütlich und makellos sauber.

David kehrte mit einem Berg Handtücher aus dem Bad zurück und versorgte die anderen damit.

Alicia kam das alles unwirklich vor. Was tat sie hier in dieser Einöde mit einem wildfremden Mann? Schlimm genug, wenn er alt und senil gewesen wäre oder vielleicht furchtbar häßlich. Aber ihr Retter war ausgesprochen attraktiv und ein wahres Energiebündel. Das wurde Alicia erst jetzt klar, nachdem sie ihn im Schein der Lampen richtig sehen konnte.

Sein sorgfältig geschnittenes dunkles Haar durchzogen silbrige Fäden. Als er sich Alicia zuwandte, blickte sie in unergründlich grüne Augen unter dichten schwarzen Brauen. Während sich Frederic mit dem Kaminfeuer befaßte, registrierte Alicia das Spiel seiner Muskeln durch das nasse Baumwollhemd.

Dieser Mann machte sie ungeheuer nervös. Nicht, weil sie fürchtete, er könne ihnen ein Leid antun. Ein Mörder würde kleine Jungen sicherlich nicht mit tröstenden Worten durch ein Gewitter tragen. Und was die befürchtete Vergewaltigung anging... nun, Alicia war inzwischen klar geworden, daß dieser Mann bestimmt keine Frau zu *zwingen* brauchte.

»Ich bin jetzt froh, daß ich das Kaminfeuer schon am späten Nachmittag angezündet habe. Zu diesem Zeitpunkt bestand eigentlich gar keine dringende Notwendigkeit, aber jetzt...«

Frederic verstummte mitten im Satz und starrte Alicia wie gebannt an. Ihr feuchtes Haar fiel seidig über Nacken und Schultern. Die nasse Bluse schien nichts mehr von ihrem vollen Busen und den aufgerichteten Brustwarzen zu verbergen. Nur mühsam konnte Frederic seinen Blick davon lösen. Die nackten Füße ließen ihre Beine noch länger und wohlgeformter erscheinen.

Sein heftig aufkeimendes Verlangen verfluchend, wandte sich Frederic ab. Nie zuvor hatte ihn eine Frau derartig angezogen – eine Tatsache, die ihn erstaunte. Alicia Russell war Ehefrau und Mutter und unternahm absolut nichts, um ihn zu reizen.

In der Tat sah sie nur ängstlich und nervös aus. Sollte allerdings sein Gesichtsausdruck etwas von dem verraten, was sich in seinem Inneren abspielte, so wäre ihre Unruhe nur allzu verständlich.

»Sie sollten jetzt besser all die nasse Kleidung ablegen. Gehen Sie doch schon mit den Kindern ins Bad, und ich suche Ihnen inzwischen etwas zum Anziehen.«

»In Ordnung«, stieß Alicia erleichtert hervor und brachte ihre Söhne ins Badezimmer. Sie hoffte inständig, dort ihre Fassung wiederzugewinnen. Hoffentlich hatte Frederic Reynolds nicht gemerkt, wie sehr er sie faszinierte!

Obwohl die Tür offenstand, um ein wenig Licht hereinzulassen, klopfte er einige Augenblicke später an. Adam und David waren bis auf ihre Unterhosen ausgezogen, und Alicia rubbelte sie mit einem Handtuch trocken.

»Die Spaghetti sind fast gar. Das hier habe ich in der Schublade gefunden.« Frederic hielt ihnen zwei T-Shirts mit buntem Aufdruck entgegen.

»Super!« meinte David begeistert und streifte sich eines davon gleich über den Kopf. Es fiel ihm bis auf die Knie hinab.

»David, bedanke dich bei Mr. Reynolds.« Alicia wurde sich wieder ihrer unpassenden Kleidung bewußt und wagte kaum, sich zu bewegen. Als sie am sonnigen Nachmittag mit den Kindern in Los Angeles losgefahren war, waren ihr die abgeschnittenen Jeans und das Freizeithemd genau richtig erschienen.

»Vielen Dank, Mister Reynolds«, sagte David artig, während er seinem kleinen Bruder beim Anziehen half. Der Saum umspielte Adams Knöchel.

»Gern geschehen, aber die T-Shirts sind gar nicht von mir. Dieses Ferienhaus gehört meiner Firma. Viele verschiedene

Leute bewohnen es, und jeder vergißt etwas. Ich bin sicher, es würde keiner die Hemden vermissen, wenn ihr sie behalten möchtet!«

»Spitze, können wir wirklich?« Die Jungen rannten herum wie zwei kleine Nachtgespenster. Jetzt, nachdem sie warm und trocken und von der Vorfreude auf eine ihrer Lieblingsspeisen erfüllt waren, stieg ihre Stimmung zusehends.

»Für Sie habe ich noch nichts gefunden!« Frederic konzentrierte seinen Blick auf Alicias Gesicht, was ihm allerdings gar nicht schwerfiel. Ihr Haar begann zu trocknen und lockte sich zu großen Wellen. O Gott, warum hatte sie nur einen so unerhört erotischen Mund! Frederic litt Höllenqualen.

Alicia trat unbehaglich von einem Fuß auf den anderen. »Machen Sie sich um mich keine Sorgen.«

Frederic konnte nicht länger widerstehen, sein Blick wanderte an ihr hinab.

»Wir sollten den Kindern jetzt besser etwas zu essen geben«, stieß sie hastig hervor und schob sich an ihm vorbei.

Die Jungen saßen bereits am sorgfältig gedeckten Tisch. Weißbrot und Käse fehlten ebenso wenig wie eine Flasche Tomatenketchup. In der Mitte stand eine große Schüssel voll dampfender Spaghetti.

2

Als Alicia die Teller füllte, begann ihr Magen laut und rebellisch zu knurren. »Anscheinend haben nicht nur die Kinder Hunger.« Frederic lachte.

»Ich hatte heute noch keine Möglichkeit, etwas zu essen«, erklärte Alicia lächelnd.

»Das sagt sie immer«, mischte sich David ein. »Dabei hat sie nur Angst, sie könnte zu fett werden.«

»Genau«, bestätigte Adam mit vollem Mund. »Jeden Morgen macht sie ihre Übungen mit dem Mädchen im Fernsehen. Sie reckt und streckt sich ächzend auf dem Fußboden und verzieht ganz fürchterlich das Gesicht.« Er schnitt eine Grimasse, die Frederic laut auflachen ließ und in Alicia den Wunsch weckte, ihrem Zweitgeborenen den Hals umzudrehen.

»Iß jetzt, damit wir allmählich wieder in unser eigenes Ferienhaus kommen«, ermahnte sie ihn mit mütterlicher Strenge.

»Warum können wir denn nicht hierbleiben?« begehrte David auf.

Alicia warf ihm einen unmißverständlich drohenden Blick zu. »Nein, David. Wir können Mister Reynolds nicht so lange zur Last fallen.«

»Das macht Ihnen doch nichts aus, stimmt's?« erkundigte sich Adam unschuldig.

Frederic sah Alicia über den Tisch hinweg an. »Nein, es macht mir wirklich nichts aus. Ich hatte mich gerade entschlossen, noch einmal zu Ihrem Häuschen zu laufen, um dort eine Nachricht für Ihren Mann zu hinterlegen. Nach seiner Ankunft könnte er Sie hier aufsuchen.«

»Mann?« Davids junges Gesicht zeigte deutlich seine Verwirrung.

Alicias Herz drohte stillzustehen. Entnervt schloß sie die Augen. Um sich und die Kinder zu schützen, hatte sie auf diese kleine Notlüge zurückgegriffen. Daß jemals ein Bumerang daraus werden könnte, wäre ihr nicht im Traum eingefallen.

»Eure Mama hat mir erzählt, daß der Papa später abends nachkommt.«

»Aber wir haben keinen Papa mehr«, berichtete David. »Er ist gestorben.«

Adam schluckte eilig sein Essen hinunter. »Genau wie unser Goldfisch. Aber Papas Grab ist auf dem Friedhof und nicht im Garten.«

Alicia spürte den fragenden Blick der grünen Augen. Nur mühsam konnte sie ihm standhalten.

»Er ist schon lange tot«, erklärte David bereitwillig. »Ich kann mich an ihn erinnern, aber Adam nicht.«

»Doch!« protestierte dieser. »Er hatte dunkle Haare und braune Augen, genau wie wir.«

»Das weißt du nur von den Fotos.«

»Nein, ich kann mich genau erinnern. Mama, sag David, daß er lügt!«

Während dieses Streitgesprächs verharrte Frederics Blick unverwandt auf Alicia. »Sicher wirst du dich an deinen Daddy erinnern, Adam«, beschwichtigte er geduldig.

»Er war so groß wie Sie, nein … vielleicht sind Sie sogar noch etwas größer«, fuhr David fort. »Wir dachten erst, Jeremy würde unser neuer Vater, aber dann hat er Sandra statt Mama geheiratet.«

Alicias warnender Blick zeigte keinerlei Wirkung. Die Worte sprudelten nur so aus dem Mund ihres aufgeweckten Sohnes. »David, ich bin sicher, Mister Reynolds …«

»Als Jeremy uns das erzählte, habe ich schrecklich geweint!« verkündete Adam. »Aber Mama sagte dann, es wäre schon ganz in Ordnung, schließlich ist Sandra ihre Freundin, und Jeremy hat uns trotzdem noch furchtbar lieb. Kann ich bitte noch Spaghetti haben?«

»Er besucht uns öfter und tobt dann mit uns rum. Einfach super! Adam ist unmöglich. Er kriegt nie den Hals voll!«

»Stimmt nicht!«

»Und ob!«

Frederic füllte den Teller des Jungen erneut, und Alicia nutzte die Gelegenheit, seinem fragenden Blick zu entkommen. Was mochte er nur von ihr denken, daß sie ihm einen Ehemann vorgeschwindelt hatte.

»Haben Sie einen Vater?« erkundigte sich David bei Frederic.

»Nein. Er ist schon vor langer Zeit gestorben. Aber meine Mutter lebt noch.«

»Dann geht es Ihnen genau wie uns.«

Frederic lächelte. »So könnte man sagen!«

»Sind Sie verheiratet?«

»Adam!« fuhr Alicia aufgebracht dazwischen. Sie hätte ihre beiden Sprößlinge zum Mond schießen können. »Es reicht jetzt! Ihr beide haltet den Schnabel und kümmert euch um das Essen.«

»Nein, ich bin nicht verheiratet.« Frederic schien die Unterhaltung offensichtlich zu amüsieren.

Schweigend beendeten sie ihre Mahlzeit. Schließlich ergriff Frederic das Wort. »Wenn ihr fertig seid, ist für euch zwei Helden Zeit, in die Falle zu gehen.« Er erhob sich und begann, den Tisch abzuräumen.

Alicia geriet in Panik. »David, Adam, bitte geht ins Bad und wascht euch die Hände.«

»Sollen wir uns wirklich die Hände waschen oder willst du uns nur außer Hörweite haben?«

»Verschwindet!« befahl Alicia und wies mit dem Finger unmißverständlich zur Tür.

»Schon gut«, murmelte David betreten, nahm seinen kleinen Bruder bei der Hand und verschwand.

Als sie wenig später den Wasserhahn im Bad hörte, wandte sich Alicia aufgebracht an Frederic. Sie mußte den Kopf weit in den Nacken legen, um ihn ansehen zu können. Bis jetzt hatte sie noch nicht gemerkt, wie groß er war. Oder war sie ihm jetzt nur näher?

»Ich gehe mit meinen Jungen zu unserem Haus zurück. Wir werden die Nacht auf keinen Fall hier verbringen, und ich wäre Ihnen sehr dankbar, wenn Sie die Kinder nicht ständig zum Bleiben auffordern würden. Damit schieben Sie mir unweigerlich den Schwarzen Peter zu.«

»Das ist absoluter Schwachsinn, Mrs.... Oh, verdammt, wie war noch gleich Ihr Name?«

»Mrs. Russell«, sagte sie verdrießlich. Frederic starrte sie an, worauf sie nachgiebig »Alicia!« hinzufügte.

Seine Lippen kräuselten sich zu einem kleinen Lächeln, das jedoch bald schon wieder erstarb. »Es regnet unvermindert weiter. Welchen Sinn sollte es haben, zwei kleine müde Jungen durch den Wald in ein feuchtes dunkles Haus zu schleifen, während sie hier warm und gemütlich schlafen können?«

»Aber das würde bedeuten, daß auch ich hier schlafen müßte!«

Frederic Reynolds hob fragend die Augenbrauen. Alicia nickte zur Antwort kaum merklich, und er akzeptierte ihre Entscheidung kommentarlos. »Einer von euch Jungen kann hier unten bei mir schlafen und der andere oben im Doppelbett bei der Mama.«

»Sie können beide bei mir schlafen. Ich möchte Sie nicht über Gebühr belasten.«

»Kein Problem.« *Wie gerne hätte er sie als ›Belastung‹ in seinem Bett gehabt!*

»Dann schläft Adam hier unten, er ist kleiner.«

David warf seinem Bruder einen eifersüchtigen Blick zu.

Dann begann er jedoch, die Stiege emporzuklettern. »Alles klar, ich schlafe oben!«

In Windeseile lagen die beiden Kinder warm zugedeckt in ihren Betten, und es wurde still im Raum. Das Gewitter zog anscheinend davon. Alicia begann, den Tisch abzuräumen und spülte gleich die Teller. Frederic griff wortlos nach dem Geschirrtuch und verstaute die wenigen Teile sofort an Ort und Stelle.

Schweigend beendeten sie ihre Arbeit.

»Danke!« meinte Frederic schließlich.

»Das war doch selbstverständlich.«

»Ich sollte Ihnen jetzt wohl mal etwas Trockenes zum Anziehen suchen. Ob Sie es jetzt zugeben wollen oder nicht, feuchte Klamotten sind nicht gerade angenehm. Ich empfinde es wenigstens so.«

Alicia wünschte, er hätte nichts davon erwähnt. Sein Hemd schmiegte sich wie eine zweite Haut an die muskulöse Brust und die Arme. Die enge Jeans betonte seine schmalen Hüften und die kräftigen Oberschenkel.

Frederic kniete vor einer Kommode und zog alle möglichen Kleidungsstücke aus den Schubladen hervor.

»Aha, hier habe ich etwas!« rief er plötzlich aus. Er brachte ein dunkles Etwas zutage und begutachtete es mit Kennerblick. »Offensichtlich hat sich jemand den Aufenthalt hier recht angenehm vertrieben.«

Alicia stockte förmlich der Atem, als Frederic ihr den Hauch von einem Nachthemd entgegenhielt. Das Kaminfeuer schimmerte durch das zarte Material. Das spitzenbesetzte Oberteil wirkte fein wie ein Spinnennetz. Am Körper würde es mehr zeigen als verdecken, es war nur der Hauch eines Kleidungsstückes.

Frederic erhob sich langsam. Während er auf Alicia zuging, war sein Blick unverwandt auf sie gerichtet. Er legte ihr die Spaghettiträger des Nachthemdes über die Schultern, hüllte ihren Busen mit dem Spitzenoberteil ein und ließ den fließenden Stoff über ihre nackten Beine zu Boden sinken.

Mit halb geschlossenen Lidern musterte er sein Werk. »Paßt genau!« stieß er dann mit rauher Stimme hervor.

Alicia stand stocksteif da, sie wagte nicht, sich zu bewegen. »Das kann ich unmöglich tragen«, stammelte sie verlegen.

Zu ihrer größten Erleichterung wich Frederic sofort zurück. Er sah aus, als habe ihn irgend etwas in die kalte Wirklichkeit zurückgerissen. Sein Gesichtsausdruck wurde abweisend. Sein Stimmungswechsel war so abrupt, daß Alicia sich plötzlich unwohl fühlte.

Vielleicht hatte er *doch* eine Frau!

Frederic wandte ihr den Rücken zu und schob das Kleidungsstück ärgerlich außer Sichtweite in die Schublade zurück. Gereizt wühlte er weiter, bis er schließlich aufstand und Alicia ein Herrenhemd zuwarf. »Hier, ziehen Sie das an«, meinte er barsch. »Gute Nacht, Alicia!«

3

Frisch und ausgeruht erwachte Alicia am nächsten Morgen. Irritiert starrte sie auf die ungewohnte Umgebung und brauchte einige Zeit, um sich in Erinnerung zu rufen, wo sie war.

Abrupt setzte sie sich auf und schlug die Bettdecke zurück. Das Bett neben ihr war leer. Als sie am Vorabend die engen Stufen heraufgeklettert war, hätte es Alicia niemals für möglich gehalten, daß sie so fest und so lange schlafen würde. Ein Blick aus dem Dachfenster zeigte ihr, daß die Sonne schon sehr hoch stand an diesem herrlichen Herbstmorgen. Der Wald wirkte wie reingewaschen von Sturm und Regen.

Unten wurde ein helles Auflachen durch mehrstimmiges »Pssst« zum Schweigen gebracht. Alicia schlich auf Zehenspitzen zum Treppenabsatz und lauschte. Sie hörte das Klappern von Bestecken, während ihr der wundervolle Duft von frisch gebackenen Pfannkuchen und frisch gekochtem Kaffee in die Nase stieg.

»Seid leise, damit eure Mutter noch ein wenig schlafen kann. Sie war gestern abend sehr müde.«

»Darf ich noch einen Pfannkuchen haben?«

»Aber sicher, Adam. Wie viele hast du denn jetzt schon gegessen« erkundigte sich eine tiefe Stimme lachend.

»Keine Ahnung!«

»Mindestens zwanzig!« antwortete David, und Alicia konnte deutlich heraushören, daß er trotz ständiger Ermahnungen wieder mit vollem Mund sprach. »Ich hab ja gesagt, er ist ein Vielfraß!«

»Du auch!«

»Nun mal langsam, meine Herren, David, du kannst selbstverständlich auch noch einen haben.«

»Die Pfannkuchen schmecken super!«

»Vielen Dank, Adam!«

»Aber doch nicht ganz so gut wie die von Mama«, fügte der Junge loyal hinzu.

Alicia auf ihrem verborgenen Lauschposten mußte lächeln. Sie hörte Frederic lachen, worauf sich ihr Herz eigenartig zusammenzog. Ihre Kleider, die fein säuberlich am Fußende des Bettes hingen, waren immer noch feucht. Alicia zog das Herrenhemd fester um sich und begann die Stufen hinabzusteigen.

»Guten Morgen«, grüßte sie zaghaft.

Drei Köpfe wandten sich zu ihr herum. »Hallo, Mama!« und: »Frederic hat uns Pfannkuchen gebacken!« riefen die Jungen ihrer Mutter entgegen.

Frederic schwieg. »Paß auf, Frederic, du verschüttest den Kaffee!« mußte er sich von David ermahnen lassen.

Zögernd stellte Frederic die Kanne zurück. Der Anblick von Alicias nur hüftlangem Kleidungsstück, ihr verwühltes blondes Haar und die schlafgeröteten Wangen drohten ihm den Atem zu nehmen.

Alicia fühlte sich reichlich unwohl in ihrer Haut. Das Make-up war mehr als vierundzwanzig Stunden alt, und sie fürchtete, entsetzlich verschmiert auszusehen. Ihre Frisur war von Regen und Wind total zerstört. Zu allem Überfluß hatte sie nicht einmal eine Bürste bei sich. Um nicht mehr als unbedingt nötig von sich zu zeigen, kam Alicia nur langsam die Treppe herunter.

Sie strich ihren Söhnen übers Haar. »Habt Ihr Mister Reynolds auch nicht zu früh aus dem Bett geworfen?«

»Er joggt morgens schon in aller Herrgottsfrühe«, verkündete David.

»Möchten Sie auch eine Tasse Kaffee?«

Alicia, die Frederics Blick bislang ausgewichen war, blieb

nun nichts weiter übrig, als ihren Gastgeber anzusehen. Seine von frischer Luft geröteten Wangen und das vom Wind zerzauste dunkle Haar bestätigten Davids Mitteilung. Die grünen Augen faszinierten Alicia wie schon in der Nacht zuvor. Er roch nach frischer Luft, einer Dusche und einem sehr angenehmen Rasierwasser.

»Ja, bitte!« sagte sie, und ihre Antwort klang so atemlos, als hätte sie Frederic bei seinem Frühsport begleitet.

Er schenkte ihr eine Tasse Kaffee ein. »Setzen Sie sich. Ich backe Ihnen schnell einen Pfannkuchen.«

»O nein, vielen Dank!«

»Habe ich doch gesagt. Sie hat eine Wahnsinnsangst davor, fett zu werden!«

»David Russell ...« Alicia drohte mit dem Finger, worauf beide Jungen zu kichern begannen.

Auch Frederic konnte ein Lachen nicht unterdrücken. »Hier draußen in den Bergen ist ein Frühstück lebensnotwendig. Im übrigen habe ich auf Sie gewartet. Es wäre unfair, mich jetzt alleine essen zu lassen.«

Alicia gab seufzend ihre Zustimmung, und Frederic machte sich am Herd zu schaffen. »Ihr Jungen seid doch schon fertig. Warum macht ihr nicht schnell die Betten, während eure Mama und ich frühstücken? Aber ich möchte keine einzige Falte auf den Zudecken sehen!«

»Jawohl, Sir!« riefen David und Adam wie aus einem Munde und stürmten geschäftig die Treppe empor. Alicia beobachtete ihren begeisterten Abmarsch mit großer Verwunderung.

»Wie haben Sie das fertiggebracht?«

»Was?«

»Daß die ohne Theater die Betten machen?«

Grinsend legte Frederic ihr einen goldgelben Pfannkuchen auf den Teller. »Der Unterschied lag darin, daß ich es gesagt habe, nicht die Mama.«

»Das wird's sicher sein!« bestätigte Alicia und streute

sich Zucker auf den Pfannkuchen. Ihr lief förmlich das Wasser im Munde zusammen.

»Noch etwas Kaffee?«

»Ja, bitte!«

Als sich Frederic dann zu ihr setzte, war Alicia schon eifrig mit dem Essen beschäftigt. »Es schmeckt herrlich!« meinte sie begeistert.

»Vielen Dank!« Vergnügt lächelnd beobachtete er sie. »Gott sei Dank klappt die Stromversorgung inzwischen wieder, sonst hätten wir uns mit gekochten Eiern bescheiden müssen.«

Nachdenklich legte Alicia die Gabel auf den Tisch. Erst jetzt wurde ihr klar, daß der Schaden behoben sein mußte. Warum hatte sie etwas so Wichtiges ganz einfach vergessen? Lag es vielleicht daran, daß sie im Unterbewußtsein fürchtete, diese gemütliche Umgebung und Frederic verlassen zu müssen, um in ihre einsame Behausung zurückzukehren?

»Das ist gut«, meinte sie betont kühl und nippte an ihrem Kaffee. Die Art und Weise, wie Frederic sie über den Tisch hinweg ansah, vermittelte ihr das Gefühl, völlig nackt zu sein. Es wurde ihr bewußt, daß nur ein Slip und ein Hemd sie vor seinen Blicken schützten. Sie fühlte sich äußerst unbehaglich.

»Sobald ich Ihnen beim Abwasch geholfen habe, machen wir uns auf den Weg zu unserem eigenen Ferienhaus.«

»Wie ist Ihr Mann ums Leben gekommen?«

Diese Frage traf Alicia völlig unvermittelt. Leicht verwirrt sah sie zu Frederic hinüber. Er war mit dem Essen fertig, hielt seine Kaffeetasse mit beiden Händen vor sich und blickte Alicia durch den aufsteigenden Dampf unverwandt an.

Obwohl es für einen Fremden reichlich unverblümt war, sie so direkt danach zu fragen, fand Alicia keinen Grund, ihm nicht zu antworten: »Er war zwar Geschäftsmann, aber seine ganze Leidenschaft galt schnellen Rennwagen. An einem Sonntagnachmittag nahm er wieder einmal an einem Autorennen teil und ...« Alicia senkte den Blick. »Er verunglückte und starb noch am Unfallort.«

Frederic stellte die Tasse auf den Tisch und beugte sich leicht vor. Alicia spürte förmlich, wie sehr es ihn drängte, sie tröstend zu berühren. »Sie können doch gar nicht lange verheiratet gewesen sein.«

Alicia lächelte wehmütig. »Lange genug, um David und Adam im Abstand von zwei Jahren zur Welt zu bringen. Wir haben noch während des Studiums geheiratet. Bei Jim Russel war es wirklich Liebe auf den ersten Blick.«

Frederic verspürte einen Anflug von Eifersucht und Verbitterung in sich aufsteigen. Warum gerade jetzt? Warum mußte ihm gerade jetzt eine Frau über den Weg laufen, die er mit jeder Faser seines Körpers begehrte? Eine Frau, die unfairerweise sehr früh Witwe geworden war.

Als sich Frederics Gewissenskonflikt jetzt wieder zeigte, wußte Alicia schon Bescheid. Sein Gesichtsausdruck wurde hart und verschlossen. Je schneller Alicia sich von ihm entfernte, desto besser.

»Wir sollten jetzt wohl gehen«, murmelte sie schüchtern. Sie brauchte keinen Mann in ihrem Leben. Schon gar keinen mit Problemen!

Abrupt begann Alicia, die Küche in Ordnung zu bringen. Dann eilte sie nach oben und zog sich die immer noch feuchten Kleider an. Die Jungen mußten ebenfalls – ungeachtet ihrer heftigen Proteste – die eigenen Sachen anziehen.

»Ich kann Ihnen gar nicht sagen, wie dankbar ich Ihnen für Ihre Hilfe und Gastfreundschaft bin, Mister Reynolds!« Alicia kam sich bei diesen steifen Worten reichlich albern vor. Zudem fühlte sie sich ziemlich lächerlich in ihren abgeschnittenen Jeans und den Tennisschuhen. »Ich freue mich, daß ich Ihnen helfen konnte«, rief Frederic den dreien genauso förmlich hinterher, als sie sich entfernten. »Sind Sie sicher, daß Sie jetzt alleine klarkommen?«

»Ja! Nochmals vielen Dank!«

Die beiden kleinen Jungen zogen so betrübt ab, daß Frederic zu ihnen hinüberlief und sich vor sie kniete. Er drückte jedem ein Geldstück in die Hand. »Hier, kauft euch etwas Schönes dafür!«

Mit gesenkten Köpfen standen sie schweigend da.

»Wie heißt das?« meinte Alicia energisch.

»Vielen Dank!« murmelten sie. David hob plötzlich den Kopf. »Frederic, hast du früher mal Fußball gespielt?«

»Ja, habe ich!«

»Wirklich? Ganz im Ernst? In welcher Position?«

»Linker Verteidiger.«

»Toll! Verteidiger! Ich bin Mittelstürmer bei den Hurricanes!«

»Ich möchte wetten, du bist ein ausgezeichneter Mittelstürmer!«

Davids dunkle Augen blitzten. »Vielleicht könntest du ja mal bei einem Spiel zuschauen?«

Alicias Herz zog sich bei den Worten des kleinen Burschen schmerzhaft zusammen. David sehnte sich so sehr nach einem männlichen Vorbild. Vor langer Zeit jedoch schon hatte Alicia gelernt, daß sie den Kindern nicht einfach einen neuen Vater präsentieren konnte. Schließlich würde derjenige für sie ein neuer Ehemann sein. Seit Jeremy und sie ihre Verlobung in freundschaftlichem Einvernehmen gelöst hatten, war kein neuer Anwärter ernsthaft in Betracht gekommen.

»Ja, vielleicht!« antwortete Frederic. Er wußte sehr wohl, daß es sich um eine barmherzige Lüge handelte. Er würde niemals zuschauen können.

»Wo wohnst du?« erkundigte sich Adam.

»In Los Angeles.«

»Da wohnen wir auch.«

»Nun los, Kinder. Verabschiedet euch von Mister Reynolds und bedankt euch noch mal«, mischte sich Alicia ein, um den Abschied nicht noch länger auszudehnen.

»Danke«, murmelten beide traurig. Alicia mußte die Jungen förmlich hinter sich herziehen. Sie kamen an einem geparkten Jeep vorbei, der ihnen am vergangenen Abend gar nicht aufgefallen war, und durchquerten das Wäldchen, das die beiden Ferienhäuser trennte.

»Kinder, wir werden viel Spaß miteinander haben«, versprach Alicia gequält munter. Auch sie hatte gegen ein Gefühl der Niedergeschlagenheit anzukämpfen. »Wartet's nur ab. Wenn wir unsere Sachen verstaut haben, können wir vielleicht noch angeln gehen.«

»Du willst ja doch nicht die Würmer auf den Haken spießen«, maulte David.

Er hatte recht. Schon bei dem Gedanken wurde ihr fast übel. Aber in diesem Falle mußte Alicia ganz einfach über ihren Schatten springen. »Wetten? Du mußt mir nur zeigen, wie man es macht!«

In gedrückter Stimmung legten die drei den Weg zum Ferienhaus zurück. Wie angewurzelt blieben sie davor stehen und starrten es ungläubig an. Die Hütte war nur noch eine Ruine.

Ein dicker Ast war auf das Haus gestürzt und hatte erhebliche Schäden angerichtet. Glasscherben bedeckten ein Bett, und der Regen, der durch das defekte Dach ins Innere gelangt war, hatte ganze Arbeit geleistet. Die Gardinen hingen nur noch als traurige Lappen an den Fenstern. Die beiden Betten und auch das Sofa waren völlig durchnäßt. Alicia griff nach dem Lichtschalter. Nichts passierte. In Frederics Haus war die Stromversorgung wieder intakt, in ihrem jedoch nicht.

Der Gedanke, was alles hätte geschehen können, wenn zum Beispiel jemand in dem Bett gewesen wäre, ließ Alicia schaudern. Frederic hatte sie durch seine spontane Hilfsbereitschaft möglicherweise vor einer Katastrophe bewahrt. Sie würde ihm ewig dankbar sein.

Aber was sollte denn jetzt bloß geschehen?

Wären die Jungen nicht gewesen, Alicia hätte sich auf den nächstbesten Stuhl sinken lassen und von Herzen geweint.

Die Kinder sahen die Situation völlig anders, was sie fast an den Rand der Verzweiflung trieb. »Können wir jetzt zu Frederic zurückgehen?« jubelten sie.

»Bitte, bitte Mama! Wir fanden es da ganz toll!«

»Wir versprechen auch, ganz artig zu sein. Stimmt's, Adam?«

»O ja, wir sind ganz artig!«

»Nein!« schrie Alicia unbeherrscht. Als sie die erschrockenen kleinen Gesichter sah, zwang sie sich zu einem Lächeln. »Wir können uns Mister Reynolds doch nicht aufdrängen!«

»Aber was sollen wir denn jetzt tun?« wollte David mit kläglicher Stimme wissen.

»Ich weiß es auch nicht«, flüsterte Alicia. Sie war es inzwischen wirklich leid, immer die Verantwortung tragen und jede Entscheidung alleine fällen zu müssen. Aber war es nicht genau das, was sie nach Jeremys und Sandras Hochzeit hatte beweisen wollen? Nämlich ihre Fähigkeit, für ihr eigenes Leben und das Leben ihrer beiden Kinder Sorge tragen zu können?

Alicia hatte den plötzlichen Tod ihres Mannes und eine geplatzte Verlobung verkraftet und konnte inzwischen einer beruflichen Tätigkeit nachgehen, die sie nicht nur sehr liebte, sondern in der sie auch unheimlich viel leistete. Deshalb durften diese kleinen Widrigkeiten sie doch jetzt nicht aus der Bahn werfen!

Sie würde sich von so etwas auf gar keinen Fall den Urlaub verderben lassen. Schließlich hatte sie sich die Erholung redlich verdient.

Energisch klatschte Alicia in die Hände. »Zuerst einmal müssen wir etwas anderes anziehen. Wir könnten uns sonst noch erkälten. Also los, David, Adam, helft mir, das Gepäck hereinzutragen.«

Mutlos gehorchten die beiden. Als sie jedoch Jeans und langärmelige Pullis übergezogen hatten, schienen ihre Lebensgeister wieder zu erwachen.

Nachdem sich Alicia schnell kalt abgeduscht, die Haare gewaschen und etwas Trockenes angezogen hatte, ging es auch ihr besser.

Sie trug jetzt eine alte Jeans und einen Pullover, der noch aus ihren Studienzeiten übriggeblieben war. Er war immer noch übersät mit Flecken einer Farbe, die sie und Sandra für die Renovierung ihres Zimmers im Studentenwohnheim benutzt hatten.

»Hier können wir nicht bleiben, das steht fest«, entschied sie, als sie den Schaden genauer begutachtet hatte. »Wir fahren zum Verwaltungsgebäude hinüber. Von dort aus werden die Häuschen hier wöchentlich vermietet. Vielleicht ist noch eines frei.«

»Und wenn nicht?«

»Ja, *was dann?* Dann fahren wir irgendwo anders hin«, meinte Alicia wesentlich munterer, als ihr tatsächlich zumute war.

»Laßt uns erst einmal die Taschen in den Wagen zurückstellen.«

Sie kontrollierte die Kühltasche, die sie mitgebracht hatte.

Das ganze Eis war geschmolzen. Wenn sie die Lebensmittel nicht bald einfrieren würde, müßte sie alles wegschmeißen.

Aber das war im Moment das geringste ihrer Probleme.

Sie mußte unbedingt ein neues Domizil für sich und die Kinder finden. Monatelang schon hatte sie ihnen einen Urlaub bei Mutter Natur versprochen, Berge, frische Luft.

Dieser Aufenthaltsort war geradezu perfekt, aber nun müßte sie sich dankbar mit dem abfinden, was noch frei war.

Allein die Durchführung dieser Reise hatte bereits soviel Schwierigkeiten bereitet, daß Alicia alles daran setzen mußte, sie doch noch zu einem Erfolg werden zu lassen. Sie hatte die Jungs extra für diese Woche bei der Schule entschuldigt.

Wenn jetzt alles umsonst gewesen wäre, würde es für alle eine große Enttäuschung sein.

4

Der Angestellte in der Verwaltung hörte mitleidig zu, als Alicia ihm von dem umfangreichen Sturmschaden berichtete.

Er kratzte sich nachdenklich am Ohr. »Das ist zwar alles sehr bedauerlich, aber diese Häuser sind Privatbesitz.«

»Aus dem Grund habe ich meine Freunde, denen das Ferienhaus gehört, bereits informiert. Sie haben mir Vollmacht erteilt, die nötigen Arbeiten verrichten zu lassen. Entsprechende Unkosten werden sofort erstattet. Könnten Sie jemanden für mich finden, der die Reparaturen vornimmt?«

»Sicher, sicher. Das ist kein Problem. Damit kann heute nachmittag schon begonnen werden.«

»Vielen Dank. Nun brauchen wir nur noch selbst ein Dach über dem Kopf. Wir möchten gern ein anderes Haus für eine Woche mieten.«

»Diese Woche?«

Alicia konnte sich nur noch mühsam beherrschen. »Ja, diese Woche. Exakt, von diesem Augenblick an!«

Erneut kratzte sich der Mann am Ohr. »Ist leider alles besetzt, kleine Frau.«

Alicia biß die Zähne zusammen und erkundigte sich noch einmal mit gefährlich sanfter Stimme: »Sie werden doch sicher noch irgend etwas frei haben! Die Größe spielt keine Rolle, wir können uns auch einschränken…«

»Überhaupt nichts«, betonte er nachdrücklich und schlug seine Buchungsliste auf. »Sehen Sie selbst… Ab fünfzehnten Dezember ist ein Haus für sechs Personen frei. Über Weihnachten kommen nicht viele Leute her.«

Es war tatsächlich nichts zu machen. Alicia verbrachte eine weitere halbe Stunde am Telefon, um eine Unterkunft in der Nähe zu beschaffen. Vergeblich investierte sie Zeit und Geld.

»Tut mir leid, Jungs, ich bin mit meinem Latein am Ende.« Tröstend legte sie jedem ihrer Kinder eine Hand auf die Schulter. »Es bleibt uns nichts weiter übrig, als nach Hause zu fahren und eine neue Reise zu planen.«

»Das ist gemein! Du hast es uns fest versprochen!«

»David, ich bin genauso enttäuscht wie ihr.«

»Das stimmt nicht. Dir macht es überhaupt nichts aus, wieder nach Hause zu fahren. Du wolltest ja auch keinen Campingurlaub machen. Ich finde das richtig blöd! Vielleicht bist du sogar *froh*, daß alles kaputt ist.«

»Nun hör mir mal gut zu, junger Mann ...«

Ein Jeep hielt mit quietschenden Reifen ganz in ihrer Nähe, und Frederic stieg aus. Er bot einen atemberaubend attraktiven Anblick in seinem grauen Flanellhemd und der hautengen Jeans. »Was geht denn hier vor?«

Bevor Alicia überhaupt den Mund öffnen konnte, hatten David und Adam ihm schon alles in abgehackten Sätzen berichtet. Über die Köpfe der Kinder hinweg sah Frederic Alicia an.

»David«, begann Frederic und zog eine Dollarnote aus der Hosentasche, »würdest du bitte mit Adam zum Kiosk hinübergehen und mir eine Zeitung holen?«

»Komm schon, Adam«, murmelte David. »Sie wollen uns loswerden.«

Als Adam seinem Bruder folgte, klärte dieser ihn weiter auf. »So war das doch auch immer, wenn Jeremy mit Mama etwas besprechen wollte. Dann haben sie uns auch immer weggeschickt!«

Verlegen schaute Alicia zu Frederic auf, der ihren Blick lächelnd erwiderte. »Die Herrschaften sind ganz schön auf Draht!«

Alicia war es zwar nicht besonders fröhlich zumute, dennoch rang sie sich ein gequältes Lächeln ab. »Das kann man wohl sagen.«

»Was ist nun wirklich passiert?«

Langsam und detailliert schilderte Alicia ihr Mißgeschick. »Die Kinder haben noch nicht richtig begriffen, daß dieser Urlaub zum Scheitern verurteilt ist.«

»Ist er das wirklich?«

Der eigenartige Unterton von Frederics Bemerkung ließ Alicia erstaunt aufblicken. Sie sah in zwei leidenschaftliche Augen, deren Blick sie nicht lange standhalten konnte, deshalb wandte sie schnell den Kopf ab.

»Es deutet zumindest alles darauf hin. Was schiefgehen konnte, ging schief. Die beiden wissen genau, daß ich eher ein Stadtmensch bin, und werfen mir deshalb vor, an diesem Fiasko schuld zu sein.«

Frederic lehnte sich an einen Pfeiler und schaute nachdenklich in die Gegend. Ganz offensichtlich wägte er eine Entscheidung ab. Alicia spürte es genau und wartete wie hypnotisiert auf das Ergebnis.

Langsam und bedächtig machte Frederic dann seinen Vorschlag. »Warum kommen Sie nicht mit den Kindern zu mir?« Er wandte sich Alicia zu. »In mein Ferienhaus.«

Hilflos schüttelte sie den Kopf. »Das geht nicht!«

»Warum nicht? Vielleicht, weil Sie bemerkt haben, daß ich Sie in mein Bett holen möchte?«

Alicia verschlug es förmlich die Sprache. Sie rang nach Atem und fuhr sich nervös mit der Zunge über die Lippen.

»Ich pflege nicht um den heißen Brei herumzureden, Alicia. Lassen Sie uns aufrichtig zueinander sein. Schon als ich Sie das erste Mal sah, spukte dieser Wunsch in meinem Kopf herum. Selbst als ich noch annehmen mußte, daß Sie verheiratet seien, spürte ich großes Verlangen nach Ihnen. Und Sie wußten es...«

»Bitte, nicht...«

»Der Wunsch ist zwar vorhanden, aber ich würde diesbezüglich niemals etwas gegen Ihren Willen unternehmen.«

Alicia blieb vor Überraschung jeglicher Protest im Halse stecken. Als Frederic sicher sein konnte, daß sie ihm zu Ende zuhören würde, fuhr er fort: »Erstens möchte ich nie Gefahr laufen, Sie zu beleidigen.« Er hielt inne, holte tief Luft und starrte abwesend ins Weite. »Und zweitens habe ich spezielle Gründe, mich gerade jetzt mit niemandem einzulassen. Ganz besonders, seit …«

Alicia schluckte. »Seit wann?«

Frederic drehte sich herum und sah ihr ins Gesicht. »Schon gut!« Er lächelte. »Ich verspreche Ihnen, daß ich die Situation nicht ausnutzen werde. Würden Sie unter diesen Voraussetzungen zustimmen, das Ferienhaus mit mir zu teilen?«

Alicia rieb sich nachdenklich die Stirn, während sie Für und Wider intensiv abwog. Es sprachen eigentlich kaum Gründe dagegen.

»Ich habe keine Angst vor Ihnen. Sie sind bestimmt nicht der Mann, der schnell die Beherrschung verliert.«

Frederic begann zu lachen. »Dafür würde ich meine Hand nicht ins Feuer legen. Ich finde Sie nämlich immer noch ungeheuer anziehend. Wenn Sie sich mir in dem schwarzen Nachthemd zeigten, das ich letzte Nacht gefunden habe, wären meine Schwüre der Enthaltsamkeit in Windeseile null und nichtig.«

Alicia errötete und wechselte schnell das Thema. »Aber ich kann doch nicht zulassen, daß wir Ihren Urlaub stören. Wissen Sie eigentlich, wozu zwei quicklebendige Jungen imstande sind?«

»Nein«, antwortete er ernst. »Das ist mir leider entgangen, aber ich würde die Erfahrung gerne machen. Sie haben zwei Prachtbuben, und ich freue mich schon, sie um mich zu haben.«

Alicia schüttelte nur den Kopf und war sich dabei nicht

bewußt, daß diese Bewegung das Sonnenlicht in ihrem Haar schimmern ließ. »Ich glaube, Sie wissen gar nicht, worauf Sie sich da einlassen!«

»Das lassen Sie bitte meine Sorge sein.« Frederic kam einen Schritt auf sie zu. »Bitte, sagen Sie ja. Ich wünsche es mir von ganzem Herzen.«

Prüfend sah Alicia ihm ins Gesicht. Hatte sie tatsächlich einen verzweifelten Unterton in seiner Stimme gehört, oder entsprang das ihrer Phantasie? Wie alt mochte Frederic sein? Anfang vierzig? Seine markant männlichen Züge beeindruckten sie erneut. Seine Brauen waren dunkel und kräftig. Er hatte eine fein geformte Nase, und beim Anblick seiner Lippen stiegen eindeutig erotische Gedanken in Alicia auf.

Schon aus diesem Grund sollte sie die Einladung ablehnen. Es gab einige Gründe, sie nicht zu akzeptieren. Es war einfach verrückt und unverantwortlich, eine Woche mit einem völlig Fremden zu verbringen. Sie wußte zwar, daß er über ein gutes Benehmen verfügte, sich gepflegt ausdrücken konnte und offensichtlich intelligent war, aber sonst wußte sie von ihm nur, wie er hieß und daß er nicht verheiratet war.

Dennoch beschloß sie, ihrem Instinkt zu vertrauen.

»Sind Sie sicher?«

Ein breites Grinsen war Frederics Antwort. Gerade in dem Augenblick kamen die Jungen mit der Zeitung auf die Straße gestürmt. Schwungvoll hob Frederic den kleinen Adam auf die Arme. »Soll ich euch ein Geheimnis verraten, ihr zwei? Ihr bleibt diese Woche bei mir. Jetzt heißt es nur noch, zu meinem Haus hinüberzufahren und dort euren Wagen auszuladen.«

Jedes weitere Wort ging in Jubelgeschrei unter. »Können wir mit dem Jeep fahren? Das haben wir noch nie getan!«

Frederic legte seine Hand auf Davids Schulter. »Ja, ihr könnt mit dem Jeep fahren. Aber erst einmal solltest du dich bei deiner Mutter entschuldigen, meinst du nicht auch?«

David und Alicia sahen ihn gleichermaßen erstaunt an. »Weshalb?« erkundigte sich David.

»Als ich hier vorfuhr, habe ich den Tonfall und einen Teil deiner Worte mitbekommen. Du hast deine Mutter für etwas verantwortlich gemacht, was absolut jenseits ihres Einflusses liegt. Findest du das fair?«

Davids Miene verriet sein Schuldbewußtsein. »Nein, Sir«, murmelte er zerknirscht.

»Du bist das männliche Oberhaupt der Familie. In dieser Funktion mußt du lernen, gewisse Dinge, die sich nicht ändern lassen, kommentarlos zu akzeptieren. Meinst du nicht auch?«

»Ja, Sir!« Der Junge wandte sich seiner Mutter zu. »Es tut mir leid!«

Alicia kniete sich vor David und drückte ihn fest an sich. »Entschuldigung angenommen. Und jetzt konzentrieren wir uns nur noch auf einen schönen Ferienverlauf, akzeptiert?«

David lächelte nervös. Frederic nahm ihn in seine Arme und führte ihn zum Jeep. »Setz dich zu mir auf den Beifahrersitz«, forderte er den Jungen auf. »Kann ich auch, Frederic?« wollte Adam wissen, der auf seinen kurzen Beinen hinter ihnen hergewackelt kam.

»Nächstes Mal.« Über seine Schulter hinweg sah Frederic zu Alicia, die immer noch dort stand, wo er sie zurückgelassen hatte. »Kommen Sie!« forderte er sie sanft auf.

Sie nickte. »Ich muß nur noch schnell ein paar Anweisungen für die Reparatur des Hauses geben. Dann komme ich mit unserem Wagen nach.«

Als sie die drei beim Abmarsch beobachtete, schwammen Alicias Augen zu ihrer größten Verwunderung in Tränen.

Der Tag war hektisch und voller Betriebsamkeit. Den Wagen zu entladen und alles auf relativ engem Raum zu verstauen, erwies sich als gar nicht so einfach. Nach vollbrachter Arbeit ging Frederic mit den Jungen Kaminholz sammeln, während Alicia Suppe und Sandwiches als Mittagessen vorbereitete.

Am Nachmittag erkundeten sie alle die Gegend um den See. Nach dem Rundgang gab es Steaks vom Grill, den ein umsichtiger Bewohner der Hütte draußen gemauert hatte. Die Kinder gähnten während der Mahlzeit schon herzhaft. Gleich nachdem sie fertig gegessen hatten, wurden sie in die Badewanne gesteckt und danach ins Bett gebracht.

Alicia setzte sich auf die Eingangsstufen und genoß die Abendstille. Der Nachthimmel war sternenklar. Frederic gesellte sich zu Alicia und reichte ihr einen Becher Kaffee, den sie dankend annahm. Sie genoß seine Gesellschaft.

»Die Kinder sind eingeschlafen«, erklärte Frederic.

»Hoffentlich stört Sie Adams Schnarchen nicht.«

»Mir hat mal jemand erzählt, daß ich auch schnarche!«

Alicia fragte sich, wie viele Frauen ihm so etwas wohl mitgeteilt haben mochten. Um ihre Gedanken von diesem heiklen Thema fernzuhalten, suchte sie nach einem unverfänglicheren Gesprächsstoff.

»Sie erwähnten, daß dieses Ferienhaus Ihrer Firma gehört. Um welche Art Firma handelt es sich?«

»Flugzeugbau!«

»Sie entwerfen und konstruieren Flugzeuge? Auch für die Luftwaffe? Oder was?«

Frederic setzte sich bequem hin und Alicia genoß die Nähe seines männlichen Körpers. »Wir arbeiten auch hin und wieder im militärischen Bereich, doch meistens für die zivile Luftfahrt.«

»Dann sind Ihre Entwürfe sicher absolut umwerfend und revolutionär«, scherzte Alicia. »Sicher doch«, antwortete Frederic gespielt ernst und lächelte.

Sie sah über ihre Schulter hinweg zum Häuschen hinüber. »Was würden die Firmeneigentümer dazu sagen, daß Sie so einfach eine Witwe mit ihrer Kinderschar hierher einladen?«

»Da ich Gesellschafter dieser Firma bin, kann ich einladen, wen ich möchte.« Alicia hätte wissen müssen, daß dieser Mann kein einfacher Gehaltsempfänger war. Er erweckte den Eindruck eines Karrieremenschen. Selbst seine Freizeitkleidung war ausgesprochen geschmackvoll und mit Sicherheit nicht billig gewesen.

»Wie steht's mit Ihnen?« erkundigte sich Frederic. »Womit verdienen Sie Ihr Geld?«

»Ich arbeite in der Modebranche, als Assistentin unserer Chefeinkäuferin. Wir versorgen drei Boutiquen mit den neuesten Modellen.« Lachend registrierte Alicia seinen prüfenden Blick.

Unverhohlen begutachtete Frederic ihre Pferdeschwanzfrisur, das farbverschmierte Sweatshirt, Jeans und Turnschuhe.

»Für eine sarkastische Bemerkung sind Sie doch sicher viel zu höflich!« Alicias Ellenbogen streifte seinen Arm, worauf sie zur Seite rückte, um seiner beunruhigenden Nähe zu entkommen.

»Ich bin die Diplomatie in Person«, entgegnete Frederic und wünschte sehr, Alicia wäre an ihrem Platz geblieben. Sie hatte sich so atemberaubend weich und weiblich angefühlt. »Was gehört denn zum Aufgabenbereich einer Einkaufsassistentin?«

»Sie informiert sich über den neuen Trend der kommenden Saison und kauft dann Entsprechendes ein, um die Boutiquen modisch aktuell zu bestücken. In dem Punkt unterscheidet sich die Arbeit der Assistentin unwesentlich von der ersten Einkäuferin. Habe ich mich verständlich ausgedrückt?«

»Ich konnte gerade noch folgen. Macht es Ihnen Spaß?«

»Ich liebe meinen Job von ganzem Herzen. Unbewußt habe ich genau den Bereich erwischt, in dem meine Talente schlummerten. Trotz meiner momentan weniger modischen Erscheinung«, Alicia wies lächelnd an sich herunter, »liebe ich es, meine Kleidung nach modischen Richtlinien zusammenzustellen. Ich bin schon immer gerne einkaufen gegangen, und jetzt kann ich es auf fremde Rechnung tun.«

Alicias Züge verfinsterten sich, als sie plötzlich an ihr Problem dachte.

»Was ist los?«

»Ich möchte Sie nicht mit meinen Problemen belasten!«

»Ich habe selbst danach gefragt!«

Alicia stellte ihren Becher zur Seite und sah Frederic eine Weile nachdenklich an, bevor sie zu sprechen begann. Es tat so gut, sich einer unbeteiligten, daher objektiven Person anvertrauen zu können. Ihre Eltern und ihre guten Freunde, ja selbst Jeremy und Sandra hatte Alicia dieses Mal nicht nach ihrer Meinung gefragt, da sie alle zu sehr vorbelastet waren.

»Unsere Chefeinkäuferin bekommt im nächsten Monat ein Baby und hat sich entschlossen, ihren Beruf an den Nagel zu hängen. Ihr gehört übrigens auch das Häuschen nebenan«, erläuterte Alicia in dem Zusammenhang. »Wie dem auch ist, die Eigentümer der drei Boutiquen haben mir den frei werdenden Posten angeboten. Ihre eigenen Kenntnisse beschränken sich auf das Kaufmännische, von Mode haben sie nicht die geringste Ahnung. Bis Ende des Monats muß ich mich entschieden haben, sonst müssen sie sich nach jemand anderem umsehen.«

»Wie werden Sie sich denn entscheiden?«

Alicia lehnte sich zurück. Wenn sie gewußt hätte, welche Wirkung der Anblick ihres über der Brust gespannten Sweatshirts auf Frederic hatte, hätte sie sich bestimmt wieder vorgebeugt.

»Ich weiß es wirklich noch nicht, Frederic.« Alicia hatte ihn das erste Mal beim Vornamen genannt und sah ihn gleich darauf fragend an, ob er es auch bemerkt hatte.

»Das gefällt mir wesentlich besser als Mister Reynolds«, meinte er sanft. Behutsam strich er ihr eine Locke aus der Stirn. »Möchten Sie den Job annehmen?«

»Ja. Er bedeutet für mich eine echte Herausforderung und bringt auch wesentlich mehr Geld ein.«

»Warum dann also das Zögern?«

»Diese Arbeit verlangt einem sehr viel ab. Überstunden gehören genauso dazu wie häufige Reisen. Ich habe schließlich zwei Kinder, die ohnehin auf ein Elternteil verzichten müssen. Daher ist es meine Pflicht, ihnen so viel Aufmerksamkeit wie möglich zukommen zu lassen. Ich habe ja schon ein schlechtes Gewissen, wenn ich nur fünf Minuten zu spät nach Hause komme!«

»Aber vergessen Sie dabei nicht, daß Sie auch sich selbst etwas schuldig sind. Adam und David werden eines Tages ihrer Wege gehen. Wo kommen Sie hin, wenn Sie Ihr Leben ausschließlich den Kindern widmen?«

»Darüber habe ich auch schon nachgedacht«, murmelte Alicia. Ihre Entscheidung quälte sie unendlich, und die Zeit lief ihr davon. Sie mußte endlich zu einem Schluß kommen. Aber nicht heute nacht.

»Vielen Dank für Ihr geduldiges Zuhören.«

»Es war mir ein Vergnügen.« Frederic nahm ihre Hand. »Sie werden schon die richtige Wahl treffen, Alicia!«

Alicia brauchte eine Weile, bis sie es fertigbrachte, ihm ihre Hand zu entziehen. Wieviel schöner noch wäre es gewesen, in seinen Armen zu liegen, dachte sie bei sich. »Ich gehe jetzt besser nach oben!«

Da sagte Frederic: »Wer ist eigentlich Jeremy?«

5

Seine Frage traf Alicia völlig unvorbereitet. Anstatt sich zu erheben, sank sie wieder auf die Stufen zurück. »Warum fragen Sie?«

»Weil die Jungen ihn immer wieder erwähnen. Jeremy hat gesagt, Jeremy war der Meinung… Ihre ganze Lebenseinstellung scheint sich an diesem Mann zu orientieren. Das hat mich neugierig gemacht.«

»Jeremy Madison.« Alicia wußte sehr wohl, daß Frederic nicht nur aus purer Neugier gefragt hatte, dafür drückte sein Gesicht zuviel Anspannung aus. »Er ist ein guter Freund.«

»Jeremy Madison, Jeremy Madison!« Frederic wiederholte den Namen, als müsse er sich an etwas erinnern. Schließlich fand er es heraus und wandte sich an Alicia. »Jeremy Madison, der Schriftsteller?«

»Sie haben von ihm gehört?«

»Ich habe die meisten seiner Romane gelesen.«

»Darüber wäre er sehr erfreut!«

»Vor einiger Zeit sah ich ihn bei einer Talkshow im Fernsehen. Ein aufgeweckter, ausgesprochen attraktiver Bursche. Was ist passiert? Warum haben Sie ihn nicht geheiratet?«

So hatte er sich also noch daran erinnert, was ihm die Jungen am Vorabend erzählt hatten. Kein Wunder, daß seine Neugier geweckt war. »Er hat meine beste Freundin geheiratet.«

Frederic verzog schuldbewußt das Gesicht, so, als fürchte er, an eine alte Wunde gerührt zu haben.

Alicia erleichterte jedoch sein schlechtes Gewissen, indem sie ihm die ganze Geschichte erzählte.

»Jeremy war ein Schulfreund meines Mannes, und die beiden gingen zusammen durch dick und dünn. Als Jim dann verunglückte, hat sich Jeremy aufopfernd um mich gekümmert; er war einzigartig. Wo immer Hilfe benötigt wurde, auch was die Kinder anbelangte, stand er bereit. So wurde er allmählich ein Teil unseres Lebens. Ich gebe es ungern zu, aber wir begannen nach und nach vieles als selbstverständlich hinzunehmen. Jeremy bat mich, seine Frau zu werden, und ich willigte ein. Ich fühlte mich ja so einsam und verlassen. Jeremy war für mich ein beruhigender Schutz gegen die böse kalte Welt da draußen.«

Alicia lächelte. Mann und Frau sollten gute Freunde sein, gute Freunde sollten jedoch niemals Mann und Frau werden. »Jeremy wollte vor der Hochzeit noch ein Buch beenden, und deshalb empfahl ich ihm, sich in Sandras Pension nach San Francisco zurückzuziehen. Die beiden fanden sich sofort ungeheuer anziehend. Jeremy wurde dann sehr schnell klar, daß er im Begriff war, mich aus falsch verstandenem Pflichtbewußtsein zu heiraten. Fast gleichzeitig wurde es mir selbst auch klar. Wir haben unsere Verlobung am vorgesehenen Hochzeitstag gelöst, und er hat wenige Wochen später Sandra geheiratet. Sie sind sehr glücklich miteinander und erwarten gerade ihr erstes Kind.«

Frederic nippte an seinem Kaffee, der inzwischen kalt geworden war. Alicia kam es vor, als wolle er mit dieser Geste eine gewisse Verlegenheit überspielen. »Tut es Ihnen nicht leid?«

»Absolut nicht. Ich habe Jeremy sehr gern – als Freund. Sandra bin ich nach wie vor von ganzem Herzen zugetan. Irgendwie bin ich sogar froh, daß ich die beiden zusammengebracht habe. Sie sind wie füreinander geschaffen.«

»Seit Jims Tod gab es also niemanden mehr in Ihrem Leben?«

»Nein!«

Eine Weile hatte Alicia sich unter die Singles gemischt,

aber dann doch sehr schnell herausgefunden, daß dies nicht ihrem Lebensstil entsprach. Bevor Jeremy und sie gemerkt hatten, wie sehr sie sich mit ihrer Verbindung irrten, war Alicia mit einer Freundin für ein Wochenende nach Tahoe gefahren. Man mußte sie förmlich dazu überreden, dennoch hatte sie die Zeit sehr genossen. Bei der Gelegenheit hatte sie einen sehr netten Mann kennengelernt, mit dem sie schließlich eine Nacht verbrachte. Es hatte Alicia sehr gut getan, wieder in den Armen eines Mannes zu liegen und geliebt zu werden. Ihre Beziehung zu Jeremy war nie über das Platonische hinausgegangen.

Als ihr Bekannter aus Tahoe später zu Besuch kam, war er immer noch nett und aufmerksam. Trotzdem war der Zauber jenes Wochenendes verschwunden. Nach einem belastend wortkargen Abendessen hatten sie sich beide ein wenig traurig und enttäuscht voneinander verabschiedet.

Gutmeinende Freunde, die glaubten, daß sie unter der Trennung von Carter litt, versuchten, sie mit einer Reihe von Männern zusammenzubringen. Die meisten dieser Verabredungen waren große Reinfälle. Sie besuchte in dieser Zeit auch verschiedene Single-Bars und Discos in Begleitung alleinstehender Freundinnen. Dabei kam sie sich jedesmal vor wie ein Geier, der sich im nächsten Moment auf die Beute stürzt.

Weil ihr die ganze Sache nach einigen Versuchen ziemlich lächerlich erschien, verzichtete sie auf weitere derartige Verabredungen. Aber da sie zu diesem Zeitpunkt ihren neuen Job gefunden hatte, vermißte sie solche Aktivitäten nicht.

Nun, wo Alicia an alles zurückdachte, merkte sie plötzlich, wie sehr es ihr fehlte, mit einem Erwachsenen zu reden, mit einem Mann zu reden.

Belüg dich nicht selbst, sagte sie sich. Was du die ganze Zeit vermißt hast, ist die Nähe eines Mannes. Gesteh es dir endlich ein.

Alicia schrak aus ihren Gedanken auf und wandte sich schnell zum Gehen.

»Dann gute Nacht!«

»Gute Nacht. Vergessen Sie nicht, daß wir morgen früh als erstes eine Angeltour machen wollen.«

Sie seufzte. »David und Adam sind von dem Fischerboot ganz begeistert, aber ich mache mir Sorgen. Sie waren noch nie mit einem so kleinen Boot auf einem See unterwegs. Meinen Sie, daß es sicher genug ist?«

»Wir werden ein detailliertes Bordgesetz verfassen, bevor wir ablegen.« Frederic salutierte, worauf Alicia zu lachen begann.

»Ich weiß, ich klinge wie eine hysterische Mutter.«

»Sie klingen viel mehr wie eine vernünftige, fürsorgliche und liebende Frau.«

Die Art und Weise, wie er seine Worte hervorgebracht hatte, ließ Alicias Herz schneller schlagen. Ihr Mund war wie ausgetrocknet.

»Alicia, sind Sie jetzt doch froh, geblieben zu sein?« Sie konnte sein Gesicht im Schatten nicht sehen. Es war auch besser so, denn Verlangen und Sehnsucht zeigten sich deutlich auf seinen Zügen.

»Ja!« antwortete sie atemlos. Sie versuchte zwar, vergnügt und unbeschwert zu klingen, aber es gelang ihr nicht.

»Gut!« Frederic nickte langsam. »Sehr gut!«

Nervös strich sie mit der Zunge über ihre Lippen. »Kommen Sie mit herein? Soll ich das Licht ausmachen?«

Er schüttelte den Kopf. »Nein, ich komme gleich nach.« Die Tür schloß sich hinter Alicia, und er hörte ihre leisen Schritte auf der Treppe, die zum Schlafzimmer führte. Er konnte immer noch ihr Haar riechen und ihre wundervollen Augen sehen, in denen sich das Mondlicht spiegelte.

Er folgte ihr nicht, weil er wußte, daß er sich nicht zurückhalten konnte, sie in den Arm zu nehmen, sie sanft an seinen Körper zu drücken, sie leidenschaftlich zu küssen, zu berühren und zu schmecken …

Wie schon am Morgen zuvor, erwachte Alicia frisch und zufrieden unter Frederics Dach. Sie streckte sich wohlig seufzend und sah zum anderen Bett hinüber. Wieder einmal war von David nichts zu entdecken. Träge blieb sie einen Moment lang liegen und lauschte auf das von draußen hereindringende Vogelgezwitscher.

Dann fiel Alicia schlagartig auf, daß kein anderes Geräusch weit und breit zu hören war. Auch aus der Küche drang kein Laut zu ihr empor. Die Jungen mußten ungewöhnlich leise sein.

Alicia warf die Bettdecke zurück und schlich barfuß zur Treppe, um nach unten zu gehen. Das Haus wirkte so still und verlassen, nichts rührte sich. Vielleicht waren die drei schon ohne sie angeln gegangen, aber sie konnte nicht glauben, daß Frederic sie so einfach im Ungewissen lassen würde. Alicia rannte zur Eingangstür, die nur leicht angelehnt war, und suchte die unmittelbare Umgebung ab. Nichts zu finden. Sie mußten tatsächlich ohne sie gegangen sein.

Nachdem sie ins Haus zurückgekehrt war, hörte Alicia plötzlich ein Geräusch hinter sich und drehte sich blitzschnell um. Mein Gott! Frederic lag allein im Doppelbett und schlief den Schlaf der Gerechten. Ihr Herz drohte vor Angst zu zerspringen. Schnell blickte sie sich nochmals prüfend im Zimmer um und eilte dann zum Bett hinüber.

»Frederic!« rief sie leise und schüttelte ihn voller Panik.

»Was ist los?« murmelte er und hatte offensichtlich Schwierigkeiten, überhaupt wach zu werden. »Was soll ich?«

»Die Kinder sind verschwunden!« stieß Alicia schluchzend hervor.

Er starrte sie einen Augenblick entgeistert an. Erkannte

er sie nicht mehr? »Die Kinder sind verschwunden?« wiederholte er ungläubig.

Heftig nickend bestätigte sie seine Worte. »Ich kann sie draußen nirgendwo entdecken. Sie sind fort!« Alicias Stimme drohte bei den letzten Worten zu versagen, was Frederic offensichtlich den Ernst der Situation erkennen ließ. Er schleuderte die Decke zur Seite und sprang aus dem Bett.

Beruhigend legte er seine Hände auf Alicias Schultern. »Es ist ihnen bestimmt nichts geschehen, da bin ich ganz sicher. Sie sind wahrscheinlich nur ein bißchen auf Wanderschaft gegangen.« Ganz mechanisch begann Frederic sie zu streicheln. »Vielleicht haben sie sich auf den Weg zum Boot gemacht.«

»Am See? O Gott! Was könnte ihnen alles passieren, wenn sie versuchten, ins Boot zu steigen!«

Er zog Alicia an sich, hielt sie fest in seinen Armen und barg ihr Gesicht an seiner Brust. »Es ist alles in Ordnung, dafür lege ich meine Hand ins Feuer«, murmelte Frederic eindringlich. »Nun sollten wir uns aber schnell anziehen und die Jungen suchen.« Er schob sie von sich und sah ihr in die Augen.

Alicia nickte nur, stürmte die Treppe hinauf und stand wenige Minuten später startklar an der Tür.

»Die bevorstehende Angeltour hat sie so fasziniert, daß wir besser zuerst am Pier nachsehen sollten«, meinte Frederic beim Hinausgehen.

»Ja, das glaube ich auch.« Alicias Gesicht war kreidebleich.

Frederic nahm sie bei der Hand, und sie liefen gemeinsam den überwucherten Pfad zum See hinunter.

»Können Sie die Kinder sehen?« erkundigte sich Alicia angstvoll und trat neben Frederic auf die Lichtung.

»Ja!« antwortete er, und es klang fast wie ein erleichtertes Aufseufzen. Alicia wußte, daß Frederic genauso besorgt gewesen war wie sie, es sich ihr zuliebe aber nicht hatte anmerken lassen. Er deutete zum Pier hinüber. Die beiden Jungen saßen auf Holzbohlen und ließen die Beine ins Wasser hängen. Fröhlich vor sich hin plaudernd, ahnten sie nicht im geringsten, welches Chaos sie angerichtet hatten.

Frederic griff wieder nach Alicias Hand und führte Adams und Davids Mutter vorsichtig die Böschung zum Anleger hinunter. Die Kinder hörten sie kommen und liefen ihnen entgegen.

»Wir fangen heute mindestens eine Million Fische. Die ganze Zeit schon haben wir sie beobachtet, stimmt's, Adam?«

»Sie schwimmen sogar bis an den Pier.«

Die beiden kleinen Gesichter waren vor Aufregung gerötet. »Seid ihr soweit? Die Ruder liegen im Boot. Adam und ich haben nachgesehen.«

Alicia war noch immer kreidebleich. »David, Adam, ich wäre fast umgekommen vor Angst.«

Erst jetzt bemerkten die Jungen, daß ihre Mutter und Frederic ungewöhnlich ernst waren, und ihre überschäumende Begeisterung flaute in Sekundenschnelle ab.

»Es war verdammt gefährlich für euch, alleine hierher zu kommen«, schimpfte Frederic.

»Aber wir waren doch ganz vorsichtig. Ehrenwort, Frederic«, meinte David kleinlaut.

»Ihr habt euch unerlaubt aus dem Staube gemacht. So was gehört sich nicht. Als eure Mutter aufwachte, wart ihr verschwunden. Sie hat sich furchtbare Sorgen gemacht, und mir ging's auch nicht anders.«

David und Adam sahen sich betreten an. Adams Lippen begannen zu zittern. »David wollte unbedingt schon ganz früh zum See.«

»Du auch!« schob David die Schuld auf seinen Bruder. »Er hat mich geweckt und dann …«

»Es interessiert mich überhaupt nicht, wessen Idee das Ganze war«, unterbrach Alicia ihn erzwungen ruhig. Jetzt, nachdem sie die Kinder in Sicherheit wußte, spürte sie erst richtig, wie tief ihr der Schock in die Knochen gefahren war. »Laßt euch *nie* wieder einfallen wegzugehen, ohne mir vorher Bescheid zu sagen.«

»Gibt's jetzt Stubenarrest?«

»Oder können wir doch noch angeln gehen?«

»Habt ihr verstanden, was eure Mutter gesagt hat?« Frederics Stimme klang derartig schneidend, daß selbst Alicia zurückzuckte. »Ihr sollt niemals mehr ohne Erlaubnis verschwinden!« Die beiden Jungen ließen die Köpfe hängen und murmelten kaum hörbar: »Jawohl, Sir!« Sie boten ein Bild des Jammers, aber Frederic ließ sich nicht erweichen. »Nun marsch, zurück ins Haus. Wir brauchen jetzt eine Tasse Kaffee, und ihr solltet besser etwas essen, bevor es losgeht!«

»Heißt das, wir gehen trotzdem noch angeln?« erkundigte sich David hoffnungsvoll.

Jetzt, nachdem sie ihre Standpauke erhalten hatten, konnte Frederic nur noch mit Mühe ein Lächeln unterdrücken. »Eure Mutter und ich werden uns auf dem Rückweg darüber unterhalten. Es würde natürlich sehr viel ausmachen, wenn ihr schon mal die Betten macht und ein wenig aufräumt, bis wir zurückkommen.«

David stürmte raketengleich los, und Adam gab sich die größte Mühe, ihm zu folgen.

Alicia spürte, wie ihre Anspannung allmählich nachließ. Als sie ihren Kindern nachschaute, wurde ihr wieder einmal bewußt, welch eine Verantwortung Eltern auferlegt wurde und wieviel ihr die kleinen Wesen bedeuteten.

»Vielen Dank!« Sie holte tief Luft. »Ich hätte die beiden vor lauter Sorge am liebsten windelweich geprügelt. Dank Ihrer Besonnenheit sind die beiden einerseits zur Rechenschaft gezogen worden, haben aber andererseits auch ihren Fehler eingesehen.«

Frederic lachte leise. »Es sind nicht meine Kinder. Das erleichtert die Angelegenheit enorm.«

»Aber Sie waren doch auch beunruhigt.« – »Das kann man wohl sagen«, gestand Frederic ein. Er berührte sanft Alicias Arm. »Ist alles wieder in Ordnung?«

Alicia sah zu ihm auf. »Ja, jetzt geht es mir gut!«

Ihre Blicke verschmolzen miteinander. Fast gleichzeitig drang ihnen ins Bewußtsein, was wenige Augenblicke zuvor geschehen war. Sie hatten es zwar schon ganz nebenbei registriert, doch die Aufregungen ließen es nicht zu, sich dem Zauber ihrer Begegnung gebührend zu widmen. Erst jetzt ergab sich die Zeit, überhaupt einmal darüber nachzudenken.

Alicia sah Frederic wieder vor sich, wie er schnell und entschlossen aus seinem Bett gestiegen war. Das einzige Kleidungsstück, die kurze Pyjamahose, verbarg nur wenig und ließ viel erahnen.

Ihr wurde heiß.

Auch Frederics Gedanken wanderten zurück. Seine Erinnerung bescherte ihm den Eindruck weicher, anschmiegsamer Weiblichkeit, die ein Mann gerne beschützen würde. Alicias zerzaustes Haar umrahmte die vor Aufregung geröteten Wangen auf eine äußerst anziehende Weise, und ihre vollen Lippen schienen geradezu nach einem Kuß zu verlangen.

Prall und schwer hatten sich ihre Brüste unter dem Nachthemd abgezeichnet. Als sich Alicia vorbeugte, um ihn wachzurütteln, erlaubte ihm ihr Dekolleté einen wundervollen Einblick. Wie schön war es, diese Frau ganz eng bei sich zu spüren, während alle seine Sinne zu vollem Leben erwachten.

Und jetzt wäre es übermenschlich, ihr noch immer zu widerstehen. Er mußte sie einfach küssen.

Frederic legte sanft eine Hand unter ihr Kinn und hob ihr Gesicht zu sich auf. Den anderen Arm legte er besitzergreifend um ihre Taille und zog Alicia an sich.

»Frederic ...«

Sein Mund suchte ihren. Ihre warmen, leicht geöffneten Lippen boten ihm keinerlei Widerstand. Schon bald gab sich Alicia der temperamentvollen Liebkosung dieses erfahrenen Mannes willenlos hin.

Später versuchte sie sich immer wieder einzureden, daß ihre Kräfte nicht ausgereicht hatten, um sich gegen Frederic durchzusetzen. Doch sie log sich selbst etwas vor. Tatsache war, daß sie sich nach und nach eng genug an ihn geschmiegt hatte, um sein großes Verlangen deutlich spüren zu können. Es ließ sich nicht leugnen, daß er sie mit jeder Faser seines Körpers begehrte.

Seine Lippen waren so sanft und zärtlich, daß sie Alicia das Gefühl vermittelten, einen süßen Traum zu erleben. Gegen solch zarte Überzeugungskraft konnte sie sich nicht wehren. Bei seinem Kuß fühlte sie sich wie die begehrenswerteste Frau auf der ganzen Welt.

Wenn er sie nicht bekommen würde, müßte er elendig zugrunde gehen!

Als Frederic dann schließlich wieder den Kopf hob, schien er auf sich selbst ärgerlich zu sein. Seine Arme sanken kraftlos zur Seite. »Wir sollten jetzt besser zum Haus zurückgehen und nach den Jungen sehen«, meinte er knapp und machte sich auf den Weg.

Alicia folgte ihm unwillig. Sie hatte ihn nicht aufgefordert, sie zu küssen, und es hätte nicht passieren dürfen. Aber seit sie ihn so nahe bei sich gespürt hatte, wünschte sie sich, daß es noch eine Weile angedauert hätte.

Ach, solche Gefühle waren reine Dummheit, sie wollte diesen Mann nicht. Oder wollte sie ihn etwa doch?

6

Die Angeltour wurde ein uneingeschränkter Erfolg. Frederic klärte die Jungen auf, was man in einem so kleinen Boot tun durfte und was nicht. Als sie schließlich zum Pier zurückkehrten, brachten sie einen großen Korb Fische und vier leicht verbrannte Nasen mit.

Am Nachmittag entschied sich Alicia für ein Mittagsschläfchen, während die ›Männer‹ in der Stadt Lebensmittel einkaufen wollten. Sie drückte Frederic einen Einkaufszettel und eine Banknote in die Hand.

Stirnrunzelnd sah er auf das Geld.

»Ich bestehe darauf«, sagte Alicia energisch.

»Dann wollen wir wenigstens festhalten, daß ich nur unter Protest akzeptiere.«

»In Ordnung. Solange Sie akzeptieren, egal wie, soll's mir recht sein.«

Alicia war heilfroh, daß der Kuß zwischen ihnen keine Spannungen hatte aufkommen lassen. Sobald sie danach im Ferienhaus angekommen waren, benahm sich Frederic, als sei nichts geschehen. Die Tatsache, daß er tunlichst vermied, in ihrer direkten Nähe oder mit ihr allein zu sein, ignorierte Alicia.

»In welches Bett gehst du, Mami?« erkundigte sich Adam, der es ungeheuer genoß, mitgenommen, statt auch aufgefordert zu werden, eine Mittagspause einzulegen. »Du kannst auch unten in Frederics und meinem Bett schlafen. Wir haben nichts dagegen, stimmt's Frederic?«

Frederics Mundwinkel zuckten verräterisch. Zu Alicia gewandt, meinte er dann: »Nein, überhaupt nichts! Solange wir fort sind, hat sie die freie Auswahl!«

»Wenn das so ist«, meinte Alicia, während sie Davids Jacke zuknöpfte, »dann lege ich mich unter die Bäume.«

»Das tust du bestimmt nicht. Dafür hast du viel zuviel Angst vor Wespen, Spinnen und ähnlichem Viehzeugs.«

Alicia tippte ihrem Ältesten scherzhaft auf die Nase. »Recht hast du!«

Die Jungen rannten zum Jeep hinüber und stritten sich dabei über das Vorrecht, vorne sitzen zu dürfen.

»Macht es Ihnen wirklich nichts aus, alleine zu bleiben?« fragte Frederic.

Alicia mußte laut lachen. »Machen Sie Witze? Wissen Sie eigentlich, wie selten diese Augenblicke sind?«

»Okay!« willigte Frederic ein. »Aber versprechen Sie mir, keinem Fremden die Tür zu öffnen«, warnte er grinsend.

Alicia verabschiedete die drei mit einem Gefühl der Leere in ihrem Inneren. Frederics Abwesenheit hinterließ in ihr eine unerklärliche Trauer.

Als Alicia nach einem erfrischenden Schlaf erwachte – sie hatte sich oben in ihr eigenes Bett gelegt –, waren Frederic und die Jungen bereits damit beschäftigt, in gebührender Entfernung vom Haus einen Steinkreis aufzubauen.

»Hallo, Mama«, rief David ihr zu, als er Alicia aus dem Dachfenster schauen sah. »Wir brutzeln die Fische am Lagerfeuer. Frederic weiß, wie das geht. Kommst du jetzt auch runter?«

»Habt ihr die Viecher schon ausgenommen?«

»Ja!«

»Okay, dann komme ich.«

Während sich die drei ›Männer‹ draußen um das Feuer kümmerten, Kartoffeln, Maiskolben und den filetierten Fisch in Alufolie wickelten, bereitete Alicia in der Küche eine Art Fladenbrot zu. »Das duftet ja umwerfend«, sagte Frederic über ihre Schulter hinweg, als sie gerade den Teig auf ein Backblech strich.

»Wesentlich besser als roher Fisch«, entgegnete Alicia und rümpfte die Nase.

Er lachte. »Warten Sie nur, bis Sie ihn gekostet haben.«

Frederic griff an ihr vorbei in die Rührschüssel, holte mit dem Finger Teig heraus und stopfte ihn sich in den Mund.

Alicia drohte ihm scherzhaft mit dem Rührlöffel.

»Frederic, Sie sind schlimmer als die Kinder«, meinte sie kopfschüttelnd.

»Wirklich?« Seine Augen funkelten, als er sie anlachte. Schnell beugte er sich vor, und Alicia war sicher, daß er ihr einen Kuß auf die Nasenspitze geben würde. Doch plötzlich änderte sich seine Haltung wieder ganz abrupt, und er verließ wortlos das Haus.

Wie schon am Morgen starrte Alicia ihm fassungslos hinterher.

Die Kinder genossen diese Mahlzeit mehr als alles andere je zuvor. Sie saßen rund ums Feuer und lauschten atemlos Frederics Geschichten. Alicia war ihm unendlich dankbar. So einen Urlaub hätte sie allein den beiden Kindern niemals bieten können. Frederic stellte genau das dar, wonach sich David und Adam sehnten, ein männliches Vorbild. Binnen kürzester Zeit hatte er seinen Platz neben ihren anderen beiden Helden, dem verstorbenen Vater und Jeremy, gefunden.

Für einen Mann, der selbst keine Kinder hatte, ja nicht einmal verheiratet war, legte Frederic eine ungeheure Geduld an den Tag. Offensichtlich schien auch er die Gesellschaft der Kinder zu genießen. Wenn sie ihn ansprachen, erhielten sie seine volle Aufmerksamkeit. Jedes ihrer Worte war für ihn wichtig genug, darauf einzugehen, während Alicia häufig ihr Geplapper ignorierte oder nur mit halbem Ohr zuhörte.

»So, nun aber ins Bett, ihr zwei«, befahl Frederic, nachdem alle ihre Teller ins Haus getragen hatten.

»Ach, bitte, können wir nicht noch ein bißchen aufbleiben?«

»Fehlanzeige!« Frederic lehnte kopfschüttelnd ab. »Wenn ihr jetzt ohne großes Theater ins Bett geht, dann habe ich morgen vielleicht eine Überraschung für euch.«

»Was denn?«

»Sag ich nicht!«

»Kann er doch gar nicht, David, sonst wär's ja keine Überraschung!«

Frederic lachte. »Ganz richtig, Adam. Jetzt ›Gute Nacht‹ – oder morgen keine Überraschung.«

Nach hastigen Gutenachtküssen für Alicia verschwanden die Kinder schnell im Haus.

»Noch einen Schluck Wein?« erkundigte sich Frederic, nachdem er mit Alicia allein war. Nur das Rauschen der Blätter und das sanfte Knistern des Feuers unterbrach die sie umgebende Stille.

Er hatte sie mit dem Wein überrascht. »Selbstverständlich Weißwein zum Fisch, Madam«, meinte er in gestelztem Tonfall und deutete dazu eine steife Verbeugung an. Als er Alicia dann von der goldgelben Flüssigkeit einschenkte, kostete sie und fühlte, wie ihre Stimmung sich besserte.

»Möchten Sie noch ein Glas?« fragte er nach einer Weile.

»Nein, danke«, antwortete sie. »Der Wein ist zwar köstlich, aber ich habe genug.«

»Nur ein halbes Glas, das ist gut für die Seele.«

»Bis meine Seele sich besser fühlt, bin ich schon betäubt.«

Er lachte. »Eine Frau, die keinen Alkohol verträgt, das könnte gefährlich werden.«

Plötzlich verfielen beide in Schweigen und schauten einander an. Je länger die Stille anhielt, desto unangenehmer wurde die Atmosphäre.

»So, Frederic« – Alicia leerte ihr Glas, in das er nachgeschenkt hatte, und erhob sich – »trotz meiner Mittagsruhe bin ich jetzt müde. Herzlichen Dank für das wunderschöne Abendessen. Ich wasche noch schnell ab, bevor ich hinaufgehe.«

Alicia wußte hinterher nicht mehr, wie er es so schnell fertigbrachte ... Sie hatte sich jedenfalls noch gar nicht richtig umgedreht, um ins Haus zu gehen, da stand Frederic ihr schon, nur wenige Zentimeter entfernt, im Weg.

»Ich hätte dich heute morgen nicht küssen dürfen«, murmelte er heiser und war deutlich um Beherrschung bemüht.

»Nein«, bestätigte Alicia und sah zu Boden. »Das hättest du auf keinen Fall!«

»Jetzt sollte ich es auch nicht!«

»Nein!«

»Aber, zum Teufel, noch mal, ich werde es trotzdem tun!«

Bevor Alicia überhaupt reagieren konnte, hatte Frederic sie in seine Arme gerissen und an seinen muskulösen Körper gepreßt. Zärtlich ergriffen seine Lippen von ihrem Mund Besitz, und sanft glitt seine Zunge an ihrer Unterlippe entlang, um dann wenig später die Erkundung leidenschaftlich fortzusetzen. Aufstöhnend öffnete Alicia den Mund, worauf Frederics Kuß immer fordernder wurde.

Sie fühlte sich wie Wachs in seinen Händen. Nie zuvor war sie von einem so erfahrenen Mann geküßt worden. Jede Zelle ihres Körpers erwachte zu neuem Leben, und erst jetzt wurde ihr die lange Enthaltsamkeit richtig klar. Der süße Wein ließ sie alle Hemmungen vergessen, so daß sie sich auffordernd an ihn schmiegte.

Frederics Stöhnen, sein Seufzen, die Geräusche der Lust und Leidenschaft, der Ausdruck seiner unendlichen Sehnsucht nach ihr, klangen wie Musik in Alicias Ohren. Es tat ihr gut, zu spüren, daß sie so heftig begehrt wurde.

Frederic ließ von ihrem Mund ab und bedeckte ihr Gesicht, ihre Schläfen, ihre Ohrläppchen, Schultern und ihr Haar mit einer Vielzahl kleiner Küsse. Eine Hand glitt ihren Körper hinab und preßte ihn fest an seinen. Während Frederic ihre Halsbeuge küßte, dort mit seiner Zunge feuchte

Kreise zeichnete, fand seine andere Hand den Weg unter Alicias Bluse.

»Ich schwöre dir, das war nicht der Grund, weshalb du bleiben solltest«, murmelte er außer Atem. Seine Lippen saugten an ihrem Nacken.

»Ich weiß!« Alicia konnte sich gar nicht mehr erinnern, wann sie das Glas abgestellt hatte, um Frederic mit ihren Armen umschlingen zu können.

»Ich habe mich so sehr bemüht, dich nicht anzurühren. Du mußt es mir glauben. Aber ich halte es nicht länger aus.«

Wieder suchte sein Mund ihre Lippen in einem heißen Kuß, dessen Leidenschaft sie erschauern und sich nach mehr sehnen ließ. Frederics Hand ruhte auf ihren Brüsten. Jetzt war er mutiger als am Morgen. Alicia hielt den Atem an.

Als seine kräftigen Finger sie zu streicheln begannen, stöhnte Alicia leise auf. Wild und verlangend rieb er ihre wie im Fieber glühende Haut, bis er sich schließlich den Brustwarzen widmete, sie abwechselnd mit dem Daumen umkreiste.

»Verdammt!« stieß Frederic plötzlich mit zusammengebissenen Zähnen hervor.

Alicia konnte gerade noch ihren Protest unterdrücken, als er urplötzlich von ihr abließ und zurückwich. Er wandte ihr den Rücken zu, während Alicia ins Haus rannte und die Tür krachend hinter sich zuschlug. Zorn und Erniedrigung ließen sie am ganzen Körper beben. Nie zuvor in ihrem Leben hatte sie sich so gedemütigt gefühlt.

Alicia brauchte eine Weile, bis sie sich beruhigt hatte. Sie zwang sich, in die Küche zu gehen, wo sie mechanisch begann, die Teller abzuwaschen. Sie beabsichtigte nicht, wie ein abgewiesener Teenager nach oben zu stürmen und sich schamhaft zu verstecken. Frederics abweisendes Verhalten hatte sie zwar furchtbar getroffen, aber das durfte er unter keinen Umständen merken.

Er kam zur Tür herein. »Ist alles in Ordnung?« Ihr ganzer Körper schien sich in einem abwechselnd kalten und heißen Wechselbad zu befinden, die Nerven waren zum Zerspringen angespannt, ihr Innerstes bebte vor unerfülltem Verlangen, und dieser Kerl wagte zu fragen, ob alles in Ordnung sei.

In diesem Augenblick haßte sie ihn förmlich und konnte sich gerade noch beherrschen, um ihm zu antworten: »Aber sicher! Wie du ganz richtig gesagt hast, hättest du mich gar nicht erst küssen sollen. Wie umsichtig von dir, rechtzeitig genug aufzuhören, sonst könnten sich vielleicht Komplikationen ergeben.«

Ihre sarkastischen Worte veranlaßten Frederic, seine Hand auszustrecken und Alicia an sich zu ziehen.

Wortlos suchte er ihren Blick. »Ich wollte dich küssen, Alicia, und hätte damit am liebsten gar nicht aufgehört.« Frederic lächelte zärtlich. »Nur mühsam konnte ich mich von dir losreißen. Wie gerne würde ich dich bis zum Morgengrauen lieben. Du weißt doch selbst, wie sehr ich mich nach dir sehne.«

Alicia spürte an der Berührung seines Körpers, daß seine Worte wahr waren. Er legte seine harte Wange an die ihre und küßte erneut ihre Schläfen.

Was war nur mit Frederic los? Sie wußte, daß diesen Mann irgend etwas quälte, ahnte aber nicht, was es sein mochte. »Du sollst unbedingt wissen, wie sehr es mich nach dir verlangt, aber es gibt Gründe für meine Zurückhaltung. Sonst ...«

Frederic seufzte traurig, löste sich von Alicia und ging einen Schritt zurück. Seine unergründlichen Augen studierten nachdrücklich jeden Winkel ihres Gesichts. »Geh nach oben! Ich räume hier schon auf!« meinte er schließlich.

Alicia wagte nicht zu widersprechen. Hätte sie sich auch nur eine Sekunde länger in seiner Nähe aufgehalten, sie wäre Gefahr gelaufen, sich in Frederics Arme zu werfen.

Was hatte er nur? Alicia beobachtete Frederic durch das Fenster. Es war noch sehr früh. Sie war vor den Kindern aufgewacht und konnte nicht mehr einschlafen, weil sie immer noch an die Ereignisse des vergangenen Abends denken mußte.

Frederic war schon fertig mit dem Jogging. Sein Trainingsanzug war von Schweiß durchtränkt, weil er sich an die Grenze seiner Leistungsfähigkeit gebracht hatte.

Sein verzerrtes Gesicht spiegelte seine innere Unruhe wider. Er wischte sich den Schweiß aus den Augen, und Alicia hörte ihn fluchen.

Was immer ihn auch quälte, es mußte schrecklich sein, und er konnte es anscheinend nicht alleine bewältigen.

Aber das war nicht ihre Angelegenheit. Nach diesem Wochenende würden sie getrennte Wege gehen, und dann hatte sie wieder ihre eigenen Probleme.

Am Vormittag regnete es. Frederic und die Kinder vertrieben sich die Zeit mit Gesellschaftsspielen, bis die Sonne wieder herauskam und sie Frederics Überraschung, zwei Fahrräder, ausprobieren konnten.

Alicia bereitete das Mittagessen vor. Nach dem Essen gingen sie alle zu dem anderen Ferienhaus hinüber. Die nötigen Reparaturen waren zur vollsten Zufriedenheit ausgeführt worden. Doch niemand kam auf die Idee, daß Alicia und die Kinder jetzt einziehen sollten. Frederic hielt sich ihr gegenüber auffällig zurück. Zwischen ihnen bestand ein freundschaftlicher Kontakt, so, als habe der Abend am Lagerfeuer gar nicht stattgefunden.

»Ich möchte heute in der Nähe des Hauses bleiben. Meinst du, die Kinder haben hier genug Abwechslung?« teile Frederic bei einer Tasse Kaffee mit. David und Adam waren bereits hinausgegangen und spielten Fußball.

»Bestimmt! Du brauchst dich nicht unablässig mit uns zu befassen. Wenn du lieber selbst etwas unternehmen möchtest …«

»Nein, das ist es nicht!« Frederic stellte die Tasse beiseite, und Alicia konnte sehr deutlich erkennen, wie unwohl er sich in seiner Haut fühlte. »Ich erwarte heute abend einen Gast zum Essen.«

»O Frederic, warum hast du das nicht früher gesagt!« Wie von der Tarantel gestochen sprang Alicia von ihrem Stuhl auf. »Ich packe sofort alles zusammen, damit dir das Haus wieder allein zur Verfügung steht…«

»Setz dich«, forderte Frederic sie auf. Lachend griff er nach ihrer Hand und zog Alicia auf ihren Platz zurück. »Ich möchte gerne, daß du bleibst und uns beim Essen Gesellschaft leistest.«

Sie sah ihn zweifelnd an. »Obwohl du Besuch bekommst?«

Frederic sah ihr tief in die Augen.

»Besuch ist vielleicht nicht die richtige Bezeichnung. Ich erwarte meine Tochter.«

7

Als die Sonne zu sinken begann, fuhr Chrissy Reynolds in ihrem roten Porsche vor. David und Adam begrüßten die schlanke, attraktive junge Frau mit großem Hallo. Obwohl Alicia ihnen befohlen hatte, sich zurückzuhalten, konnte die beiden beim Anblick ihres Traumautos niemand mehr bremsen.

»Hallo, hallo!« Chrissy lachte gutmütig, als sie sich von zwei Jungen flankiert sah, die sie neugierig musterten. »Bin ich denn überhaupt an der richtigen Adresse?«

»Ja, du bist hier ganz richtig.« Frederic kam die Eingangsstufen hinuntergeeilt, um seine Tochter zu begrüßen. »Hallo, Chrissy!«

Alicia, die die Szene vom Fenster aus beobachtete, sah, wie Chrissy ihm schüchtern zulächelte. »Grüß dich, Daddy«, erwiderte sie fast zögernd. Das Mädchen war ihrem Vater gegenüber sehr zurückhaltend. Nach Frederics erklärenden Worten vom Nachmittag wunderte es Alicia überhaupt nicht.

»Deine Tochter!« hatte sie entgeistert ausgerufen. »Deine *Tochter*?« Erneut war sie aufgesprungen, und wie schon vorher hatte Frederic sie auf ihren Platz zurückgezogen. Alicia entriß ihm zwar ihre Hand, blieb jedoch sitzen. »Du hast doch erzählt, du hättest keine Kinder!«

Ihr erster Gedanke war, daß möglicherweise noch eine Frau und weiß Gott wie viele Kinder zu Hause auf ihn warten könnten. Sie selbst hatte sich nach dem Tod ihres Mannes zwar einmal zu einem Abenteuer hinreißen lassen, aber das war auch alles. Eine Affäre mit einem verheirateten Mann war nicht nach ihrem Geschmack.

Empört und verletzt bedauerte Alicia aufs heftigste, sich überhaupt mit Frederic befaßt zu haben. Dabei wirkte er so vertrauenerweckend.

»Alicia, bitte zieh keine voreiligen Schlüsse, bis du mich zu Ende angehört hast. Ein Kind zu zeugen, ist für mich etwas anderes, als wirklich Vater zu sein. Meine Frau und ich ließen uns gleich nach Chrissys Geburt scheiden. Ich verzichtete damals zugunsten der Mutter auf das Kind; eine Entscheidung, die ich heute bitter bereue. Deshalb wollte ich meine Tochter unbedingt in dieser Woche sehen. Es erscheint mir sehr wichtig, ihr von jetzt an mehr Zeit zu widmen. Aus dem Grunde habe ich sie heute abend hierher zum Essen eingeladen.«

Seine Worte hatten Alicia zwar beschwichtigt, aber dennoch fühlte sie sich irgendwo von Frederic hintergangen. »Wir sind verschwunden, bevor sie ankommt. Ich bin ganz sicher, daß Chrissy unsere Anwesenheit sehr überraschen würde.«

»Sie wird bestimmt überhaupt keine Vorstellung von diesem Treffen haben. Sie wurde tatsächlich von mir während ihrer Kindheit extrem vernachlässigt und hat mich auch nur beschämend selten besucht. Ihre Mutter und ich können uns gegenseitig kaum ertragen, und deshalb erschien es mir das Beste für alle Beteiligten, wenn ich ganz aus ihrem Leben verschwände.«

Weibliche Neugier erwachte in Alicia. Nur zu gerne hätte sie Einzelheiten über die Hochzeit und das Scheitern der Ehe erfahren. Aber wenn ein Mann seine Ex-Frau nicht einmal beim Vornamen nannte, dann war es auch sicher nicht in seinem Sinne, weiter über sie zu sprechen. Alicia hielt vorsichtshalber den Mund.

»Wie wär's mit Bœuf Stroganoff zum Abendessen?« wechselte Frederic das Thema. »Meinst du, das paßt?«

Er war nervös! Frederics fast furchtsame Frage ließ seine Unsicherheit vor dem Treffen mit seiner Tochter deutlich erkennen. Eine solche Empfindsamkeit bei einem Mann mit seinem Selbstvertrauen rührte Alicia zutiefst.

»Bœuf Stroganoff ist bestimmt genau das richtige«, versicherte sie ihm sanft. »Frederic, bist du sicher, daß wir heute abend dabeisein sollen?«

»Ja!« antwortete er hastig.

»Als Schiedsrichter? Oder Blitzableiter? Erwartest du Unstimmigkeiten? Eine Szene vielleicht?«

Frederic grinste schief. »Nein. Nichts dergleichen. Ich möchte ihr nur einen schönen Abend bereiten, das ist alles.«

»Ich werde mir etwas Besonderes zum Nachtisch ausdenken.«

»Nein, nein. Du brauchst dich nicht verpflichtet zu fühlen, auch etwas dazu beizutragen.«

»So habe ich es überhaupt nicht gemeint. Ich bin selbst ein ausgesprochener Süßschnabel!«

Frederic erkannte ihren kleinen Schwindel, nahm aber trotzdem ihr großzügiges Angebot dankend an.

Als nun Alicia Vater und Tochter bei der Begrüßung beobachtete, konnte sie deutlich erkennen, daß es beiden sehr schwer fiel, Gefühle zu zeigen. Ganz kurz nur nahm Frederic Chrissy in den Arm. Dann schob er sie von sich, um sie ausgiebig zu betrachten. »Du siehst umwerfend aus, wie immer. Hast du eine neue Frisur? Sie gefällt mir!«

»Wirklich? Vielen Dank! Mutter hatte deswegen fast einen Nervenzusammenbruch. Ich sollte die Haare zur Hochzeit unbedingt lang tragen.«

Hochzeit? Wessen Hochzeit? Ihre oder die der Mutter?

»Der große Tag nähert sich mit Riesenschritten. Nervös?«

Aha, Chrissy war also die Braut.

»Ein bißchen«, gestand sie lachend ein: »Aber das ist, glaube ich, nur natürlich.«

Nachdenklich sah Frederic zu seiner Tochter hinüber. Er spürte, daß Chrissy beschlossen hatte zu schweigen, anstatt sich ihm anzuvertrauen, und legte ihr den Arm um die Schultern. »Ich bin noch gar nicht so sicher, ob ich dich überhaupt fortlasse!«

Das Gesicht des Mädchens strahlte vor freudiger Überraschung, und Alicia bemerkte Tränen in ihren Augen. »Vielen Dank für deine Einladung, Daddy. Ich mußte wirklich mal raus aus dem ganzen Trubel.«

Frederic drückte sie an sich. »Wir hätten uns schon lange einmal sehen sollen. Erst jetzt wird mir so richtig klar, wieviel mir entgangen ist. Offenbar wird man im Alter doch einsichtiger.«

Chrissy stieß ihm scherzhaft in die Rippen. »Du hast doch die Lebensmitte noch nicht mal überschritten.« Sie schaute zu David und Adam hinab. »Und dein Freundeskreis ist ausgesprochen jugendlich!«

»Pardon, entschuldigt meine Unhöflichkeit«, meinte Frederic lachend. »Chrissy, das sind meine Freunde David und Adam Russell. Jungs, darf ich euch meine Tochter vorstellen?«

»Sie ist doch schon ganz alt«, maulte Adam enttäuscht. Als den Kindern eröffnet wurde, Frederics Tochter käme zum Abendessen, hatten sich die beiden jemanden in ihrem Alter vorgestellt und keine Antiquität von einundzwanzig Jahren.

Chrissy stemmte die Hände in die Hüften. »Sie ist aber nicht zu alt zum Fußballspielen. Wem gehört der Ball?«

»Mir«, antwortete David. »Du darfst damit spielen, wenn du mich dafür in deinem Porsche mitnimmst. Der Wagen ist 'ne Wucht. Ich habe von so einem ein Poster im Zimmer hängen. Mama wollte keinen kaufen, sie sagte, er wäre zu unpraktisch.«

»Dann ist sie vernünftiger als mein Daddy«, meinte Chrissy lachend. »Er hat ihn mir letztes Jahr zu Weihnachten geschenkt. Das mit dem Ball und der Spritztour geht in Ordnung!« Chrissy wandte sich mit fragendem Gesichtsausdruck ihrem Vater zu. »Kennst du David und Adam schon lange?«

»Seit Sonntagabend. Ich habe sie aus einem Unwetter gerettet.«

»Du nimmst mich auf den Arm!«

»Nein, wirklich, es stimmt!« mischte sich David ein.

»Genau, er hat Mami und uns in sein Haus geholt. Es regnete und blitzte ganz doll, aber ich war kein Angsthase«, fügte Adam stolz hinzu.

Chrissy zog ihre Augenbrauen auf dieselbe Weise hoch wie ihr Vater. »Die zwei sind ja wirklich clevere Burschen. Und wie steht's mit der Mutter?«

Alicia errötete bis unter die Haarwurzeln und duckte sich hinter dem Fenster, damit sie ja keiner beim Lauschen ertappte. Aber Frederic ließ ihr keine Chance, er drehte sich zum Haus herum und rief sie beim Namen. So kam sie gezwungenermaßen aus der Hütte, um offiziell vorgestellt zu werden.

»Alicia Russell, das ist meine Tochter Chrissy.«

»Hallo, Chrissy«, sagte Alicia und fühlte sich plötzlich wahnsinnig unwohl in ihrer Haut. *Sie* wußte zwar, daß zwischen ihr und Frederic nichts vorgefallen war, aber was mochte seine Tochter denken?

»Guten Abend! Nett, Sie kennenzulernen.« Chrissy lächelte sie warm und freundlich an. »Hat er Sie wirklich aus einem Unwetter gerettet?«

»Ich gestehe es ungern ein, aber so war's! Und nachdem unser gemietetes Ferienhaus vom Sturm zerstört worden war und wir keine andere Unterkunft finden konnten, bestand er darauf, daß wir bei ihm wohnen sollten.« Alicia fühlte sich gezwungen, die Situation so schnell wie möglich zu erklären, damit Chrissy keine falschen Schlüsse zog.

Chrissy zwinkerte ihrem Vater zu. »Er ist ja wirklich ein Ritter ohne Furcht und Tadel«, scherzte sie.

Was immer Alicia auch klargelegt haben mochte, für Chrissy war die Angelegenheit in dem Augenblick klar, als sie ihr gegenüberstand. Sie wußte vielleicht nicht viel über ihren Vater, aber daß er als Frauenkenner galt, hatte auch sie mitbekommen. Alicia Russell unterschied sich in ihrer Art zwar wesentlich von den Frauen, die er bislang bevorzugt hatte, dennoch herrschte zwischen ihnen eine derartig erotische Spannung, daß sie Chrissy nicht verborgen blieb. Sie standen immer ein bißchen zu nah beieinander, wenn sie sich ansahen.

»Was ist ein Ritter ohne Furcht und Tadel?« wollte Adam wissen.

»Warum besprechen wir das nicht bei einem kühlen Drink?« schlug Frederic vor und führte sie alle ins Haus.

Alicia mochte Chrissy vom ersten Augenblick an. Die junge Frau war unkompliziert und unterhaltend, nur wenn sie ihren Vater direkt ansah, wurde sie schüchtern. Sie erweckte den Eindruck, als würde sie ihm gern um den Hals fallen, hätte aber nicht genug Mut dazu. Offensichtlich liebte und bewunderte sie ihn, fühlte sich aber andererseits in seiner Gegenwart nicht besonders wohl. Alicia gewann den Eindruck, daß sich diese junge Frau sehr nach Zuneigung und Anerkennung ihres Vaters sehnte.

Chrissy berichtete von ihren Fortschritten auf der Kunstakademie, und da sie den Beruf der Modezeichnerin anstrebte, waren Alicia und sie sehr schnell ins Fachsimpeln geraten.

Gelangweilt maulte David vor sich hin. »Dürfen wir jetzt Fußball spielen?«

Frederic erhob sich. »Wenn uns die Damen entschuldigen würden! Ich gehe mit den Jungen nach draußen, damit sie sich ein wenig austoben.«

»O nein«, wehrte Chrissy ab und stand ebenfalls auf. »*Ich* habe ihnen ein Fußballspiel versprochen. Los, ihr zwei.« Die Kinder rannten johlend vor ihr her ins Freie.

»Deine Tochter ist umwerfend, Frederic. Eine lebhafte, intelligente junge Frau.«

»Ja, wirklich, das ist sie!« bestätigte er stolz und beobachtete Chrissy durch das Fenster. »Ich wünschte nur, ich hätte einen Anteil daran gehabt.«

»Das hast du doch!«

Frederic schüttelte den Kopf. »Ich sagte doch schon, sie ist vollkommen ohne mich aufgewachsen und zu dem geworden, was sie jetzt darstellt. Dabei hätte sie einen hingebungsvollen Vater verdient, von dem sie wußte, daß er sie liebt. Was zwischen ihrer Mutter und mir vorgefallen ist, war nicht ihre Schuld, aber sie mußte den höchsten Preis dafür bezahlen.«

»Ich bin ganz sicher, daß sie wußte, du würdest für sie dasein, wenn sie dich brauchte«, warf Alicia leise ein.

Frederic wandte sich ihr zu und sah sie mit seinen grünen Augen gequält an. »Ich würde es so gerne glauben, Alicia!«

»Sie ist ganz offensichtlich nicht böse auf dich, denn ihr Blick drückt viel Zuneigung aus. Vielleicht braucht sie deine Bestätigung, wieviel sie dir bedeutet. Hast du ihr jemals gesagt, daß du sie liebst?« Frederic sah nachdenklich zu Boden. »Geh zu ihnen nach draußen, ich decke inzwischen den Tisch.«

»Aber ich kann dir doch nicht die ganze Arbeit überlassen!«

Alicia wies unmißverständlich zur Tür. »Raus!« kommandierte sie in einem Tonfall, der sonst nur bei den Kindern Anwendung fand.

»Jawohl, Boss!« Bevor Alicia noch reagieren konnte, hatte Frederic ihr einen herzhaften Kuß auf den Mund gegeben und war dann schnell zur Tür hinausgelaufen.

Zwanzig Minuten später rief Alicia die Jungen herein. Sie sollten noch vor dem Essen baden. Murrend ergaben sie sich schließlich in ihr Schicksal, während Alicia ein Tablett mit zwei Gläsern und eine Flasche gekühlten Weißwein zu Frederic und Chrissy nach draußen trug.

»Tut mir leid, aber das ist alles, was ich als Aperitif anbieten kann«, erklärte Alicia und setzte das Tablett ab.

»Wo ist dein Glas?« erkundigte sich Frederic und wies einladend auf den Platz an seiner Seite.

»Ich muß meine Helden im Bad im Auge behalten, sonst schwimmen wir noch alle weg. Laßt euch Zeit. Ich muß auch noch die Brötchen aufbacken. Wenn das Essen fertig ist, rufe ich.«

Frederic griff nach ihrer Hand. »Ich danke dir!« Voller Zärtlichkeit blickte er zu Alicia auf. Wie verständnisvoll von ihr, ihn in diesem Augenblick mit seiner Tochter allein zu lassen.

Als Alicia das Essen auf den Tisch stellte, kamen Vater und Tochter Hand in Hand herein. »Das war doch das Weihnachtsfest, zu dem du mir das Pony geschenkt hast, erinnerst du dich? Ich habe Mama noch nie so zornig gesehen. Nur einen Tag durfte ich es behalten, dann ließ sie das Tier wieder abholen.«

»Sie war schon immer eine H-e-x-e!« buchstabierte Frederic.

»Ich weiß, wie das Wort heißt«, rief David begeistert aus: »Hexe!«

»David!« Alicia war schockiert.

Frederic wirkte reichlich betreten, und Chrissy meinte nur: »Das kommt davon, wenn man für jemanden Schimpfworte benutzt!«

»Das war kein Schimpfwort, sondern eine Charakterbeschreibung. Das Wort bedauere ich in keiner Weise, nur die Tatsache, daß David es mitbekommen hat. Es ist ein sehr unhöflicher Ausdruck, David, vergiß ihn besser schnell.«

»Jawohl, Sir.«

Das Essen verlief in fröhlicher Runde. An Gesprächsstoff

mangelte es nicht einen Augenblick. Frederic hatte ein köstliches Bœuf Stroganoff zubereitet. Alicia kassierte mit ihrem Apfelstrudel Komplimente.

Die Jungen hatten die versprochene Spritztour im Porsche nicht vergessen. Chrissy händigte Frederic die Schlüssel aus. »Übernimmst du das? Dann kann ich inzwischen Alicia in der Küche helfen.«

»Das ist aber nicht nötig«, lehnte Alicia ab.

»Ich möchte es gerne. Dabei können wir endlich unsere Diskussion über die Saumlänge der kommenden Saison beenden.«

»Dann verschwinde ich nur zu gerne mit den Jungen.« Frederic klemmte sich unter jeden Arm einen kleinen Russell und trug die kreischenden Bündel zur Tür hinaus.

Chrissy ertappte Alicia, wie sie ihnen zärtlich nachlächelte. Leicht verlegen machte sich Alicia daraufhin an dem Geschirr zu schaffen. »Wie ich gehört habe, wollen Sie bald heiraten. Welches Brautkleid haben Sie sich denn ausgewählt?«

Bevor Chrissy mit der Beschreibung ihres Brautkleides begann, bat sie Alicia, sie zu duzen, was diese spontan erwiderte, denn beide hatten den Eindruck, in der kurzen Zeit schon gute Freundinnen geworden zu sein. Chrissy schilderte die Hochzeitsvorbereitungen in allen Einzelheiten. Alicia ihrerseits berichtete der jungen Frau ungezwungen über Jim, seinen Tod und ihr Leben als Witwe. An Themen herrschte zwischen ihnen kein Mangel.

»Hast du mit Daddy geschlafen?«

Die Eigenschaft, völlig unerwartete Fragen zu stellen, hatte Chrissy offensichtlich auch von ihrem Vater geerbt.

Alicia war wie vom Donner gerührt. Ihre Hände verharrten reglos im Spülwasser. »Nein«, antwortete sie schließlich kaum hörbar. Zu Chrissy aufblickend, wiederholte sie: »Nein, ich habe nicht mit ihm geschlafen!«

»Ich bin der Meinung, du solltest es tun«, meinte Chrissy.

Sie sah Alicia nicht an, sondern konzentrierte sich darauf, die Gläser zu polieren.

»Alicia glaubte ihren Ohren nicht zu trauen. »Warum?«

Chrissy zuckte lächelnd die Schultern. »Warum nicht? Ihr beide findet euch ganz offensichtlich anziehend. Versteh mich nicht falsch. Ich halte nichts davon, daß man gleich mit jedem ins Bett steigen sollte, aber in eurem Fall...«

Chrissy hielt inne und starrte vor sich hin. Dann wandte sie sich wieder Alicia zu, der bei dieser Gelegenheit deutlich auffiel, wie sehr sich Vater und Tochter ähnelten. Man konnte offenbar nichts vor ihnen verbergen. »Irgend etwas stimmt nicht mit Daddy!«

»Was sollte mit ihm nicht stimmen? Wie meinst du das?«

»Das kann ich nicht sagen. Er ist so anders. Selbst die Tatsache, daß er mich zu sich eingeladen hat, ist äußerst ungewöhnlich für ihn. Bei meinen früheren Besuchen war er ständig auf dem Sprung, und es hat mich schrecklich ermüdet, mit ihm Schritt zu halten. Jetzt ist er nachdenklich, fast sentimental. Er tut Dinge, die völlig ungewöhnlich für ihn sind.«

»Wie zum Beispiel eine arme Witwe mit ihren Söhnen zu sich einzuladen?«

Chrissy lachte und begutachtete unverhohlen Alicias Figur. »Der Grund dafür dürfte dir bekannt sein. Einer Vogelscheuche hätte er aus Höflichkeit sicher auch geholfen, aber bestimmt nicht in dem Maße.« Verlegen sah Alicia zu Boden. Chrissy griff nach ihrer Hand und zwang sie, ihren Blick zu erwidern. »Wenn er dich darum bittet, schläfst du dann mit ihm?«

Alicia schluckte nur. Die Frage kam so plötzlich, daß ihr gar keine Zeit blieb, beleidigt zu sein. »Ich weiß es nicht!«

»Hoffentlich! Ich glaube, er braucht dich!«

»Ich bin sicher, daß es einem Mann wie deinem Vater nicht an weiblicher Gesellschaft fehlt.«

»Das glaube ich auch nicht. Aber ich spreche nicht von

Sex, nicht ausschließlich wenigstens. Ich glaube vielmehr, er braucht dich, so wie du bist, dein Verständnis, deine Wärme. Und dir würde es sicher auch guttun, mit ihm zusammenzusein.«

Dankbar hörte Alicia den Porsche zurückkehren. Die Ankunft Frederics und der Jungen beendete die unbequeme Unterhaltung zwangsläufig.

David und Adam wurden beide in Windeseile ins obere Bett verfrachtet, damit die Erwachsenen noch eine Weile unter sich sein konnten. Alicia wußte, daß auch sie Chrissy ins Herz geschlossen hatte, denn sie ließen sich ohne Murren einen Gutenachtkuß von ihr geben.

Es war schon sehr spät, als die junge Frau sich auf den Weg machte.

8

»Mußt du wirklich schon fahren?« fragte Frederic. »Wir könnten dich hier ohne Schwierigkeiten noch unterbringen!«

»Ich habe morgen früh eine Vorlesung, und mittags ist Anprobe für das Brautkleid. Mutter bekäme einen Nervenzusammenbruch, wenn ich nicht pünktlich auftauche.« Chrissy ergriff Alicias Hände. »Es war wirklich schön, dich kennengelernt zu haben. Die Jungen und du seid hiermit offiziell zu meiner Hochzeit eingeladen.«

»Vielen Dank. Wir werden sehen!«

Alicia war sehr überrascht, als Chrissy sie kurz und herzlich an sich drückte.

»Denk an meine Worte; meine Genehmigung hast du!« Sie zwinkerte Alicia zu, worauf diese tunlichst Frederics fragendem Blick auswich.

»Ich bringe dich zum Wagen«, bot er sich an.

Eine halbe Stunde lang saß Alicia vor dem Kamin und blätterte in einer Zeitschrift. Gelegentlich drangen Gesprächsfetzen zu ihr herein: Einmal glaubte sie, Chrissy weinen zu hören, war aber nicht ganz sicher. Schließlich hörte sie den Motor des Porsche aufheulen.

Frederic ließ danach noch eine ganze Weile auf sich warten. Alicia dachte sich, daß er vielleicht allein sein wollte, und ging deshalb schnell zur Treppe hinüber. Sie hatte gerade die unterste Stufe erreicht, als er ins Zimmer trat.

»Gehst du jetzt ins Bett?«

»Ja, ich dachte…«

Frederic streckte ihr die Hand entgegen. »Würdest du dich einen Augenblick zu mir setzen, Alicia?«

Das Herz schlug ihr bis zum Halse, und sie wußte nicht einmal genau warum. Möglicherweise lag es daran, daß sie jetzt alleine waren oder das Zimmer bis auf die schummrige Beleuchtung einer Tischlampe fast im Dunkeln lag. Vielleicht war es auch der zärtliche Tonfall, in dem er ihren Namen ausgesprochen hatte. Aus welchem Grunde auch immer, Alicia zitterte am ganzen Körper, als sie die ausgestreckte Hand ergriff. Frederic zog sie neben sich auf das Sofa.

»Vielen Dank für deine große Hilfe heute abend.«

»Das ist schon in Ordnung. Nein, wirklich«, fügte Alicia hinzu, als sie Frederics skeptischen Blick bemerkte. »Es hat mir Spaß gemacht, Gastgeberin zu spielen.«

»Ich weiß es wirklich sehr zu schätzen. Chrissy hat sich meiner Meinung nach sehr wohl gefühlt. So konnte sie wenigstens einige Zeit dem Zirkus entrinnen, den ihre Mutter um die Hochzeit macht.«

Alicia wußte, daß sie jetzt ein heikles Thema ansprach, aber sie versuchte es trotzdem.

»Chrissy scheint eigenartigerweise gar nicht so begeistert über die Hochzeit. Liebt sie ihren Verlobten?«

»Sicher wird sie eine gewisse Zuneigung für ihn empfinden, schließlich ist er ein angenehmer junger Mann. Aber Liebe kann man es wohl nicht nennen.«

»Aber warum ...«

»Sie soll eine ›gute Partie‹ machen. So sieht es jedenfalls ihre Mutter.«

»Verstehe!«

»Nein, ich glaube, das kannst du nicht! Aber ich würde es dir gerne erklären. Es ist eine lange, deprimierende Geschichte.«

»Ich habe heute nichts anderes mehr vor«, ermunterte Alicia ihn lächelnd, sie spürte, wie dringend Frederic sich aussprechen mußte.

»Aber du könntest schon lange schlafen!«

»Ich höre viel lieber zu!« – »Es ist unfair von mir, dich damit zu belasten.«

»Neulich abends habe ich dir auch von meinem Problem erzählt. Fremde sind manchmal die besten Zuhörer!«

»Sollten wir uns immer noch als Fremde bezeichnen?« Alicia konnte seinem liebevollen Blick nicht lange standhalten. Frederic seufzte tief auf. »Okay, dann also los! Ich habe sehr jung und vollkommen überstürzt geheiratet. Doris betrachtete mich, einen ehrgeizigen, vielversprechenden Ingenieur, als guten Fang. Sie hatte ein hübsches Gesicht, einen umwerfenden Körper und eine sehr ansprechende Einstellung zum Sex. Noch ehe ich wußte, wie mir geschah, saß ich in der Falle. Unsere Verbindung war von Anfang an zum Scheitern verurteilt, wir waren viel zu unterschiedlich.«

Frederic berichtete weiter, daß seine Frau, die aus einer wohlhabenden Familie stammte, es kaum verwinden konnte, daß er jeden Pfennig in eine eigene Fabrik steckte. Ihr schwebte vor, er sollte sich an einer bereits etablierten Firma beteiligen. So war das Geld äußerst knapp, und sie mußten dem aufwendigen Treiben des Jet-sets Lebewohl sagen. Dann wurde Doris schwanger.

»Ich wurde dargestellt wie ein absolutes Sexmonster, das seinem Opfer noch nicht einmal Zeit genug gelassen hat, die Pille zu nehmen. Tatsache allerdings war, daß wir uns zu dem Zeitpunkt nur noch im Bett einigermaßen verstanden.«

Alicia mußte bei Frederics letzten Worten schlucken und stellte entgeistert fest: Sie war aus tiefstem Herzen eifersüchtig!

»Ich habe gedroht, sie umzubringen, wenn sie das Kind abtreiben ließe«, fuhr Frederic fort. »Heutzutage erscheint meine Einstellung vielleicht altmodisch. Aber so sah ich es damals und sehe es eigentlich auch jetzt so.«

Er seufzte.

»Kurz nach Chrissys Geburt stimmten wir darin überein, daß wir nach unserer Trennung glücklicher würden. Doris allerdings konnte mir nie verzeihen, ihr den Mißerfolg ihres Lebens beschert zu haben. Ich war das Einzige, was sie immer haben wollte, aber nie bekommen konnte.«

Frederic fuhr sich mit der Hand durchs Haar. »Die Schuld an diesem Fehlschlag war in der Tat bei mir zu suchen; ich hätte sie niemals heiraten dürfen. Und dann mein Versagen als Vater. Ich kenne meine Tochter kaum, habe ihre Kindheit, ihre Jugend, ihr gesamtes Heranwachsen versäumt. Jetzt ist sie im Begriff, sich ebenfalls in eine unglückliche Ehe zu stürzen, und ich kann überhaupt nichts dagegen unternehmen. Jede Einmischung von meiner Seite käme einer Kriegserklärung gegen Doris gleich. Dennoch fühle ich, daß ich meiner Tochter diesen einen Gefallen noch tun muß, bevor…« Frederic hielt abrupt inne.

»Bevor was?«

»Schon gut. Ich denke nur, sie braucht Hilfe, allein kommt sie aus diesem Dilemma nicht heraus. Ich habe sie förmlich angefleht, ihrer Mutter die Stirn zu bieten. Sie wird es mit Sicherheit nicht fertigbringen!«

»Chrissy ist eine intelligente Frau. Warum sollte sie sich eine Heirat aufzwingen lassen?«

»Du kennst Doris nicht. Jeder Diktator könnte noch eine Menge von ihr lernen. Um ihr Ziel zu erreichen, geht sie über Leichen. Jeder, der mit ihr zu tun hat, gibt aus Furcht vor einem Streit schon von selbst klein bei.«

»Das hast du nicht getan!«

Frederic drehte sich herum und warf Alicia einen unergründlichen Blick zu. »Nein, Gott sei Dank nicht! Ich hoffe nur, daß Chrissy noch rechtzeitig die Augen aufgehen. Zum Teufel, ihre Mutter hat es nur auf seinen berühmten Namen abgesehen. Jeder außer Doris würde bei diesem Unternehmen eine Bruchlandung machen.«

»Wenn es so weit ist, wird Chrissy schon das Richtige zu tun wissen.«

»Wirklich? Mir würde dafür kein Dank gebühren. Ich habe mein Gewissen nur durch große Geschenke, Ponys oder Autos und so, reingewaschen. Menschliche Führung, väterlichen Rat hat Chrissy von mir nie erhalten. Gott, es ist eigentlich ein Wunder, daß sie mich nicht verachtet!«

Ganz automatisch strich Alicia ihm eine dunkle Haarsträhne aus der Stirn. »Nun mach dich nicht schlimmer, als du bist, Frederic. Deine Sorgen sind meiner Meinung nach völlig unbegründet, Chrissy wird ihren Weg machen.«

»Ich habe ihr heute abend gesagt, daß ich sie sehr lieb habe«, meinte Frederic leise.

Also hatte er ihren Rat angenommen! »Wie hat sie es aufgenommen?«

Er lächelte. »Sie begann zu weinen, küßte mich und sagte mir das gleiche.«

»Das freut mich, Frederic, das freut mich für euch beide.«

Frederic beugte sich vor und suchte Alicias Blick. »Ich habe dir für den Erfolg des heutigen Abends zu danken. Wie wichtig dieses Treffen für mich war, kann ich dir gar nicht sagen.«

»Früher oder später hättet ihr euch auch ohne meine Einmischung ausgesprochen. Dafür lag dir und Chrissy viel zu sehr daran. Ich habe nur einen kleinen Anstoß gegeben, das zu tun, was ihr schon lange vorhattet.«

Frederic strich ihr mit den Fingerspitzen sanft über die Wange. »Du bist so unheimlich verständnisvoll, kannst dich so gut in andere Menschen hineindenken. Das ist wohl der Grund, weshalb ich mich so gerne mit dir unterhalte!«

»Das stimmt nicht ganz. Ich war eigentlich immer reichlich egoistisch.«

»Das kann ich nur schwer glauben«, meinte er mit tiefer, zärtlicher Stimme, die Alicia wie eine körperliche Liebkosung zu spüren glaubte.

»Es entspricht aber der Wahrheit. Es war eine Spezialität von mir, nur an mich zu denken. Warum sonst hätte ich die Verantwortung für mein Leben wieder anderen übertragen? Zuerst meinen Eltern und dann Jim. Ich war nur auf der Welt, um glücklich zu sein, und jeder hatte dafür zu sorgen. Als ich dann Jim verlor, war Jeremy an der Reihe. So konnte mir nichts passieren. Fehler machten nur die anderen.«

Alicia schüttelte traurig den Kopf. »Frederic, tief im Innersten wußte ich schon lange, daß Jeremy mich nicht liebte. Noch bevor er Sandra traf. Um meine Zukunft abzusichern, ließ ich es beinahe zu, daß er sein Leben ruinierte, seine Chance auf Glück versäumte!«

»Geh nicht zu hart mit dir ins Gericht. Du mußtest schließlich an deine Kinder denken.«

»Ich habe sie immer wieder als Entschuldigung vorgeschoben.« Gedankenverloren streichelte Alicia seine Hände. Zwischen ihnen herrschte eine selbstverständliche Vertraulichkeit. »Dann jedoch wurde mir endlich klar, daß ich erwachsen war und die volle Verantwortung für mein Leben und das Leben meiner Kinder zu übernehmen hatte. Zum ersten Mal in meinem Leben stehe ich wirklich auf eigenen Füßen. Ich respektiere mich seitdem selbst viel mehr, aber es ist manchmal schon ein verdammt harter Job.«

»Ich kenne niemanden, der nicht hin und wieder mal das Handtuch werfen möchte.« Irgend etwas in Frederics Augen ließ Alicia befürchten, er würde sich wieder zurückziehen. Statt dessen jedoch griff er nach ihrer Hand und küßte sie. »Worüber hast du dich eigentlich mit Chrissy unterhalten?«

Frederic mußte gespürt haben, daß sich ihr Puls beschleunigte, denn er warf ihr einen fragenden Blick zu. »Ach, nur Frauengespräche, nichts Besonderes.«

»Hat sie nach uns gefragt?«

»Ja!«

»Und was wollte sie wissen?« Alicia ahnte, wohin eine ehrliche Antwort sie führen konnte, deshalb spielte sie erst mit dem Gedanken, sie zu verheimlichen. Dann jedoch reizte sie das Risiko.

»Chrissy fragte mich, ob wir zusammen geschlafen hätten.«

»Was hast du darauf geantwortet?«

»Ich sagte ihr ›nein‹!«

»Wie reagierte sie darauf?«

Alicia benetzte ihre Lippen. »Sie sagte, wir sollten es ihrer Meinung nach tun, es wäre sicher gut für uns beide.«

»Ich bin geneigt, dem zuzustimmen! Wenigstens für mich wäre es verdammt gut.« Frederic legte seine Hände um ihr Gesicht und sah Alicia forschend an. Er erkannte, daß sich sein Verlangen, seine Sehnsucht und seine Wünsche in ihren Augen widerspiegelten. »Wie steht's mit dir?«

»Ich denke, es wäre für beide Seiten äußerst befriedigend…«

Die Würfel waren gefallen.

»Für mich wäre es aber nur das Bett, nichts weiter. Ich kann mich gefühlsmäßig nicht binden. Das sollst du gleich wissen, damit du hinterher nicht enttäuscht bist.«

»Verstehe!«

»Wirklich? Verstehst du es wirklich, Alicia? Ich muß das jetzt unbedingt wissen!«

»Auch ich kann mich unmöglich binden!«

»Wir sind zwei erwachsene Menschen, die wissen, was sie tun, stimmt's?«

»Richtig!«

»Keine Katerstimmung hinterher?«

»Nein!«

»Ein Abenteuer nur für heute nacht, nichts weiter. Wir verknüpfen damit keine besondere Bedeutung, sondern betrachten es nur als körperliche Befriedigung. Ist das richtig?«

»Ja!« Dieses letzte Wort entfuhr Alicia wie ein Schluchzen. Leidenschaftlich preßte sie ihren Körper gegen Frederic.

Mit den Fingerspitzen zeichnete er die Konturen ihrer Lippen nach, bevor er seinen Mund darauf preßte.

Frederic zog sie in seine Arme und führte sie zum Bett hinüber, wo er ihr mit bebenden Fingern die Bluse aus der Hose zog. Alicia drängte sich lustvoll aufstöhnend an ihn.

Er hatte die Knöpfe ihrer Bluse noch nicht vollständig geöffnet, da beugte er schon seinen Kopf und küßte ihre Brüste durch das Kleidungsstück hindurch. Als es schließlich über ihre Schultern zu Boden sank, war Alicias Oberkörper feucht von seinen sehnsüchtigen Liebkosungen, und die rosigen Brustwarzen waren vor Erregung aufgerichtet.

Frederic zwang sich nur mühsam zur Ruhe. Er wollte nichts überstürzen, sondern jede Sekunde bis zur Neige auskosten. Zärtlich streichelnd glitten seine Hände über ihren Busen, wanderten zu ihrem Rücken und öffneten ihren BH. Als er ihn ausgezogen und auf den Boden geworfen hatte, sah er Alicia liebevoll an.

»Es ist so schön, dich zu berühren«, flüsterte er ihr ins Ohr.

Alicia umschlang seinen Hals und legte ihre Wange an sein wild pochendes Herz. Mit geschlossenen Augen atmete sie den herben Duft seines Aftershaves ein.

»Du hast herrliche Brüste, Alicia!«

Um seine Worte noch zu unterstreichen, begannen seine Fingerspitzen mit ihren Brustwarzen zu spielen, bevor er sich über sie beugte und sie mit seiner Zunge liebkoste. Seine Zärtlichkeiten ließen Alicias Herz rasen.

»Möchtest du dich selbst ausziehen?« fragte Frederic atemlos.

»Würdest du es lieber tun?«

»Furchtbar gern!«

Alicia zog ihre Schuhe aus und stellte sich auffordernd vor ihn hin. Sein leidenschaftlicher Blick, der über ihre bebenden Brüste weiter hinabglitt, brannte sich fast wie Feuer in ihre Haut. Frederic öffnete die Gürtelschnalle und den Reißverschluß ihrer grauen Flanellhose und legte seine Hände auf ihre schmalen Hüften. Behutsam schob er die Hose hinab, so daß Alicia aussteigen konnte.

»Deine atemberaubenden Beine haben mich vom ersten Augenblick an beeindruckt!« flüsterte er heiser. Als er ihren Slip hinabzuziehen begann, spürte er, wie Alicia plötzlich zusammenzuckte, und ließ sofort von ihr ab. »Habe ich etwas falsch gemacht?«

»Nein, es ist nur…« Um ihren plötzlichen Anfall von Schüchternheit vergessen zu machen, begann sie Frederics Hemd aufzuknöpfen. Behutsam strichen ihre Finger über sein dichtes Brusthaar, am liebsten hätte sie ihre Wange daran gerieben, aber sie hatte nicht den Mut dazu.

Er stand ganz still und überließ ihr seinen Körper. Seine Brustwarzen waren dunkel und flach. Als Alicia sie mit ihren Fingerspitzen berührte, richteten sie sich auf. Er stöhnte leise. War das nun gut oder schlecht? Sie konnte sich nicht erinnern, einen Mann je so berührt zu haben.

Als Frederic dann unter ihrer Berührung zu zittern begann, wurde Alicia plötzlich unsicher. Sie fühlte sich jetzt ausgesprochen hilflos und überfordert.

Ich bin nicht gut in solchen Dingen, dachte sie verwirrt. Er wird mich nicht mögen.

Frederic spürte ihre Unsicherheit und legte ihr tröstend seine Hände auf die Schultern. »Komm, mach es dir bequem!« forderte er sie auf.

Alicia ging zum Bett hinüber und schlug die Decke zurück, während Frederic seine restlichen Kleider ablegte. Nackt kam er zu ihr und setzte sich auf die Bettkante. Sie wagte nicht, ihn anzusehen.

»Alicia?« fragte er sanft. Dann griff er nach ihrer Hand und legte sie sich auf den Oberschenkel. Alicia atmete schwer. Wie würde es sein, nach so langer Zeit wieder mit einem Mann zu schlafen? Frederic streichelte sanft ihre Finger. »Sollen wir jetzt lieber aufhören? Bitte, sag es mir!«

Sein besorgter Tonfall ließ Alicia zu ihm aufblicken. Sein nackter Körper, das Spiel der Muskeln und seine gebräunte Haut boten ein eindrucksvolles Bild.

Aber stärker noch als sein faszinierendes Äußeres berührte Alicia sein verständnisvolles Verhalten. Selbst in diesem Augenblick war er noch bereit, ihr zuliebe zu verzichten. Sie spürte, wie ihr Gefühl für ihn über bloße Zuneigung hinauszuwachsen begann. Die Art, wie er mit ihren Kindern umzugehen pflegte, die Zärtlichkeit, mit der er sie hin und wieder ansah, zeugte auch bei ihm davon, daß er sie nicht nur sexuell begehrte. Er war liebevoll und besorgt, und sie wollte diesen Mann ganz genau kennenlernen.

Langsam begann sie seine Schenkel zu streicheln. »Nein, ich möchte nicht aufhören!«

Ohne jede Hast streckte sich Frederic neben ihr aus. Bevor er sie küßte, hielt er Alicia eine ganze Weile eng an sich gepreßt. Während seine Hände hinabglitten, um ihr den Slip auszuziehen, strichen seine Lippen sanft und zärtlich über ihren Mund. Dabei ging er sehr behutsam vor, denn er wollte sie nicht erschrecken. Immer entspannter gab sie sich seinen Zärtlichkeiten hin. Ganz nackt lag sie nun bei ihm, so daß er ihren perfekten Körper bewundern konnte.

Mit sanftem Druck schob Frederic nun ihre Schenkel auseinander und legte sich auf Alicia. Sie unterdrückte ihr Stöhnen, als er langsam und vorsichtig in sie eindrang.

»O Alicia, es ist so schön«, flüsterte er ihr ins Ohr. »So wunderschön, mein Liebling!«

»Frederic!« Leise rief sie seinen Namen, als seine rhythmischen Bewegungen immer schneller wurden. Wie von Sinnen krallten sich ihre Hände an seinen Schultern fest. Ihr Körper schwang mit ihm im ältesten Tanz der Welt. Hatte sie es nur vergessen oder hatte sie noch nie zuvor so intensiv gefühlt?

»Ganz ruhig«, meinte Frederic sanft, »wir haben keine Eile. Sei ganz entspannt und spüre mich in dir, mein Liebling. Spüre meine Liebe!«

Beglückt gab sich Alicia ihren Empfindungen hin. Höher und höher schlugen die Wogen der Leidenschaft. Vorher noch ängstlich, sich falsch zu verhalten, verlor sie jetzt jegliche Kontrolle, als sich Frederics Tempo steigerte. Sie umschlang seine Beine mit ihren Schenkeln und vergrub ihr Gesicht an seiner Brust.

»Frederic!« rief sie leise, als die Welt um sie herum zu explodieren schien.

Wie aus weiter Ferne hörte sie auch Frederic verhalten ihren Namen rufen. Als sie schließlich schwer atmend voneinander abließen, waren sie erschöpft und ... traurig.

9

Frederic wickelte sich eine ihrer Locken um den Finger und küßte Alicias feuchte Stirn. »Du bist so süß!« hauchte er.

»Wirklich?«

»Wirklich und wahrhaftig!« Wie zur Bestätigung seiner Worte bedeckte er ihr Gesicht mit kleinen Küssen, um sich dann bequem in die Kissen zurückzulehnen. »Wie lange ist Jim schon tot?«

»Drei Jahre.«

»Und während der ganzen drei Jahre hattest du keinen Liebhaber?«

»Wie kommst du denn darauf?« Hatte sie sich dermaßen unerfahren angestellt? Verunsichert rückte Alicia ein Stück zur Seite.

Frederic lächelte sie liebevoll an und zog sie wieder an seine Seite. »Ich habe es gemerkt, aber das ist kein Grund, sich ins Schneckenhaus zurückzuziehen.« Seine Hände wanderten über ihren Körper. »Im Gegenteil, es ist sehr reizvoll für mich.«

Seine Worte hatten sie beruhigt, und so kuschelte sich Alicia wieder enger an ihn. »Einen gab es in der Zeit«, gestand sie leise.

»Jeremy?«

Sie legte Frederic ihre Hand auf die Brust, und ihre Finger spielten zärtlich mit seinem dichten Haar. Lächelnd hoffte Alicia, daß sie sich den eifersüchtigen Unterton in seiner Stimme nicht nur eingebildet hatte. »Nein, es war nicht Jeremy!«

»Nein?«

Alicia schüttelte den Kopf. »Ich erzählte dir doch schon,

daß meine Beziehung zu Jeremy ganz anders war. Selbst als verheiratetes Paar wären wir sicher nie das Gefühl losgeworden, Jim zu betrügen. Jeremy und ich waren viel zu gute Freunde, um Liebende sein zu können.«

»Dann war es also jemand anders?«

»Er war eigentlich eher ein ›Niemand‹. Ein Abenteuer für eine Nacht. Ein netter Typ, aber alles, was dabei herauskam, war die Erkenntnis, daß ich, im Gegensatz zu Jim, noch lebte. Darüber hinaus hatte ich Jeremy gegenüber ein furchtbar schlechtes Gewissen.«

Eine ganze Weile lag Frederic da, ohne sich zu bewegen. Alicia war beunruhigt. Hätte sie nicht so offen sein sollen?

»Du hast mich angelogen, Alicia?«

Abrupt setzte sie sich auf und starrte in Frederics finsteres Gesicht. »Wie meinst du das?«

Er schlang seine Hände um ihren Hals und massierte liebevoll ihren Nacken. »Als du sagtest, die heutige Nacht hätte keine besondere Bedeutung, war das eine glatte Lüge.« Frederic griff in ihre Locken und zog Alicia zu sich herab, um sie sanft und liebevoll zu küssen. »Für dich ist es mehr als nur Sex, habe ich recht? Es bedeutet dir etwas, nicht wahr?«

Alicia sah zu Boden. Tränen schimmerten wie Perlen an ihren Wimpern. Mit feuchten Augen blickte sie Frederic schließlich ins Gesicht. »Ja, das stimmt«, gestand sie heiser. »Sonst wäre ich nicht hier!«

»Alicia!« Frederic riß sie ganz fest in seine Arme. Ihre Brüste preßten sich weich gegen seinen muskulösen Oberkörper. Ihre Lippen fanden sich in einem temperamentvollen Kuß, während sich der Funke der Leidenschaft bei ihnen gleichzeitig erneut entzündete.

Als sie schließlich voneinander abließen, zeichnete Alicia mit den Fingerspitzen die Konturen von Frederics feuchten Lippen nach. »Hast du auch gelogen, Frederic?«

»Ja! Dir und auch mir selbst habe ich etwas vorgelogen!«

Er drückte ihren Kopf an seine Schulter und schloß die Augen, um die Nähe ihres nackten Körpers noch intensiver zu spüren. Seine Hände streichelten zärtlich die seidige Haut ihres Rückens und ihrer Schenkel. Als er ihr schweres Aufatmen hörte, überkam ihn erneut die Lust, sie zu lieben.

Kurz vor Morgengrauen verließ Alicia den schlafenden Frederic. Sie sammelte ihre verstreut herumliegende Kleidung zusammen, ging noch kurz ins Bad und schlich dann schnell die Treppe hinauf. In Windeseile streifte sie sich ihr Nachthemd über und glitt vorsichtig neben Adam ins Bett. Es kam ihr schon ein wenig albern vor, sich wie ein Teenager anzuschleichen, aber auf diese Weise ging sie komplizierten Erklärungen aus dem Wege.

Alicia meinte, gerade erst eingeschlafen zu sein, als die Jungen wach wurden und flüsternd nach unten schlichen. Wenig später hörte sie Frederics leise Stimme: »Nanu, ihr zwei seid schon auf? Schläft eure Mutter noch?«

Früher oder später würde sie ihnen allen gegenübertreten müssen. Im Augenblick jedoch zog sich Alicia die Bettdecke über den Kopf und fürchtete sich davor. Was mochte Frederic jetzt nur von ihr denken? Wie sah sie selbst inzwischen die ganze Angelegenheit? Warum nur war sie so hin- und hergerissen zwischen atemberaubender Erinnerung und tiefer Beschämung?

Frederic war eine ganz neue Erfahrung für sie. Es gab keinen Winkel an ihrem Körper, den er nicht ergründet hatte. Jim war ein liebevoller, zärtlicher Partner gewesen, dennoch hatte sie bei ihm niemals auch nur annähernd die Ekstase kennengelernt wie bei Frederic.

Der Gedanke an die vergangene Nacht trieb Alicia die Röte ins Gesicht. Frederic hatte eine derartig heftige Begierde in ihr geweckt, daß sie sich selbst nicht mehr erkannte. Die neue Alicia begeisterte und entsetzte sie zu gleicher Zeit. Leute, die sie gut kannten, wären von ihrem Verhalten geschockt. Vor allem ihre Eltern, Sandra und Jeremy. Nein, nicht Jeremy, wenn sie an die Sex-Szenen in seinen Büchern dachte.

Unten war das Frühstück bereits in vollem Gange, und sie entschloß sich, dem Unabwendbaren gegenüberzutreten. Alicia zog sich ihren Hausanzug an, bürstete sich durchs Haar und näherte sich dann zögernd der Treppe.

Adam entdeckte sie als erster. »Guten Morgen, Mami. Habe ich dich heute nacht getreten?« Er wandte sich an Frederic. »Immer wenn ich in ihrem Bett schlafe, erzählt sie mir, daß ich trete!«

»Heute nacht habe ich nichts bemerkt!« Aus den Augenwinkeln registrierte Alicia, daß Frederic an der Spüle lehnte und seinen Kaffee trank. Er hatte nur eine Jeans übergezogen, seine Füße und die Brust waren nackt. Dieser Anblick ließ Erinnerungen in ihr wach werden, und ihr Herzschlag beschleunigte sich. Sie wußte noch genau, wie sich seine Haut und seine Lippen anfühlten. Wie sehr sie es liebte, von ihm berührt zu werden!

»Guten Morgen, David!«

»Hallo! Dein Gesicht ist ja ganz rot!«

»Wirklich?« Alicia legte ihre eiskalten Hände auf die glühenden Wangen.

»Warum ist dein Gesicht so rot, Mami?« erkundigte sich Adam kauend.

»Ich ... ich weiß es nicht!«

»Du bist so komisch heute morgen«, bemerkte David. »Gib mir bitte die Marmelade.«

Alicia reichte ihm das Glas und hätte nicht übel Lust gehabt, ihrem vorlauten Sohn über den Mund zu fahren. Es dauerte fast eine Ewigkeit, bis sie genug Mut fand, Frederic ins Gesicht zu sehen.

»Kaffee?« erkundigte er sich mit sanfter Stimme.

Seine Augen und sein Gesichtsausdruck verrieten Alicia,

daß alles in Ordnung war. Ihre innere Anspannung ließ nach. »Bitte!«

Frederic schenkte ihr eine Tasse Kaffee ein, und aus Furcht, ihre weichen Knie könnten nachgeben, ließ sich Alicia auf den nächstbesten Stuhl nieder. Hatte sie tatsächlich wenige Stunden zuvor seinen nackten Körper mit ihrer Zunge liebkost? Wie sehr sehnte sie sich danach, ihn zu berühren, ihm einen Gutenmorgenkuß zu geben und für die unvergeßliche Nacht zu danken. Nie zuvor in ihrem Leben hatte sich Alicia so weiblich und so begehrt gefühlt.

»Wie steht's mit Frühstück?«

»Vielleicht eine Scheibe Toast, ich habe keinen großen Hunger!«

»Ich auch nicht!«

Eine lange Zeit sahen sie einander in die Augen und übermittelten sich wortlos zärtliche Botschaften.

Schließlich richtete David eine Frage an seine Mutter, und Alicia mußte sich förmlich zwingen, ihm zu antworten.

Frederic stellte einen Teller mit Toast auf den Tisch und setzte sich.

»Der Anzug steht dir sehr gut!«

»Vielen Dank!«

»Hast du gut geschlafen?«

Sein Mund war so ungeheuer anziehend. »Ja. Und du?«

»Süße Träume haben mir den Schlaf geraubt!«

»Tatsächlich?«

Auch Frederic genoß seine Erinnerungen, er dachte daran, wo er sie überall geküßt hatte, und sein Blick verklärte sich. »Ja. Ich habe jede Sekunde davon genossen.«

»Wir sind genauso wie das Foto hier auf der Packung, Mami!«

Alicia löste sich nur schwer von Frederics Anblick und wandte sich Adam zu. »Was hast du gerade gemeint?« erkundigte sie sich irritiert.

»Guck mal, hier.« Adam zeigte auf die Cornflakes-

Schachtel. »Auf dem Bild sitzen alle um den Tisch herum und frühstücken. Die zwei Jungen sind David und ich, dazwischen noch Mama und Papa.«

»So'n Quatsch! Stimmt doch gar nicht!« fuhr David dazwischen. »Frederic könnte nur unser Vater werden, wenn er Mama heiratet!«

Adam schob angriffslustig seine Unterlippe vor. »Aber dann würde es stimmen, nicht, Mami?«

Alicia antwortete nicht. Frederics erstarrter Gesichtsausdruck schockierte sie zutiefst. »Ja, so könnte man sagen. David, du sollst deinen kleinen Bruder nicht gleich so abkanzeln«, fügte sie zerstreut hinzu. Ihr himmelstürmendes Glücksgefühl drohte sich in nichts aufzulösen, und Alicia versuchte verzweifelt, noch etwas davon zu retten. »Warum geht ihr zwei nicht draußen spielen? Ihr seid doch fertig, oder?«

Die beiden Jungen ließen es sich nicht zweimal sagen und stürmten zur Tür.

»Das wär 'ne Wucht, wenn Frederic unser Vater würde, stimmt's, David?«

»Ja, eine Superwucht. Dann wären wir wieder eine richtige Familie, und Chrissy könnte uns manchmal in ihrem Porsche mitnehmen.«

»Toll! Wäre sie dann unsere Schwester oder Tante?«

»Unsere Schwester. Hast du denn von nichts eine Ahnung?«

»Für eine Schwester ist sie aber ganz schön alt!«

Die Tür knallte hinter ihnen ins Schloß, und im Zimmer herrschte belastende Stille.

Frederic stellte seine Tasse auf den Tisch. Er tat es betont vorsichtig, als befürchte er, sie sonst möglicherweise gegen die Wand zu schmeißen. Mit verbissenem Gesicht starrte er zu Boden, die Hände zu Fäusten geballt. An seiner Schläfe sah man das Blut in einer Ader pochen.

Alicia registrierte seinen Stimmungswandel mit tiefer Betroffenheit. Nicht aus Angst vor ihm, sondern weil sie meinte, den Grund dafür zu kennen. »Sie sind doch noch so klein, Frederic.« Unbeabsichtigt schlug sie einen bittenden Tonfall an. »Sie sind sich über die Tragweite ihrer Worte überhaupt nicht im klaren. Ihr größter Wunsch ist es, wieder einen Vater zu haben und als Familie komplett zu sein. Du darfst ihren Worten keine besondere Bedeutung beimessen!«

Frederic lächelte frostig. »Habe ich das letzte Nacht nicht schon einmal gehört? Aber sie hatte *doch* eine besondere Bedeutung, nicht wahr, Alicia?«

»Haben wir das nicht schon längst geklärt?« Alicia spielte nervös mit den Fingern. »Ist es ein Grund, deshalb böse zu werden?«

»Verdammt noch mal, ja!« schrie Frederic und sprang auf. Glücklicherweise waren die Jungen draußen so laut, daß sie ihn nicht hören konnten. Alicia jedoch zuckte unter seinen Worten förmlich zusammen. »Ja, ich bin wütend!« setzte er etwas beherrschter hinzu.

»Warum?« Sie hatte ihre Fassung schnell zurückgewonnen. Nach den Vertraulichkeiten der vergangenen Nacht beanspruchte sie das Recht, Einzelheiten zu erfahren. »Wie können dich die Worte eines Fünfjährigen nur so erzürnen?«

»Ich bin doch nicht böse auf Adam. Mein Gott, Alicia, für wen hältst du mich?« entgegnete Frederic. »Ich bin wütend, weil die letzte Nacht so unvergeßlich schön war, weil du eine Frau bist, in die ich mich unsterblich verlieben könnte und weil ich von Herzen gerne der Vater deiner Jungen wäre und somit einen kleinen Teil meines Versagens wiedergutmachen könnte.«

Hilflos starrte Alicia ihn an. »Ich verstehe dich nicht! Was ist daran nicht in Ordnung?«

Frederic griff nach ihren Schultern und schüttelte sie leicht. »Weil das alles nur Hirngespinste sind!« Nur mühsam brachte er diese Worte hervor.

Er ließ so unerwartet von ihr ab, daß Alicia einen Schritt zurücktaumelte. Frederic drehte ihr den Rücken zu und starrte zum Fenster hinaus. Er beobachtete Adam und David, die sich bemühten, Feuerholz gegen die Hauswand zu stapeln, wie sie es am Vortag mit ihm zusammen gemacht hatten. Der Anblick tat ihm weh, und er hätte viel darum gegeben, ihrer Unterhaltung nicht zuhören zu müssen.

»So hat Frederic es uns gezeigt!«

»Woher weiß er das alles, David?«

»Weil er schon alt ist, so wie Papa. Papas wissen alles!«

»Glaubst du, daß er stolz auf uns ist, wie wir das hier machen?«

»Bestimmt! Er ist immer stolz auf uns. Weißt du das nicht mehr? Er hat es doch mal gesagt!«

Alicia zwang Frederic, sich zu ihr herumzudrehen. Sie wußte, daß sie ihn zu einer Erklärung drängte, aber sie war nicht gewillt, die Frage offen zu lassen. »Warum sind es Hirngespinste?«

»Glaub mir, es ist unmöglich!«

»Warum?«

»Bitte, hör auf zu fragen!«

»Gibt es in deinem Leben eine andere Frau?«

Frederics unverhohlen sehnsüchtiger Blick strich über Alicias Körper. »Ich wünschte, es wäre so einfach. Liebend gern würde ich jede andere Frau dieser Welt dafür aufgeben, an deiner Seite zu leben, jede Nacht mit dir schlafen zu können!«

Ungewollt seufzte Alicia auf. »Dann sag mir doch bitte den Grund, Frederic!«

»Nein!«

»Warum nicht?«

»Es ist besser für dich, ihn nicht zu kennen!«

»Wie kommst du darauf? Können wir nach dem, was letzte Nacht geschehen ist, nicht über alles offen und ehrlich sprechen?«

»Darüber nicht!« – »Wie kann es zwischen uns jetzt noch Geheimnisse geben?«

»Heute nacht habe ich dieses Thema verdrängt, jetzt *muß* ich mich wieder damit auseinandersetzen.«

Alicia legte sich die Hände auf den Leib. »Ich trage immer noch etwas von dir in mir! Aber trotzdem kannst du mir nicht vertrauen? Ist das nicht unlogisch?«

Wie versteinert starrte Frederic sie an. »Mein Gott«, stieß er hervor. »Nimmst du nicht die Pille?«

»Nein!«

»Warum hast du mir das nicht gesagt?« schleuderte er ihr entgegen.

»Du hast mich ja nicht gefragt«, parierte Alicia scharf. Ihr ganzer Körper bebte inzwischen vor Zorn. Frederic war zurückgewichen, sie griff jedoch nach seinem Arm und zwang ihn, sie anzusehen.

»Machen Sie sich keine Sorgen, Mister Reynolds. Auch mit einem Baby auf dem Arm würde ich niemals hinter Ihnen herlaufen!«

»Darum geht es doch gar nicht«, stieß Frederic hervor. »Ich möchte dich nur nicht schwanger verlassen, das ist alles!«

»Mich verlassen? Das ist es also!«

Frederic holte tief Luft, und sein vorher so harter Blick wurde zusehends freundlicher. »Ja. Das wußtest du von Anfang an.«

Es entsprach der Wahrheit. Frederic hatte sie nicht eine Sekunde darüber im Zweifel gelassen. »Ich kann mich nicht binden«, waren immer wieder seine Worte gewesen, die er auch in der vergangenen Nacht noch wiederholt hatte. Alicia hatte Bescheid gewußt, das Wissen um diese Tatsache dennoch geflissentlich verdrängt. Ihre Liebesnacht war etwas so Besonderes gewesen, daß in ihr doch gewisse Hoffnungen erwacht waren.

Frederic Reynolds aber schien trotzdem unbeugsam auf seinem Entschluß beharren zu wollen.

Um zu retten, was noch von ihrem Stolz übrig war, drehte sie sich um und begann, den Tisch abzuräumen. Frederic ging ins Wohnzimmer.

Als sie gespült hatte – niemand sollte sagen, daß sie die Gastfreundschaft dieses Mannes ausnutzte –, ging sie zu ihm.

In Ordnung! Sollte er sich zum Teufel scheren!

»Ich fahre noch heute nachmittag nach Los Angeles zurück. Es ist zwar ein Tag früher als geplant, aber unter den gegebenen Umständen sicher das Beste.«

Alicia wartete darauf, daß Frederic ihr eine Antwort gab. »Frederic?« sprach sie ihn noch einmal ungeduldig an, als er überhaupt nicht reagierte. Langsam hob er jetzt den Kopf, sah sie an und nickte knapp.

Tränenblind stürmte Alicia nach oben und warf ihre Habseligkeiten in den Koffer.

10

Frederic starrte dem Wagen nach, bis er hinter den Bäumen verschwunden war. Die Stille, die ihn jetzt umgab, empfand er als unerträglich.

Hol sie zurück, du verdammter Idiot! hämmerte es in seinem Kopf. Wie konnte er sie nur gehen lassen? Er sehnte sich nach dieser Frau und ihren Kindern.

Frederic rührte sich jedoch nicht, weil er wußte, daß es auf die Dauer keinen Zweck gehabt hätte. Es wäre ihnen gegenüber nicht fair gewesen. Seit einer Woche schon lebte er förmlich im luftleeren Raum, und das würde sich erst ändern, wenn er eine Antwort erhielt, egal, wie sie ausfiel! Aus diesem Grund durfte er niemanden mit seinen Problemen belasten.

Frederic verfluchte sein Schicksal. Niedergeschlagen ging er ins Haus und warf die Tür hinter sich zu. Düstere Gedanken stürmten auf ihn ein. Er konnte hier unmöglich alleine bleiben, es würde ihn an den Rand des Wahnsinns treiben.

Sobald er alles zusammengepackt hatte, wollte auch er sich auf den Weg nach Los Angeles machen.

»Das ist nur deine Schuld«, maulte David auf dem Rücksitz. »Adam und ich sind prima mit ihm klargekommen, aber du hast ihn immer geärgert. Nur darum mußten wir schon nach Hause fahren!«

»Wir wären doch morgen sowieso abgereist.« David und Adam führten sich auf, als würde ihre Mutter jede böse alte Hexe in den Schatten stellen. Seit sie schluchzend in das Auto gestiegen waren, nahmen ihre Beschuldigungen kein Ende.

»Ja, morgen, aber noch nicht heute!«

»Auch ich wollte heute eigentlich noch nicht abreisen, David.«

»Warum sind wir dann gefahren?«

O Gott, sie hatte diese Diskussion so entsetzlich satt. Wie sehr sehnte sich Alicia nach Ruhe und Frieden. Darüber hinaus konnte sie gar keine Erklärung abgeben; sie war sich selbst im unklaren. Warum durfte sie sich nicht irgendwohin verkriechen, um mit sich selbst ins reine zu kommen? »Frederic hat es so gewünscht!«

»Vielleicht hat er es sich von dir gewünscht, uns hätte er bestimmt gerne behalten. Wir sind nämlich gute Freunde!«

»In Ordnung, meine Herren! Jetzt reicht's!« Alicia fuhr auf den Seitenstreifen der Autobahn und stieg voll auf die Bremse. Mit wutverzerrtem Gesicht wandte sie sich den Kindern zu. »Okay, ich bin also der Buhmann! Aber wenn ich jetzt auch nur noch ein Sterbenswörtchen darüber höre, gibt's ein Mordstheater, habt ihr mich verstanden?«

Vier Augen starrten sie entgeistert an. Nur selten hatte Alicia ihre Selbstbeherrschung dermaßen verloren. »Sagt: Jawohl, wir haben verstanden!« verlangte sie.

Furchtsam weinend kamen die Kinder ihrem Befehl nach. Alicia sank förmlich in sich zusammen. »Ich danke euch!« stieß sie hervor.

Sie lenkte den Wagen auf die Fahrspur zurück, und als sie wenige Minuten später in den Rückspiegel sah, entdeckte sie, daß beide Kinder schliefen. David hatte Adam beschützend in den Arm genommen, während dieser zum ersten Mal seit langer Zeit wieder an seinem Daumen lutschte.

Alicia war kreuzunglücklich über ihr Benehmen. Ihre Nerven hatten sie jedoch vollkommen im Stich gelassen, und sie sehnte sich inständig danach, sich den Kummer von der Seele zu weinen.

Warum hatte sie in der Liebe immer so ein Pech? Wann würde sie endlich lernen, dabei ihren gesunden Menschenverstand einzusetzen und mehr Vorsicht walten zu lassen? Würde sie es denn niemals schaffen, hinter die Dinge zu sehen, sondern sich immer wieder blindlings in hoffnungslose Situationen hineinmanövrieren? Warum mußte sie sich in einen Mann verlieben, der dem Rennsport verfallen war und dabei umkam?

Warum wollte sie sich mit jemandem verbinden, der sie sehr mochte, aber nicht liebte? Warum, zum Teufel, hatte sie sich jetzt wieder verliebt...

Dicke Tränen rollten ihr die Wangen hinab. Verzweifelt biß Alicia sich auf die Unterlippe.

Ja, es stimmte! Sie liebte Frederic von ganzem Herzen, und diese Erkenntnis tat ihr trotz aller Schwierigkeiten richtig gut.

»Guten Morgen!« grüßte Alicia, als sie am folgenden Montagmorgen die Boutique betrat.

»Alicia! Schön, dich zu sehen. Hast du schon die Neuigkeiten vernommen?«

»Worum geht's denn? Ich habe keine Ahnung!«

»Gwen hat Donnerstagnacht ihr Baby bekommen.«

»Oh?« Alicia ging zum rückwärtigen Teil des Geschäftes hinüber. Der dichte hellblaue Teppich schluckte jeden ihrer Schritte. Sie verstaute ihre Jacke und die Handtasche in ihrem Schrank. Die Verkäuferin war ihr gefolgt.

»Das kleine Mädchen ist zwar fast einen Monat zu früh gekommen, aber trotzdem stolze sechs Pfund schwer.«

»Das freut mich. Wie geht's Gwen?«

»Blendend. Sie hat es so ganz nebenbei erledigt.«

»Wie schön für sie. Ich muß sie auch noch wegen der Reparaturen an ihrem Ferienhäuschen anrufen.«

»Möchtest du einen Kaffee?«

Alicia sah die junge Frau an. »Du bist so besorgt um mich. Stimmt irgendwas nicht? Bin ich vielleicht in der Zwischenzeit gefeuert worden?«

»Wohl kaum!« Die Verkäuferin senkte die Stimme. »Die allmächtigen Chefs sitzen in einer Besprechung und haben mich angewiesen, dich sofort nach deinem Erscheinen zu ihnen zu schicken. Ich vermute, daß sie deine Entscheidung schon heute wissen wollen, Alicia!«

»Hm.« Alicia nahm den Kaffee dankend entgegen und trank einen Schluck. So früh hatte sie es nicht erwartet, dennoch war ihr Entschluß gefaßt. »Na dann, auf in den Kampf.« Sie überprüfte noch schnell ihr Aussehen im Spiegel auf dem Korridor und ging die Treppe hinauf.

»Hallo, Alicia, man erwartet dich schon. Geh nur gleich hinein«, begrüßte die Chefsekretärin sie dienstbeflissen.

»Vielen Dank!«

Alicia nahm all ihren Mut zusammen und öffnete die Tür zu den heiligen Hallen. Dichter Zigarrenrauch quoll ihr entgegen. Nach einer herzlichen Begrüßung wurde die wichtige Frage an sie gestellt.

Alicia war die Entscheidung nicht leicht gefallen. Beinahe hätte sie die Flinte wieder ins Korn geworfen und jemand anderen für ihr Leben verantwortlich gemacht. Frederic Reynolds zu vergessen, hatte viele tränenreiche Stunden gekostet, aber jetzt war sie entschlossen, ihre Zukunft ganz fest in beide Hände zu nehmen.

»Meine Zeit und meine Fähigkeiten sind sehr teuer«, erklärte sie den Männern unverblümt. »Ich verlange monatlich dreihundert Dollar mehr, als Sie mir angeboten haben.«

Man konferierte darüber und willigte ein.

»Nun, meine Herren, Sie haben eine neue Chefeinkäuferin. Darf ich Ihnen meine neuen Ideen kurz darlegen?«

Ihre herzerfrischende Begeisterung wirkte ansteckend auf die ganze Runde.

Alicia klopfte an die Scheibe und winkte dem Dekorateur begeistert zu. Dann stürmte sie in den Laden und meinte: »Die Auslage ist eine wahre Augenweide!«

Der Dekorateur pfiff leise vor sich hin und bemerkte dann: »Sie auch!«

Alicias Beförderung und die damit verbundene Gehaltserhöhung hatten sich in der Tat auch an ihrer Kleidung gezeigt. Sie trug einen leichten, elfenbeinfarbenen Wollrock und eine Seidenbluse. Um ihre Schultern hatte sie ein edles Designer-Tuch geschlungen. Helle Strümpfe und Pumps ergänzten das Bild der perfekten Karrierefrau. Lachend bedankte sie sich für das Kompliment.

»Wie wär's denn mit uns zweien heute abend, oder geben Sie sich jetzt mit dem Fußvolk nicht mehr ab?«

»Was würde Ihre Freundin dazu sagen?«

»Ach, die ist tolerant!«

»Aber ich nicht!« rief Alicia ihm noch schnell zu und beeilte sich dann, ein Telefongespräch entgegenzunehmen.

»Modeboutique Glad Rags!«

»Kann ich bitte Alicia Russell sprechen?«

»Am Apparat!«

»Mrs. Russel, hier spricht das Westbrook Krankenhaus. Ihr Sohn ist eingeliefert worden.«

Kraftlos wie eine Gummipuppe sank Alicia auf den Schreibtischstuhl. »Mein Sohn? Im Krankenhaus?«

»Ja, David. Der hatte einen Unfall in der Schule. Der Rektor selbst brachte ihn zu uns.«

»Ist er …«

»Es geht ihm gut, aber er verlangt ständig nach Ihnen. Könnten Sie sofort kommen? Wir brauchen Ihre Unterschrift für …«

»O Gott, ja, ich bin schon unterwegs!«

Alicia warf den Hörer auf die Gabel, riß ihre Handtasche an sich und stürmte zur Tür. »David ist im Krankenhaus«, rief sie der Verkäuferin zu, die den Ernst des Telefonates erkannt hatte und zu Alicia herübergekommen war. »Ich muß mir wahrscheinlich für den Rest des Tages freinehmen.«

»Ist es etwas Schlimmes? Soll jemand mitfahren?«

»Ich glaube nicht. Näheres weiß ich allerdings selber nicht. Ich möchte lieber allein sein, aber trotzdem vielen Dank!«

Wie betäubt raste sie die Straßen entlang. Die kalifornische Sonne blendete sie, denn sie hatte keine Zeit gehabt, eine Sonnenbrille mitzunehmen. Auf den Straßen herrschte sehr viel Verkehr, was sie noch nervöser machte. Sie weinte nicht, aber sie hätte am liebsten laut geschrien. Doch ihre Kehle war wie zugeschnürt, und der Kopf drohte ihr zu zerspringen.

Hatte David sich etwas gebrochen? Oder war es nur eine Schramme? Warum, zum Teufel, hatte sie nicht gefragt, und wo befand sich dieses verdammte Krankenhaus? Plötzlich erinnerte sie sich. Es war in unmittelbarer Nähe von Davids Schule, noch ungefähr dreißig Minuten entfernt.

Als die Klinik schließlich nach einer Ewigkeit in Sicht kam, parkte Alicia in Windeseile den Wagen und rannte in die Halle. »David Russell«, sagte sie völlig außer Atem zu der Krankenschwester am Empfang.

»Sind Sie Mrs. Russell?«

»Ja, wie geht es ihm? Ich kam, so schnell ich konnte.« Die Schwester legte ein derartig kühles und abweisendes Benehmen an den Tag, daß Alicia ihr am liebsten eine Ohrfeige verpaßt hätte.

»Er liegt im Behandlungsraum fünf, dort hinten den Korridor entlang. Bevor wir ihn weiter versorgen können, müssen Sie einige Papiere unterschreiben.«

Empört hätte Alicia am liebsten gefragt, ob man dort möglicherweise auch Kinder sterben ließe, nur weil irgendwelche Unterschriften fehlten. Sie besann sich jedoch eines Besseren und lief mit wild pochendem Herzen den Flur hinab.

Bevor Alicia noch die Tür öffnen konnte, hörte sie das Kind schon vor Schmerzen wimmern. Als erster Anblick bot sich ihr ein blutverschmiertes Handtuch auf dem Boden. Übelkeit stieg in ihr auf. »David?« Ein Mann stand über ihn gebeugt. Er drehte sich herum und sah Alicia an. Es war Frederic!

»Was tust du denn hier?«

»David hat mich rufen lassen!«

»Mami?«

Davids furchtsamer Ausruf verdrängte den Schock, Frederic so unverhofft wiederzusehen. Alicia eilte zu ihrem kleinen Sohn hinüber und konnte nur mit Mühe einen Ausruf des Erschreckens unterdrücken. Sein rechtes Auge war fast zugeschwollen, und unter der Augenbraue klaffte eine lange Platzwunde.

»David, mein Schatz, was ist denn passiert? Du lieber Gott! Hast du große Schmerzen?«

»Es tut so weh, Mami«, wimmerte David und streckte ihr hilfesuchend die Hand entgegen.

»Ich weiß, mein Liebling!« Außer sich vor Sorge schaute Alicia zu Frederic auf. »Hat man hier überhaupt schon etwas für ihn getan? Was ist mit seinem Auge?«

Er schüttelte den Kopf. »Sie bestanden auf deiner Unterschrift. Das Auge ist unverletzt, ich habe es schon überprüft.«

»Gott sei Dank«, stieß Alicia hervor und griff nach Davids Hand. »Gleich kommt alles in Ordnung, das verspreche ich dir!«

»Geh nicht weg, Mami«, weinte David, als Alicia ihm ihre Hand wieder entzog.

»Ich gehe nicht weg, mein Schatz, ich hole nur den Doktor!«

In dem Augenblick betrat die Schwester das Zimmer. »Mrs. Russell, würden Sie bitte die Formulare unterschreiben und den Namen der Versicherungsgesellschaft eintragen? Ich gebe David dann eine schmerzstillende Spritze.«

»Ich will keine Spritze«, schrie das Kind und begann zu weinen.

»He, he, hattest du mir nicht versprochen, ganz tapfer zu sein, hm?« mischte sich Frederic ein und strich David liebevoll übers Haar.

Während sich Alicia mit den Formularen beschäftigte, bereitete die Krankenschwester die Spritze mit einem leichten Beruhigungsmittel vor. »Es piekst nur ein kleines bißchen!«

Alicia öffnete Davids Gürtel, und Frederic zog die Jeans vorsichtig hinunter. David wehrte sich weinend, wobei sich seiner Mutter das Herz zusammenzog.

»Das wird ihm jetzt das Warten auf Dr. Benedict erleichtern«, meinte die Schwester, nachdem sie ihm die Spritze gegeben hatte.

»Was wollen Sie damit sagen?« entfuhr es Alicia ungehalten. »Ich verlange umgehend ärztliche Behandlung für meinen Sohn. Was ist in diesem Krankenhaus eigentlich los?«

»Alicia, ich war so frei, Dr. Frank Benedict anzurufen«, erklärte Frederic ruhig. »Er ist auf Schönheitsoperationen spezialisiert und ein Freund von mir. Da es sich hier um eine tiefe Wunde im Gesicht handelt, dachte ich, man sollte versuchen, Narben zu vermeiden.«

»Oh«, entfuhr es Alicia kleinlaut. »Natürlich. Wahrscheinlich hätte ich selbst so entschieden. Vielen Dank, Frederic!«

11

Mit einem zweideutigen Lächeln auf den Lippen verließ die Krankenschwester das Zimmer. Zweifellos war Alicia in ihren Augen eine nachlässige Mutter, die niemand finden konnte, als ihr Sohn verunglückte, so daß an ihrer Stelle ihr Liebhaber kommen mußte.

Der diensttuende Arzt stürmte forsch zur Tür herein. »Hallo, grüß dich, David! O Mann, wer ist denn mit dir zusammengestoßen?« Seine burschikose Art tat David offensichtlich wohl, und er lächelte ihm schüchtern zu.

Munter plaudernd versorgte der junge Arzt die Wunde. Alicia sah eine Weile zu, bis ihr auf einmal schwarz vor den Augen wurde und Frederic sie gerade noch auffangen konnte, bevor sie zu Boden sank.

»Ganz ruhig«, tröstete er sie. »Es kommt alles wieder in Ordnung!«

Es war so schön, seine wohlklingende Stimme zu hören. Wie hatte sie es nur eine ganze Woche ohne diesen sanften Klang ausgehalten? Eine Weile lehnte sie sich hilfesuchend an ihn, genoß die Nähe seines starken Körpers. Dann richtete sich Alicia auf.

»David hat dich rufen lassen?« wollte sie wissen.

Frederic nickte. »Als man dich nicht finden konnte, gab er meinen Namen und den der Firma an.«

»Ich muß gerade zwischen zwei Geschäften unterwegs gewesen sein!«

»Mach dir keine Vorwürfe. Du kannst doch nicht den ganzen Tag neben dem Telefon sitzen. Der Schulrektor rief mich an, schilderte mir den Fall, und ich kam her, so schnell es ging.«

»Herzlichen Dank und entschuldige vielmals!« Frederic runzelte die Stirn. »Wofür entschuldigst du dich?«

»Dafür, daß ... weil du in diese Sache hineingezogen worden bist!«

Mit zornblitzenden Augen sah Frederic sie an. Alicia war jedoch zu feige, das Thema weiter zu verfolgen. »Ich ... ich weiß immer noch nicht, was eigentlich passiert ist.«

»Gleich nach der großen Pause sind die Kinder in die Klassen gestürmt. Ein Junge riß die Tür auf, die dann David unglücklicherweise genau am Auge traf.«

Alicia starrte Frederic entsetzt an. Er nahm ihre kalten Hände und wärmte sie. »Es wird alles gut, da bin ich ganz sicher!«

Sein Anflug von schlechter Laune war in Windeseile verflogen.

Der junge Arzt hatte seine Arbeit beendet, winkte David grinsend zu und verließ das Zimmer.

Alicia ging zu ihrem Sohn hinüber und strich ihm eine Haarsträhne aus dem bleichen Gesicht. Wie klein und verletzlich er doch zwischen diesen weißen Laken aussah. Alicia konnte den Anblick kaum ertragen.

Die Spritze tat inzwischen ihre Wirkung, und David wurde schläfrig. »Mami, ich habe die Bluse meiner Lehrerin mit Blut vollgeschmiert. Glaubst du, daß sie jetzt sauer auf mich ist?«

Alicia lächelte unter Tränen. »Bestimmt nicht, mein Liebling. Und wenn, kaufe ich ihr einfach eine neue!«

»Tut mir leid, daß ich dich von der Arbeit geholt habe.«

»Kein Job der Welt ist mir so wichtig wie du!«

»Bin ich jetzt zum ersten Mal im Krankenhaus?«

»Nein, du bist auch im Krankenhaus geboren.«

»Damals war Papa dabei!«

»Ja, er war dabei!«

»Schön, daß Frederic jetzt hier ist. Freust du dich auch, Mami?«

Alicia suchte Frederics Blick. Er stand auf der anderen Seite von Davids Bett und streichelte die kleine Hand des Jungen. Er hob den Kopf und sah Alicia an. Seine Augen sagten ihr mehr als tausend Worte, wie sehr er sie vermißt hatte.

»Ja! Ich bin froh darüber, daß Frederic hier ist!«

Die Tür öffnete sich. »Frederic?«

»Hallo, Frank!« die beiden Männer schüttelten sich die Hände. »Darf ich dir Alicia Russell und ihren Sohn David vorstellen? Sie sind Freunde von mir!«

»Nett, Sie kennenzulernen«, meinte der Doktor freundlich. Er war etwa in Frederics Alter, nur kleiner und untersetzt.

»David hat sich auf eine Auseinandersetzung mit einer Tür eingelassen und verloren.«

Dr. Benedict besah sich Davids Wunde. »Das ist gut zu erkennen«, bestätigte er und tätschelte dem Jungen freundlich das Knie. »Ich muß die Stelle jetzt ein bißchen betäuben.«

»Bekomme ich eine Spritze?« erkundigte sich David angstvoll.

»So etwas Ähnliches, aber es kribbelt nur ein bißchen und tut nicht weh. Danach nähe ich deine Wunde mit Nadel und Faden zu. Kennst du Seide?«

»So was wie Mamis Bluse?«

»Genau! Nur ist mein Faden noch viel weicher.«

»Toll!«

Der Arzt rollte sich die Hemdsärmel auf und wusch seine Hände. Er wandte sich Alicia und Frederic zu. »Warum wartet ihr nicht draußen?«

»Aber ...«, wollte Alicia protestieren.

»Glauben Sie mir, Mrs. Russell, das ist für beide Teile besser. Warten Sie draußen!«

Fragend sah sie Frederic an, der nur bestätigend nickte.

Alicia ging zu David hinüber und drückte zärtlich seine Hand. »Bald ist alles vorbei«, meinte sie aufmunternd und küßte seine Stirn. Als sie zur Tür gingen, betrat gerade eine Krankenschwester mit einem Tablett voller medizinischer Geräte den Raum.

»Geht auch wirklich alles in Ordnung?« fragte Alicia bei ihrem Anblick nervös und klammerte sich hilfesuchend an Frederics Ärmel.

»Frank kann wunderbar mit Kindern umgehen; er hat selbst vier!«

»David sah so winzig und hilflos aus zwischen den weißen Laken!«

»Das ist mir auch aufgefallen. Der erste Anblick traf mich wie ein Schlag!«

Sie hörten David kurz und heftig aufschreien, danach nur noch ein leises Wimmern.

Alicia stürmte zur Tür, doch Frederic hielt sie auf. »Glaub mir, es wird alles gut!« Tröstend umfing er sie mit seinen Armen und preßte ihren Kopf an seine Schulter. »Ganz ruhig, es ist alles in Ordnung!« wiederholte er flüsternd. Alicias vom Weinen geschüttelter Körper lehnte sich kraftlos an ihn.

David weinte nicht mehr. Der Doktor redete mit leiser, beruhigender Stimme auf ihn ein.

Auch Alicias Verzweiflung ebbte unter Frederics liebevoller Zuwendung ab. Sanft strich er ihr übers Haar. »Du siehst heute atemberaubend aus. Ich habe dich noch nie so in Schale gesehen.«

Alicia mußte lachen. »Im Urlaub war ich wirklich nicht nach dem letzten Schrei gekleidet, da gebe ich dir recht!«

»Du gefällst mir so oder so!«

»Wirklich?« hauchte sie kaum hörbar.

»Ja!«

»Ich habe dich auch noch nie in Anzug und mit Krawatte gesehen.«

»Und, wie findest du mich?« fragte er erwartungsvoll. Sie schaute zu ihm auf. Er hatte das attraktivste männliche Gesicht, das sie je gesehen hatte. Man konnte ihn nicht als schön bezeichnen, nicht so schön wie Jim, aber seine Gesichtszüge fesselten sie auf besondere Weise. Obwohl Frederic schick gekleidet war, wirkte er durch die lässige Frisur und die von Sonne und Wind gebräunte Haut sehr natürlich und lässig.

Sie wollte ihm sagen, daß es ihr gleichgültig war, was er trug, da er ihr immer gefiel. Sie wollte sagen, daß sie glücklich war, ihn zu sehen, und nicht auf seine Kleidung geachtet hatte. Aber sie sagte gar nichts, weil sie nicht wußte, wie er reagieren würde. Statt dessen schmiegte sie sich erneut in seine Arme, in denen sie sich geborgen fühlte.

Zwanzig Minuten später rief die Krankenschwester sie herein. »Sein Auge ist bestens versorgt«, berichtete der Arzt sofort, als sie den Raum betraten. Alicia eilte sofort zu David hinüber und ergriff seine Hand. Ein großes Stück Verband war über dem rechten Auge mit Pflaster befestigt. »Sollte er wider Erwarten irgendwelche Sehstörungen haben, so empfehle ich Ihnen, umgehend einen Augenspezialisten aufzusuchen, aber nach menschlichem Ermessen dürfte das nicht passieren. Die Narbe wird auch kaum sichtbar sein, aber wir werden den Heilungsprozeß genau verfolgen.«

»Sag mal, Mami, kann ich den Verband morgen in der Schule draufbehalten?«

Dr. Benedict lachte. »Nicht so schnell mit den jungen Pferden, David. Warte mit der Schule erst mal ein paar Tage ab, bis die Schwellung nachläßt.«

»Wie viele Stiche habe ich noch mal bekommen?«

»An der Hautoberfläche nur sieben, aber innen drin sind es eine Menge mehr. Erzähl das deinen Freunden!«

»Klar doch!« David strahlte.

Dr. Benedict verschrieb David noch ein Antibiotikum und reichte Alicia das Rezept.

»Vielen Dank für deine prompte Hilfe, Frank«, meinte Frederic.

»Schon in Ordnung. Meine Rechnung wird dir bald ins Haus flattern«, antwortete Dr. Benedict heiter.

»Kommt nicht in Frage. Die Rechnung übernehme ich«, mischte sich Alicia ein. Die beiden Männer sahen sie erstaunt an. Ohne es zu beabsichtigen, hatten ihre Worte äußerst scharf geklungen.

»Ja, ja, natürlich«, lenkte der Arzt sofort ein. »Auf Wiedersehen, David. In einer Woche kommst du noch mal zu mir, dann ziehen wir die Fäden. Lassen Sie sich dafür bitte in meiner Praxis einen Termin geben«, fügte er an Alicia gewandt hinzu.

»Mach' ich. Vielen Dank.« Verwirrt fragte sie sich, was Dr. Benedict von ihr und Frederic denken mochte.

David bestand darauf, selbst zu laufen, obwohl Frederic angeboten hatte, ihn zu tragen. Er war jedoch schwächer, als er angenommen hatte, und mußte bis zum Wagen gestützt werden.

»Frederic, ich bin dir so dankbar für deine Hilfe ...«

»Ich fahre dich nach Hause.«

»Das ist wirklich nicht nötig.«

Frederic biß sich verärgert auf die Unterlippe. »Steig ein, David, und streck dich hinten aus.« Er half dem Jungen, in den Wagen zu gelangen. Danach machte er die Wagentür zu, griff nach Alicias Arm und zerrte sie aus der Hörweite des Kindes.

»Verdammt noch mal, mußt du dich denn immer gleich angegriffen fühlen? Frank hat das mit der Rechnung doch nur im Scherz gesagt.«

»Das ist mir jetzt auch klar«, sagte Alicia und entzog ihren Arm dem schmerzhaften Griff. »Mir sind die Worte ganz automatisch herausgerutscht. Es tut mir leid, wenn ich dich vor deinem Freund bloßgestellt haben sollte. Aber ich wollte nicht, daß er denkt, ich sei ... ich sei ...«

»Nun?« bohrte Frederic ungeduldig. »Was sollte er nicht von dir denken?«

»Er sollte nicht denken, daß ich von dir ausgehalten würde ... als deine Geliebte!«

»Jetzt reicht's aber!« rief Frederic erbost aus.

»Du weißt genau, was ich meine.«

»Ja, ich weiß, was du meinst.« Frederic fuhr sich entnervt mit den Fingern durchs Haar. »Du kannst niemanden daran hindern, voreilige Schlüsse zu ziehen, also mach dir keine Sorgen darüber, was man von dir denken könnte. Wir wissen selbst, daß zwischen uns keine engere Beziehung besteht.«

»Jawohl! Das weiß ich sehr genau«, meinte Alicia aufgebracht. »Du hast es mir weiß Gott oft genug vorgebetet. Was also willst du hier? Wundert es dich wirklich, daß ich mich angegriffen fühle? Erst verschlingst du mich fast mit deinem verführerischen Schlafzimmerblick, und dann unterstellst du mir in der nächsten Minute, ich wollte dich mit einem Kind hereinlegen!«

»Das habe ich nie gesagt!«

»Wirklich nicht?«

»Ich habe mir deinetwegen Sorgen gemacht und nicht meinetwegen!«

»Aha! Du machtest dir Sorgen um die arme kleine Witwe und ihre beiden Kinder!«

»Ja, so könnte man sagen!«

»Und warum bist du heute hergekommen? Aus christlicher Nächstenliebe?«

»Nenn es, wie du willst!«

Wie gerne hätte sie es Liebe genannt, ihm das Wort entgegengeschleudert, einzig um seine Reaktion zu sehen! Statt dessen starrten sie einander nur schwer atmend an.

Schließlich nahm Frederic Alicias Arm und führte sie zum Auto zurück. »Ich fahre David und dich jetzt nach Hause.

Du bist viel zu erschöpft, um dich jetzt noch selbst ans Steuer zu setzen.«

Sie hatte keine Nerven mehr, noch länger mit Frederic zu streiten, und gab nach. Darüber hinaus wünschte sie sich, aus welchen Gründen auch immer, daß er mit zu ihr käme.

Du bist rückgratlos und schwach, beschimpfte sie sich selbst, folgte Frederic aber trotzdem zum Wagen. »Was ist mit deinem Auto?« fragte sie ihn.

»Ich werde es später holen.«

Wie viele langbeinige Mädchen mochten wohl schon aus diesem Wagen gestiegen sein? fragte Alicia sich. Frank Benedict schien nicht besonders überrascht gewesen zu sein, seinen Freund mit einer Frau zu sehen. Wahrscheinlich kannte er Frederic in dieser Rolle nur zu gut.

Frederic setzte sich neben sie ans Steuer. »Was macht unser Patient?« wollte er wissen.

»Er ist eingeschlafen.«

»Das sind wohl die Medikamente.«

»Was ist eigentlich mit Adam?«

Alicia schaute auf die Uhr und merkte jetzt erst, wie spät es schon war. »Er müßte schon zu Hause sein. Ich hoffe, das Kindermädchen hat ihm die Nachricht schonend beigebracht.«

Als sie nach Hause kamen, zeigte sich Adam ungeheuer beeindruckt von Davids Verband. Die Aufmerksamkeit, die seinem älteren Bruder widerfuhr, ließ ihn jedoch eifersüchtig werden.

Frederic beseitigte das Problem, indem er mit Adam zur Apotheke fuhr, um das Rezept einzulösen, während David umgehend ins Bett geschickt wurde. Als sie zurückkehrten, brachten sie Unmengen Comics und viele kleine Gesellschaftsspiele mit.

»Ich und Frederic haben das für dich besorgt«, meinte Adam wichtig und warf die Sachen auf das Bett.

Während sich Frederic mit den Kindern beschäftigte, informierte Alicia ihre Eltern telefonisch über Davids Unfall. Sie wollten sich sofort auf den Weg machen, um nach dem Kind zu sehen. Seufzend hoffte Alicia, daß Frederic bis dahin gegangen sei.

Fehlanzeige! Mit Jims Eltern im Schlepptau stürmten sie in das Kinderzimmer und fanden Frederic mit Adam auf Davids Bettkante sitzen.

»So ein netter Mann«, bemerkte Alicias Mutter einige Zeit später, als sie einen Moment mit ihrer Tochter alleine war. Man hatte gegrillte Hähnchen geholt und zusammen eine Art Picknick veranstaltet. Danach hatte ihre Mutter Alicia angeboten, in der Küche beim Saubermachen zu helfen.

Alicia wünschte sich, endlich allein zu sein. Sie hatte starke Kopfschmerzen, und nach allem, was passiert war, spielten ihre Nerven nicht mehr so recht mit.

»Wer?« fragte sie zerstreut.

»Alicia, wie viele Männer hast du auf Davids Bettkante sitzen sehen?«

»Oh, Frederic! Ja, er ist sehr nett!«

»Kennst du ihn schon lange? Es wundert mich, daß David nach ihm und nicht nach uns hat rufen lassen.«

Alicia hatte ihren Eltern Einzelheiten über die Urlaubsreise verschwiegen und ihnen nur erzählt, es sei sehr schön gewesen. Gott sei Dank waren David und Adam nicht in der Nähe, sonst hätten sie vielleicht noch einiges hinzugefügt. Aber manche Dinge gingen selbst die eigene Mutter nichts an!

»Nein, sehr lange kenne ich ihn noch nicht«, antwortete Alicia ausweichend. »Aber die Jungen mögen ihn sehr gerne.«

»Er ist älter als die meisten deiner bisherigen Freunde, nicht wahr?«

»Er ist nicht mein Freund, wenigstens nicht so, wie du meinst!«

Alicia wußte selbst nicht, wie sie es erklären sollte, und ersparte sich deshalb weitere Worte. Als ihre Eltern sich endlich verabschiedeten und die Kinder fürs Bett fertig waren, fühlte Alicia sich dem Zusammenbruch nahe.

»Hier, trink das aus«, meinte Frederic und reichte ihr ein Glas.

»Was ist das?«

»Keine Ahnung«, gestand er lächelnd. »Da dein Alkoholvorrat, gelinde ausgedrückt, sehr beschränkt ist, habe ich nach längerer Suche eine Flasche ohne Etikett im Küchenschrank gefunden.«

»Dann ist es sicher der Cognac, den ich für den Weihnachtskuchen brauche.«

»Egal! Trink aus!« forderte er sie auf und führte ihr das Glas zum Mund. Lachend tat Alicia, wie ihr geheißen, bis sich schließlich ihre Blicke trafen und beide einander schweigend ansahen.

Frederic beugte den Kopf und strich leicht mit seiner Zunge über ihre feuchten Lippen. »Was immer es war, es hat gut geschmeckt!« flüsterte er.

»Wirklich?«

»Auf diese Art und Weise sowieso.« Ganz fest hielt er Alicia in seinen Armen, und sie verloren sich in einem leidenschaftlichen Kuß. Wie benommen klammerten sie sich voller Sehnsucht aneinander.

»Dein Badewasser wird kalt«, flüsterte Frederic ihr plötzlich ins Ohr.

»Mein was?« Alicias Stimme klang völlig überrascht. Sie wollte nicht fort von Frederic, sondern ihm für den Rest ihres Lebens so nahe wie jetzt bleiben. »Hast du Badewasser gesagt?«

Frederic schob sie ein Stück von sich fort. »Während du deine Verwandtschaft verabschiedet hast, habe ich dir ein heißes Bad einlaufen lassen! Komm schon!«

Er nahm Alicia bei der Hand und führte sie ins warme

Badezimmer. Die Wanne war gefüllt mit duftig schaumigem Wasser.

»Es sieht himmlisch aus«, murmelte Alicia seufzend.

»Laß dir Zeit. Ich werde mich in der Zwischenzeit um alles kümmern. Und sollte jemand fragen«, fügte er grinsend hinzu, »dann bin ich eben dein Cousin oder Bruder!«

»Ich habe keinen Bruder!«

Frederic küßte ihre Nasenspitze. »Nun verschwinde schon!« Die Badezimmertür schloß sich.

Als sich Alicia schließlich wieder zu ihm gesellte, war sie in einen blauen Seidenkimono gehüllt, und ihre Wangen glühten förmlich vor Erregung. »Waren die Kinder ruhig?« fragte sie sanft.

Frederic, der im Wohnzimmer vor dem Fernseher gesessen hatte, sprang beim Klang ihrer Stimme sofort auf, um das Gerät abzuschalten. Verlangend glitt sein Blick über ihren Körper, und Alicia wurde rot. »Ja! Ich habe gerade nach ihnen gesehen. Sie schlafen tief und ruhig.«

Alicia trat ins Zimmer und gab sich alle Mühe, ihre Nervosität zu verbergen, obwohl sie innerlich total aufgewühlt war. Um sich abzulenken, entfernte Alicia ein vertrocknetes Blatt von einer Pflanze.

»Dein Zuhause gefällt mir sehr«, meinte Frederic schließlich mit rauher Stimme.

»Vielen Dank.« Sie hatte das Haus gleich nach Jims Tod gekauft, und auch ihr hatte es bisher gefallen, doch jetzt kam es ihr plötzlich ganz fremd vor. Der einzige Platz, an dem sie sich wirklich noch zu Hause und geborgen fühlte, war in Frederics Armen. »Ich würde noch gerne einiges verändern«, erklärte Alicia, »aber damit warte ich besser, bis die Jungen älter sind.«

»Das ist sicher vernünftiger.«

Beide bemühten sich krampfhaft um eine unverfängliche Konversation, während die Atmosphäre zwischen ihnen fast elektrisch geladen war.

Frederic verfluchte sich selbst. Warum benahm er sich wie ein verklemmter Idiot, während er sich nichts sehnlicher wünschte, als Alicia zärtlich in den Armen zu halten. Ob sie wohl etwas unter ihrem Kimono trug?

»Wie steht's mit deiner Arbeit?« erkundigte er sich. Sie war nackt! Er erkannte schwach die Umrisse ihrer Brustwarzen durch den weichen Stoff hindurch.

»Ich habe schon angerufen und mich für morgen entschuldigt.« Er sah mit seinen hochgekrempelten Hemdsärmeln wirklich attraktiv aus. Sein Jackett und die Krawatte hingen über einer Stuhllehne. Drei Knöpfe seines Hemdes standen offen. Zu gerne hätte sie auch die restlichen geöffnet, um seine Brust streicheln und fühlen zu können.

»Ich meinte vielmehr deine Entscheidung.«

»Ich habe den Job angenommen.« Stolz und zuversichtlich lächelte sie ihn an.

»Das ist großartig. Gefällt er dir?«

Alicia warf das Haar zurück und meinte ein wenig außer Atem: »Es ist eine Herausforderung!« Seine Blicke schienen sie auszuziehen. Warum kam Frederic nicht einfach zu ihr und nahm sie in die Arme? »Nie zuvor hatte ich so viel zu tun. Nächstes Frühjahr reise ich nach New York, um die Herbstkollektion einzukaufen.«

»Das machst du sicher prima!« Gott, wie sehr er sich nach ihr sehnte! Wie sehr er sie brauchte!

»Ich hoffe es.«

»Mit Sicherheit!«

»Vielen Dank für dein Vertrauen in mich.«

Warum war er nur so zurückhaltend? Wartete Federic nach ihrem Streit am Nachmittag vielleicht darauf, daß sie den ersten Schritt machte? Spürte er denn nicht, wie sehr sie sich nach seiner Liebe sehnte? Alicia ging zögernd auf ihn zu. »Möchtest du vielleicht... Was ist denn das?« Draußen ertönte eine Autohupe.

Frederic brauchte eine Ewigkeit, um zu antworten. »Es

ist mein Taxi«, erklärte er fast tonlos. »Ich habe es mir bestellt, als du im Bad warst. Ich kann unmöglich bleiben. Alicia, bitte, versuch mich zu verstehen.«

Alicia starrte ungläubig zur Tür und dann wieder zurück zu Frederic.

Seine Augen flehten förmlich um ihr Verständnis, aber er mußte zusehen, wie sich ihr Gesicht in eine ausdruckslose Maske verwandelte.

»Natürlich«, stieß sie mühsam hervor. »Vielen Dank für deine Hilfe.«

»Bitte nicht!«

»Was?«

»Bitte, werd jetzt nicht böse und mach mir damit den Abschied nicht noch schwerer, als er schon ist.«

Alicia lachte bitter.

»Ich kann mir nicht vorstellen, daß es dir wirklich schwerfällt bei deiner Erfahrung!«

Ungeduldig ertönte die Hupe erneut. Frederic riß die Haustür auf und rief hinaus: »Ich komme sofort.«

»Ich warte aber nicht umsonst, Mister!«

»Dann schalten Sie Ihren Taxameter ein!«

Frederic schlug die Tür wieder zu und kam ins Zimmer. »Ich muß jetzt gehen, sonst…«

»Dann geh doch, verdammt noch mal«, schrie Alicia ihn an.

»Wenn ich bleibe, würde ich dich lieben!«

»Gott bewahre!«

»Und das die ganze Nacht lang!«

»Und dabei willst du dich gefühlsmäßig doch gar nicht engagieren«, spottete Alicia.

»Es ist wirklich unmöglich.«

»Ich verstehe!«

»Du verstehst überhaupt nichts!«

»Dann erkläre es mir doch!«

»Ich kann es nicht!«

»Dann zum Teufel mit dir!« rief sie aus und blitzte ihn zornig an. »Was soll unter diesen Umständen das ganze Theater, Frederic? Warum hast du nicht einfach gesagt, du kennst David Russell nicht, als man dich anrief? Warum bist du mit uns nach Hause gekommen? Warum der ganze Zirkus, Frederic? *Warum*?«

Nach drei großen Schritten stand er vor ihr und zog sie heftig an sich.

»Weil ihr mir sehr viel bedeutet. Weil ich deine Jungen vergöttere und sie so gerne zu meinen machen möchte und weil du mir einfach nicht aus dem Kopf gehen willst. Was immer ich tue, ich sehe dein Bild vor mir!«

Aufstöhnend preßte er seine Lippen auf Alicias Mund. Seine Zunge begann ihre leidenschaftliche Erkundung. Seine Lippen berührten ihren Nacken, ihren Hals, bevor er sie erneut hemmungslos küßte. Allmählich wurde ihr Körper willenlos in seinen Armen.

Mit den Händen schob er ihren Kimono auseinander, dann fanden seine Hände ihren Weg zu Alicias Brüsten. Besitzergreifend massierten Frederics Daumen ihre Brustwarzen, die auf seine Berührung sofort reagierten, was Alicia ein lautes Stöhnen entlockte.

Alicia gab sich seinen wilden, zügellosen Liebkosungen vollkommen hin.

Sie war fast außer sich vor Verlangen nach diesem Mann. Voll Sehnsucht nach der Erfüllung ihrer Wünsche, preßte sie ihren Leib ganz fest an seinen und gab sich ganz und gar dem Rausch der Leidenschaft hin. Ihre Hände suchten, erforschten seinen Körper.

Frederic erzitterte unter ihrer Berührung.

»Ich brauche dich so sehr«, stieß er keuchend hervor. »Wie sehr sehne ich mich nach deinen Lippen, deinen Brüsten.«

Er umklammerte Alicia, als wolle er sie niemals wieder gehen lassen. »Spürst du mein großes Verlangen? Glaubst du, ich habe schon vergessen, wie es ist, dich zu lieben? Du kannst gar nicht ermessen, wie schwer es mir fällt, dich jetzt zu verlassen!«

Frederic legte ihr voller Zärtlichkeit seine Hände um das Gesicht und fuhr mit dem Zeigefinger sanft über ihre feuchten Lippen.

»Ich sehne mich so sehr nach dir, mein Liebling, aber es darf nicht sein!«

Mit diesen Worten stürmte er zur Tür hinaus und ließ Alicia allein.

12

Die aufreibende Hektik der folgenden Tage hätte Alicia eigentlich einen wirklich guten Schlaf bescheren müssen. Dennoch litt sie unter Schlaflosigkeit. Jede Nacht lag sie weinend in ihrem Bett und sehnte sich nach Frederics starken Armen. Er war für sie wie eine Droge, nach der man süchtig wurde, wenn man sie einmal genommen hatte.

Am Tag zermarterte sie sich den Kopf über ihn. Sie war wütend über seine demütigende Behandlung. Wie gerne hätte sie ihn dafür gehaßt. Dennoch konnte sich Alicia nicht vorstellen, daß er ihr gegenüber absichtlich grausam war. Das entsprach nicht seiner Mentalität. Sie kam zu keiner Lösung. Hilflos versuchte sie, einen Weg aus der traurigen Einsamkeit zu finden.

Zweimal schon hatte Frederic sie so eigenartig abgefertigt, und Alicia war wütend genug, daß sie ihm dafür am liebsten den Hals umgedreht hätte. Dennoch wartete sie inständig darauf, ihn bald wiederzusehen.

Dann plötzlich klingelte es eines Abends an der Tür. Mit angehaltenem Atem sprang Alicia auf. Ihr Puls raste. War es Frederic? Wollte er sich nach David erkundigen? Oder sich vielleicht für sein Verhalten entschuldigen?

Sie benetzte sich die Lippen und fuhr sich mit fliegenden Fingern durchs Haar. Dann ging sie zur Tür. Tief einatmend öffnete sie.

»O mein Gott, was ist passiert?« rief Alicia entsetzt aus. »Ist Daddy hier?«

Chrissy Reynolds Wimperntusche war verschmiert und lief in schwarzen Rinnsalen die Wangen hinab. Das teure Abendkleid hing verknittert an ihrem Körper, ihre Nylons hatten eine Laufmasche, und die Frisur paßte sich ebenfalls dem Bild der Verwüstung an.

»Chrissy, was um alles in der Welt ist passiert?« entfuhr es Alicia. Gott sei Dank schliefen die Kinder schon, der Anblick von Frederics Tochter hätte sie bestimmt erschreckt. »Was ist dir geschehen?« Hatte jemand sie überfallen?

»Daddy ist nicht hier?« wiederholte das Mädchen schluchzend.

»Nein!« Alicia führte Chrissy zum Sofa. Sie sank sofort darauf nieder und schlug die Hände vors Gesicht.

»Ich habe so gehofft, er wäre hier. Dauernd hab' ich versucht, ihn zu erreichen, dann habe ich in der Telefonzelle deine Nummer herausgesucht und dabei festgestellt, daß ich ganz in der Nähe war. Deshalb bin ich hierher gekommen. Ich muß Daddy unbedingt sehen. Weißt du, wo er ist?«

»Nein, ich habe seit einer Woche nichts mehr von ihm gehört. David hat sich am Auge verletzt und...«

»O ja, richtig. Daddy hat mir davon erzählt. Wie geht es ihm, Alicia?«

Frederic hatte Chrissy davon erzählt? Er hatte Alicia in der Zeit nicht ein einziges Mal angerufen, obwohl jeden Tag eine Postkarte von ihm für David eintraf. »David geht's gut. Aber jetzt erzähl erst einmal von dir!«

Chrissy lachte hysterisch auf. Sie konnte nur mühsam ihre Tränen unterdrücken. »Ich habe heute abend auf der Party eine Szene gemacht. Die Feier wurde für mich und meinen Verlobten gegeben. Nur ist er inzwischen nicht mehr mein Verlobter!«

Alicia nahm Chrissys Hand und meinte dann ruhig: »Erzähl mir alles der Reihe nach!«

Die verschreckte junge Frau schien sehr dankbar zu sein für ein offenes Ohr. »O Alicia, ich weiß selbst nicht, was plötzlich in mich gefahren war. Ich sah mich auf einmal nur noch umringt von unaufrichtigen Menschen mit falschem

Lächeln, die uns mit verlogenen Glückwünschen bedachten. Dann schaute ich meinen Verlobten an und fragte mich von einer Sekunde zur anderen, was ich überhaupt an seiner Seite zu suchen hatte, dazu noch für den Rest meines Lebens!«

Chrissy stieß ein verbittertes Lachen aus. »Ich wollte von ihm wissen: ›Liebst du mich?‹ Worauf er mich nur anstarrte, als habe ich meinen Verstand verloren. So zog ich meinen Verlobungsring vom Finger, gab ihn zurück und verkündete über das Mikrofon, daß die Hochzeit geplatzt sei!«

Alicia schlug sich die Hand vor den Mund, um ihr Lachen zu verbergen. »Im Ernst?«

»Ganz im Ernst!«

»Entschuldige bitte, wenn ich lache, aber ich kann mir lebhaft ausmalen, wie es weiterging!«

»Ich dachte, Mutter bekäme einen Herzinfarkt.«

»War dein Vater nicht anwesend?«

»Früher am Abend, aber er war zu dem Zeitpunkt schon gegangen. Darum nahm ich an, er sei hier. Er hatte nämlich für heute abend keine geschäftliche Besprechung, konnte aber trotzdem nicht schnell genug wegkommen. Mutter war darüber natürlich furchtbar wütend.«

Chrissys Worte hatten Alicia sehr verwirrt, und sie fragte sich in der Zwischenzeit auch, wo Frederic um diese Zeit sein mochte. Vielleicht hatte er ein Rendezvous mit einer Frau. Aber Alicia schob diesen Gedanken schnell beiseite, da er sie zu sehr schmerzte.

»Was willst du jetzt tun?« wollte sie von Chrissy wissen.

Tief seufzend lehnte sich diese in die Kissen zurück und ließ den Kopf sinken. »Ich habe keine Ahnung!«

»Dann sollten wir das Nächstliegende gemeinsam überlegen«, meinte Alicia munter. »In deinem seelischen Zustand hat es wenig Zweck, heute nacht in den Straßen von Los Angeles herumzufahren. Warum nimmst du nicht ein heißes Bad und übernachtest hier?«

»Ich möchte dich lieber nicht stören!« Trotz des Protestes wußte Alicia, daß Chrissy der Vorschlag zusagte. Sie war offensichtlich physisch und psychisch am Ende ihrer Kraft.

»Du störst mich wirklich nicht, und die Jungen sind sicher hellauf begeistert, dich morgen früh hier zu sehen.«

Chrissy lächelte, dann jedoch seufzte sie enttäuscht. »Ich kann leider wirklich nicht bleiben, Alicia. Mutter wird Himmel und Hölle in Bewegung setzen, um nach mir suchen zu lassen. Als erstes wird sie Daddy anrufen, der sich dann bestimmt große Sorgen macht. Ich muß unbedingt mit ihm sprechen!«

»Ich werde versuchen, ihn zu erreichen.« Das Mädchen würde niemals erfahren, wieviel Selbstüberwindung Alicia das Angebot gekostet hatte. »Zieh dein Kleid aus«, forderte sie Chrissy auf. »Ich suche dir etwas Bequemes zum Schlafen.«

Genau das hatte Frederic ihr damals im Ferienhaus auch angeboten. Sie mußte jetzt wieder an das schwarze Spitzennachthemd denken, das er irgendwo gefunden hatte, wie er es ihr um die Schultern gelegt hatte, wie er sie angesehen hatte …

Alicia sah nach, ob im Gästezimmer alles Nötige vorhanden war. Dann klopfte sie an die Badezimmertür, hinter der Chrissy verschwunden war. »Ist alles in Ordnung? Geht es dir besser?«

»Ja. Ich danke dir, Alicia.«

»Schön, daß du hier bist.« Alicia hielt inne. »Sag mal, Chrissy, welche Telefonnummer hat eigentlich dein Vater? Ich will jetzt versuchen, ihn zu erreichen.«

Chrissy gab ihr die Nummer, und Alicia wählte sie zweimal hintereinander, ohne Erfolg. Chrissy gesellte sich später zu Alicia in die Küche. Das Mädchen hatte sich fest in einen geliehenen Bademantel gewickelt und nippte an einer Tasse Kräutertee.

Einen Augenblick lang rührte sie nachdenklich in ihrer Tasse herum. »Alicia«, begann sie zögernd, »ich weiß, es geht mich zwar nichts an, aber warum kennst du Daddys private Telefonnummer nicht?«

»Es hat sich bis jetzt noch keine Notwendigkeit ergeben, ihn anzurufen.«

»Dann habe ich mich offensichtlich geirrt! Es hat sich also zwischen euch in der einen Urlaubswoche nichts ereignet?«

»Dein Vater ist ein ungemein attraktiver Mann«, sagte Alicia und rutschte unruhig auf ihrem Stuhl hin und her.

»Aber nicht dein Typ?«

Hundertprozentig ihr Typ! »Er ist vielleicht nicht der Typ, einer Frau mit zwei Kindern den Hof zu machen!«

»Deine Kinder haben sein Herz im Sturm erobert. Das hat er mir vor kurzem noch selbst erzählt!« Chrissy nippte an ihrem Tee und sah Alicia über die Tasse hinweg an. »Dasselbe gilt auch für dich!«

»Wo... woher willst du das wissen?« Alicia bemühte sich erfolglos um eine unbeteiligte Miene.

»Ich fragte ihn, ob er dich endlich rumgekriegt hätte.« Chrissy lachte über Alicias schockiertes Gesicht. »Mit anderen Worten natürlich.«

»Und was hat er geantwortet?«

»Oh, er hat dich volle fünf Minuten über den grünen Klee gelobt. Deshalb fragte ich schließlich: ›Ja, und weiter?‹, worauf er meinte, es gäbe Probleme!«

»Oh!«

»Welche Probleme? Hat es noch mit deinem Mann zu tun?«

»Nein!«

»Dann ist mir das Ganze zu hoch! Daddy war immer ein ausgesprochener Frauentyp, wenn ich mal so sagen darf.«

»Das könnte niemand bestreiten!«

»Um welche Probleme könnte es sich also handeln? Normalerweise hat er jede Frau, die er sich in den Kopf setzte, auch bekommen.«

Alicia schüttelte den Kopf. »Was willst du damit sagen?«

Chrissy sah Alicia nachdenklich an. »Hör mal, ich bin doch nicht blind. Ihr zwei konntet ja kaum abwarten, aufeinander abzufahren. Ob diesbezüglich etwas gelaufen ist, kann ich nicht beurteilen, jedenfalls hängt im Augenblick etwas in der Luft, das euch beiden nicht bekommt. Daddy war heute abend bleich wie ein Gespenst. Als ich ihn daraufhin ansprach, meinte er, er könne nicht schlafen. Und um ehrlich zu sein, wie das blühende Leben siehst du auch nicht gerade aus. Was also ist los mit euch? Wenn ihr so verrückt nacheinander seid, was, zum Teufel, habt ihr zu verlieren?«

Das hätte Alicia Frederic auch gerne gefragt. »Es stehen Probleme zwischen uns«, wiederholte sie leise und in traurigem Tonfall.

»Was soll's?« seufzte Chrissy und erhob sich. »Wie komme gerade ich dazu, mich als Berater in Liebesdingen aufzuspielen? Ich habe gerade einem der begehrtesten Junggesellen Südkaliforniens den Laufpaß gegeben.«

Die beiden Frauen lachten, doch dann hingen sie beide wieder ihren Gedanken nach.

»Wenn es dir nichts ausmacht, würde ich jetzt gerne ins Bett gehen!« sagte Chrissy schließlich.

»Natürlich nicht.«

»Solltest du noch aufbleiben, würdest du dann weiter versuchen, Daddy zu erreichen? Ich könnte auch Mutter anrufen und ihr sagen, wo ich bin, aber ich kann ihr Gekeife im Augenblick nicht ertragen. Verstehst du das?«

»Nur zu gut«, bestätigte Alicia lächelnd. »Gute Nacht!«

Chrissy beugte sich vor und küßte Alicia auf die Wange. »Nacht! Und vielen Dank für alles, Alicia!«

Erst kurz vor Morgengrauen erreichte Alicia Frederic. Sie hatte alle halbe Stunde seine Nummer gewählt. Während der Zeit redete sie sich immer wieder ein, daß es nur um Chrissy ging und sie ohnehin nicht hätte schlafen können. Den wahren Grund, ihre anfängliche Sorge um Frederic und die spätere Eifersucht, verdrängte Alicia geflissentlich. Mechanisch fuhr sie fort, seine Nummer zu wählen, bis er sich schließlich mit einem brüsken: »Ja, bitte?« meldete.

»Frederic?« Sein knapper Ton hatte Alicia verwirrt.

»Ja, hier spricht Frederic Reynolds, wer ist dort?«

»Alicia.«

»Alicia!« rief er aus. Sie konnte sich fast vorstellen, wie er jetzt auf seine Armbanduhr sah. »Ist etwas passiert?«

»Nein, ich ...«

»Kann ich dich dann später zurückrufen? Ich möchte im Augenblick gerne die Leitung freihalten. Chrissy ist verschwunden!«

»Sie ist hier!«

»Wo?«

»Hier bei mir, in meinem Haus!«

Frederic sank erleichtert auf sein Bett. »Ist sie in Ordnung?«

»Es geht ihr gut, obwohl sie furchtbar aufgeregt war, als sie hier erschien.«

»Wann war das?«

»So etwa gegen Mitternacht. Seitdem versuche ich, dich zu erreichen.«

Frederic bemerkte deutlich ihren fragenden Tonfall. Nahm sie allen Ernstes an, er wäre mit einer anderen Frau ausgegangen? Wenn er ihr doch nur erzählen könnte, daß er sich erfolglos bemüht hatte, sich zu betrinken. Danach war er in ein Nachtcafé gegangen, um zu frühstücken.

Aber bei dem Gedanken an das Verlobungsessen, das ihre Mutter angeblich Chrissy zu Ehren arrangiert hatte, konnte er keinen Bissen hinunterbekommen. In Wirklichkeit wollte seine Ex-Frau nur sich selbst in den Vordergrund stellen. Die ganze Sache war für ihn ein einziges Ärgernis.

»Ich bin ausgegangen!« antwortete er schließlich auf ihre Frage.

»Oh!«

Guter Gott, wenn er ihr doch nur sagen könnte, wie sehr er sie vermißte! »Ich nehme an, daß Chrissy dir schon von der Party berichtet hat. Gerade als ich vor etwa fünfzehn Minuten hereinkam, rief ihre Mutter an. Sie war völlig hysterisch, aber das ist nichts Ungewöhnliches für sie.«

»Chrissy wollte dich unbedingt sprechen, ansonsten ging es ihr einigermaßen gut.« Alicia zögerte einen Augenblick, unsicher, ob sie die folgende Frage überhaupt stellen sollte. »Frederic, du bist doch nicht böse mit ihr?«

»Du lieber Himmel, nein. Ich freue mich, daß sie raus ist aus dem Schlamassel.«

Alicia war erleichtert. Sie wußte, es würde Chrissy sehr viel ausmachen, wenn der Vater ihr Handeln verurteilte. »Das ist gut. Sie möchte dich unbedingt sprechen und von dir wissen, daß du hinter ihr stehst.«

»Sie hat meine hundertprozentige Zustimmung. Soll ich herüberkommen?«

»Jetzt besser nicht, sie schläft im Augenblick.«

Aber du nicht, dachte Frederic. *Und ich ebenfalls nicht! Wie gerne würde ich mit dir im Bett liegen und dich in meinen Armen halten, bis die Sonne aufgeht.*

»Dann warte ich bis zum Morgen.«

»Es ist Morgen!«

Hatte ihre Stimme vorwurfsvoll geklungen? »Ich meine, später am Morgen!«

»In Ordnung. Ich sage Chrissy Bescheid, daß du gegen neun Uhr hier sein wirst, einverstanden?«

»Alles klar. Gute Nacht!«

»Gute Nacht!«

Wie konnte die Nacht gut sein, wenn sie voneinander getrennt waren? Frederic spürte, daß Alicia ihm seinen abrupten Abschied noch nicht verziehen hatte, und er nahm es ihr auch nicht übel. Wenn sie doch nur wüßte, daß er einzig und allein ihretwegen so handeln mußte!

Frederic war schon um halb neun Uhr an Ort und Stelle. Er hatte nicht einschlafen können und statt dessen geduscht, sich rasiert, angezogen und ungeduldig versucht, die Zeit totzuschlagen, bis es endlich soweit war.

Alicia sah ihn kommen, als sie die Zeitung hereinholte. Sie mußte Chrissy recht geben, er sah mitleiderregend aus. Für sie war er jedoch noch immer der attraktivste Mann auf Erden, und sie hätte ihn liebend gern zur Begrüßung in ihre Arme geschlossen.

Doch sie hielt sich zurück und meinte nur kühl: »Hallo, Frederic. Es war nett von dir, David die Postkarten zu schikken.«

»Wie geht es seinem Auge?«

»Gestern sind die Fäden gezogen worden. Es ist wirklich eindrucksvoll, wie schnell so eine tiefe Wunde verheilt. Nur ein feiner rosa Strich ist als Narbe zurückgeblieben. Ich habe David schon gesagt, daß er in ein paar Jahren dadurch die Mädchen verrückt machen wird.«

Frederic grinste. »Und wie gefiel ihm die Idee?«

»Natürlich bombig!« Er lachte, und Alicia bat ihn, etwas leiser zu sein. »Die Kinder schlafen noch.«

»Unsere Sprößlinge scheinen fest entschlossen, uns zusammenzubringen, scheint mir«, bemerkte Frederic sanft. »Erst Davids Unfall, und jetzt Chrissys Problem.«

»Ja, es sieht fast so aus!«

Dann trat plötzlich eine unangenehme Stille ein, in der sich die beiden genauer anschauten. Frederic bemerkte Alicias leichenblasses Gesicht, und sie wiederum registrierte seine dunklen Augenringe. Er sah, wie sich ihre Brüste durch das tiefe Atmen hoben und senkten. Wie gern hätte er sie berührt, um die weibliche Üppigkeit unter seinen Händen zu spüren.

Alicia wiederum betrachtete seine Lippen, die sie so gern geküßt hätte.

Schließlich konnte Alicia es nicht länger ertragen und sah zu Boden. »Warum gehst du nicht zu Chrissy hinein und sprichst mit ihr, solange hier noch Ruhe und Frieden herrschen?« schlug sie vor. »Sie wartet schon auf dich. Ich bringe euch gleich Kaffee.«

Frederic griff nach ihrer Hand und zog Alicia näher zu sich. »Ich danke dir von Herzen, daß du ihr in dieser Nacht eine Freundin gewesen bist!« Er umfing ihr Gesicht mit seinen Händen und hauchte einen sanften Kuß auf ihre Lippen. Nur ungern ließen sie voneinander ab. »Ist sie im Gästezimmer?«

Alicia nickte benommen und ging mit wild klopfendem Herzen in die Küche. Verdammt noch mal, fluchte sie leise vor sich hin, als sie das Kaffeetablett vorbereitete. Wie oft hatte sie sich geschworen, bei ihrem nächsten Treffen mit Frederic kühl und überlegen zu sein. Und was war davon geblieben?

Zitternd und bebend stand sie vor ihm. Ein Blick dieser grünen Augen, und jeder Winkel ihres Körpers erwachte zum Leben.

Wild entschlossen, sich nicht wieder zum Narren halten zu lassen, klopfte Alicia schließlich an die Tür des Gästezimmers. Vater und Tochter saßen auf dem Bett und hielten sich an den Händen. Frederic lächelte Alicia zu. Beide akzeptierten dankend den angebotenen Kaffee. Alicia schenkte jedem eine Tasse ein und wandte sich zum Gehen.

»Nein, bleib!« bat Chrissy und streckte die Hand nach Alicia aus, um sie auf die andere Seite neben sich zu ziehen. »Jetzt wird's nämlich gerade interessant«, verkündete sie mit frechem Grinsen. »Als meine zukünftige Schwiegermutter mitbekam, daß ich es ernst meinte, stöhnte sie nur noch: ›Wo um alles in der Welt soll ich das Kleid tragen, das ich extra für die Hochzeit gekauft habe? Es paßt doch zu keiner anderen Gelegenheit‹!«

Alle drei lachten herzlich, aber Frederic, der Chrissys unterdrücktes Seufzen mitbekommen hatte, strich ihr sanft über die Wange. »Es tut dir hoffentlich nicht leid?«

Zwei gleiche Augenpaare sahen einander an. »Nur, daß mir nicht schon viel früher ein Licht aufgegangen ist. Wie konnte ich nur so blind sein!«

»Du hast jedenfalls deinen Fehler erkannt und die Konsequenzen gezogen. Ich bin deswegen sehr stolz auf dich, denn dazu gehört eine gehörige Portion Mut.«

»Daddy!« Chrissy beugte sich vor und umschlang ihren Vater mit den Armen. Die scheue Zurückhaltung zwischen ihnen war einer innigen Vertrautheit gewichen. Alicia verspürte einen Kloß im Hals.

Bevor die Situation noch rührseliger wurde, flog die Tür auf, und die Jungen sausten herein.

»Frederic! Chrissy!« riefen sie begeistert im Chor und sprangen auf das Bett.

»Fahren wir heute ins Disneyland?« jubelte David erwartungsvoll.

»Paß auf dein Auge auf«, ermahnte ihn Alicia.

Danach folgte eine lautstarke Begrüßung. Jeder wollte zuerst sprechen. Schließlich verkündete Adam klar und deutlich: »Ich will jetzt frühstücken!«

13

»Und was gedenkst du nun zu tun?« fragte Frederic seine Tochter, nachdem sie in großer, gemütlicher Runde gefrühstückt hatten.

»Heute? Ich werde mich erst einmal nach einer Wohnung umsehen!«

»Du hast doch eine«, mischte sich Frederic verwirrt ein.

Chrissy schüttelte den Kopf. »Das ist Mutters Wohnung. Sie hat sie ausgesucht, möbliert und bezahlt die Miete.«

»Fehlanzeige! *Ich* bezahle die Miete«, bemerkte Frederic.

»Hoppla, das habe ich gar nicht gewußt«, entfuhr es Chrissy. »Trotzdem möchte ich meine eigenen vier Wände. Ich will endlich auf eigenen Füßen stehen. Es wird zwar nicht leicht sein, mein Studium selbst zu finanzieren, aber ich möchte es ganz ernsthaft, Daddy!«

Frederic nickte zustimmend, während Alicia krampfhaft nachdachte. »Chrissy, kannst du schon richtig große Modeskizzen anfertigen?« fragte sie schließlich.

Chrissy blickte überrascht auf. »Woran genau dachtest du?«

»Wir brauchen neue Wanddekorationen in den Boutiquen.«

Chrissys Wangen glühten vor Begeisterung. »Ist das dein Ernst, Alicia?«

»Unbedingt. Ich hatte diese Idee schon lange, wußte nur niemanden, der diese Skizzen anfertigen kann. Sie müssen so groß und eindrucksvoll sein wie die alten Titelbilder der *Vogue*!«

»Du würdest sie mir aber doch nicht bedingungslos abkaufen, nur weil ich es bin...«

»Sieh zu, daß sie kaufenswert sind«, forderte Alicia sie mit hintergründigem Lächeln auf.

»Abgemacht!« Ein Handschlag besiegelte ihr Geschäft.

Wenig später machte sich Chrissy auf den Weg. »Ich lasse von mir hören!«

»Mach das!« riefen Alicia und Frederic wie aus einem Munde, als sie ihr von der Haustür aus nachwinkten. Forsch und zuversichtlich stieg das Mädchen in den Porsche.

»Können wir jetzt gehen, Frederic, ja, bitte?«

Alicia blickte entgeistert auf ihre vor Übermut herumtanzenden Kinder. »Was soll dieses Gerede über Disneyland?«

Leicht verlegen kratzte sich Frederic an der Schläfe. »Ich habe David einen Ausflug nach Disneyland versprochen, wenn er sich tapfer die Wunde nähen ließe.«

»Ich war sehr tapfer!«

»Er war *unheimlich* tapfer«, bestätigte Adam, der überhaupt nichts davon mitbekommen hatte.

»Eure Mutter und ich besprechen das Ganze, während wir die Küche aufräumen. Kümmert ihr euch um eure Zimmer, wascht euch, putzt die Zähne und zieht euch an. Dann sehen wir weiter!«

»Juchhu! ›Weitersehen‹ heißt schon fast ›ja‹, Adam!«

»Juchhu!«

Die beiden sausten davon. Frederic nahm Alicias Hand und zog sie mit sich in die Küche. Sobald sich die Tür hinter ihnen geschlossen hatte, umfing er sie fest mit seinen Armen und suchte ihren Mund.

Irritiert entzog sich Alicia ihm. »Ich dachte, wir sollten hier abwaschen?«

»Zum Teufel mit dem Geschirr! Keine Minute länger mehr will ich darauf warten!« Leidenschaftlich preßte Frederic seine Lippen auf ihre.

Eigentlich war Alicia immer noch böse mit ihm. Warum

also ließ sie alles über sich ergehen? Warum schmolz sie wie Wachs unter seinen Liebkosungen? Es gab kein Entrinnen, sie konnte ihm nicht widerstehen! Frederics Lippen fanden wieder und wieder ihren Mund und wanderten dann zu ihrem Ohrläppchen. Heiße Schauer der Erregung liefen über ihren Rücken, als er an den Ohrläppchen knabberte. Schließlich schob er ihren Pullover hoch und entblößte ihre vollen Brüste. Er umfaßte sie mit seinen Händen und massierte mit seinen Fingern ihre Brustwarzen.

Alicias Verstand sagte ihr, daß sie mit ihrer Hingabe nur eine neue Ablehnung und damit schlaflose Nächte herausforderte. Ihr Gefühl jedoch siegte über den Verstand. In diesem Augenblick war ihr alles egal. Wie konnte sie ›nein‹ sagen, wenn jeder Pulsschlag ein eindeutiges ›ja‹ verkündete?

Auch Frederic hörte nicht länger auf die Vernunft. Zu lange schon hatte er seine innigsten Wünsche unterdrücken müssen. Zum Teufel mit der Zukunft und den damit möglicherweise verbundenen Risiken. Er würde sich dem stellen. Alicia sollte endlich die Liebe erhalten, die sein Herz ihr zu geben bereit war. Abgesehen von seiner starken körperlichen Sehnsucht fühlte er sich ganz einfach einsam und unvollständig ohne sie.

»Laß mich nie wieder so allein zurück«, stöhnte Alicia zwischen seinen Küssen.

»Verzeih mir, ich wollte dich nicht verletzen!« Seine Hände streichelten ihre Brüste. »Nichts liegt mir ferner, als dir weh zu tun, Alicia, das schwöre ich dir.« Heiße und aufreizende Liebesbezeugungen flüsternd, glitten Frederics Lippen zu jener verführerischen Stelle, wo ihr Puls so heftig klopfte.

Er ging leicht in die Knie, um ihre Brüste mit seiner Zunge berühren zu können. Immer wieder begann er sein Spiel von neuem, bis Alicia nur noch atemlos flüsterte: »Frederic, o Frederic!« Seine aufregenden intimen Zärtlichkeiten brachten Alicia fast um den Verstand.

»Gott, das ist ja Wahnsinn«, murmelte Frederic und bedeckte ihren Busen wieder mit dem Pullover. »Wenn wir jetzt nicht aufhören, nehme ich dich gleich hier auf dem Küchentisch.«

Alicia zog ihn zu sich heran. »Ich hätte noch nicht einmal was dagegen!«

»Bitte, Alicia, sei vernünftig, du bringst mich sonst um den Verstand.« Seine Hände glitten weiter ruhelos ihre Hüften auf und nieder. Wieder schoben sich seine Hände unter ihren Pullover und unterwarfen Alicia wieder dieser süßen, aufregenden Qual.

»Frederic!« seufzte Alicia und bot ihm ihren Mund zum Kuß. »Werden wir uns jemals wieder lieben können?«

Frederic zog sie eng in seine Arme. »Das hoffe ich, mein Schatz, von ganzem Herzen.«

Ihre Lippen trafen sich von neuem, wobei sich ihre Leidenschaft mehr und mehr steigerte.

Plötzlich polterten David und Adam in die Küche. Wie angewurzelt blieben sie stehen. Alicia und Frederic sprangen wie elektrisiert auseinander.

»Mami und Frederic machen Liebe«, sang David mit selbsterdachter Melodie vor sich hin. »Mami und Frederic machen Liebe!«

Schockiert von dem plötzlichen Auftauchen ihrer Kinder und dem eigenartigen Liedchen ihres ältesten Sohnes verharrte Alicia völlig reglos.

»David Russell, woher hast du das?«

»Ich habe es mir ausgedacht!«

»Dann hör damit auf. Du weißt ja nicht einmal, was es bedeutet!«

»Weiß ich doch!«

»Was denn?« erkundigte sie sich wagemutig, in der Hoffnung, daß David wirklich keine Ahnung hatte.

»Das bedeutet schmusen, sich küssen und zusammen im Bett liegen!«

Alicia erstarrte vor Schreck. Ungläubig wandte sie sich Frederic zu. Der grinste nur und zwinkerte humorvoll mit einem Auge. »Du hast danach gefragt«, bemerkte er trocken und zuckte die Schultern.

»Siehst du, ich habe doch gleich gesagt, daß ich es weiß«, beharrte David stolz grinsend.

Alicia starrte ihre Kinder an, als habe sie sie nie zuvor gesehen. Frederic gab sich große Mühe, sein Lachen zu unterdrücken, seine zuckenden Schultern verrieten ihn jedoch mehr als deutlich. So ernst es ihm möglich war, sagte er dann zu David: »Du weißt sicher ganz genau Bescheid, aber ein Gentleman diskutiert dieses Thema nicht in Anwesenheit von Damen.« Mit leiser Stimme fügte er dann an Alicia gewandt hinzu: »Warum hast du sie nicht aufgeklärt und dich mal von *Mann zu Mann* mit ihnen unterhalten.«

»Ich bin kein Mann.«

Sein Blick glitt wohlwollend über ihren Oberkörper. »Das ist mir nicht entgangen«, murmelte er vielsagend.

»Was ist nun, können wir gehen? Warum habt ihr noch nicht abgewaschen? Wir sind fertig!«

»Wir haben noch nicht abgewaschen, weil Frederic und ich... uns über Disneyland unterhalten haben«, meinte Alicia wenig überzeugend und fuhr sich durch das Haar.

»Ihr habt euch nicht unterhalten, ihr habt euch geküßt«, stellte Adam sachlich fest.

»Nun, ja... ein wenig«, gab Alicia mit hochrotem Kopf zu.

»Können wir jetzt gehen?« beharrte David.

Alicia sah Frederic fragend an. »Ja, wir können gehen!« entschied er. »Holt eure Jacken, Mützen und was ihr sonst noch mitnehmen wollt, während wir schnell abwaschen«, rief er laut, um ihre Jubelschreie zu übertönen.

Beide stürmten hinaus, wenige Augenblicke später kam David jedoch zurück. »Wascht ihr jetzt wirklich ab, oder küßt ihr euch schon wieder?«

»Wir waschen ab«, versprach Frederic und kreuzte die Finger. »Großes Indianerehrenwort!«

»Okay. Na, dann komm, Adam. He, das wird ein toller Ausflug. Ich kann's kaum glauben!«

Alicia und Frederic beobachteten die beiden beim Abmarsch. Dann sahen sie einander an und begannen zu lachen. »Willst du wirklich deinen freien Samstag für Disneyland opfern?« erkundigte sich Frederic und zog sie in seine Arme.

»Werde ich dich dort antreffen?« Alicia fuhr mit ihren Fingern in seinen Hemdkragen und spielte an seinen Brusthaaren.

»Sieht so aus!«

»Dann ist es der Ort, an dem ich sein möchte!« Frederic beugte sich herab und küßte ihren Mund.

»Du hast doch David dein Versprechen gegeben«, murmelte Alicia unter seinem Kuß.

»Gerade eben habe ich mich entschlossen, es zu brechen!«

Für die Kinder war es der schönste Tag ihres Lebens. Auch Frederic und Alicia genossen ihn sehr. Hand in Hand schlenderten sie über das Ausstellungsgelände und waren für jeden ersichtlich ein Liebespaar.

Sie lebten nur in der Gegenwart. Frederics Problem, für Alicia immer noch ein Geheimnis, schien für diesen Tag außer Kraft gesetzt. Sie alle ließen ihrer Fantasie freien Lauf und fühlten sich wie eine glückliche Familie.

Sie aßen, tranken und lachten zusammen, und versuchten Adam zu überreden, gemeinsam Achterbahn zu fahren.

»Sei kein Baby«, ermunterte David ihn. »Es wird bestimmt toll.«

»Adam und ich setzen eine Runde aus«, bot Alicia an.

»Nein«, antwortete Adam, der nicht als Feigling dastehen wollte.

»Darf ich neben Frederic sitzen?« Frederic strich ihm über das Haar.

»Natürlich darfst du das.«

Dann saß Adam zwischen Alicia und Frederic und hielt die Augen geschlossen. Aber die Fahrt machte ihm überraschenderweise so viel Spaß, daß er bettelte, noch einmal fahren zu dürfen.

Diesmal saß er ganz vorne, hinter ihm David, dann Alicia und Frederic, die sich einen Sitz teilten.

»Frederic!« sagte Alicia leise, als sie aus einem dunklen Tunnel herausfuhren. »Ich glaube, das ist in Disneyland nicht erlaubt!« Frederics Lippen fanden ihr Ohr. »Es ist erlaubt, man wird dich nicht festnehmen.« Seine Zunge streichelte ihr Ohrläppchen. Er legte seinen Arm um ihren Bauch und zog sie fester an sich, streichelte und küßte ihren Nacken, bis die Fahrt zu Ende war. Als sie wieder in der Sonne standen, sah Frederic aus wie ein zufriedener Kater, und Alicias Wangen waren auffällig gerötet.

»Komm zu mir, Weib«, meinte Frederic forsch und zog sie in seine Arme.

»Ach du liebe Güte!« Adam stieß seinen Bruder an. »Ich glaube, die küssen sich schon wieder!«

»Nein, die küssen nicht«, wehrte Frederic lachend ab. »Ich erzähle eurer Mutter nur ein Geheimnis.« Er hob ihr Haar und flüsterte Alicia etwas ins Ohr. Überrascht sah sie ihn daraufhin an. »Wie gefällt dir das?« wollte er wissen.

»Ich... ich fände es wundervoll«, stammelte sie. »Ist es dein voller Ernst? Bist du denn nicht zu müde?«

»Du vielleicht?« Alicia schüttelte mit glücklichem Lächeln den Kopf.

»Dann geh und ruf schnell an. Wir warten beim nächsten Karussell auf dich«, sagte Frederic hastig.

Als sie sich fünf Minuten später wieder zu ihnen gesellte, nickte sie Frederic erfreut zu. »Es ist alles geregelt!«

»Prima!« rief er aus und drückte sie kurz an sich.

»Was ist geregelt?« wollte David wissen. »Wie wär's, wenn ihr heute nacht bei Oma und Opa schlafen würdet?«

»Kann ich wirklich so gehen?« erkundigte sich Alicia nervös, während sie sich kritisch im Spiegel begutachtete.

»Klar, du siehst schick aus«, entgegnete David, der deshalb noch nicht einmal von seinem Buch aufsah. Adam gähnte herzzerreißend und war zum Umfallen müde.

»Tausend Dank!« sagte Alicia ironisch. Aber was konnte sie nüchtern betrachtet schon erwarten? Für die beiden sah sie immer aus wie Mami. Dabei lag ihr so viel daran, bei ihrem ersten, offiziellen Rendezvous mit Frederic einen umwerfenden Eindruck auf ihn zu machen. Sie hatte es kaum glauben können, als er sie in Disneyland flüsternd um diese Verabredung gebeten hatte.

»Hätten deine Eltern etwas dagegen, die Jungen eine Nacht bei sich aufzunehmen? Ich möchte mit dir essen gehen, tanzen, was immer dein Herz begehrt. Danach würde ich dir gern mein Haus zeigen.« Daß damit verbunden war, die Nacht dort zu verbringen, verstand sich von selbst.

Stunden waren seit dieser Einladung vergangen, dennoch hatte sich Alicias wild pochendes Herz noch nicht beruhigt. Eigentlich hätte sie nicht annehmen dürfen. Frederic *könnte dir wieder weh tun!* warnte sie ihre innere Stimme.

Aber Alicia hörte nicht darauf. Was sie sich erträumte, war diese eine Nacht mit ihm. Was der morgige Tag bringen würde, müßte man abwarten.

»Warum putzt du dich so raus?« unterbrach David ihre Gedanken.

»Ich möchte schön sein für Frederic. Er geht mit mir essen!«

»Warum dürfen wir nicht mit?«

»Um diese Zeit dürfen nur Erwachsene ins Restaurant.«

Es klingelte. »Wir gehen schon hin«, riefen die beiden Jungen wie aus einem Munde und waren urplötzlich wieder hellwach.

Alicia genoß diesen ruhigen Augenblick. Sie bemühte sich, ihre Fassung wiederzuerlangen. Doch so ganz wollte es nicht klappen, denn als sie ihr kostbares Parfüm auftrug, zitterten ihre Finger wie Espenlaub.

In überraschend kurzer Zeit hatte sie gebadet, ihr Haar gewaschen und frisiert und die Nägel manikürt. Nach einigem Zögern war ihre Wahl auf ein enganliegendes schwarzes Kleid gefallen.

Alicia griff nach der Handtasche und dem kleinen Übernachtungskoffer, den sie heimlich für sich gepackt hatte. Dann schaltete sie das Licht aus und verließ das Schlafzimmer. Einen Augenblick lang beobachtete sie Frederic von der Wohnzimmertür aus, wie er den Kindern aus Peter Pan vorlas.

Als er sie schließlich entdeckte, glaubte er seinen Augen nicht trauen zu können. Die Worte blieben ihm im Halse stecken. Selbst die Kinder bemerkten die gefühlsbetonte Atmosphäre, schwiegen aber glücklicherweise. Langsam löste sich Frederic von ihnen und kam wie ein Schlafwandler auf Alicia zu. Sie hatte ihn offensichtlich hypnotisiert.

»Du siehst einzigartig aus.« Frederic nahm ihre Hände und hauchte einen Kuß auf ihre Wange.

»Ich danke dir.« Ihre Stimme klang tief, leicht bebend, sexy.

»Können wir gehen?«

Alicia nickte. Sie packten alles zusammen, was die Kinder für eine Übernachtung im Hause der Großeltern benötigten, und verstauten es mühsam in Frederics Sportwagen. Die lautstarke Begeisterung der Kinder und ihre durch Übermüdung bedingte hektische Aktivität steigerten sich noch, als der Zielort in Sicht kam.

Sobald die Jungen verabschiedet waren, fragte Frederic: »Wie hast du es deiner Mutter erklärt?«

»Was?«

»Weshalb die Kinder die Nacht bei ihr verbringen sollen?«

Alicia spielte nervös mit ihrer Handtasche. »Ich sagte ihr, daß es so einfacher sei, als die beiden mitten in der Nacht zu wecken, da wir planten, länger auszubleiben.«

»Planen wir das?«

»Stimmt es nicht?« Hatte sie ihn mißverstanden? War nur ihr Wunsch der Vater des Gedankens, daß sie die Nacht zusammen verbringen würden? Guter Gott! Erweckte sie den Eindruck, ihn einfangen zu wollen?

Frederic griff nach ihrer Hand und führte sie zum Mund. Sanft ließ er seine Lippen über ihre Knöchel gleiten. »Das hier ist kein Verhör. Alicia, aber sag mir, warum, um alles in der Welt, bist du so nervös?«

Sie lachte verlegen. »Ich weiß, es ist lächerlich.«

»Nein, es ist nicht lächerlich, sondern äußerst liebenswert«, korrigierte er sie mit rauher Stimme.

»Ich möchte nur nicht, daß du von mir denkst, ich hätte...«

»Außer daß du die begehrenswerteste Frau bist, der ich je in meinem Leben begegnet bin, denke ich überhaupt nichts. Und ich meine damit nicht nur die sexuelle Anziehungskraft, sondern dich insgesamt. An dir fasziniert mich einfach alles, dein Sinn für Humor, dein Lachen, deine Fürsorge. Ich brauche dich so sehr, wie ein Mann eine Frau nur brauchen kann.«

Er drehte ihre Hand herum und zeichnete kleine Kreise mit der Zunge in Alicias Handfläche. Ihr Körper reagierte spontan. »Ich würde liebend gerne heute nacht mein Bett mit dir teilen. Aber selbst wenn es nicht geschehen sollte, so könnte es meine Gefühle für dich nicht ändern. Ich liebe dich, Alicia!«

Frederic brachte den Wagen vor einem Restaurant zum Stehen und legte seinen Arm auf die Lehne des Beifahrersitzes. Alicia starrte ihn sprachlos an.

»Alicia, was immer auch geschehen mag, was immer passiert...«

Er hielt inne, sah auf ihre verschränkten Hände hinab und begann dann erneut: »Ich möchte, daß du weißt, wieviel mir der heutige Tag bedeutet. Er war der bisher schönste in meinem Leben. Ich liebe deine Jungen, und ich liebe dich von ganzem Herzen. Nichts und niemand wird das je ändern können.«

Frederic beugte sich zu ihr hinüber und küßte sanft Alicias Lippen. Aufseufzend lehnte sie sich an ihn und gab sich ganz seinen Zärtlichkeiten hin.

Plötzlich wurde die Tür an der Fahrerseite aufgerissen. »O Verzeihung, Mister Reynolds.«

»Es ist schon in Ordnung«, beruhigte Frederic den Parkwächter. Er zog sich von Alicia zurück, ohne jedoch den Blick von ihr zu lassen. »Wir wollten sowieso gerade hineingehen.«

Alicia war allerdings nicht ganz sicher, ob sie dazu schon imstande sein würde. Sie konnte kaum gehen, da eine süße Schwäche ihren Körper erfaßt hatte. Noch immer meinte sie, Frederics Küsse spüren zu können. Frederics Worte hatten sie völlig aus dem Gleichgewicht gebracht, und die Welt schien sich um sie herum zu drehen.

14

Wie benommen ließ Alicia sich aus dem Wagen helfen. Nachdem Frederic den Parkwächter mit einem großzügigen Trinkgeld bedacht hatte, führte er sie in das geschmackvoll ausgestattete Restaurant. Es war keines dieser Prominentenlokale, in die man nur ging, um gesehen zu werden. Der Saal war gepflegt und elegant eingerichtet, und ein Klavierspieler spielte leise Musik. Eine Vielzahl Kellner verrichtete unauffällig, aber sehr aufmerksam ihren Dienst.

»Ihr Tisch ist reserviert, Mister Reynolds«, verkündete der Manager, nachdem er sie begrüßt hatte. »Hier entlang, bitte!«

Auf dem Weg zum Tisch bemerkte Alicia, daß man sich nach ihnen umdrehte. Mit einem Anflug von Stolz erkannte sie, daß sie beide ein attraktives, elegant gekleidetes Paar waren. Frederic trug einen tief dunkelblauen Anzug. Sein Hemd war elfenbeinfarben, und seine Seidenkrawatte und das Einstecktuch weinrot. Das Haar hatte er sorgfältig zurückgekämmt, und doch behielt es seine jungenhafte Lässigkeit, die Alicia so sehr gefiel. Nachdem sie Platz genommen hatten und Frederic sich mit der Weinkarte beschäftigte, meinte Alicia kühl: »Man scheint dich hier gut zu kennen. Kommst du öfter her?«

Frederic lächelte über ihre Eifersucht und antwortete: »Ich führe manchmal wichtige Kunden hierher.«

»Sie dürften beeindruckt sein!«

»Mit Sicherheit. Nach einem Besuch hier gehen die meisten Verträge glatt über die Bühne.« Geflissentlich vermied es Frederic, über andere Frauen zu reden, die er möglicherweise mit in dieses Restaurant gebracht hatte.

»Was wollen wir essen? Bevorzugst du Rot- oder Weißwein?«

Alicia konnte später nicht einmal mehr sagen, was sie gegessen hatte. Sie schwebte wie auf Wolken, und das hatte nichts mit dem Wein zu tun.

»Mein Magen wird sich sehr wundern.« Der Kellner räumte gerade die Teller ab. »Er kennt nur Hamburger und schnelle Küche!«

»Ich freue mich, daß es dir geschmeckt hat. Als Nachtisch würde ich ›Erdbeeren Romanov‹ empfehlen.«

»Nein, danke, ich bringe wirklich keinen Bissen mehr hinein.«

Alicia konnte doch noch einen Erdbeerbecher bewältigen und genoß jeden Bissen. »Frederic?«

»Hm?« Er griff nach ihrer Hand, und die Bedienung, sehr wohl wissend, daß sie im Augenblick nicht benötigt wurde, zog sich diskret zurück.

»Verzeih mir, wenn ich jetzt neugierig erscheine«, begann Alicia. »Aber du sprichst nur selten über deinen beruflichen Erfolg. Warum? Viele Männer würden damit angeben.«

Frederic strich sanft über ihre Finger. »Weißt du, ich fühle mich eigentlich nicht erfolgreich, Alicia. Früher machte ich den Fehler, mein Leben nach finanziellen Maßstäben zu bewerten. Erst vor kurzem gingen mir die Augen auf. Erfolg im Leben ist etwas anderes.«

»Du hast offensichtlich deine Wertmaßstäbe gesetzt. Trotzdem braucht man sich eines finanziellen und beruflichen Erfolgs nicht zu schämen.«

»Wenn man sein Streben einzig und allein auf Karriere verwendet, vielleicht doch.«

»Ich verstehe dich nicht«, meinte Alicia kopfschüttelnd. »Warum bist du so kritisch mit dir selbst?«

»Wo ist die Familie, das Heim, das ein Mann in meinem Alter haben sollte? Nach dem Scheitern meiner ersten Ehe war ich zu gleichgültig, zu bequem, mir etwas Neues aufzubauen. Erst seit einigen Wochen bin ich meiner Tochter so etwas wie ein Vater. Wie bedaure ich all die vergeudeten Jahre! In dieser Beziehung fühle ich mich wie ein völliger Versager und sehe keinen Grund, stolz zu sein.« Sanft strich er Alicia über die Wange. »Darum wünsche ich mir nichts sehnlicher als …«

»Was wünschst du dir?«

Frederic wandte sich wortlos ab. Als er Alicia schließlich wieder ansah, hatte sich sein Gesichtsausdruck verändert. Sie wußte genau, das Thema war für ihn beendet. »Ich wünschte, du würdest heute abend mit mir tanzen gehen. Tanzt du gerne?«

»Und ob ich das tue!« erwiderte sie sofort.

Sie besuchten einen jener neuen Nachtclubs, in denen von Punks mit blauen und rosa Haaren bis hin zur Dame im Chinchilla alle Typen vertreten waren. Unzählige Spiegel reflektierten buntes Licht, und laute Musik dröhnte aus den Lautsprechern.

Alicia und Frederic amüsierten sich auf der Tanzfläche. Um sich unterhalten zu können, mußten sie die Musik durch Brüllen übertönen.

»Macht es dir Spaß?« rief Alicia Frederic zu.

»Ja«, antwortete dieser ebenso laut. »Aber ein Problem sehe ich schon …«

»Wie bitte?« unterbrach ihn Alicia.

Frederic kam zu ihr herüber und umfaßte ihre Taille. »Ich wollte sagen, ich empfinde es als Problem, daß hier keine langsamen Stücke gespielt werden. Die Kerle kriegen ja die Mädchen nie zu fassen!«

»Deshalb kennt man sie auch oft nicht auseinander.«

»Stimmt!« bestätigte Frederic lachend. »Doch, daß du ein Mädchen bist, kann ich deutlich erkennen.« Seine Hände glitten an ihren Hüften hoch und streiften schnell ihre Brüste. Das Leuchten seiner Augen war unmißverständlich. »Ich weiß einen Ort, an dem wir langsam tanzen können!«

Kommentarlos ließ sich Alicia aus dem Nachtclub führen. Während der Fahrt hatte Frederic eine Hand auf ihr Knie gelegt. Sein Haus befand sich in den Hügeln oberhalb der Stadt.

Alicia, die aus wenig begüterten Verhältnissen stammte, war sehr beeindruckt von dem Anwesen. Das Eisentor öffnete sich automatisch, als sie mit dem Wagen vorfuhren. Der breite Weg zum Haus war von großzügigen Rasenflächen gesäumt. Schließlich hielten sie vor einem imposanten Anwesen, das einer texanischen Ranch ähnelte.

»Laß dich von dem Äußeren nicht zu sehr blenden«, meinte Frederic spöttisch. »Es ist nur ein leerer, einsamer Kasten.«

»So ein wunderschönes Haus!« entfuhr es Alicia.

»Aus dem Grunde ist es jammerschade, daß es leersteht. Irgend jemand sollte es genießen. Doch das war noch nie der Fall!«

Das Innere des Hauses hielt, was das Äußere versprach. Die Räume waren groß und sehr geschmackvoll eingerichtet. Die breiten Fenster erlaubten einen atemberaubenden Blick auf die Lichter der unterhalb liegenden Stadt.

»Es ist wunderschön, Frederic!«

»Jetzt, ja!« Leidenschaftlich riß er Alicia in seine Arme. »Es ist herrlich, dich hier zu haben, Alicia, du hast dieses Haus im Nu verzaubert!«

Warm glitten seine Lippen über ihren Mund und streiften dann verführerisch ihren Nacken. »Möchtest du etwas trinken?«

»Müßtest du jetzt aufhören, um es mir zu holen?«

»Ja.«

»Dann vielen Dank, nein!«

Sein Lächeln verschmolz mit ihrem, während seine Hände sanft über ihren Rücken glitten, bis sie auf ihrem Po liegenblieben. Als Frederic sie hart an sich preßte, spürte Alicia seine Erregung. Sie seufzte und bewegte sich unruhig unter dem Griff seiner Hände:

»Ich dachte, wir wollten hier tanzen!« scherzte Frederic und gab ihr einen kleinen Kuß auf die Nase.

»Aber klar doch. Ich habe mir nur die Zeit vertrieben, bis du mich endlich auffordern würdest. Woher bekommen wir Musik?«

Frederic legte seinen Arm um Alicias Taille und führte sie zu einer Stereoanlage. Die Technik war fast so verwirrend wie bei einem Flugzeug, aber nach wenigen Handgriffen entströmte den versteckt angebrachten Boxen leise Musik.

Alicia schmiegte sich eng an Frederic, verschränkte ihre Arme in seinem Nacken und legte ihren Kopf an seine Brust.

Er gab ihr einen Kuß auf ihr weiches Haar. »Weißt du, was ich als erstes an dir bemerkt habe?«

»Meine Dämlichkeit. Du konntest es einfach nicht glauben, daß jemand ohne Notausrüstung für eine Woche in die Wildnis fährt.«

Frederic lachte. »Davor noch!«

»Aha! Dann hast du also *tatsächlich* gedacht, ich sei dämlich.«

»Vielleicht nur ein bißchen zerstreut.«

»Mein Äußeres kann dich nicht sonderlich beeindruckt haben, denn wenn ich mich recht erinnere, habe ich ausgesehen wie eine nasse Katze. Vielleicht meine intelligente Konversation?«

»Du hast nur dummes Zeug vor dich hingestottert.«

»Wie wenig charmant von dir, mich daran zu erinnern.«

»Du kapitulierst? Das hier habe ich als erstes bemerkt«, erklärte Frederic und ließ seine Hände streichelnd über die sanften Rundungen ihres Pos gleiten.

Mit gespielter Entrüstung schob Alicia seine Hände fort. »Du unverbesserlicher Wüstling...«

»Mehr habe ich von dir doch nicht gesehen«, verteidigte sich Frederic. »Aber es ist wirklich der hübscheste Hintern, der mir je begegnet ist.«

»Und du verfügst über umfangreiche Kenntnisse, nehme ich an.«

»Eifersüchtig?«

»Siehst du nicht meine grüne Nase?«

»Gut!«

Alicia war in der Tat furchtbar eifersüchtig auf jede Frau, die Frederic zuvor in seinen Armen gehalten haben mochte. Wie viele mochte er wohl mit in sein Haus gebracht haben?

»Du hast keinen Grund, eifersüchtig zu sein.« Sein fordernder Kuß schien ihr alle Kraft zu rauben.

Als Frederic schließlich von ihr abließ, öffnete Alicia nur zögernd die Augen. Ihr war gar nicht aufgefallen, daß sie das Wohnzimmer verlassen hatten. Es war wie eine Reise durch Zeit und Raum. Erst jetzt bemerkte sie, daß Frederic sie gegen einen Billardtisch gedrängt hatte. Sie drehte den Kopf und spürte, wie Frederic sie im gleichen Moment hochhob, auf den Tisch legte und sich über sie schob. Vorsichtig begann er, die Haarnadeln aus ihrer Frisur zu nehmen. Eine nach der anderen, bis sich die blonden Locken über ihre Schultern ergossen.

Seine Finger gruben sich in ihr Haar, und er rollte sie beide herum, bis Alicia auf ihm lag.

»Ist das Spiel schwer?« wollte Alicia wissen.

»O ja!«

»Kannst du es sehr gut?«

»Ich bin Experte.« Seine Hände bedeckten ihre Brüste.

»Du mußt schon eine besondere Technik entwickelt haben.«

»Es hängt alles davon ab, wie man die Kugeln berührt und wie man das Queue bewegt.«

Sie schaute ihn aus halbgeöffneten Augen an. »Reden wir immer noch vom Billard?«

Statt einer Antwort küßte er sehnsüchtig ihre Halsbeuge und knabberte an einem Ohrläppchen, während sich seine Finger ungeduldig an ihrem Reißverschluß zu schaffen machten. Vorsichtig zog er ihn schließlich herab und schob das Oberteil des Kleides hinunter.

Frederics Blick blieb an Alicias festen Brüsten hängen. Fast zaghaft strichen seine Hände darüber, bis er schließlich den Kopf beugte und vorsichtig eine Brustwarze in den Mund nahm.«

»Das ist anstößig, Frederic.«

»Ja, du hast recht.« Er rieb sein Kinn an ihr und biß sie zärtlich. »Du schmeckst köstlich.«

»Ich bin Mutter von zwei Kindern«, seufzte sie leise, da seine Zunge sie erschauern ließ.

»Deine prächtigen Brüste beweisen es.« Er berührte sie ein weiteres Mal und schaute voller Begehren auf sie hinunter. Ihr Haar lag ausgebreitet auf dem Grün des Billardtisches. In ihren Augen spiegelte sich Verlangen, und ihre feuchten, weichen Lippen waren leicht geöffnet.

»Frederic«, hauchte Alicia. »Ich will dich haben. Ich kann nicht mehr warten.«

Ohne ein Wort half er ihr vom Tisch herunter und führte sie in sein Schlafzimmer. Es war perfekt vorbereitet für eine romantische Nacht. Gedämpftes Licht, leise Musik aus versteckt angebrachten Lautsprechern und eine Flasche Champagner im Kühler.

Auf dem Weg durch das Wohnzimmer hatte Frederic Alicia das Köfferchen ausgehändigt und sie zärtlich angelächelt. »Bitte, fühl dich mir in keiner Weise verpflichtet. Wenn du möchtest, bringe ich dich sofort nach Hause.«

In diesem Augenblick kannten Alicias Gefühle für ihn keine Grenzen. Wie lieb von ihm, daß er zuerst an sie und nicht an sich selbst dachte. Sanft legte sie ihm einen Finger auf den Mund. »Ich bleibe. Ach übrigens, Frederic…« Schüchtern sah sie zu Boden. »Ich habe meinen

Frauenarzt aufgesucht und veranlaßt, daß ... na, du weißt schon.«

In seinem riesigen Badezimmer fand Alicia etwas, das sie überraschte und sie gleichzeitig sehr berührte. Sie fand dort eine Bitte vor, die Frederic niemals in Worte gefaßt hätte. Mit einem zärtlichen Lächeln auf den Lippen begann Alicia sich zu entkleiden und zog dann das schwarze Negligé an, das aus seinem Ferienhaus stammte und das nun hier über dem Stuhl lag.

Bevor sie die Tür öffnete, löschte Alicia das Licht. Frederic saß auf der Bettkante und öffnete die Flasche Champagner. Er sah zu ihr auf, und der Blick seiner grünen Augen traf Alicia wie ein Blitzschlag.

»Ich habe das Negligé vor meiner Abreise gestohlen.«

Sein fast schüchternes Bekenntnis ließ Alicias Herz vor Liebe höher schlagen. »Ich habe mir nie träumen lassen, dich jemals darin zu sehen. Es sollte nur ein Andenken sein.« Frederic kam auf sie zu. »Tausendmal habe ich mir vorgestellt, wie du darin aussehen würdest, aber die Wirklichkeit übertrifft meine kühnsten Erwartungen.«

Alicias Körper zeichnete sich deutlich unter dem durchsichtigen Stoff ab, und Frederics Blicke verrieten, daß er sein Verlangen nur noch mühsam zügeln konnte. In seinen Gedanken war dies ihre Hochzeitsnacht, er würde sie wie seine Braut behandeln. »Komm, trink ein Glas Champagner mit mir!« sagte er heiser.

Alicia lächelte und trank einen Schluck des prickelnden Getränkes. Dabei betrachtete sie ihn voller Liebe. Seine gebräunte Haut, seine Haare und Augen, sein markant geschnittenes Gesicht. Dann nahm Frederic ihr das Glas aus den Händen, stellte es zur Seite und zog Alicia auf das Bett hinab. Fasziniert beobachtete sie, wie er den Gürtel öffnete und seinen Hausmantel von sich warf, den er angezogen hatte, während sie im Badezimmer war. Er trug jetzt nur noch knappe Shorts, in denen er einfach umwerfend aussah. Seine breite, behaarte Brust und die vom Joggen muskulösen Beine kamen dadurch sehr gut zur Geltung. Seine Nacktheit erregte sie so, daß sie ihren eigenen Herzschlag hörte. Wie konnte sie, Alicia Russell, sich nur so sehr von einem nackten Männerkörper fesseln lassen? Aber es war nicht allein sein Körper, es war der ganze Mann. Es war Frederic. Sie liebte ihn.

Sie verloren sich in einem langen Kuß. Schließlich löste sich Frederic von ihrem Mund und beugte sich über ihren Körper, um ihre Brust zu liebkosen. Fest schlossen sich seine Lippen um die straffen Spitzen, saugten, knabberten...

»O Frederic, Frederic.« Wild warf Alicia den Kopf auf dem Kissen hin und her. Ihre ruhelosen Finger suchten Halt in seinen Haaren. Seine Zunge quälte sie, trieb sie an die Grenze des Erträglichen, ließ ihre Worte zu einem Seufzen werden.

Sie zogen sich gegenseitig aus, was ihre Lust weiter steigerte. Bewundernd betrachtete Frederic Alicias perfekt geformten Körper, die festen Brüste, die schmale Taille und die langen Beine.

Ihr Keuchen feuerte Frederic nur noch mehr an. Sein Mund wanderte über ihren Bauchnabel, er küßte ihre Schenkel, die Alicia stöhnend öffnete, und verweilte dann an dem Punkt, an dem sich all ihre Empfindungen konzentrierten. Mit allen Sinnen genoß sie seine erfahrenen Zärtlichkeiten, die ein heißes Brennen in ihrem Schoß hervorriefen.

Alicias Puls raste und ihr Atem kam in kurzen rauhen Stößen. Stammelnd flehte sie Frederic um Erfüllung ihrer Sehnsucht an. Vorsichtig drang er in sie ein, bewegte sich langsam, fast zurückhaltend, bis Alicia sich heftig unter ihm bewegte. Dann konnte auch Frederic sich nicht mehr zurückhalten. Aufschreiend verströmte er seine Lust in ihr.

15

»…und Pizza hat uns die Oma auch zu Mittag gemacht, nicht so ein gefrorenes Zeug, wie wir es bei dir immer kriegen. Sie hat den Teig richtig selbst gerührt!«

»Der Oma sei herzlich gedankt«, meinte Alicia trocken, und Frederic lächelte. Von dem Zeitpunkt an, als sie die Kinder wieder abholten, hatten deren Münder keine Sekunde stillgestanden.

»Opa hat mit uns *Mensch, ärgere dich nicht!* gespielt, aber ich glaube, er hat uns absichtlich gewinnen lassen.« So spulte sich die Berichterstattung über den Aufenthalt bei Oma und Opa unentwegt ab. »Wir hatten viel Spaß«, verkündete David schließlich. »Ihr auch?«

Alicia errötete unter Frederics vielsagendem Blick. »Ja, wir hatten auch sehr viel Spaß«, bestätigte er.

»Was habt ihr denn gemacht?«

»Ach, alles mögliche«, antwortete Frederic ausweichend, während Alicias Wangen sich fast violett färbten.

Zu Hause angekommen, forderte Alicia die Kinder auf, ihre Sachen wieder an Ort und Stelle zu bringen. Fast schon an der Treppe angekommen, drehte sich David wieder herum und kam auf Frederic zu: »Ach, ich hätte fast was Wichtiges vergessen. Frederic, ich wollte dich etwas fragen!«

Alicia und Frederic waren übereingekommen, ihre Sympathie füreinander vor den Kindern nicht zu verbergen, deshalb standen sie Arm in Arm vor David.

»Worum geht's denn?« erkundigte sich Frederic.

»Die Pfadfinder planen ein Wochenendcamp. Da ich keinen Vater mehr habe, dürfte ich dazu jemand anderen einladen. Ich wollte erst Jeremy fragen, aber es wäre mir lieber, wenn du mitkämst!«

»Vielen Dank für die Ehre«, meinte Frederic lächelnd. Liebevoll spielten seine Finger in Alicias Haaren. »Wann findet es statt?«

»Nächsten Monat.«

Alicia spürte, wie Frederic förmlich erstarrte. Er schien sich innerlich zurückzuziehen, eine unsichtbare Mauer um sich aufzubauen.

Fragend blickte sie zu ihm auf und erkannte, daß er sich wieder in sein Niemandsland zurückgezogen hatte. Dieses Mal jedoch war sie nicht verzweifelt, sondern furchtbar zornig. Wie konnte er nach dieser zauberhaften Liebesnacht auf eine solche Art und Weise reagieren?

»Kommst du mit, Frederic?« fragte David verunsichert.

»Wir sprechen später darüber, David«, mischte sich Alicia ein. Obwohl sie hätte schreien können, zwang sie sich zu einem ruhigen Tonfall. »Pack deine Sachen aus und bleib mit Adam oben. Ich möchte mich mit Frederic unterhalten.«

»Okay«, ließ sich David wenig begeistert vernehmen und trollte sich davon.

Frederic starrte zu Boden. Als der Junge außer Hörweite war, hob er den Kopf. »Ich kann nicht mit ihm fahren. Bitte, denk dir eine Entschuldigung aus.«

»Den Teufel werde ich tun«, fauchte Alicia aufgebracht. »Wie ich dich kenne, bereitest du jetzt schon wieder deinen Abgang vor.« Zornbebend zerrte sie an seinem Arm. »Dieses Mal lasse ich mir das nicht kommentarlos gefallen. Wie kannst du nach der vergangenen Nacht nur so ein Eiszapfen sein?«

»Die vergangene Nacht war die schönste Nacht meines Lebens. Ich liebe dich, Alicia, und das weißt du auch.«

»Warum, verdammt noch mal, willst du dann schon wieder verschwinden? Das hast du doch vor, nicht wahr?«

»Ja!«

»Und es wird auch die Einmischung der Familie nichts nützen; du kommst nicht zurück, stimmt's?«

Seine Miene war ausdruckslos. »Nein, ich komme nicht zurück!«

Wie von einem Schlag getroffen, taumelte Alicia zurück. »Nach dem gestrigen Tag?« Die Stimme drohte ihr zu versagen.

»Nach all dem, was geschehen ist, kannst du doch nicht so einfach aus unserem Leben verschwinden?«

»Es muß sein!«

»Das glaube ich dir nicht!«

»Leider ist es wahr. Ich kann nicht länger bei euch bleiben. Wenn ich es täte, würde alles nur noch schlimmer, deshalb ist es am besten, jetzt einen Schlußstrich zu ziehen.«

»Ich kann dir deine Worte unmöglich abnehmen.«

»Mußt du aber!«

»Hat dir denn die letzte Nacht gar nichts bedeutet?«

Frederic griff nach ihren Schultern und drehte Alicia zu sich herum. Sein Gesicht war kreidebleich und jedes einzelne Wort schien ihm Schwierigkeiten zu bereiten. »Die letzte Nacht war für mich die Erfüllung meiner Träume. Ich konnte mir selbst einreden, wir seien verheiratet und hätten eine gemeinsame Zukunft vor uns.«

»Lieber Himmel, Frederic.« Alicia wäre am liebsten in Tränen ausgebrochen. »Wie kannst du so etwas sagen, da du doch planst, mich zu verlassen?«

»Spürst du denn wirklich nicht, wie schwer es mir fällt zu gehen? Wie sehr du inzwischen ein Teil von mir geworden bist? Du gehörst zu mir, Alicia, für immer und ewig. Auch deine Söhne habe ich so sehr in mein Herz geschlossen, daß ich sie niemals vergessen könnte.« Frederic schloß gequält die Augen. »Aber trotzdem muß ich euch verlassen.«

Jetzt konnte Alicia ihre Tränen nicht mehr zurückhalten. Hilflos schluchzend trommelte sie mit den Fäusten gegen seine Brust. »Warum? Sag mir doch um Gottes willen, warum!«

»Bitte, mach es nicht noch schwerer, als es ohnehin schon ist!«

»Das ist nicht mehr möglich!«

»Ich möchte es aber nicht sagen!«

»Bitte, Frederic, ich will endlich Bescheid wissen!«

»Ich bin todkrank!«

In diesem Augenblick drohte Alicia die Stimme zu versagen. Fassungslos stand sie Frederic gegenüber, und er konnte ihren Schmerz fast körperlich spüren. Ihr mitleiderregender Anblick traf ihn bis ins Innerste.

Sanft legte er seine Hände auf ihre Schultern und schaute ihr in die Augen, aber er konnte es nicht ertragen, sie so zu sehen. Deshalb stand er auf und drehte sich zum Fenster. Es war ein klarer, sonniger Tag, der ihm sein Elend noch bewußter machte. Das hatte er nicht verdient.

Nach einer halben Ewigkeit begann Alicia, sich ganz langsam zu erholen. Mit dem Handrücken rieb sie sich die tränenverschmierten Wangen.

»Das ist doch unmöglich!«

Traurig sah Frederic sie an. »Genau das habe ich den Ärzten auch gesagt. Es ist möglich, zwar nicht hundertprozentig sicher, aber sehr wahrscheinlich!«

Ungläubig schüttelte Alicia den Kopf. »Jetzt erzähl mir bitte die ganze Geschichte.«

»Setz dich«, befahl er ihr mit sanfter Stimme. »Du siehst aus, als würdest du jeden Moment umfallen.«

Alicia wankte auf das Sofa zu und ließ sich kraftlos hineinfallen. »Das kann doch nicht sein«, beharrte sie.

»Ich konnte es zuerst auch nicht glauben. Bei meiner alljährlichen Untersuchung wurde festgestellt, daß etwas mit meinem Blut nicht stimmt.« Frederic wanderte auf und ab. »Man sagte mir, es könne etwas sein, das noch zu behandeln wäre...« Er hielt abrupt inne und sah Alicia an. »Wahrscheinlicher aber sei eine unheilbare Blutkrankheit, die sich allmählich verschlimmert und unweigerlich zum Tode führt.«

Alicia schlug sich ihre eiskalten Finger vor den Mund. Wie gerne hätte sie geweint, geschrien, ihrer Verzweiflung nachgegeben. Sie wußte jedoch, wie wichtig es war, sich zu beherrschen. »Aber sie wissen es noch nicht sicher?«

Frederic schüttelte den Kopf. »Man sagte mir, sie benötigen etwa drei Wochen für die endgültige Diagnose. Es müßte eine umfangreiche Blutuntersuchung mit Kulturen durchgeführt werden.« Er machte eine ungeduldige Handbewegung. »Zwei Tage, bevor ich dich traf, hatte ich es erfahren. Ich zog mich daraufhin in das Ferienhaus zurück, um nachzudenken und mich mit dem Gedanken vertraut zu machen, in wenigen Monaten vielleicht schon tot zu sein.«

Alicia konnte einen Aufschrei nicht unterdrücken. Tränen schossen ihr in die Augen. Frederic eilte zu ihr hinüber und kniete sich vor sie. »Alicia, bitte nicht! Deshalb hätte ich es dir lieber verschwiegen. Es wäre für dich leichter gewesen, mich für einen unzuverlässigen Kerl zu halten, der nach seinem Vergnügen einfach verschwindet.«

Alicia strich ihm übers Haar. »Du bist nicht krank. Du kannst gar nicht krank sein!«

Frederic sprang auf und nahm seine Wanderung wieder auf. Er schien zornig. »Das habe ich mir auch immer wieder überlegt und furchtbar mit meinem Schicksal gehadert. Warum gerade ich? Ich lebe gesund, jogge, trinke mäßig, habe vor Jahren das Rauchen aufgegeben und fühle mich topfit. Wenn ich jetzt Schmerzen hätte, mich schwach fühlte oder nicht mehr imstande wäre, dich eine ganze Nacht leidenschaftlich zu lieben, dann käme mir das Ganze mit Sicherheit wahrscheinlicher vor.«

Betroffen blickte Alicia zu Boden. »Wann wirst du es wissen?«

»Ich nehme an, in wenigen Tagen. Die drei Wochen sind fast vorbei!«

Alicia hob hoffnungsvoll den Kopf. »Vielleicht …«

Frederic unterbrach sie kopfschüttelnd. »Nein, Alicia, ich muß mich auf das Schlimmste gefaßt machen. Mit dieser Unsicherheit im Nacken kann ich mir keine Zukunft aufbauen. Ich könnte die Enttäuschung nicht ertragen.«

Alicia schnürte es das Herz ab. Frederic setzte sich neben sie und hielt ihre Hand. »Verstehst du jetzt, warum ich dir von Anfang an sagte, ich könnte mich nicht binden? Ich wollte dir nicht weh tun.«

Er ließ ihre Hand los und ging zum Fenster hinüber. Mit tiefer, sehnsüchtiger Stimme fuhr er fort: »Bei dir wußte ich gleich, wenn ich erst einmal das Bett mit dir geteilt hätte, würde ich dich nicht wieder gehen lassen. Du warst die Frau für mich, die ich so dringend brauchte. Nur konnte ich dir keine Zukunft bieten.«

Frederic sah Alicia ins Gesicht. »Du bist eine junge Frau, die bereits einen großen Verlust verschmerzen mußte. Deine beiden Söhne brauchen einen Vater, und du brauchst einen Mann, der dir ein Heim und viele Jahre voller Liebe und Glück geben kann.«

Frederic hatte sich inzwischen auf einen Stuhl Alicia gegenüber gesetzt. Sein Blick flehte förmlich um Verzeihung. »Ich weiß, es war falsch, dich im Ferienhaus zu lieben. Aber ich konnte nicht anders. Auch in der Nacht nach Davids Unfall. Ich wußte, daß du wolltest, daß ich bleibe. Ich wollte es auch, denn du brauchtest Trost und Hilfe und das Gefühl, nicht allein auf der Welt zu sein. Aber diese Sicherheit konnte ich dir nicht geben. Ebenso hätte ich später von dir fortbleiben müssen, aber ich brachte es nicht fertig. Ich habe dich oft mit meinem Verhalten in Zorn versetzt, wollte es aber niemals. Du und deine Jungen, ihr wart ein Geschenk des Himmels für mich, es kam nur leider zu spät!«

Frederic stand auf und stemmte die Fäuste in die Hüften. »Ich habe die Bilanz meines Lebens gezogen. Man neigt zu so etwas, wenn man sich mit dem Gedanken an den Tod auseinandersetzt. Wie gerne hätte ich meinem Leben dadurch einen Sinn gegeben, daß ich für dich und die Jungen sorgen dürfte. Mit Liebe und Hingabe hätte ich alles für euch getan. Ihr brachtet frischen Wind in mein Leben. Wie gern wäre ich dein Ehemann gewesen, hätte dich jede Nacht geliebt, hätte alles mit dir geteilt. Mein größter Wunsch wäre es, deinen Kindern ein Vater zu sein, sie aufwachsen zu sehen. Aber es ist zu spät, Alicia, es ist, verdammt noch mal, zu spät!« Frederic ging zum Fenster zurück.

Lange Zeit sprachen sie kein Wort. Alicia wollte ihn trösten, sein Leid mildern, aber sie konnte es nicht. Er würde kein Mitleid wollen. Wer würde sie trösten? Nach Jims Tod war ihr Herz schließlich geheilt. Die Zeit hatte das ihre dazu getan. Doch diesmal war die Wunde zu groß – sie würde nie wieder heilen.

»Was hast du vor?« fragte sie schließlich leise.

»Du meinst, falls ...«

»Ja!«

»Ich würde meinen Firmenanteil den anderen Partnern verkaufen, alles andere auch zu Geld machen, meine Mutter besuchen und dann die Sache selbst beenden. Zu warten, bis es soweit ist, wäre mir unerträglich!«

Alicia zuckte unter seinen Worten zusammen. »Weiß Chrissy Bescheid?«

Er schüttelte den Kopf. »Niemand. So hatte ich es auch geplant.«

»Das ist grausam, Frederic. Deine Mutter und Chrissy sollten Bescheid wissen. Der innige Kontakt zu deiner Tochter ist noch so frisch; sie wird es wissen wollen!«

»Hättest du lieber vorher gewußt, daß Jim an jenem Tag sterben würde?«

Alicia senkte den Kopf, und Frederic entschuldigte sich

sofort. »Bitte, verzeih mir, Alicia! So habe ich mir das alles nicht vorgestellt«, fuhr er kopfschüttelnd fort. »Lieber wäre es mir gewesen, ich hätte dich zornig zurückgelassen, als dir diesen Kummer zu bereiten.« Tief holte er Luft. »Ich muß jetzt gehen, Alicia!«

Als er die Tür erreicht hatte, sprang Alicia wie elektrisiert auf. »Und ich werde dich wirklich nie wiedersehen?« stieß sie voller Panik hervor.

Frederic schloß gequält die Augen und schüttelte leicht den Kopf. »Nein!« meinte er kaum hörbar.

»Aber ...« Sie hielt abrupt inne. Wie konnte sie nur so egoistisch sein? Fast hätte sie ihn gebeten, ihr Nachricht zu geben, wenn die schlimmsten Befürchtungen sich nicht bestätigen sollten. Nach dem Motto: *Laß es mich wissen, wenn alles in Ordnung ist, ansonsten laß mich in Frieden!* So hätten ihre Worte zwangsläufig geklungen.

Frederic schien sie zu verstehen. Er kam zu ihr und streichelte ihre Wangen. »Es ist alles gesagt, sogar mehr als unbedingt nötig. Ich mache dir keine Vorwürfe, Alicia. Von Anfang an wußte ich, daß es für uns keine Zukunft geben würde, dennoch war unsere Begegnung ein großes Geschenk für mich.« Voller Liebe sah er ihr ins Gesicht. »Vergib mir, daß ich so egoistisch war! Ich liebe dich von ganzem Herzen!«

Die Tür schloß sich hinter ihm und Alicia stand noch mitten im Raum, unfähig sich zu bewegen.

»Das habe ich noch nie gemacht.«

»Während eines heißen Bades Champagner getrunken? Das gehört zu jeder Orgie.«

»Was betrachtest du?«

»Deine Brüste.«

»Das habe ich mir gedacht.«

»Ich liebe es, wie das Wasser über deine Brustwarzen fließt.« Er nahm einen Schluck Champagner, zog sie zu sich

hoch und umschloß ihre Brustwarzen mit seinen Lippen. Sein Mund war kalt auf ihrer heißen Haut.

»Wie kann sich etwas nur so gut anfühlen?« Sie krallte sich in seinen nassen Haaren fest.

Er hob sie aus der Wanne und legte sie auf ein Handtuch. Dann nahm er die Flasche Champagner und goß etwas von dem prickelnden Getränk über ihren Körper. Sie erschauerte. Aber nicht wegen der Kälte, sondern wegen der Zunge, die den kleinen Rinnsalen folgte.

»Die Kerzen waren eine gute Idee. Ich hätte daran denken sollen.«

»Ich liebe Kerzenlicht.«

»Ich liebe es, wie es deine Haut schimmern läßt.« Sie konnte seine Blicke, die ihren nackten Rücken entlangwanderten, förmlich spüren. »Ich mag es, wie deine Locken sich über meine Brust ausbreiten, es ist ein sehr erotisches Bild.«

»Die Kerzen riechen gut.« Sie atmete den Blumenduft tief ein. »Du riechst auch gut.«

Langsam streichelte er ihren Rücken, was sie erzittern ließ. »Wie rieche ich denn?«

Sie hob den Kopf und sah ihn verträumt an. »Wie ein Mann.«

Seine Finger fuhren durch ihr Haar und massierten die Kopfhaut.

»Wie schmeckst du, Frederic?«

Seine Hände erstarrten. Er hielt den Atem an, als sie Zentimeter für Zentimeter seinen Körper zu erkunden begann.

»Wenn du das machst, kann ich meine Haare nicht kämmen.«

Beide waren schon fertig angezogen zum Ausgehen. Alicia stand mit erhobenen Armen vor dem Badezimmerspiegel und steckte sich die Haare hoch. Frederic stand hinter ihr und berührte von dort aus ihre Brüste.

»Danke, daß du heute keinen BH trägst.« Seine Daumen machten aufregende Dinge mit ihren Brustwarzen. Ganz langsam, ganz sanft.

Alicia betrachtete das Spiel seiner Hände im Spiegel, sah die Reaktion ihres Körpers, das lustvolle Glitzern in ihren Augen. Sie lockerte ihre Arme und ließ die Bürste fallen. Eng preßte sie ihren Körper an seine Hüften.

»Wir sind doch schon angezogen«, brachte sie atemlos hervor.

Er lachte geheimnisvoll. Kleider waren kein Hindernis für ihn. Er drehte sie zu sich herum, zog ihren Slip aus, dann seinen und zog sie ganz nah zu sich heran. So nah, bis sie eins waren.

Alicia saß aufrecht im Bett. Ihr Gesicht war naß von Tränen.

Tagsüber versuchte sie, sich nichts anmerken zu lassen. Sie war eine gute Mutter, die alles für ihre Kinder tat und immer ein offenes Ohr für deren Sorgen hatte.

Auch in diesen schweren Tagen bemühte sie sich, alles normal verlaufen zu lassen, doch es kostete sie eine ungeheure Willenskraft!

Aber jetzt, in ihrem Bett konnte sie ihren Gefühlen freien Lauf lassen. Ihre Erinnerungen raubten ihr den Schlaf. Sie konnte nicht vergessen. Die Erinnerungen verfolgten sie.

Verzeih mir, daß ich dich zu sehr liebte! Sie rollte sich auf die Seite und gab sich ihren bitteren Tränen hin.

16

Dennoch gelang es Alicia nicht, ihr Unglück zu verbergen. Bei der Arbeit fehlten ihr die Ideen, und jeder in ihrer Umgebung merkte, daß etwas nicht stimmte. Ein Mitarbeiter wagte zu fragen, was denn los sei, worauf Alicia ihn gleich anfuhr, sie sei nur müde.

Sie bemühte sich intensiv, ihre Verzweiflung vor den Kindern zu verbergen. Aber selbstverständlich bekamen auch David und Adam mit, daß die Nerven ihrer Mutter zum Zerreißen angespannt waren. Jedesmal, wenn sie sich wieder zu ungeduldig zeigte, hätte sich Alicia selbst ohrfeigen können. Erschwerend kam noch hinzu, daß die beiden Jungen Frederics Namen bei jeder Gelegenheit erwähnten.

»Kommt Frederic nun mit zu den Pfadfindern?«

»Das glaube ich nicht, David. Frag doch lieber Jeremy oder deinen Opa, der würde sich freuen.«

»Aber ich will, daß Frederic mitkommt!«

»Er kann nicht!«

»Warum nicht?«

»Iß weiter!«

»Warum kann Frederic nicht? Warum besucht er uns nicht mehr? Hast du ihn wieder geärgert?«

»Iß jetzt!« schrie Alicia, sprang auf und knallte die Serviette auf den Tisch. Dann rannte sie wie gehetzt in ihr Zimmer, warf sich aufs Bett und schluchzte herzzerreißend.

Später am Abend nahm sie sich sehr viel Zeit für die Kinder. Sie erwähnten Frederic nicht wieder, Alicia konnte jedoch die unausgesprochene Frage deutlich in ihren Augen erkennen. Hoffentlich konnten sie ihn bald vergessen!

Jeder normale Handgriff im Laufe des Tages kostete

Alicia ungeheure Mengen an Energie. Einen Milchkarton aus dem Kühlschrank zu nehmen, die Jungs zum Fußballtraining zu fahren, alles kostete sie mehr Kraft, als sie im Moment hatte. Am liebsten hätte sie reglos dagesessen, in die Gegend gestarrt und mit ihrem Schicksal gehadert.

In genau diesem Zustand befand sich Alicia, als am Mittwochmorgen das Telefon klingelte. »Hallo?«

»Wie geht es meiner besten Freundin? Aua! Verdammt noch mal, Sandra, deine Fingernägel sind scharf wie Messer. Junge, Junge, schwangere Frauen haben wirklich ihre Mucken.« Kußgeräusche im Hintergrund. »So, jetzt reicht's aber!«

Trotz ihrer gedrückten Stimmung mußte Alicia lächeln. »Jeremy? Sandra?«

»Du erinnerst dich noch an uns. Welch ein Wunder! Wir haben ja seit Ewigkeiten nichts von dir gehört!«

»Es tut mir leid.« Geistesabwesend spielte Alicia mit der Telefonschnur. Tränen stiegen ihr in die Augen. »Ich habe doch jetzt einen neuen Job und war deshalb sehr beschäftigt.«

»Das ist phantastisch. Sandra, sie hat den Job angenommen«, gab Jeremy die Neuigkeit gleich weiter. »Was soll ich sie fragen? He, warte mal eine Minute, ich kann mir nicht vorstellen, wie das jetzt weitergeht. Komm, nimm du den Hörer, ich gehe ins Büro zum Nebenanschluß.«

»Grüß dich, Alicia«, sagte Sandra.

»Hallo! Geht's dir und dem Baby gut?«

»Ich wußte gar nicht, daß die kleinen Wesen so brutal sein können. Es tritt mich Tag und Nacht. Jeremy findet das natürlich wundervoll.«

Alicia beneidete die beiden um ihr Glück.

»So, ich bin jetzt auch angekommen«, meldete sich Jeremy vom anderen Telefon.

»Wie gefällt dir denn dein neuer Job bis jetzt?« wollte Sandra wissen.

Alicia beschrieb kurz ihren neuen Wirkungsbereich und erwähnte auch, daß sehr viele Reisen damit verbunden seien. Ihre Stimme ließ allerdings wenig Begeisterung vernehmen.

»Das klingt ja toll.« Alicia merkte an Sandras Stimme, daß sie die Bemerkung nicht ehrlich meinte. »Bist du sicher, daß du es dir so gewünscht hast? Ich meine...«

»Sie will damit sagen, daß du dich alles andere als glücklich und zufrieden anhörst. Was ist los mit dir?« Jeremy sprach immer sehr deutlich aus, was er empfand. »Wie geht's den Jungen?«

»Bestens!« Alicia berichtete kurz von Davids Unfall, ließ Frederic allerdings unerwähnt.

»Dann ist bei euch offensichtlich alles eitel Freude.« Jeremys sarkastischer Ton war nicht zu überhören.

»Ja, es geht uns gut.« Alicia verfiel in Schweigen, aber ihre Mutlosigkeit teilte sich den beiden anderen auch ohne Worte mit.

»Alicia, bitte, sag mir, was ist los mit dir?« erkundigte sich Sandra mit der aufrichtigen Sorge einer guten Freundin.

Alicia seufzte tief auf. Wie gerne hätte sie ihren Tränen freien Lauf gelassen. Es würde ihr guttun, sich jemandem mitzuteilen, sie konnte ihren Kummer nicht länger für sich alleine behalten. »Ich habe einen Mann kennengelernt. Er ist ein wundervoller Mensch!«

»Was ist daran schlecht?« erkundigte sich Jeremy. »Ach warte, ich weiß schon. Sicher ist er nicht so gutaussehend wie ich. Richtig? Nimm's nicht so tragisch, mein Schatz, das ist nur wenigen vergönnt!«

Es gelang ihm tatsächlich, Alicia mit dieser Bemerkung zum Lachen zu bringen. »Er sieht genausogut aus, ist nur ein völlig anderer Typ.«

»Würde er uns gefallen?«

»Mit Sicherheit!« Zum ersten Mal während des Telefonates klang Alicias Stimme lebhaft. Sie beschrieb Frederic, und ihre Freunde am anderen Ende der Leitung lachten herzlich, als sie ihnen erzählte, wie sie ihn kennengelernt hatte. »Ihr hättet uns sehen müssen. Wir sahen aus wie drei Schiffbrüchige. Während ich mich um unser Leben und meine Tugend sorgte, erzählten die beiden Lausbuben dem Fremden alle Familiengeheimnisse.«

»Und dieser Fremde erwies sich später als Märchenprinz?«

»Ja!« Alicia rieb sich die Tränen aus den Augen. »Er war einzigartig mit den Kindern, so geduldig und kameradschaftlich. Sie hatten ihn sofort in ihr Herz geschlossen. Seine Tochter...«

»Er ist verheiratet?« wollte Sandra wissen.

»Nein, seit Jahren schon geschieden. Seine Tochter ist einundzwanzig, ein furchtbar nettes Mädchen. Sie besuchte uns eines Abends zum Essen. Wir haben nämlich eine Woche bei ihm gewohnt, müßt ihr wissen.«

»Wie war das mit der Tugend?« scherzte Jeremy und schnalzte mit der Zunge.

»Liebst du ihn, Alicia?«

Alicia versuchte nicht länger, ihr Weinen zu unterdrükken. »Ja! Ja, von ganzem Herzen!«

»Und wie denkt er darüber?«

»Er... er sagt auch, daß er mich liebt. Ich glaube, er hat es ehrlich gemeint. Die Jungen vergötterte er geradezu.«

»Du sprichst in der Vergangenheitsform«, bemerkte Jeremy mit sanfter Stimme.

»Wir können nicht zusammenbleiben. Wir haben... wir hatten ein Problem.«

»Welches?« fragte Sandra.

Alicia zögerte.

»Alicia, bitte sag es uns«, wiederholte Sandra in freundschaftlichem Ton. »Was steht zwischen dir und Frederic?«

»Er ist unheilbar krank!«

»O Gott, nein!« entfuhr es ihrer Freundin. »Wenigstens sieht es sehr danach aus. Im Augenblick laufen noch Untersuchungen. Er setzt sich jedenfalls mit dem Gedanken an seinen Tod auseinander, und ich muß es auch.«

Die beiden Anrufer aus San Francisco schwiegen eine Weile.

Dann fragte Jeremy: »Warum eigentlich?«

»Warum was?«

»Warum mußt du dich deshalb zurückziehen?«

Alicia versuchte sofort, sich zu verteidigen. »Weil ich bereits einen Mann verloren habe, Jeremy, und sollte Frederic sterben...«

»Wir müssen alle sterben...«

Diese Bemerkung erstickte jedes weitere Wort in ihrem Munde. »Was? Was sagst du da?«

Alicia konnte sich richtig vorstellen, wie er jetzt versuchte, seine Gedanken auszudrücken, während Sandra wie üblich still dabeisaß und zuhörte. »Alicia, vom Augenblick unserer Geburt an sind wir zum Tode verurteilt. Es gibt keine Garantie für eine gewisse Anzahl von Jahren.«

»Aber wir wissen doch nicht, wann es soweit ist.«

»Nein, das stimmt. Aber du weißt es in Frederics Fall ja auch nicht. Die Ärzte können sich irren. Ihr zwei laßt euch grundlos etwas Wunderschönes entgehen. Deine Gedankengänge sind absurd!«

»Jeremy!« ermahnte Sandra ihn sanft. Sie wußte, wenn er erst einmal in Fahrt kam, würde er versuchen, Berge zu verrücken. »Was hast du gesagt, als Frederic dir diese Eröffnung machte?«

»Eigentlich gar nichts. Ich war viel zu entsetzt. Ich konnte ihn ja schlecht auffordern zurückzukommen, wenn alles in Ordnung sei, und mich in Frieden zu lassen, wenn er sterben müßte.« Alicia schlug sich aufstöhnend die Hand vors Gesicht. »Wenn ich allein betroffen wäre, würde ich ihn auf Knien bitten, bei mir zu bleiben. Aber wie könnte ich den

Kindern einen neuen Verlust zumuten? Sie sehnen sich so sehr nach einem Vater.«

»Glaubst du wirklich, daß es ihnen ohne Frederic besser geht?«

Alicia dachte über die vergangenen Tage nach. Die Jungen waren genauso betroffen herumgeschlichen wie sie selbst. Als glücklich konnte man sie wirklich nicht bezeichnen. Insgeheim warfen sie ihrer Mutter immer noch vor, daß sie Frederic vertrieben habe. »Nein, sie vermissen ihn schrecklich. Sie lieben Frederic aufrichtig!«

»Und wie steht's mit dir? Geht es *dir* ohne ihn besser? Ungeachtet der Tatsache, ob er krank ist oder nicht?«

»Nein!« antwortete Alicia, ohne auch nur eine Sekunde zu zögern.

»Alicia, ich möchte dich etwas fragen«, begann Jeremy. »Wenn du gewußt hättest, daß Jim so jung sterben müßte, hättest du dann völlig auf ihn verzichtet? Dir die vielen schönen Stunden, die euch vergönnt waren, entgehen lassen?«

»O Jeremy!« Alicia fiel es plötzlich wie Schuppen von den Augen. »Nein, nein, das hätte ich nicht. Ich hätte jeden Tag noch viel bewußter erlebt.«

»Also, dann los!« forderte Jeremy sie auf. »Was hängst du noch am Telefon herum?«

Alicias Energie erwachte plötzlich zu neuem Leben. »Aber vielleicht ist er gar nicht einverstanden?« gab sie nervös zu bedenken.

»Dann überzeuge ihn vom Gegenteil«, forderte Sandra sie auf.«

Alicia lachte hektisch. »Ja, ja, das werde ich tun. Ich falle ihm solange auf den Wecker, bis er klein beigibt. Oh, ich liebe euch beide, vielen Dank!«

»Erzähl Frederic, daß du ihn liebst. Daß du uns liebst, wissen wir beide schon seit längerem«, meinte Jeremy trokken.

»In Ordnung! Macht's gut! Ich muß jetzt gehen...« – »Halte uns auf dem laufenden!« rief Sandra noch schnell.

»Natürlich! Tschüs!«

Einen Augenblick lang stand Alicia mitten in der Küche, und tausend Gedanken schossen ihr durch den Kopf. Es gab so vieles zu tun, wo sollte sie anfangen? Mit dem Abwasch? Ach, der konnte warten. Sie mußte sich unbedingt anziehen. Sie rannte ins Schlafzimmer, besserte ihr Make-up auf, zupfte nervös an ihrer Kleidung und schrieb eine Nachricht für das Kindermädchen. »Ich kenne die Adresse seiner Firma gar nicht«, fiel ihr ein, als sie gerade losfahren wollte. Schnell sprang sie zurück ins Haus, um im Telefonbuch nachzusehen. Dann konnte sie endlich starten.

Das Büro befand sich in einem äußert eindrucksvollen Hochhaus. »Wo finde ich Mister Reynolds, bitte«, erkundigte sie sich atemlos bei der Empfangsdame.

»Zweite Etage«, lautete die Antwort. »Die Aufzüge sind gleich hinter Ihnen!«

»Vielen Dank!« Auf dem Weg nach oben überlegte Alicia, was sie ihm sagen würde. Sie mußte darauf vorbereitet sein, mögliche Gegenargumente zu widerlegen.

Im Büro angekommen, sah sie an einer Tür Frederics Namen in goldenen Lettern prangen. »Ich möchte Mister Reynolds sprechen«, teilte sie der Sekretärin mit.

Diese sah sie verwundert an und überprüfte ihren Terminkalender. »Hatten Sie eine Verabredung?«

»Nein, aber ich glaube, er wird mich auch so empfangen. Sagen Sie ihm bitte, Alicia Russell sei hier!«

»Es tut mir leid, Mrs. Russel, aber Mr. Reynolds ist gar nicht im Hause.«

Alicia starrte entgeistert vor sich hin. »Er ist nicht hier?«

»Er teilte uns heute morgen telefonisch mit, daß er heute nicht ins Büro kommen würde. Wenn Sie vielleicht für später eine Verabredung treffen oder einen seiner Partner sprechen wollen...«

»Nein, nein, vielen Dank!« murmelte Alicia und verließ das Büro. Enttäuscht und verunsichert stand sie wenig später auf dem Parkplatz.

Was sollte sie jetzt tun? Abwarten, bis er vielleicht von sich aus Kontakt zu ihr aufnahm? Nein, nein! Sie mußte ihn unbedingt finden, und zwar so bald wie möglich.

Alicia stieg ins Auto und fuhr zur nächsten Telefonzelle. Unter seiner Nummer war niemand zu erreichen. Chrissy war wahrscheinlich auch nicht zu Hause, sie hatte sicher Vorlesungen. Trotzdem rief Alicia sie an.

»Hallo?«

»Chrissy«, rief Alicia erleichtert aus. »Weißt du, wo dein Vater steckt? Ist er vielleicht zufälligerweise bei dir?«

»Nein! Aber um diese Zeit ist er normalerweise im Büro.«

»Dort war ich schon. Er wird heute dort nicht erscheinen.«

»Stimmt irgend etwas nicht?«

»Nein, alles in Ordnung.« Alicia wollte Chrissy nicht beunruhigen. »Ich wollte ihn nur gerne sehen.«

»Das freut mich sehr. Ich habe gestern noch mit ihm gesprochen, und er schien sehr verzweifelt zu sein. Er erwähnte, daß ihr euch nicht mehr trefft. Seid doch endlich vernünftig, schmeißt euren Kram zusammen und tut euch damit gegenseitig einen Gefallen.«

Alicia lächelte schwach. »Ich werde versuchen, ihn davon zu überzeugen. Wenn es sein muß, durch Betteln.«

»Das ist gut. Ich glaube, er hat es ganz gern, um etwas gebeten zu werden. Könnte ja was mit der Midlife-crisis zu tun haben!«

Midlife-crisis? Wenn Chrissy bloß wüßte! »Tut mir leid, wenn ich dich gestört haben sollte. Ich finde ihn schon!«

Alicia hatte ihrem Telefonat mit Chrissy entnommen, daß Frederics Tochter tatsächlich nichts wußte. Wie konnte er seinem harten Schicksal nur allein ins Auge sehen? Das war jetzt vorbei, sie, Alicia, würde unbeirrt an seiner Seite sein! Sie startete den Wagen und fuhr mit quietschenden Reifen zu Frederics Haus.

Alicia parkte vor dem schmiedeeisernen Tor. Der Jeep stand neben dem Haus, Frederics Sportwagen war nirgends zu sehen. Das bedeutete, sie würde auf ihn warten müssen.

Ich warte hier, solange es nötig ist!

Stunden vergingen, doch es machte Alicia überhaupt nichts aus. Sie dachte an Frederic und ihre gemeinsame Zeit.

Schließlich sah sie den schnittigen Sportwagen die hügelige Straße heraufkommen, sie stieg langsam aus und wartete vor dem Tor auf Frederic.

Sein Gesicht zeigte keine Regung, als er auf sie zukam. Alicia ging ihm ein Stück entgegen, umschlang ihn mit ihren Armen und legte ihren Kopf an seine Brust.

»Ich liebe dich, Frederic Reynolds, und möchte dich, solange es uns vergönnt ist, an meiner Seite haben. Sollten es vierzig Jahre oder nur vier Tage sein, ich brauche dich! Bitte, bleib bei mir!«

Mit festem Griff umschloß sie seine Arme. Er beugte den Kopf herab und küßte ihr Haar. Sie standen so nahe beieinander, daß Alicia den Schlag seines Herzens spüren konnte. »Mein Liebling«, flüsterte Frederic heiser. »Mein wunderbarer, bezaubernder Liebling!«

17

»Dürfen wir jetzt Kuchen haben?« fragte Adam.

»Bitte, dürfen wir Kuchen haben?«, verbesserte Jeremy ihn. »Ja, ihr dürft!«

»Gib es auf, ihn zu korrigieren«, sagte Alicia. »Ich habe es tausendmal versucht, aber nie geschafft.«

»Er wird es noch lernen, nicht wahr, Adam?«

»Sicher«, antwortete Adam mit vollem Mund.

Lächelnd hielt Alicia das Baby ihrer Freunde auf dem Schoß. Sie hatte den kleinen Jeffrey Madison erst am Morgen kennengelernt, als Sandra und Jeremy aus San Francisco eingetroffen waren. Das Baby wurde an diesem Tag drei Monate alt, und deshalb hatte man sich spontan zu einer kleinen Feier getroffen.

»Ich wünschte, Frederic wäre hier«, meinte Sandra leise und setzte sich neben Alicia.

Alicia seufzte tief auf. »Das geht mir nicht anders, Sandra. Es hätte ihm sehr viel Spaß gemacht. Er hatte sich so gefreut, euer Baby kennenzulernen.

Chrissy löste sich von der Seite eines jungen Mannes, den sie als ihren neuen Freund vorgestellt hatte, und kam zu den beiden Frauen herüber. »Sei nicht traurig«, sagte sie und legte Alicia liebevoll ihren Arm um die Schultern.

»Bin ich gar nicht«, rief Alicia fröhlich aus, zu fröhlich allerdings, um echt zu sein. »Ganz ehrlich, ich bin nicht traurig!«

Chrissys Lächeln erstarb. »Doch, ich bin traurig. Ich vermisse Daddy sehr!«

Alicia drückte Chrissys Hand in stummem Einvernehmen.

Jeremy gesellte sich mit einem Teller voll Kuchen zu ihnen. »Alicia, kann ich dich mit dem Kuchen beglücken, oder soll ich ihn an meinen Sohn verfüttern?«

Lachend lehnte Alicia ab. »Ich habe wirklich keinen Hunger, aber ich danke dir trotzdem!«

»Also dann, los, Jeff, putz ihn weg!« Jeremy brach ein Stück vom Zuckerguß ab und stopfte es dem Kleinen in den Mund. Jeff begann sofort, schmatzend daran zu lutschen.

»Liebling, der Kleine hat jetzt genug«, ermahnte Sandra ihren Mann.

»Er mag es.« Jeremy war vollkommen hingerissen von allem, was sein Sohn tat.

Alicia beobachtete die frischgebackenen Eltern lächelnd. Sie waren offensichtlich rundherum glücklich miteinander. Erneut traten ihr Tränen in die Augen.

»Was ist los, Alicia?« erkundigte sich Sandra bestürzt. Selbst Jeremys Unbeschwertheit verflog, als er Alicias traurigen Gesichtsausdruck sah.

»Ich vermisse Frederic. Mein Gott, ich vermisse ihn so sehr!«

»Das wird schon wieder gut«, murmelte ihre Freundin und tätschelte hilflos Alicias Rücken. Es gelang ihnen jedoch nicht, Alicia zu trösten, und so schwiegen alle betreten. Nur die Kinder tobten lautstark im Garten.«

»Habt ihr ein Stück Kuchen aufgehoben?«

Beim Klang dieser Stimme sprang Alicia wie elektrisiert auf und hätte fast den kleinen Jeff fallen gelassen. Frederic stand fröhlich grinsend in der Türfüllung. »Große Überraschung! Ich habe mich eher aus dem Staub gemacht!«

»Frederic!« hauchte Alicia, übergab Sandra das Baby und warf sich ihrem Mann in die Arme. »Frederic!« wiederholte sie zärtlich und schmiegte sich ganz fest an ihn.

»Daddy! Daddy!« riefen David und Adam, rannten ins Haus und umklammerten Frederics Beine. Er warf Alicia daraufhin ein entschuldigendes Lächeln zu und kniete sich hin, um die Kinder gebührend zu begrüßen. »Hast du uns etwas mitgebracht? Wir waren auch ganz artig!«

»Gott, wie habe ich euch zwei Rangen vermißt«, verkündete Frederic und zog die beiden an sich. »Mitbringsel gibt's auch, aber erst einmal möchte ich unsere Gäste begrüßen und das neue Baby ansehen.«

Mit viel Aufhebens wurde Frederic Baby Jeff vorgestellt. Danach küßte er Sandra auf die Wange und beglückwünschte sie zu dem hübschen Kind. »Die Schönheit hat er natürlich von der Mutter geerbt«, verkündete Frederic frech grinsend, als er ihrem Mann zur Begrüßung die Hand schüttelte.

Jeremy lachte. »Immer noch eifersüchtig auf Alicias besten Freund, habe ich recht? Sei darüber erhaben, du hast sie doch schließlich gekriegt!«

Die beiden Männer hatten sich auf der Hochzeit kennengelernt und sich vom ersten Augenblick an gemocht.

»Wo hast du gesteckt? Hat Alicia nicht etwas von Atlanta erzählt?«

»Ja, ich mußte dort bei der Auslieferung eines Düsenjets anwesend sein. Tut mir leid, daß ich zu eurer Begrüßung nicht anwesend war.«

»Gott sei Dank bist du schließlich doch aufgekreuzt. Wir haben schon mindestens zehn Packungen Papiertaschentücher verbraucht.« Jeremy grinste und zupfte Alicia scherzhaft am Haar. »An deiner Stelle würde ich die Geschäftsreisen in der nächsten Zeit vergessen. Sie kann es ohne dich einfach nicht aushalten.«

»Ich habe sie seit unserer Hochzeit zum ersten Mal allein gelassen.«

Frederic gab Alicia einen Kuß.

»Glaub mir, ich habe mich sehr beeilt!«

»Keiner von uns hat dich so früh erwartet«, meldete sich Chrissy zu Wort und drückte ihren Vater herzlich an sich. Die beiden hatten inzwischen ein äußerst inniges Verhältnis zueinander. »Daddy, ich möchte dir John vorstellen. Er ist Werbegrafiker und Künstler wie ich.«

Die beiden Männer schüttelten sich die Hände und schienen sich gleich sympathisch zu finden.

»Gott sei Dank bist du wieder da«, meinte nun auch Chrissy.

»Alicia war eine ausgesprochene Stimmungskanone in den vergangenen drei Tagen.«

»Stimmt das?«

Alicia nickte.

»Gestern abend am Telefon sagtest du noch, daß du vor Montag nicht zurückkommen würdest.«

»Ich habe unseren Vertragspartnern eine saftige Lüge aufgetischt, indem ich verkündete, mein Sohn habe sich in der Schule am Auge verletzt, so daß ich dringend zu Hause benötigt würde.«

»Nur der erste Teil stimmt nicht«, berichtigte Alicia und kuschelte sich an ihn. »Es ist schön, dich wieder hier zu haben.«

»Ich freue mich auch!«

Ungeachtet der anwesenden Zuschauer verloren sie sich in einem zärtlichen Kuß.

Chrissy stemmte die Fäuste in die Hüften und räusperte sich laut. »Du meine Güte, ihr zwei, was soll mein junger Mann hier denken?«

»Glaub mir, er weiß das schon richtig einzuschätzen«, mischte sich John ein, griff nach Chrissys Arm und zog sie mit sich.

»Oje«, entfuhr es Adam betroffen, »jetzt können wir ewig auf unsere Geschenke warten!«

David schüttelte nur noch den Kopf.

»Wenn die erst einmal anfangen zu küssen, hören die so schnell nicht wieder auf«, erklärte er Sandra und Jeremy wichtig.

Frederic und Jeremy grillten später im Garten Steaks zum

Abendessen, während die Frauen verschiedene Salate zubereiteten.

Danach saßen sie alle in fröhlicher Runde um den großen Eßzimmertisch und genossen das opulente Mahl. Jeder schien sich ausgesprochen wohl zu fühlen, und die Gastgeber lächelten einander glücklich zu.

Mit vielen fleißigen Helfern war nach dem Essen auch die Küche schnell gesäubert.

Chrissy und John verabschiedeten sich und versprachen, recht bald wiederzukommen. Die Jungen marschierten in ihre Zimmer, und Jeff wurde ins Reisebettchen gelegt.

Die Madisons tranken noch eine letzte Tasse Kaffee mit Frederic und Alicia und zogen sich dann ins Gästezimmer zurück.

»Soll ich dir den Rücken waschen?«

Frederic stand unter der Dusche und sah erfreut, daß Alicia zu ihm kam.

»Mußt du deshalb noch fragen?«

Er streckte seinen Arm nach ihr aus und zog sie an sich.

»Wo ist denn die Seife?« erkundigte sie sich heiser.

Seine Hände glitten über ihre nasse Haut, fanden ihre Brüste und liebkosten sie sehnsüchtig.

Dann ging er einen Schritt zurück, um sein Werk zu betrachten.

Er gab ihr die Seife, und als sie sich küßten, begann Alicia seinen Körper langsam einzuseifen.

Dabei berührten ihre festen Brüste seinen Körper.

»Hat du mich vermißt?« erkundigte sich Alicia und begann, an seinem Ohrläppchen zu knabbern.

Frederic stöhnte vor Lust.

»Jede einzelne Minute. Es ging mir miserabel!«

»Bei mir war's nicht anders!«

Sie schäumte ihm den Rücken ein.

»Hast du auch andere Frauen angesehen?«

»Welche Frauen? In Atlanta gibt es keine Frauen!«

»Ich bin sicher, daß dich viele Frauen angeschaut haben. Du hast so einen knackigen Hintern!« Mit einem Klaps unterstrich Alicia ihre Worte.

Frederic zuckte die Schultern. »So einige hundert Frauen haben mir einladende Blicke zugeworfen. Kann ich was für meinen Hintern?«

Sie brachen in fröhliches Gelächter aus, bis sich ihre Lippen schließlich zu einem leidenschaftlichen Kuß fanden. Langsam löste sich Frederic von Alicia und stöhnte leise.«

»Alicia?«

»Hm?«

»Meine Vorderseite muß auch gewaschen werden.«

Alicia nahm die Seife an sich und schäumte ihn mit kreisenden Bewegungen ein. Mit geübten Fingern massierte sie seine muskulöse Brust, strich über seinen Bauch, ließ ihre Hände noch tiefer wandern.

Frederic beugte leicht seine Knie und hob Alicia zu sich hoch, um langsam von ihr Besitz zu nehmen.

Sie verschmolz ganz mit ihm, preßte ihren Kopf an seine Brust, krallte sich an seinen Armen fest und erlebte so die Erfüllung ihrer Lust.

Wenig später bot die Dusche ihren bebenden erhitzten Körpern eine willkommene Abkühlung.

Warm und wohlig ermattet lagen sie später in ihren Betten und sahen einander in die Augen. Frederic spielte träge mit Alicias Locken.

»Ich liebe dich!« verkündete er zärtlich.

»Ich weiß!«

»Weißt du auch, wie sehr?«

»Das wird mir von Tag zu Tag klarer.«

»Das ist gut!«

Alicia zeichnete die Konturen seiner Lippen mit den Fingerspitzen nach. »Die Zeit ohne dich war schrecklich lang!

Jetzt erst weiß ich, wie sehr ich dich liebe, wie wichtig du für mich bist.« Sie fuhr mit ihren Fingern durch sein Brusthaar und küßte seine muskulösen Arme.

»Ich werde dafür sorgen, daß wir uns nie wieder trennen müssen.«

Alicia verzog das Gesicht. »O Frederic, fast hätte ich es vergessen. Ich muß nächste Woche in Dallas eine neue Kollektion anschauen. Die Reise nach New York, von der ich dir schon erzählt habe, läßt dann auch nicht mehr lange auf sich warten.«

Liebevoll betrachtete Frederic ihren nackten Körper. »Ich erfinde einfach eine Geschäftsreise und komme mit dir.« Er strich sanft über ihre Brüste, küßte sie. Seine Hand wanderte tiefer hinab.

Alicia bedeckte seine warme Hand mit ihrer und preßte sie so noch fester an sich. »Ich habe sehr gehofft, daß du so etwas sagen würdest. Wir zwei waren seit unserer Hochzeit nur selten allein!«

»Dann zählt das Wochenende mit David und Adam im Ferienhaus für dich nicht als Hochzeitsreise?« fragte Frederic lachend.

»Nun ja, schließlich haben wir dieses Mal das Doppelbett offiziell geteilt.«

Alicia lachte leise und strich ihm sanft über sein dunkles Haar.

»Es würden nur wenige Männer die Verantwortung für eine Witwe mit zwei lebhaften Sprößlingen übernehmen.«

»Dich hätte ich auch mit zehn Kindern genommen! Und was die Verantwortung für die Kinder angeht, so kann ich nur wiederholen, ich empfinde sie als ein Geschenk, mit dem ich überhaupt nicht mehr gerechnet habe. Ich liebe die Jungen von ganzem Herzen.«

»Das weiß ich, und du bist der beste Vater der Welt!«

Hingebungsvoll überließ sich Alicia Frederics zärtlichen

Händen. »Weißt du, was ich an dir am meisten liebe?« flüsterte er.

Alicia lachte leise. »Du hast es mir mal erzählt.«

»Das meine ich jetzt nicht«, sagte er, und sie konnte an seinem Tonfall erkennen, daß er es sehr ernst meinte. »Am meisten an dir lieb ich, daß du bereit warst, alles an meiner Seite zu ertragen, sogar den Tod.«

Er legte seine Hand an ihre Wange und sah ihr tief in die Augen. »Du hast von einem Opfer gesprochen, die Verantwortung für die Kinder zu übernehmen. Ist dir eigentlich nie aufgefallen, welches Opfer du bereit warst, für mich zu bringen?«

»Frederic, hinter dir herzulaufen, war eine rein egoistische Überlegung. Ich wollte dich, brauchte dich, und zwar genau in jenem Augenblick. Nicht als Stütze, denn ich hatte inzwischen sehr wohl gelernt, auf eigenen Beinen zu stehen, sondern als Partner, als Teil meines Lebens!«

»Dennoch hat deine Entscheidung eine Menge Mut erfordert, da du ja in dem Moment noch nicht wissen konntest, daß die Tests negativ ausgefallen waren.« Frederic schloß die Augen und schüttelte den Kopf.

»Wenn man sich vorstellt, daß ich die gute Nachricht beim Doktor zur selben Zeit erfuhr, als du dich entschlossen hattest, unter allen Umständen bei mir zu bleiben.«

»Unter guten wie unter schlechten Voraussetzungen.« Alicia küßte sanft seinen Mund.

»Ich bin dem Schicksal von Herzen dankbar, daß es dich verschont hat.«

»Ich auch!«

Frederic zog sie eng an sich.

»Schon als ich dich zum ersten Mal sah, habe ich mir gewünscht, steinalt werden zu dürfen, damit ich mich ganz lange an deinem Anblick erfreuen könnte.«

Sie flüsterte seinen Namen, bevor sie sich in einem langen, intensiven Kuß verloren.

Sanft streichelte Frederic ihre Wange. »Das dürfte ja inzwischen der Fall sein. Dein Arzt sagt, daß sich die Unregelmäßigkeiten im Blutbild durch Medikamente schon verbessert haben.«

Seine erfahrenen Hände versetzten Alicia in heiße Erregung. »Wenn ich mich dann noch gesünder fühle als jetzt, sterbe ich eines Tages an Überanstrengung«, murmelte Frederic und preßte sie mit seinem eigenen Körper in die Kissen.

»Frederic«, entfuhr es Alicia aufseufzend. »In der Dusche hat uns keiner gehört, aber hier vergiß bitte nicht, daß wir Gäste haben.«

Zärtlich betrachtete Frederic ihren nackten Körper. Er umfaßte eine ihrer Brüste und streichelte die Warze mit dem Daumen.

»Jeremy und ich haben ein Abkommen geschlossen. Sie lauschen nicht an unserer Wand, und wir nicht an ihrer!«

»Aber Jeff ist doch erst drei Monate alt«, gab Alicia zu bedenken. Sie stöhnte, als seine Zunge ihre Brustspitzen umkreiste.

»Du weißt, wie kreativ Jeremy ist.«

Er nahm ihre Brustwarze in den Mund und saugte sanft daran, bis Alicia sich unter seinen Zärtlichkeiten wand.

Schon hatte sie vergessen, worüber sie gesprochen hatten. Seine Hände und sein Mund beförderten sie in eine andere Welt. Sie kannte diese Gefühle gut, aber nie zuvor waren sie so intensiv gewesen.

Jedes Mal, wenn sie sich liebten, war es noch schöner als das Mal zuvor.

»Öffne deine Schenkel. Ich möchte dich berühren«, flüsterte er. Seine Hand glitt mit quälender Langsamkeit an ihr hinab, bis er endlich ihre intimste Stelle erreichte.

»Du bist so wundervoll«, brachte sie atemlos hervor. Mit liebenden, zärtlichen Händen verwöhnte er ihren ganzen

Körper, ihre Hüften, ihre vollen Brüste, die für ihn der Inbegriff der Weiblichkeit waren.

Als er kurz seine Augen öffnete, um Alicia anzusehen, schaute sie ihn plötzlich ganz ernst an. Fast zögernd streckte sie ihre Hand aus und berührte zart seine Wangen, das Haar, den Mund. Ihre Stimme klang rauh und heiser, als sie schließlich sagte: »Bevor ich dich traf, habe ich nicht gewußt, was Liebe ist!«

Frederics Blick war voller Zärtlichkeit. »Und ich wußte noch nicht einmal, was es heißt, richtig zu *leben*, bevor ich anfing, dich zu lieben!«

SANDRA BROWN

Manche mögen's immer wieder

Deutsch von Edith Reisch

1

»Miss Cassidy?«

»Ja, bitte?«

»Es tut mir schrecklich leid, aber ich weiß beim besten Willen nicht, wie ich sämtliche Schüsseln und Platten unterbringen soll, die Tischplatte ist einfach zu klein«, rief Stewart von draußen.

»Verdammt, muß sich dieses Ding ausgerechnet jetzt verklemmen?« murmelte Tina und zerrte ungeduldig am Reißverschluß ihres Kleides. Sie drehte sich mit dem Rücken zum Spiegel, um sich das Malheur aus der Nähe zu betrachten.

Unwillig schüttelte sie den Kopf. Ein Lockenwickler löste sich, eine dicke Haarsträhne rutschte ihr ins Gesicht und hing ihr in die Stirn. Tina schob mit energischem Schwung die Haare zurück und steckte sie mit einem Clip fest.

»Ach, Stewart«, seufzte sie entnervt. »Sie kriegen das schon hin. Ist der Barkeeper inzwischen eingetroffen?«

»Ich tue wirklich das Menschenmögliche«, brummte der junge Mann gekränkt. »Aber Wunder kann ich nicht vollbringen. Ich brauche einen größeren Tisch!«

Tina ließ die Arme sinken. Wie war sie bloß auf die verrückte Idee verfallen, diese Party zu geben? Sie streckte ihrem Spiegelbild wütend die Zunge heraus und zog eine Grimasse. Hübsch sah sie aus – hübsch dämlich mit einem geschminkten und einem noch nicht geschminkten Auge!

Dann holte sie tief Luft und öffnete entschlossen die Badezimmertür. Ihr knapp berechneter Zeitplan ließ ihr keinerlei Spielraum für irgendwelche Verzögerungen. Weder ein festgeklemmter Reißverschluß noch ein meuternder Partydienst waren darin vorgesehen.

»Ich besitze aber nun mal keinen größeren Tisch«, sagte sie gereizt und bedachte Stewart, der sich vor ihr aufgebaut hatte und beide Arme in die Seite stemmte, mit einem bösen Blick.

»Gut, wir werden sehen, was sich machen läßt«, lenkte sie ein. »Ist der Barkeeper denn nun da?« Sie wartete eine Antwort gar nicht erst ab, sondern stürmte auf Strümpfen die Treppe hinab ins Eßzimmer, wo Stewart ein kaltes Büfett aufgebaut hatte. Das Kleid glitt ihr von den Schultern, doch in ihrem Eifer bemerkte sie es gar nicht.

Zwei von Stewarts Angestellten lehnten untätig an der Wand und schauten ihr gelangweilt entgegen. Tinas empörte Blicke schienen ihnen nicht das geringste auszumachen. Sie verschränkten die Arme vor der Brust und rührten sich nicht von der Stelle.

»Eigentlich müßte der Barkeeper längst hier sein«, rief Stewart ihr hinterher und hastete ebenfalls die Treppe hinunter. »Ich kann mir wirklich nicht erklären, wieso er sich noch nicht eingefunden hat. Wir sind sowieso schon reichlich spät dran.«

»Spät ist gar kein Ausdruck!« Tina musterte das kalte Büfett. Auf großen Silberplatten lagen kunstvoll und verschwenderisch garniert verschiedene Sorten Fleisch und Schinken, in schmale Scheiben geschnitten, gerollt oder zu tütenähnlichen Gebilden gedreht. Dazwischen Salate aller Art in Schüsseln aus klarem Kristallglas und Hummercocktails in langstieligen Schalen aus geschliffenem Glas.

Aber alles stand viel zu dicht. Die Platten stießen aneinander, einige ragten sogar über den Tischrand hinaus. Mochte Stewart auch manchmal schwierig im Umgang sein, sein Handwerk verstand er. Ihm war kein Vorwurf zu machen.

»Sie haben recht, Stewart«, sagte sie ruhig. »Aber was können wir tun?«

»Das bombastische Blumenarrangement in der Mitte nimmt viel zu viel Platz in Anspruch.« Stewarts Stimme und Blick verrieten deutlich sein Mißfallen. »Sie hätten mir die Auswahl des Blumenschmucks überlassen sollen. Ich habe Ihnen von Anfang an abgeraten ...«

»Ich weiß, ich weiß! Aber ich wollte nun mal gern einer Bekannten den Auftrag zukommen lassen.«

»Können wir das Gesteck nicht ganz vom Tisch nehmen? Oder es wenigstens ein bißchen ... ausdünnen? Dann ist es nicht mehr so ... so ...« Ihm wollte kein passendes Wort dafür einfallen.

»Unterstehen Sie sich!« Tina schüttelte energisch den Kopf. »Das Gesteck hat mich hundert Dollar gekostet. Da bleibt jedes noch so kleine Stengelchen an seinem Platz!«

»Hundert Dollar!« Stewart pfiff leise durch die Zähne. »Nun ja, es läßt sich nicht leugnen. Sie haben immerhin etwas bekommen für Ihr Geld.« Er grinste.

Tina runzelte verärgert die Stirn. »Der Betrag ist mir dabei ganz unwichtig. Die Floristin ist eine Freundin von mir, und übrigens war sie schon im Geschäft, als Sie noch in den Windeln lagen«, erwiderte sie in scharfem Ton und wandte sich brüsk ab. Doch dann lächelte sie. War sie eigentlich verrückt, hier zu stehen und mit Stewart zu streiten, halb angezogen, nicht zu Ende geschminkt und mit Lockenwicklern, wenn vierzig Gäste jeden Augenblick eintreffen mußten?

»Wie wär's, wenn Sie einfach ein paar Platten in der Küche zurückbehielten und dann jeweils nach Bedarf die leergegessenen ersetzten?«

Stewart preßte entsetzt die rechte Hand gegen sein Herz, seine Augen weiteten sich, und sein Mund öffnete sich unwillkürlich. »Unmöglich!« protestierte er beleidigt. »Meine liebe Miss Cassidy, die Anordnung der Platten ist sorgfältig aufeinander abgestimmt, eine ausgewogene Mischung von Gaumenkitzel und Beruhigung der Geschmacksnerven, herb und mild im Wechsel, sauer und süß, scharf und …«

»Um Himmels willen!« Tina faßte sich entgeistert an den Kopf. »Die Leute, die heute hier erscheinen, wissen die raffinierte Anordnung der Platten mit Sicherheit nicht zu würdigen. Sie wollen sich unterhalten, ein Schlückchen trinken, etwas essen, was ihnen schmeckt. So leid es mir tut, Stewart, ich fürchte, Sie verschwenden Ihre Künste an Banausen.« Ganz in Gedanken nagte sie an ihrer Unterlippe. »Also gut, die Schüssel mit den marinierten Shrimps stellen Sie auf das Kaffeetischchen im Wohnzimmer. Und Sie tragen die Käseplatte zur Bar hinüber.« Sie winkte einen der gelangweilt schauenden Angestellten zu sich. »Für die Wärmeplatte mit den gegrillten Hackfleischbällchen wird sich auf dem Beistelltisch neben dem Sofa noch ein Plätzchen finden, denke ich. Damit hätten wir hier auf dem Tisch wohl ausreichend Platz gewonnen.« Sie nickte zufrieden.

Die drei jungen Männer verdrehten die Augen. »Sie sind auf gastronomischem Gebiet ein Philister der übelsten Sorte«, beschwerte Stewart sich aufgebracht. Er war zutiefst in seiner Ehre gekränkt.

»Was soll's.« Tina zuckte die Achseln. »Befolgen Sie meine Anweisungen; ich nehme alle Verantwortung auf mich, ohne mit den Wimpern zu zucken. Wo bleibt übrigens dieser Barkeeper, den Sie mir besorgen wollten? An der Bar ist noch nichts vorbereitet.«

»Keine Sorge, er wird rechtzeitig zur Stelle sein.«

»Hoffentlich sehr bald, sonst werde ich Ihnen den Lohn entsprechend kürzen müssen.«

Es klingelte an der Tür. »Sehen Sie«, bemerkte Stewart triumphierend, »kein Grund zur Panik. Da ist er schon.« Er sauste wieselflink zur Tür.

»Wer sind Sie?« erklang eine tiefe Männerstimme.

Tina zuckte zusammen. Ihr war, als finge der Fußboden unter ihren Füßen an zu schwanken. Angstvoll lauschte sie.

»Welch gelungene Überraschung!« hörte sie Stewart ausrufen. »Ich bin entzückt, aufs höchste entzückt, mein Bester.« Seine Stimme überschlug sich fast, und in einer theatralischen Geste breitete er die Arme aus. »Ich kann es kaum glauben. Sie hat mir mit keinem Sterbenswörtchen verraten, daß Sie auch auf der Liste stehen. Nein, welche Ehre! Eine Party mit solch prominenten Gästen. Ist es nicht herrlich?«

»Wovon, zum Teufel, reden Sie? Von was für einer Party und von welchen Gästen?« brummte der andere. »Wo ist Tina?«

Bei diesen Worten erwachte Tina aus ihrer Erstarrung. Zögernd setzte sie sich in Bewegung. Sie zwang sich, sich zu bewegen, einen Fuß vor den anderen zu setzen. »Danke, Stewart«, sagte sie mit fester Stimme. »Ich denke, Sie haben noch einiges zu erledigen.« Ihr war heiß, und ihr Herz klopfte wie rasend, doch äußerlich wirkte sie ganz ruhig und gelassen.

»Was willst du hier, Riley?« fragte sie leise, als Stewart außer Hörweite war, und schaute den Besucher an.

»Ich dachte, ich schaue mal vorbei.« Er lehnte sich in den Türrahmen und musterte sie belustigt. Die Lockenwickler und das über die Schultern gerutschte Kleid schienen es ihm besonders angetan zu haben.

Verlegen zog Tina ihr Kleid hoch. »Du hättest anrufen sollen, bevor du hier aufkreuzt«, sagte sie gereizt. »Einen unpassenderen Zeitpunkt als heute abend hättest du dir kaum aussuchen können. Du mußt mich bitte entschuldigen, ich erwarte jeden Moment Gäste, und ich bin noch nicht ganz fertig mit meinem Make-up...«

»Ach, ich dachte, das wäre der neueste Schrei: ein Auge geschminkt, das andere à la nature...«

»... und meiner Frisur«, fuhr Tina unbeirrt fort. »Außerdem ist der Barkeeper bis jetzt noch nicht erschienen, und die drei Herren vom Partydienst rauben mir den letzten Nerv.«

»Das klingt ja geradezu wie ein Hilfeschrei.« Er trat ein, bevor Tina auch nur ein Wort des Protestes äußern konnte. »Ihr drei Burschen habt alles im Griff?« fragte er. Stewart und seine Leute nickten und starrten ihn in stummer Bewunderung an.

»Keine Frage, Mr. Riley, es geht alles klar.« Stewarts Stimme klang ganz dünn und hoch vor Ehrfurcht. »Können wir noch etwas für Sie tun?«

»Riley!« stieß Tina fast unhörbar zwischen ihren Zähnen hervor.

»Hmm?« Er drehte sich um und lächelte entwaffnend.

»Ich möchte dich unter vier Augen sprechen. Bitte.«

»Jetzt?«

»Jetzt. Sofort.«

Er zuckte die Achseln. »Gern, mein Schatz. Gehen wir ins Schlafzimmer?«

»In die Küche.« Steif und aufrecht schritt Tina an Stewart und den verblüfften Kellnern vorbei und stieß die Schwingtür zur Küche auf. Sie trat ein, drehte sich um und sah Riley, der ihr gefolgt war, wütend ins Gesicht.

»Was willst du hier, Riley?« wiederholte sie schroff die Frage, die sie ihm schon an der Haustür gestellt hatte.

»Dich besuchen.«

»Nach sieben Monaten?«

»Waren es wirklich erst sieben? Mir kam es vor wie eine Ewigkeit. Ich hätte geschworen ...«

»Und die Idee zu diesem überraschenden Besuch kam dir rein zufällig ausgerechnet heute abend?«

»Wie sollte ich ahnen, daß du eine Party gibst?« fragte er unschuldsvoll.

»Du hättest anrufen können.«

»Ich bin einer plötzlichen Eingebung gefolgt.«

»Das tust du immer.« Bei ihren Worten runzelte er die Stirn, und sie atmete tief durch. Es hatte keinen Zweck, jetzt einen Streit mit ihm anzufangen.

Tina seufzte. »Von wem hast du übrigens meine Adresse erfahren?«

»Ich wußte sie halt.« Er grinste und blickte sich in der Küche um. »In einer äußerst noblen Gegend hast du dich niedergelassen. Ich bin beeindruckt.« Er nickte beifällig.

»Nicht nötig. Ich spiele sozusagen nur den Babysitter für die Villa. Eine Freundin von mir hält sich für zwei Jahre in Europa auf.«

»Jemand, den ich kenne?« Er sah sie forschend an.

»Kaum. Wir sind zusammen zur Schule gegangen.« Tina senkte den Kopf. Sie wußte genau, ein Blick in seine unwahrscheinlich blauen Augen bedeutete Gefahr für sie.

»Du bist ein echter Glückspilz. Haargenau an dem Tag, als du mich verlassen hast, ist deine Freundin abgereist?«

»Günstiger hättest du es wirklich nicht treffen können. Oder hattest du es so geplant?«

Tina hob den Kopf. Feine Röte stieg ihr in die Wangen. »Fang jetzt nicht damit an, Riley«, bat sie leise.

»Was liegt näher? Sieben Monate sind eine lange Zeit. Glaubst du nicht, ich hätte inzwischen reichlich Gelegenheit gefunden, mir über dein plötzliches Verschwinden Gedanken zu machen? Kannst du dir gar nicht vorstellen, daß ich gern wissen möchte, wieso meine Frau sich von einem Tag auf den anderen von mir getrennt hat? Warum sie Knall auf Fall aus unserer gemeinsamen Wohnung ausgezogen ist? Warum sie seither kein Sterbenswörtchen mehr von sich hat hören lassen?«

Tina trat unbehaglich von einem Fuß auf den anderen. »So war es doch gar nicht«, sagte sie.

»Wie dann? Sag's mir. Ich will es wissen.«

»Wirklich?«

»Ja.«

»Und wieso überkommt dich gerade jetzt die Neugierde? Nach sieben Monaten interessierst du dich auf einmal für meine Beweggründe? Haben deine Hausfrauen und Sekretärinnen dich etwa fallengelassen und sich einem neuen Idol verschrieben? Hattest du Langeweile heute abend? Fiel dir kein anderer Zeitvertreib ein?«

»Aber, aber, junge Frau! Schläge unter die Gürtellinie sind regelwidrig.« Er berührte scherzhaft mit der ausgestreckten Hand ihren Bauch. »Weit unterhalb der Gürtellinie hast du deinen Treffer gelandet«, flüsterte er.

Tina stockte der Atem, sie zuckte zurück. »Geh wieder, Riley, ich bitte dich«, sagte sie mühsam. »Meine Gäste treffen gleich ein. Ich muß mich endlich kämmen, ich…«

Ihre Stimme erstarb, als Riley nach einer lose herabhängenden Haarsträhne faßte und daran zog. »Ich mag es, wenn deine Haare ganz durcheinander sind.« Er lächelte versonnen. »Du siehst dann aus wie morgens, wenn du aus dem Bett steigst. Noch ein wenig schlaftrunken und sehr reizvoll…«

»Ich… ich bin auch noch nicht fertig angezogen«, stotterte Tina.

Rileys Blick glitt über ihren schlanken Körper, über die Hüften und die wohlgeformten Beine hinab bis zu den Füßen. »Deine kleinen Zehen sind so hübsch«, murmelte er.

»Riley!«

»Und so verführerisch.« Er trat einen Schritt auf sie zu.

»Riley!« Sie stemmte die Fäuste in die Hüften und starrte ihn wütend an. Von Minute zu Minute wuchs ihre Empörung. Und, auch wenn sie es haßte zuzugeben, auch ihre Erregung.

»Weißt du noch, damals in der Badewanne? Im heißen Wasser…?«

»Mit dir kann man einfach nicht reden!« Tina machte auf dem Absatz kehrt und lief zur Tür. »Ich gehe jetzt hoch und mache mich fertig. Ich erwarte, daß du nicht mehr da bist, wenn ich wieder herunterkomme.« Sie sah ihn wütend an.

»Warte.« Riley faßte sie am Arm und zog sie dicht zu sich heran. »Dein Reißverschluß ist ja halb offen. Kein Wunder, daß dein Kleid dir dauernd über die Schultern rutscht. Nicht, daß mich das stört, im Gegenteil, ich könnte mich stundenlang am Anblick deiner Schultern ergötzen. Aber das ist wohl verbotene Fleischeslust, oder?«

»Riley ...«

»Halt still.« Seine Hände glitten zu ihrer Taille. Er zog vorsichtig den eingeklemmten Stoff aus dem Reißverschluß. »Du hast dir fast ein Loch in dein Kleid gerissen.«

»Ich stand kurz vor einem Nervenzusammenbruch.«

»Wegen solch einer Kleinigkeit?«

»Ach, der dumme Reißverschluß war nur das Tüpfelchen auf dem i.«

»Hast du Schwierigkeiten?«

»Schwierigkeiten ist wohl nicht ganz der richtige Ausdruck, das wäre übertrieben. Es ist mir aber wichtig, daß alles hundertprozentig klappt heute abend. Verstehst du?«

»Du gibst also tatsächlich eine Party?«

»Ja, natürlich. Was dachtest du denn?«

»Ich weiß nicht. Vielleicht, daß du dich neuerdings mit Leuten wie Stewart abgibst.«

»Sehr witzig. Bist du immer noch nicht mit dem Reißverschluß fertig?« fragte sie ungeduldig.

Mit jeder Sekunde fiel es Tina schwerer stillzuhalten. Rileys Berührungen, seine vertraute Stimme, sein Lachen weckten schmerzliche Erinnerungen in ihr. Erinnerungen an glückliche Zeiten, an unbeschwerte Stunden der Liebe und Harmonie, die sie versucht hatte zu vergessen in diesen sieben Monaten, seit sie sich zur Trennung von ihm entschlossen hatte.

»Wer kommt denn zu deiner Party?«

»Die Leute, mit denen ich zusammenarbeite.«

»Beim Rundfunk?« – »Ja.« Er wußte also, wo sie jetzt beschäftigt war. Nun ja, um das zu erfahren, hatte es sicher keines großen detektivischen Aufwands bedurft. Keine Zeitung hatte sich diese Neuigkeit entgehen lassen. Daß Tina Cassidy bei der morgendlichen Talk-Show ›Riley in the Morning‹ ausstieg und statt dessen beim Rundfunk eine Live-Diskussionssendung mit Hörerbeiträgen per Telefon übernahm, war allen lokalen Blättern ein paar fettgedruckte Zeilen wert gewesen.

Auch über eine mögliche Scheidung hatte man gemunkelt, und die Klatschspalten waren voll gewesen von Mutmaßungen über ihr Eheleben und mögliche Ursachen einer Zerrüttung. Harmlose Freundschaften wurden zu Affären aufgebauscht und in jedes unschuldige Lächeln eine außereheliche Beziehung hineingedeutet.

All das war schlimm gewesen für Tina, sie hatte sich schutzlos einer gierigen Öffentlichkeit preisgegeben gefühlt. Aber letzten Endes war sie auch damit fertig geworden, erstaunlich gut sogar, besser jedenfalls als mit der Trennung von Riley. Noch heute fiel es ihr schwer, mit ihrer Einsamkeit umzugehen und zu lernen, sich ihr Leben ohne ihn einzurichten.

Und nun stand er wieder vor ihr. Sein Atem streifte sie, seine Hände berührten ihre Haut, und sie mußte ihre ganze Willenskraft aufbieten, um sich nicht einfach wieder in seine Arme zu werfen und ihren Kopf an seiner Schulter zu bergen.

»Beeil dich bitte, Riley«, mahnte sie ungeduldig.

»Du hast mir noch nicht verraten, aus welchem Anlaß du die Party gibst.«

»Zu Mr. Winns Geburtstag.«

»Aha. Deshalb also diese Super-Torte.« Er deutete mit dem Kopf in Richtung Tisch, auf dem eine mehrstöckige Schokoladentorte stand.

»Hast du den Reißverschluß immer noch nicht oben?«

»Dann erscheint der große Abel Winn also heute abend höchstpersönlich?«

»Kennst du ihn?«

»Wir sind uns vielleicht einmal oder zweimal begegnet.« Er zog den Reißverschluß hoch und schob den Haken durch die Öse. »Geschafft.« Riley beugte sich hinab und hauchte einen Kuß auf Tinas nackte Schultern, wie er es früher immer getan hatte, als sie noch Tisch und Bett teilten.

Sie atmete rascher.

Stewart kam hereingerauscht und sah gerade noch, wie eine verräterische Röte sich auf Tinas Wangen ausbreitete und Riley sich wieder aufrichtete. »Entschuldigung«, stotterte er. »Ich ahnte ja nicht, daß Sie sich so gut kennen ...«

Tina wurde rot. »Er ... er ist mein ...«

»Ehemann«, ergänzte Riley und grinste. »Können wir Ihnen irgendwie behilflich sein?«

»Sie ... sind verheiratet?« Stewart starrte ungläubig von einem zum anderen.

»Genau«, bestätigte Riley ungerührt. »Bestimmt haben Sie nicht ohne Grund unsere Idylle gestört?«

»Ich ... ja ...« Stewart maß Tina mit einem angewiderten und zugleich begehrlichen Blick. »Ich kam, um ... um Mrs. Riley mitzuteilen, daß ...«

»Miss Cassidy«, fiel ihm Tina ins Wort.

»Miss Cassidy?« wiederholte er ratlos und schaute auf Riley. »Mein Name ist übrigens Stewart. Ich glaube, ich habe mich bisher noch gar nicht vorgestellt.«

»In Ordnung, Stewart, sehr erfreut.« Riley nickte.

»Ja, also, ich wollte nur sagen, Steve und Bart haben ein Wunder vollbracht. Sie haben das kalte Büfett völlig umarrangiert, und ich habe ein paar Blüten – wirklich nur ein paar, meine Liebe! – von dem Arrangement abgeknipst, und nun sieht es wirklich hinreißend aus!«

»Schön«, bemerkte Tina knapp. Der leichte Druck von Rileys Händen auf ihren Schultern irritierte sie, und sie wünschte sich, daß er ein bißchen mehr Abstand zwischen ihr und sich lassen würde. Ihr Verstand riet ihr, der Sache schleunigst ein Ende zu machen, doch ihr Körper hungerte nach Rileys zärtlichen Berührungen.

»Da wäre noch ein winziges Problemchen«, ließ sich Stewart wieder vernehmen. »Es ist zwar kaum der Rede wert, aber …«

»Um was handelt es sich?«

»Jackie, der Barkeeper …«

»Ist er etwa noch immer nicht da?«

»Ich kann es mir wirklich nicht erklären.« Stewart hob die Schultern und breitete theatralisch die Arme aus.

»Ich fürchte, der arme Mann ist einer Ohnmacht nahe«, flüsterte Riley Tina spöttisch ins Ohr und schob sich noch dichter an sie heran.

Sie biß sich auf die Unterlippe. Fast hätte sie laut aufgelacht. Vor ein paar Minuten noch hatte das Fehlen des Barkeepers ihre Nerven zum Flattern gebracht, jetzt schien ihr der reibungslose Ablauf der Party insgesamt mit einem Mal ganz nebensächlich, fast unwichtig. Ein ganz anderes, viel wichtigeres Problem hatte sich nämlich inzwischen ergeben: Wie sollte sie darauf reagieren, daß Riley so schamlos nahe hinter ihr stand, und wie sollte sie mit ihrer Sehnsucht, noch viel mehr von ihm zu spüren, fertig werden? Sie spürte Rileys erregende Nähe, und gegen ihren Willen schmiegte sie sich an ihn.

»Noch was, Stewart?«

»Steve und Bart möchten wissen, ob er bleibt.« Er deutete mit dem Zeigefinger auf Riley.

»Nein«, antwortete Tina hastig.

»Ja«, sagte Riley im selben Atemzug.

Stewart schaute indigniert.

»Lassen Sie uns einen Augenblick allein, Stewart«, bat Tina. »Es dauert nicht lange, dann können Sie hier in der Küche wieder tun, was Sie wollen.«

»Selbstverständlich, meine Liebe.« Er warf ihr eine Kußhand zu und verschwand, ohne Riley noch eines Blickes zu würdigen.

Tina wandte sich ihrem Mann zu und sah ihn an. »Bitte geh, Riley«, sagte sie mit ausdrucksloser Stimme. »Ich kann dich heute abend hier nicht gebrauchen. Tu mir den Gefallen.«

»Ganz im Gegenteil, du solltest dem glücklichen Schicksal danken, das mich dir gesandt hat. Du brauchst mich dringend – an der Bar.«

»Die Bar kann einer von Stewarts Leuten übernehmen.«

»Die?« Riley lachte leise.

»Oder ich stelle mich selbst hinter die Theke.«

»Du? Als Gastgeberin? Sei nicht albern! Du hast gar keine andere Wahl, Tina. Sei froh, daß ich ausgerechnet heute hereingeschneit bin.« Er tätschelte liebevoll ihr Gesäß. »So, und nun beweg deinen süßen, verführerischen Po nach oben und mach dich fertig. Ich inspiziere inzwischen die Bar. Laß mich nur machen, ich komme schon zurecht.« Er zwinkerte ihr verschwörerisch zu. »Und vergiß nicht, die Strümpfe und Schuhe anzuziehen!«

›Ein guter Soldat gibt eine verlorene Schlacht mit Anstand auf‹, dieser Spruch ihres Vaters kam Tina in den Sinn, als sie sich eingestand, daß sie geschlagen war. »Gut, sieh dich um hinter der Bar«, entließ sie ihn huldvoll. »Aber wenn Jackie doch noch kommen sollte, erwarte ich, daß du ohne Aufsehen verschwindest.«

»Okay, Darling, du bist der Boß.« Er tippte mit zwei Fingern an eine unsichtbare Mütze und grinste jungenhaft. »An die Arbeit also!« Riley zog sein Jackett aus und warf es achtlos über die Rückenlehne eines Küchenstuhls.

Tina musterte ihn mit zusammengekniffenen Augen. Er trug ein Sporthemd und Jeans der feinsten Sorte. Exklusiv und teuer, gewiß, auch geschmackvoll und modisch. Aber dennoch dem Anlaß nicht ganz angemessen.

Sie runzelte die Stirn. »Du bist für meine Party nicht passend angezogen«, murrte sie.

»Der neueste Chic aus Kalifornien«, ließ Riley sie wissen und drehte sich einmal selbstbewußt um sich selbst.

»Aber die Party ist, wenn man so will, eine halboffizielle, sozusagen formelle Angelegenheit.«

»Nun, dann bin ich eben das ›enfant terrible‹ und liefere den Gesprächsstoff, den Klatsch, von dem jede Party erst lebt.« Er sah Tina mit einem so durchdringenden Blick an, daß ihr der Atem stockte. »Ich kann mich an Zeiten erinnern«, flüsterte er heiser, »an Stunden, in denen dir meine Kleidung völlig unwichtig war. Stunden, in denen du nur meine nackte Haut sehen und berühren wolltest.«

Sie befeuchtete mit der Zunge ihre trockenen Lippen. »Orangen und Zitronen findest du auf dem Küchentisch, sie müssen in dünne Scheiben geschnitten werden. Von den Oliven, den Perlzwiebeln und den Cocktailkirschen mußt du den Saft abtropfen lassen, anschließend füllst du sie in die bereitgestellten flachen Schälchen. Die Bar liegt übrigens gleich hinter dem Eßzimmer.«

»Ich werde mich schon zurechtfinden. Sind Gläser da?«

»Im Barschrank.«

»Eis?«

»Im Gefrierschrank unter der Theke.«

»Spießchen für die Früchte?«

»Bei den Gläsern.«

»Bestens. Und wo kriege ich jetzt ein Obstmesser her?«

»Zweite Schublade rechts, im Schrank neben der Spüle.«

Riley griff sich das Messer und stieß es durch die Luft wie ein Florett. »Verschwinde!«

Bevor sie sich endgültig lächerlich machen konnte, indem sie auf ihn zustürzte und ihn abküßte – aus dem einfachen Grund, weil er so unglaublich sexy war! –, tat Tina genau das, wozu er sie aufgefordert hatte: Sie suchte das Weite.

Sie drehte sich um und rannte die Treppe hinauf. Oben

im Bad vervollständigte sie in aller Eile ihr Make-up und wunderte sich über sich selbst, daß sie in ihrer Nervosität mit all den Schminkutensilien nicht einen Clown aus sich machte. Schließlich lächelte sie ihrem Spiegelbild zu und schlüpfte hastig in ihre hochhackigen Abendsandaletten.

Die Türglocke erklang. Sie hoffte nur, Stewart würde während ihrer Abwesenheit stellvertretend die Pflichten eines Gastgebers übernehmen. Nervös befestigte sie ihre Ohrringe, hüllte sich in eine Wolke aus Parfum, zupfte ein letztes Mal ihre Frisur zurecht und legte ein schmales, diamantenbesetztes Goldarmband um ihr linkes Handgelenk. Doch als sie sich dann bückte, um ihre Strümpfe glattzustreichen, verhakte sich das Armband in dem zarten Nylongewebe, und eine breite Laufmasche entstand.

Tina stieß einen wenig damenhaften Fluch aus und forschte mit fahrigen Bewegungen in der Kommode nach einem Paar Ersatzstrümpfe. Die Türglocke schrillte jetzt in immer kürzeren Abständen. Erleichtert fischte Tina ein Paar schwarze Strümpfe aus der untersten Schublade hervor und zog sie mit fliegender Hast an.

Riley ist an allem schuld, dachte sie erbost, als sie endlich die Treppe hinabsauste. Wie konnte er es wagen, ihre Party zu sabotieren? Wie konnte er es wagen, ihr diesen Abend zu ruinieren?

Riley, Riley, immer wieder Riley!

Warum hatte er sich ausgerechnet diesen Abend ausgesucht? Er hatte schließlich sieben Monate lang Zeit gehabt, sich bei ihr zu melden, sieben Monate, in denen sie nicht einmal einen Telefonanruf von ihm bekommen hatte. Aber es war noch nie seine Art gewesen, sich so wie ein normaler Mensch zu verhalten.

Nein, ausgerechnet diesen Abend hatte er auswählen müssen, genau den Zeitpunkt, der am wenigsten geeignet war.

Er sieht gut aus, dachte sie. Unsinn, verbesserte sie sich sofort. Er sieht absolut hinreißend aus!

Nun ja, vielleicht war er ein wenig schmaler geworden – schon wieder Unsinn, ermahnte sie sich. Der Himmel wußte, daß es Tausende von Frauen gab, die bereitwillig morgens, mittags und abends für ihn kochen würden, sobald er nur eine Andeutung machte!

Aber er hatte ein paar graue Haare mehr bekommen – es steht ihm nicht schlecht, dachte Tina, das läßt seine Augen nur noch blauer wirken.

Trotzdem, dachte sie weiter, egal, wie gut er aussieht oder wieviel Charme er versprüht, das gibt ihm noch lange nicht das Recht, hier in meine Party hereinzuplatzen.

Und egal, wie aufgeregt du bist, du bist *nicht* glücklich darüber, ihn wiederzusehen, Tina Cassidy!

Tina tat einen tiefen Atemzug und trat zu ihren Gästen. Von allen Seiten redete man auf sie ein.

»Hallo, wir dachten schon, du wolltest dich vor deiner eigenen Party drücken!«

»Du siehst großartig aus.«

»Warum ziehst du das Kleid nicht mal zur Arbeit an? Ein durchschlagender Erfolg wäre dir sicher.«

»Meinst du, dann könnten wir unsere Sendung noch fahren, du Naivling?«

Fröhlich plaudernd umringten sie ihre Kollegen. Tina entschuldigte sich für ihr spätes Erscheinen und ging gutgelaunt auf den lockeren Ton ein. »Bitte, ihr Lieben bedient euch am Büfett und an der Bar«, forderte sie schließlich ihre Gäste auf.

»Das haben wir bereits getan. Und glaub ja nicht, wir hätten deinen prominenten Barkeeper nicht längst bemerkt.«

Tina spähte hinüber zur Bar. Gewandt wie ein Jongleur hantierte Riley mit Whiskeygläsern, Eiswürfeln, Cocktailfrüchten und Shaker. Um ihn scharte sich ein Kreis von Verehrerinnen, die ihn anhimmelten und jedes seiner Worte begierig in sich aufsogen.

»Riley kam ganz überraschend vorbei«, erklärte Tina zurückhaltend. Wie gut, daß sie ihren Kollegen damals erzählt hatte, sie und Riley wären freundschaftlich auseinandergegangen. So würde niemand sich über seine Anwesenheit wundern.

»Ach, er war gar nicht eingeladen?«

Tina mochte es nicht, wenn man ihr Fragen stellte, die sie in die Enge drängten, und sie dachte gar nicht daran, auf diese Bemerkung zu antworten. Sie würde sich doch keine Blöße geben!

Sie setzte ihr charmantestes Lächeln auf. »Entschuldigt mich bitte«, sagte sie, »ich muß mich endlich mal zur Tür begeben und den armen Stewart ablösen; schließlich bin ich die Gastgeberin. Er kann ja nicht alle meine Pflichten übernehmen.«

Tina bahnte sich ihren Weg durch die plaudernden und lachenden Grüppchen, hier und da verhielt sie kurz, begrüßte Bekannte und wechselte ein paar Worte mit ihnen.

Schließlich erreichte sie die Haustür. »Danke, Stewart.« Sie nickte ihm freundlich zu. »Der Not gehorchend haben Sie mehr für mich getan, als unser Vertrag vorsieht.«

»Oh, ich werde diesen Dienst natürlich auf der Rechnung als Sonderleistung anführen.« Er zwinkerte ihr vertraulich zu und verschwand in Richtung Küche.

Es klingelte erneut. »Hallo, wie schön, daß ihr gekommen seid! Ich freue mich.« Allmählich füllten sich die Räume. Tinas Gäste schienen sich wohl zu fühlen; fröhliches Stimmengewirr, häufig unterbrochen von heiterem Gelächter, das bis in die Diele drang.

Aus ihrem höflichen Gastgeberinnen-Lächeln wurde ein warmes, herzliches Lächeln, als sie Abel Winn öffnete.

»Ah, unser Ehrengast.« Sie streckte ihm beide Hände entgegen. »Alles Liebe und Gute zum Geburtstag, Abel.« Sie umarmte ihn spontan.

Abel Winn umfaßte ihre Taille, er zog Tina an sich und küßte sie auf beide Wangen. »Tina, meine Liebe, Sie hätten sich nicht solche Mühe machen sollen meinetwegen. Aber ich freue mich. Ich freue mich riesig. Ich liebe Partys – und ganz besonders, wenn sie mir zu Ehren stattfinden.« Er schmunzelte.

Tina lachte und musterte ihn wohlwollend. Er sah aus wie immer: ein Mann, dessen Alter man nur schwer schätzen konnte, von kräftiger Statur, gepflegt, untadelig und mit unauffälliger Eleganz gekleidet. Er war gar nicht besonders groß, doch er strahlte unbezwingbare Stärke, natürliches Selbstbewußtsein aus und trat auf wie der geborene Führer. Aus seinem Blick sprachen schnelle Auffassungsgabe und Klugheit.

»Kommen Sie.« Sie begleitete ihn ins Eßzimmer. »Für Essen und Trinken ist reichlich gesorgt. Bitte, bedienen Sie sich.«

»Wollen Sie mir nicht Gesellschaft leisten?«

»Später gern. Erst habe ich noch meine Pflichten als Gastgeberin zu erfüllen.«

»Dann sehen wir uns also nachher?« Sein Gesicht wurde plötzlich ernst. »Haben Sie Ihre Entscheidung getroffen?«

»Noch nicht, Abel.« Tina schüttelte den Kopf. »Ich weiß, morgen läuft die Frist ab...«

»Insgeheim hatte ich gehofft, Sie würden mir Ihre Zusage heute abend zum Geschenk machen.«

»Die Entscheidung fällt mir nicht leicht.« Unwillkürlich wanderte ihr Blick hinüber zur Bar, wo Riley seine ungewohnte Aufgabe mit Bravour meisterte. Er hob den Kopf. Ihre Blicke trafen sich. Riley zog die Brauen hoch, als er Abel Winn neben Tina entdeckte, und ihr schien es, daß er sie mißbilligend anschaute. »Morgen spätestens bekommen Sie meine Antwort«, versprach sie und lächelte zaghaft.

»Ich bin ganz sicher, daß Ihre Entscheidung auch meinen Wünschen entsprechen wird. Wir werden uns nachher mal unterhalten.« Abel lächelte ihr siegessicher zu und schlenderte dann ins Eßzimmer.

Die Party war inzwischen in vollem Gange. Jemand hatte die Stereoanlage aufgedreht, die Unterhaltungen wurden zwangsläufig lauter, und der Geräuschpegel stieg. Trotz des etwas verunglückten Beginns schien sich doch noch alles zum Besten zu entwickeln. Tina schaute zufrieden in die Runde.

»Ach, Tina, alles ist ganz wunderbar. Sie haben sich geradezu selbst übertroffen mit dieser Party! Wie haben Sie das bloß geschafft?« fragte eine attraktive Blondine in einem jadegrünen Satinkleid, an die sich Tina nur flüchtig erinnerte. Sie mußte irgendwo in der Verwaltung beschäftigt sein.

»Fragen Sie mich nicht«, seufzte Tina und zog eine Grimasse. »Bis zur letzten Sekunde hat hier das totale Chaos geherrscht!«

»Eine tolle Idee: Riley als Barkeeper! Sie müssen sich wirklich *sehr* freundschaftlich getrennt haben. Wie haben Sie es angestellt, ihn zu überreden?«

Tina zuckte die Achseln. »Reines Glück.«

Wäre die Blondine nicht so beschäftigt damit gewesen, Riley mit ihren Blicken zu verschlingen, wäre ihr Tinas Sarkasmus sicher nicht entgangen. Tina versuchte, sich in die andere Frau zu versetzen und Riley mit deren Augen zu betrachten. Er sah umwerfend gut aus. Sein dunkles Haar war schon von silbernen Fäden durchzogen, so geschnitten und frisiert, daß es immer ein wenig zerzaust wirkte. Und die paar Haarsträhnen, die ihm stets in die Stirn fielen, gaben ihm etwas Jungenhaftes. Es war eine offene Einladung an jede Frau, ihm diese Strähnen liebevoll zurückzustreichen.

Riley hatte ein markantes, sonnengebräuntes Gesicht. Ein starkes, energisches Kinn. Eine schmale Nase über einem schmalen, aber dennoch sehr sinnlich wirkenden Mund. Seine Augen waren so blau, daß der Himmel ihn darum hätte beneiden können.

»Wenn du mich anschaust, dann habe ich das Gefühl, daß ein Engel mich in seinen Bann zieht – aber ein sehr sündiger Engel«, hatte sie einmal während eines romantischen Zwischenspiels zu ihm gesagt. Riley hatte es für eine Schmeichelei gehalten, denn er hatte es nicht verstanden, aber jede andere Frau hätte sofort gewußt, was sie meinte.

Wenn er eine Frau auf diese ganz besondere, fast schon intime Art und Weise anschaute, wenn der Blick seiner Augen ihr bis in die Seele drang, dann war es, als nähme er sie vollkommen in Besitz.

Riley war von hochgewachsener Gestalt, sein Körper schlank, aber muskulös. Er hätte einen vorzüglichen Dressman abgegeben. Selbst der unförmigste Jutesack würde an ihm noch wie das Exklusivmodell eines namhaften Designers wirken.

Tina seufzte leise. Auch unbekleidet konnte sich Riley sehen lassen …

Jetzt trat Stewart an die Bar. Wild gestikulierend redete er auf Riley ein: Riley machte ein verärgertes Gesicht und antwortete etwas, was Stewart offensichtlich nicht gefiel. Er stemmte die Arme in die Hüften und baute sich in drohender Pose vor ihm auf.

Riley lachte nur und ließ seine Blicke durch den Raum schweifen. Mit einem Kopfnicken gab er Tina zu verstehen, daß ihr Eingreifen erforderlich war.

»Entschuldigung.« Sie schob sich durch die Menge. »Was gibt's?«

»Frag ihn«, brummte Riley verstimmt.

»Also?« Sie musterte Stewart.

»Irgendein Typ, so ein ungehobelter Mensch ohne Lebensart, trinkt Bier.« Stewart schüttelte sich. »Widerlich.«

»Und?« Tina trommelte ungeduldig mit allen zehn Fingern auf die Theke. »Nun kommen Sie endlich zur Sache, Stewart.«

»Er hat nach Salznüssen gefragt. Nach Nüssen! Man stelle sich das vor!« Er holte tief Luft. »Und ich habe *ihn* gefragt« – er wedelte mit der Hand in Rileys Richtung –, »ob er Nüsse hat und ob …«

»Und ich habe gesagt, er soll sich zum Teufel scheren und mich gefälligst in Ruhe lassen mit seinen Nüssen.«

»Nein!« Tina faßte sich an den Kopf und stöhnte auf. Diese beiden verursachten ihr Kopfschmerzen!

»Wie die kleinen Kinder! Beruhigt euch, ich hole die Nüsse.«

Sie lief in die Küche. Im Gegensatz zu all dem Lärm und dem lauten Durcheinander in den übrigen Zimmern war es hier still und friedlich wie in einer Kirche.

Tina atmete tief durch. Dann trat sie in die kleine, fensterlose Vorratskammer, knipste das Licht an und stöberte im Regal nach einer Dose Cashewnüssen, die sie vor ein paar Tagen dort noch gesehen zu haben meinte.

Ein Schatten fiel auf die Regale. »Gleich, Stewart, hier irgendwo müssen Nüsse sein, das weiß ich genau.«

»Na, wunderbar! Stewart wird ein Stein vom Herzen fallen.«

»Riley!« Tina wirbelte erschrocken herum. »Wo ist Stewart?«

»Er mixt gerade einen Scotch mit Wasser. Ich denke, das wird er gerade noch hinkriegen.« Riley faßte nach dem Türgriff und schloß sachte die Tür. Dann schob er den Riegel vor.

»Was tust du?« fragte Tina gepreßt.

»Ich schließe dich ein. Dich und mich.«

»Aber …«

»Du hast mir gefehlt, Tina.«

»Das ist …«

»Und ich habe nicht vor, auch nur eine Sekunde länger darauf zu warten, daß ich dich endlich küssen kann!«

2

Kein vorsichtiges Forschen, kein zärtliches Vorspiel, keine Chance für Tina, zu protestieren oder sich gegen seine sinnlichen Angriffe zu wappnen. Sein Kuß war besitzergreifend, provozierend, voll süßer Überredung.

Tina hörte nicht auf die warnende Stimme ihres Verstandes; hilflos war sie ihrem Verlangen ausgeliefert.

Der leidenschaftliche Kuß, Rileys Umarmung, sein Körper – alles war ihr so schmerzlich vertraut. Sie schloß die Augen.

Kein anderer Mann hatte sie je so geküßt, so hungrig und so, als würde er vor Verlangen nach ihr fast sterben. Oh, sie erinnerte sich nur allzu deutlich an den weichen und doch unnachgiebigen Druck seiner Lippen, an seine forschende Zunge, die sich zwischen ihre Zähne schob, ihre eigene Zunge berührte und immer noch weiter in ihren Mund eindrang.

Tief in ihrem Innern verspürte sie ein grenzenloses Verlangen nach Riley. Sie hätte laut aufjubeln mögen, weinen und lachen zugleich. Sie liebte Riley, liebte ihn so sehr, daß es sie schmerzte.

»Ich habe dich so sehr vermißt, Tina, so sehr. Ich konnte es nicht einen Tag mehr ohne dich aushalten, Tina, o meine geliebte Tina«, stöhnte Riley.

Er küßte sie erneut. Ein Seufzer kam über ihre Lippen. Ihr Widerstand schmolz dahin. Eng schmiegte sie sich an Riley. Wie unendlich gut tat es, wieder seine Nähe zu spüren, seinen warmen Körper, seinen Atem, seine Erregung…

Doch plötzlich meldete sich ihr Verstand. »Nicht, Riley«, keuchte sie atemlos. »Hör auf.«

Ihr kraftloser Protest zeigte allerdings wenig Wirkung. Tina selbst war erstaunt, daß sie überhaupt ein Wort herausgebracht hatte. Riley streifte mit seinen Lippen ihren Nacken. Er liebkoste ihren Hals, dann berührte er mit der Zunge zart die Vertiefung unterhalb ihrer Kehle. »Ah«, entfuhr es ihr. »Nein, bitte nicht!«

»Das magst du also noch immer. Ich wußte es.«

»Nein.«

»Schwindlerin.«

Ein leises Wimmern war ihre Antwort. Rileys Hand glitt über ihre Schulter hinab zu ihrer Brust. Sanft streichelte er ihren vollen Busen.

»Bitte, Riley«, flüsterte Tina heiser.

»Gern.« Sein Daumen strich über ihre steifen Brustwarzen. Sie erzitterte.

»Ich meine es ernst, Riley«, sagte sie mit letzter Kraft. »Hör auf. Das ist doch Wahnsinn.« Die Stimme versagte ihr.

»Wahnsinn? Höchstes Vergnügen ist das! Süße Lust!« Riley barg schwer atmend sein Gesicht an ihrer Schulter. »Wunderbar«, murmelte er erstickt. Ein weiterer Kuß folgte, nicht so fordernd diesmal, aber nicht weniger süß.

Tina machte einen schwachen Versuch, ihn von sich wegzuschieben. »Du setzt unfaire Mittel gegen mich ein.«

»Wie sonst soll ich dich in mein Bett bekommen? Verdammt, Tina, ich will dich! Ich will dich ganz nah bei mir fühlen, ohne störende Kleidung dazwischen.«

»O Riley, du... ich... ich könnte dich erwürgen!«

Er lachte so leise, daß sie es mehr an seiner Bewegung spürte als hörte. Tina erschauerte, als sie seinen heißen Atem an ihrem Ohr fühlte.

»Willst du mir etwa anlasten, daß ich dich begehrenswert finde? In diesem Kleid? Du weißt doch nur zu genau, wie verführerisch du darin aussiehst. Ich habe es schon immer gemocht, wenn du Schwarz getragen hast.«

Sie sah an sich herab. Sie konnte ihm wahrhaftig keinen Vorwurf machen. Das figurbetonte schwarze Samtkleid mit seinen langen schmalen Ärmeln und dem tiefen, spitzzulaufenden Rückenausschnitt schmiegte sich wie eine zweite Haut an ihren Körper.

Tina wagte nicht zu atmen, als Riley jetzt mit den Fingerspitzen an ihrem Rückgrat entlangstrich. Die hauchzarte Berührung verursachte ihr eine Gänsehaut. Ihre Knie gaben nach. Warum ließ sie ihn gewähren? Warum wehrte sie sich nicht gegen seine Vertraulichkeiten?

Sie spürte seine Hände, und sie kannte die Antwort. Sie war schwach.

Rileys Nähe lähmte ihren Willen und setzte ihren Verstand außer Kraft. Sie tat dumme, unverantwortliche Dinge. Sie handelte übereilt und bedachte selten die Folgen, was sich meistens über kurz oder lang rächte. Aber war sie denn noch immer nicht erwachsen? Hatte sie nichts aus ihren Fehlern gelernt? Wollte sie wirklich ihre neugewonnene Freiheit opfern und ihre Selbständigkeit aufs Spiel setzen ein paar hitziger Küsse wegen? Das war es ganz bestimmt nicht wert.

»Nein!« Tina schob ihn weg von sich.

Doch Riley ließ sie nicht los. Er hob seinen Kopf und blickte ihr in die Augen, in denen sich der Sturm ihrer Gefühle widerspiegelte. »Du bist immer noch wütend auf mich«, stellte er fest. »Warum erklärst du mir nicht endlich, was ich verbrochen habe? Warum du gegangen bist.«

»Ich war nie wütend auf dich.«

»Aha. Ich verstehe«, sagte Riley spöttisch und grinste. »Du hast mich also verlassen, weil du *nicht* wütend auf mich warst!«

»Deine Wortspielereien ändern nichts, Riley. Ist dir eigentlich klar, daß ich das Haus voller Gäste habe? Meinst du, ich könnte mich so einfach verdrücken? Selbst wenn ich es wirklich wollte, könnte ich jetzt auf keinen Fall mit dir schlafen; siehst du das denn nicht ein?«

»Versteckst du eigentlich noch immer deine Nougat-Pralinen in der Speisekammer?«

»Was?« japste Tina.

»Nun tu nicht so, als wüßtest du nicht, wovon ich spreche. Du hast stets eine Schachtel im Gemüsekorb aufbewahrt. Und ab und zu, wenn du dich unbeobachtet fühltest, hast du davon genascht.«

»Hab' ich nicht.«

»Du hast. Auch du, mein Schatz.« Er lachte leise und zwickte sie scherzhaft in die Nase. »Niemand sollte merken, daß du so gern naschst. Besonders, nachdem du überall verkündet hattest, daß du künftig auf Süßigkeiten verzichten wolltest. Da mußtest du heimlich...«

»Aber du hast auch davon genascht!« Tina wurde rot, als sie merkte, daß sie sich damit verraten hatte.

Riley suchte auf den Regalen. »Aha«, rief er triumphierend. »Da haben wir ja das ›Corpus delicti‹!« Er zog hinter den säuberlich übereinander gestapelten Konservendosen eine Schachtel hervor und schwenkte sie durch die Luft. »Hier.« Er öffnete den Verschluß, fischte zwei Pralinen heraus und schob die eine Tina, die andere sich selbst in den Mund. »Wir kannten beide unser süßes Geheimnis. Aber trotzdem haben wir es sorgsam voreinander gehütet.« Er grinste unwiderstehlich. »Ein nettes Spielchen.«

Gegen ihren Willen mußte Tina lächeln.

»Warum hast du mir nie gesagt, daß du es wußtest?« fragte sie ein wenig beleidigt.

»Du wußtest doch eh, daß ich es wußte – oder?«

»Ja. Und warum haben wir dann so getan, als wäre es ein Geheimnis?«

»Weil es so viel mehr Spaß gemacht hat«, erwiderte Riley, und das Funkeln in seinen Augen verstärkte sich. »Wir hatten auch sonst viel Spaß zusammen, Tina. Höchst aufregenden Spaß.«

Gegen ihren Willen mußte Tina lächeln.

Sie schluckte und wich seinem Blick aus. »Wir hatten auch eine Menge Probleme.«

»Zeig mir die Ehe, in der vollkommene Harmonie herrscht. Mir ist jedenfalls nicht aufgefallen, daß wir außergewöhnlich viele Probleme gehabt hätten«, erwiderte er.

»Ich weiß. Es waren meine Probleme, nicht deine.« Tina senkte den Blick.

»Warum hast du nie mit mir darüber gesprochen?« wollte er wissen.

»Ich muß mich meinen Gästen widmen.« Tina faßte nach dem Türgriff, doch Riley stellte sich ihr in den Weg, legte die Hand auf die Klinke. Die Tür bewegte sich keinen Millimeter.

»Beantworte meine Frage.«

»Dazu ist jetzt nicht der geeignete Augenblick.«

»Du wirst dir die Zeit wohl nehmen müssen. Verdammt noch mal, Tina, ich will eine Erklärung für dein Verschwinden. Ich will wissen, warum die Frau, die ich liebe, *meine* Frau, einfach davongelaufen ist. Sieben Monate Abwesenheit lassen sich doch nicht abtun wie eine gelegentliche Verspätung von einer Viertelstunde.« Das Temperament ging mit Riley durch, er hatte sich in Rage geredet. Mochten seine Ausbrüche Kameramänner, Maskenbildner, ja selbst Programmdirektoren in Angst und Schrecken versetzen, Tina hatte schnell gelernt, sich davon nicht beeindrucken zu lassen.

»Es ist zwecklos. Ich weigere mich. Ich will nicht mit dir darüber diskutieren. Das führt zu nichts.«

»Du meinst, dieses ›Problem‹ ist unlösbar, stimmt's?«

»Ja ...«

»Das glaube ich nicht.«

Tina zuckte die Achseln und schwieg.

»Steckt ein anderer Mann dahinter? Hast du jemanden kennengelernt?«

»Nein.« Ihre Stimme klang müde.

»Nicht? Aber was sonst könnte…« – »Du bist auf der falschen Fährte, Riley.«

»Abel Winn?«

»Was?«

»Abel Winn. Hast du mich seinetwegen verlassen? Schläfst du jetzt mit ihm?«

Tina hob die Hand und schlug ihn ins Gesicht. Entsetzt wich sie zurück und betrachtete ungläubig den Abdruck ihrer Finger auf seiner Wange. Noch nie zuvor hatte sich einer von ihnen so weit hinreißen lassen. Tätlichkeiten waren verpönt zwischen ihnen. Angstvoll wartete sie auf Rileys Reaktion.

Er berührte vorsichtig seine brennende Wange. Er sah Tina an und – lächelte.

Denn ihre heftige Reaktion hatte ihm deutlich gezeigt, daß seine Anschuldigung nicht stimmen konnte. Er war erleichtert. Er fühlte sich nicht mehr ganz so unglücklich.

Es war nicht so, wie er befürchtet hatte. Tina hatte ihn nicht wegen eines anderen Mannes verlassen. Er war an diesem Abend zu ihr gekommen, weil er sie zurückhaben wollte. Er war bereit, jeden Kompromiß einzugehen, er war bereit, um sie zu kämpfen.

Doch wenn sie einen anderen Mann geliebt hätte, dazu noch einen wie Abel Winn, dann wäre es hoffnungslos gewesen.

Sein unerwartetes Lächeln entflammte erneut ihre Wut. »Wie kannst du es wagen, mich solcher… solcher Geschmacklosigkeiten zu verdächtigen«, zischte sie. »Ich bin dir treu. Ich war dir immer treu. Daß du glauben kannst, ich…« Sie brach ab, öffnete die Tür und trat rasch in die Küche hinaus. Diesmal hinderte Riley sie nicht daran.

»Du bist wunderschön in deiner Wut«, raunte er ihr ins Ohr. »Wunderschön und begehrenswert.« Er faßte sie am Oberarm und drehte sie zu sich herum. Sie prallte gegen seine Brust. »Erinnerst du dich? Als wir uns das erste Mal begegneten, da warst du genauso wütend – und genauso schön.«

»Nein!« Sie versuchte vergeblich, sich seinem harten Griff zu entwinden.

»Und ob du dich erinnerst, du Satansweib.« Er küßte sie in einer Art und Weise, die ihr wieder die Knie weich werden ließ.

Ein Räuspern erklang. »Was ist nun? Bekommt dieser ›Herr‹ jetzt seine Nüsse, oder nicht?« fragte Stewart, dann schüttelte er den Kopf. »Komisch, jedesmal, wenn ich euch zwei allein überrasche, knutscht ihr euch ab. Was wollt ihr eigentlich – getrennt leben oder küssen?«

Tina riß sich los. Ohne Stewart eines Blickes zu würdigen, segelte sie hoch erhobenen Hauptes an ihm vorbei und durch die Schwingtür aus der Küche heraus. Schnurstracks steuerte sie auf die Bar zu, goß sich ein Glas kühlen Weißwein ein und trank in durstigen Zügen. Allmählich gewann sie ihre Fassung zurück.

Was bildete dieser Mann sich ein! Fiel nach sieben Monaten bei ihr ein wie ein Hurrikan und tat, als könnte er mit ein paar verlangenden Blicken, hastig geflüsterten Liebesworten und leidenschaftlichen Küssen ihre Trennung ungeschehen machen. Noch nicht einmal ›Wie geht es dir?‹ hatte er gefragt!

Freundlich lächelte sie ihre Gäste an, die sie nicht vermißt zu haben schienen, machte Konversation. Doch dann fing sie Abel Winns fragenden Blick auf, und plötzlich wurde ihr bewußt, daß ihre Haare zerzaust, ihre Wangen erhitzt und ihre Lippen gerötet sein mußten.

Nervös zupfte sie ihr Kleid zurecht und glättete mit beiden Händen ihre Frisur. Doch das Fieber und die Erregung, die Rileys Worte und Berührungen in ihr entfacht hatten, ließen sich nicht so einfach wegstreichen.

Tina holte tief Luft. Sie setzte ein gekünsteltes Lächeln

auf und gesellte sich zu einer Gruppe von jungen Eltern, die sich angeregt über Kindererziehung austauschte.

Doch es gelang ihr nicht, über längere Zeit Interesse an Windeln und Milchpulver und den Meinungen aller möglichen Kinderärzte zu allen möglichen Problemen zu heucheln. Ihre Gedanken schweiften ab: zurück zu dem Tag, an dem sie Riley kennengelernt hatte...

Es war der erste Tag in ihrer neuen Stellung gewesen. Tina erinnerte sich ganz genau. Sie war entsetzlich nervös gewesen, schon als sie ihren Wagen auf dem für sie reservierten Parkplatz abgestellt hatte und dann zum Hintereingang der Studios gegangen war, wo ein Wächter sie erst passieren ließ, nachdem er ihren Ausweis überprüft hatte.

»Sie werden ungewöhnlich viel Fingerspitzengefühl aufbringen müssen, gleichzeitig brauchen Sie gesundes Selbstbewußtsein und knallhartes Durchsetzungsvermögen.« Die warnenden Worte des Personalchefs klangen ihr noch im Ohr. »Der Umgang mit Riley ist schwierig, die Arbeit kein Zuckerschlecken. Er ist ein Künstler, eine eigenwillige Persönlichkeit – Sie verstehen.«

O ja, Tina hatte verstanden. Eigenwillige Persönlichkeit – so konnte man es natürlich auch nennen, daß Jon Riley sich als Star aufspielte, als unfehlbares Genie, das niemanden neben sich duldete. Kein Schatten durfte offenbar seinen hellen Glanz verdunkeln, nichts die Aufmerksamkeit von seiner Person ablenken.

»Ich denke, ich werde mit Mr. Riley auskommen«, versicherte sie dem Personalchef.

»Nun ja...« Er musterte sie skeptisch. »Sie müssen wissen, daß vor Ihnen bereits etliche Produktionsleiter auf demselben Posten ihr Glück versucht haben.« Er räusperte sich umständlich. »Erfolglos. Egal, ob Mann oder Frau, sie alle sind ohne Ausnahme an Jon Riley gescheitert.« Er lächelte leicht. »Man könnte auch sagen, es ist uns bis jetzt nicht gelungen, die zu ihm passende richtige Kombination aus Talent und Persönlichkeit zu finden.«

»Wenn ich Ihre Andeutungen richtig verstehe, ist Mr. Riley ein Egozentriker, der mit seinen Launen seine Mitarbeiter tyrannisiert. Nun, an mir soll er sich die Zähne ausbeißen. Mich bekommt er so leicht nicht mürbe.« Die Augenbrauen des Personalchefs waren hochgeschossen, als sie so unverblümt ihre Meinung zum Ausdruck gebracht hatte.

Tina hoffte nur, daß sie den Mund nicht zu voll genommen hatte. Etwas mulmig war ihr schon zumute, als sie jetzt mutterseelenallein den schmalen, düsteren Flur entlangschritt und ihr ein muffiger Geruch nach Feuchtigkeit und kaltem Rauch in die Nase stieg.

Sie hörte das Gebrüll und ein verzweifeltes Schluchzen, noch bevor sie die Tür an dem höhlenartig wirkenden Studio geöffnet hatte. Wieso nur hatte sie auf einmal das Gefühl, daß man sie geradewegs in einen Löwenkäfig geschickt hatte – ohne Peitsche. Tina hatte das Gefühl, daß ihre Überlebenschancen äußerst gering waren.

»Wo hatten Sie Ihren Kopf? Hm? Sagen Sie lieber nichts, ich kann es mir schon denken«, hörte Tina eine laute, aufgebrachte Männerstimme. Zweifelsohne war es Jon Riley, der da so unbeherrscht herumbrüllte. Tina zuckte unwillkürlich zusammen, als er seine Vermutung über den Geisteszustand der jungen Dame dann laut aussprach. Es war aber auch sehr unfein.

»Sie haben sich ja schon einiges an Blödheiten geleistet, aber das hier schlägt dem Faß den Boden aus!« Er fuhr sich mit allen zehn Fingern durch die Haare und hielt dann inne, weil auch er nach einer solchen Schimpfkanonade erst mal Luft holen mußte.

Unbemerkt war Tina eingetreten. Stumm lehnte sie an der Wand und beobachtete die Szene. Das Opfer von Rileys üblen Beschimpfungen war eine schmächtige junge Frau, Anfang zwanzig vielleicht. Mit hängenden Schultern und gesenktem Kopf stand sie vor ihm und hielt ihr Gesicht mit beiden Händen bedeckt. Sie schluchzte heftig und zog in regelmäßigen Abständen geräuschvoll die Nase hoch.

Die übrige Crew reagierte ganz unterschiedlich auf diese Szene. Ein Kameramann, eine Zigarette im Mundwinkel und den Arm lässig auf die wertvolle Kamera gestützt, verfolgte das Ganze interessiert. Ihm schien das alles Spaß zu machen.

Ein junges Mädchen in Jeans, T-Shirt und Turnschuhen hockte im Schneidersitz auf dem Boden und blies ununterbrochen ihren Kaugummi zu dicken Blasen auf. Es gab jedesmal einen Knall, wenn sie zerplatzten.

Zwei junge Männer saßen über eine Ausgabe des ›Penthouse‹ gebeugt und waren in das Betrachten nackter Weiblichkeit auf Hochglanzphotos vertieft. Ein weiterer junger Mann saß auf einem Klappstuhl und schien zu schlafen. Er atmete tief und gleichmäßig.

Jon Riley lief wie ein Tiger vor der weinenden jungen Frau auf und ab und bedachte sie mit giftigen Blicken. Die Worte kamen aus seinem Mund wie krachende Salven aus einem Maschinengewehr. »Können Sie mir verraten, was ich jetzt tun soll? Wie ich Ihren Mist ausbügeln soll? Verdammt noch mal! Bin ich denn nur von Idioten umgeben?«

Er schlug sich mit der flachen Hand gegen die Stirn. »Wir müssen eine Sendung in den Kasten kriegen. Ist Ihnen das eigentlich klar? Eine Sendung, die morgen ausgestrahlt wird. Morgen! Und wo ich hinblicke, sehe ich nur Schwachsinnige! Typen wie Sie« – ein besonders giftiger Blick wurde losgelassen –, »die noch nicht einmal in der Lage sind zu ...«

Er unterbrach sich, entweder weil ihm schon wieder der Atem ausgegangen ist oder sein Vorrat an unflätigen Schimpfwörtern, dachte Tina. Sie wußte nicht, wofür sie sich entscheiden sollte.

Die junge Frau nutzte die Chance, um auch mal was zu

sagen. »Heute soll die neue Produktionsleiterin eintreffen«, wagte sie schüchtern einzuwerfen. »Vielleicht kann sie …«

»Sie, sie, ich höre immer ›sie‹. Eine Produktionsleiterin! Daß ich nicht lache. Ohne Zweifel haben die Herren aus der Personalabteilung wieder irgend so eine dumme Kuh angeheuert, deren Titten größer sind als ihre Gehirnmasse. Kommt mir nicht mit einem neuen Produktionsleiter! Ich kann das Wort schon nicht mehr hören. Sie sollten diese Aufgabe übernehmen, und nun sehen Sie sich an, was dabei rausgekommen ist: das reinste Fiasko!«

»Es tut mir leid. Ich … ich wußte nicht …«

»Genau!«

Die Frau schlug erneut die Hände vors Gesicht.

Tina ertrug die Art, wie Riley dieses halbe Kind demütigte, nicht länger. Entschlossen trat sie vor. »Guten Morgen.«

Riley drehte sich zu ihr um und starrte sie an. Tina wich zurück; dieser Blick aus den blauesten Augen, die sie je gesehen hatte, schien sie förmlich zu durchbohren. Das Mädchen hörte lange genug auf mit dem Weinen, um einen Blick auf Tina werfen zu können, und plötzlich zeichnete sich so etwas wie Hoffnungsschimmer darin ab.

Der Kameramann schob seine Zigarette vom rechten in den linken Mundwinkel, wobei die Asche zu Boden fiel.

Der junge Schläfer fuhr hoch. Wahrscheinlich, weil eine ruhige, beherrschte Stimme in diesem Studio genauso erschreckend wirkte wie anderswo das Schrillen des Feueralarms. Und auch die anderen beiden jungen Männer ließen erstaunt ihr ›Penthouse‹ sinken und sahen neugierig zu Tina hinüber.

Das Mädchen schließlich vergaß vor Überraschung ihren Kaugummi und starrte entgeistert auf die Szene.

»Sagen Sie nichts. Lassen Sie mich raten, wer Sie sind.« Riley stand vor ihr, die Hände arrogant in die Seiten gestemmt, und musterte sie mit überheblichem Blick.

»Richtig, Mr. Riley. Ich bin die dumme Kuh mit den Titten, die größer sind als meine Hirnmasse.«

Jemand kicherte. Aus einer Ecke erklang verhaltenes Hüsteln. Rileys Blick senkte sich auf Tinas Busen.

Tina rührte sich nicht. »Wie Sie sich mit eigenen Augen überzeugen können, sprengen die Ausmaße meiner Brust keinesfalls die üblichen Dimensionen. Und was meine grauen Zellen angeht, so kann ich Ihnen versichern, sie sind durchaus zufriedenstellend – um nicht zu sagen hervorragend – entwickelt. Könnte mich jetzt bitte jemand informieren, um was es hier geht?«

Alle redeten durcheinander. Tina hob abwehrend beide Hände. »Bitte zuerst Mr. Riley. Er scheint mir am meisten außer Fassung.«

»Ich gerate nie außer Fassung, Miss …?«

»Cassidy. Hätten Sie bei meinem Einstellungsgespräch nicht durch Abwesenheit geglänzt, Mr. Riley, dann wüßten Sie bereits meinen Namen. Wir hätten gleich die Weichen für unsere zukünftige Zusammenarbeit stellen können und auf diese Weise dieses Fiasko, wie Sie es eben nannten, wahrscheinlich vermieden.« Ein Punkt für mich, fügte sie in Gedanken hinzu.

»Mein Feierabend beginnt pünktlich um vierzehn Uhr, Miss Cassidy«, entgegnete Riley eisig. »Ihr Termin war um vier. Ich habe es nicht für notwendig gehalten, Ihretwegen meine Freizeit zu opfern.«

Tina zuckte die Schultern. »Bitte schön, wenn Sie statt dessen lieber mit Toben und Schimpfen Ihre Zeit vergeuden wollen …« Ihre Stimme klang honigsüß.

»Einen Augenblick, junge Frau …«

»Wenn ich vorhin richtig verstanden habe, dann brennt uns die Zeit unter den Nägeln. Wollen Sie Ihre Sendung in den Kasten bekommen oder nicht? Wo liegen die Schwierigkeiten? Lassen Sie uns die Sache in Ordnung bringen und die Sendung abdrehen. Danach können Sie mich meinetwegen in der Luft zerreißen – wenn wir die Zeit dafür haben.«

Jon Riley wurde bleich. Er wippte ein paarmal auf den Fußballen auf und ab und sah aus, als würde er gleich explodieren. Tina beobachtete ihn gelassen. Schließlich fing er an zu reden, in kurzen abgehackten Sätzen.

»Diese trübe Tasse hier« – er deutete mit sarkastischem Lächeln auf die junge Frau vor sich – »hat meinen Gast – eine ausgeflippte Irre mit pinkfarbenen Haaren übrigens – eine ganze Stunde zu früh bestellt. Die Dame schäumte vor Wut. Verständlicherweise! Sie schrie hysterisch und führte sich auf wie eine Wahnsinnige.«

»Das scheint doch hier nichts Neues zu sein, oder? Jedenfalls hatte ich vorhin den Eindruck, ich betrete ein Irrenhaus«, bemerkte Tina angriffslustig. »Und wo hält sich die besagte Dame jetzt auf?«

Riley warf ihr einen bitterbösen Blick zu. »Wir haben sie eingeschlossen.« Er zuckte die Achseln. »Wir hatten keine andere Wahl. Das Studio war nicht frei, weil die da«, er zeigte wieder auf das verschüchterte junge Mädchen, »vergessen hatte, uns in den Belegungsplan einzutragen.«

Er begann erneut, nervös auf und ab zu gehen. »Und in einer Stunde müssen wir wieder den Platz räumen für die aktuellen Nachrichten. So sieht's aus!« Er blieb vor Tina stehen und reckte herausfordernd sein Kinn. Jetzt zeig mir doch, was für eine Superkanone du bist, sagte sein Ausdruck. Zeig mir, ob du *das* hinkriegst.

Tina hatte den Eindruck, daß er auf einmal äußerst zufrieden wirkte.

Sie bedachte ihn mit einem kühlen Blick. »Wie heißen Sie?« wandte sie sich freundlich an die junge Frau mit den rotgeweinten Augen.

»Whitney«, kam es fast unhörbar von ihren Lippen.

»Whitney Stone, verhätscheltes Töchterlein unseres Verkaufsdirektors. Und mich hat man als Babysitter für sie eingeteilt während ihrer Ausbildungszeit«, ergänzte Riley spöttisch.

»Oh, halten Sie doch einfach die Klappe!« sagte Tina und wirbelte zu ihm herum. Ihre Stimme klang scharf. Der Kameramann pfiff leise durch die Zähne. Das Mädchen verschluckte fast seinen Kaugummi. »Ihr kindisches Benehmen hat das Problem auch nicht gelöst, oder, Mr. Riley?«

Riley öffnete die Lippen, doch noch bevor er ein Wort sagen konnte, wandte sich Tina wieder an Whitney: »Hören Sie auf zu heulen«, sagte sie ruhig. »Mit Tränen lösen wir unser Problem genausowenig. Wir wollen sehen, was sich machen läßt. Ich denke, Mr. Riley könnte jetzt erst einmal eine Tasse Kaffee vertragen. Sind Sie so nett und kümmern sich darum? Anschließend begeben Sie sich bitte in den Kontrollraum und schauen nach, ob ein Aufnahmeleiter und ein Tontechniker frei sind. Wenn nicht, suchen Sie die entsprechenden Herren und erklären ihnen unsere mißliche Lage. Sagen Sie, die Fehlplanung täte mir leid, und ich verbürge mich dafür, daß so etwas in Zukunft nicht mehr vorkommt. Noch Fragen?«

»N… nein, Mrs.… Miss Cassidy.« Die junge Frau rannte aus dem Studio, als wäre sie gerade noch einmal ihrer eigenen Hinrichtung entkommen.

»Sie, Sie und Sie«, wandte sich Tina mit erhobener Stimme an die untätig herumstehende Crew, »Sie tauschen bitte die Kulisse aus, damit wir die Sendung unverzüglich fahren können.«

»Aber das ist Aufgabe der nächsten Schicht. Wir sind für die Nachrichten zuständig.«

Tina sah den Mann nur an, der ihr widersprochen hatte. »Führen Sie meine Anweisungen aus!«

Die Kameramänner tauschten vielsagende Blicke. Der junge Mann, der geschlafen hatte, erhob sich träge und zuckte die Achseln. Die anderen warfen ihr ›Penthouse‹ zur Seite und begaben sich gelangweilt an ihre Plätze.

»Machen Sie Ihre Zigarette aus!« befahl Tina dem Kameramann. »Sie können unmöglich rauchen und gleichzeitig Ihre Kamera bedienen. Überhaupt möchte ich nicht, daß jemand bei der Arbeit raucht! Nehmen Sie das bitte zur Kenntnis.«

Der Mann reagierte nicht. Er sah über Tina hinweg zu Riley. »He, Riley, darf sie das?« fragte er.

»Ich darf«, antwortete Tina scharf. »Und wenn Sie mit meinen Anordnungen nicht einverstanden sind, dann denken Sie an all die vielen Absolventen der Filmakademie, die Ihren Job mit Handkuß übernehmen würden! Das gilt übrigens auch für Sie.« Tina richtete ihren Blick auf das Mädchen, das am Boden hockte. »Behalten Sie Ihren Kaugummi bitte im Mund, sonst muß ich auf Ihre Mitarbeit verzichten. Überlegen Sie sich die Sache und überprüfen Sie inzwischen die Mikrophone für Mr. Riley und seinen Gast und richten sie sie ein.«

Sie drehte sich zu Jon Riley um. »Wer ist übrigens Ihr heutiger Gast?« Tina tat, als bemerkte sie die Wut nicht, die sich in seinen saphirblauen Augen spiegelte.

»Pamela Hunn.«

»Die Designerin?«

Riley nickte.

»Wo finde ich sie?«

Er streckte sein Kinn vor. »Unsere allerliebste Whitney wird Ihnen sicher gern den Weg zeigen.« Die junge Frau kam gerade mit dem Kaffee ins Studio zurück, und sie trug die Tasse vor sich her wie ein Friedensangebot. Natürlich stolperte sie prompt über ein Kabel und verschüttete etwas von dem Kaffee. Riley fluchte vor sich hin, aber immerhin gönnte er dem Mädchen ein brummiges ›Danke‹ und nahm die halbleere Tasse ohne weiteren Kommentar entgegen.

»Ich schlage vor, Sie begeben sich inzwischen zur Maske, Mr. Riley. Ich lasse Ihnen mitteilen, wenn wir bereit sind für die Sendung. Haben Sie Unterlagen über Miss Hunn?«

»Ein paar Notizen.« – »Vielleicht schauen Sie noch mal hinein.«

Damit drehte sie sich um und verließ das Studio; Whitney Stone folgte ihr in ergebenem Eifer.

Auf dem Weg überlegte Tina in aller Eile, was sie über Rileys Interviewpartnerin wußte. Pamela Hunn war Modedesignerin. In den letzten Jahren hatte sie mit ihren Kreationen überwältigende Erfolge errungen. Alle weiblichen TV-Stars der Vormittags-Serien trugen mit wachsender Begeisterung ihre ausgefallenen Kreationen, und Miss Hunns Popularität stieg innerhalb weniger Monate ins Unermeßliche.

Als Tina die Tür öffnete, fand sie sich einer Frau gegenüber, deren Gesicht inzwischen im gleichen lebhaften Pinkton leuchtete wie ihre Haare. Ein Blick aus wasserhellen, ausdruckslosen Augen unter gefurchten Brauen traf sie.

»Ich verlange eine Erklärung für die unfaßbaren Grobheiten, die man sich mir gegenüber hier erlaubt hat«, schimpfte Miss Hunn. »Das hat bisher wirklich noch niemand gewagt. Das ist... das ist eine Unverschämtheit... eine Beleidigung, die ihresgleichen sucht...«

In dem Ton ging es weiter, bis Pamela Hunn plötzlich merkte, daß sie mit jemandem sprach, den sie hier noch nicht gesehen hatte. »Wer sind Sie überhaupt?« fragte sie und unterzog Tina einer Musterung. »Ist das nicht eine Bluse aus meiner Kollektion, die Sie da tragen?« Sie trat näher.

Tina dankte ihrem günstigen Geschick, das sie ausgerechnet heute diese Bluse hatte auswählen lassen. Schon in dem Augenblick, als Riley ihr verraten hatte, wer an diesem Tag sein Gast war, hatte sie gehofft, dies als kleinen Trumpf ausspielen zu können.

»Mein Name ist Cassidy, Tina Cassidy. Und diese Bluse stammt tatsächlich aus Ihrer Kollektion, Miss Hunn. Monatelang habe ich gespart, um mir ein von Ihnen entworfenes Modell leisten zu können. Ich kann Ihnen gar nicht sagen, wie sehr ich diese Bluse liebe.«

Pamela stieß geräuschvoll den Atem aus. »Ein exzellentes Modell, wahrhaftig: edelster Stoff, Superschnitt und der Sitz – märchenhaft. Aber Ihnen steht es besonders gut. Welche Größe tragen Sie? Achtunddreißig? Nein, eher vierzig, schätze ich. Jedenfalls haben Sie Geschmack und Kultur – was man von diesem Show-Rüpel, diesem vielgerühmten Riley wahrlich nicht behaupten kann. Sehen Sie nur, wie der fließende Stoff bei jeder Bewegung mitschwingt – unvergeßlich traumhaft!«

Eine Weile betrachtete sie mit unverhohlenem Stolz ihre Kreation. »Diese Ignoranten! Hätte ich nicht damals darauf bestanden, daß der Schnitt genau nach meinen Angaben ausgeführt wurde, ein lächerliches Prêt-à-porter-Modell wäre dabei herausgekommen. Billige Dutzendware! Wenn man sich nicht um alles selbst kümmert...« Sie seufzte theatralisch. »Aber was erzähle ich Ihnen da? Sicher machen Sie täglich die gleiche Erfahrung.« Sie warf Tina einen kurzen prüfenden Blick zu.

»Übrigens habe ich Sie vorhin gar nicht bemerkt. Sie gehören doch nicht etwa auch zu Rileys Menagerie? Eins müssen Sie nämlich wissen, junge Frau, ich war bereits Gast bei Johnny Carson, ich bin in ›Good morning, America‹ aufgetreten, in ›Sixty Minutes‹, und ich hatte eine Einladung von Merv Griffin. So schäbig wie in Ihrem Laden hat man mich nirgendwo behandelt. Diese Riley-Show ist das letzte vom letzten. Eine ausgesprochene Zumutung für einen anständigen Menschen.«

»Sie haben vollkommen recht, Miss Hunn. Ich bin da ganz und gar Ihrer Meinung. Ehrlich gesagt, wenn ich mir vorstelle, man wäre mit mir in dieser Weise umgesprungen, ich würde auf der Stelle die Sendung schmeißen. Warum wollen Sie diesem Typ einen Gefallen tun? Warum sich nach allem, was vorgefallen ist, auch noch einer kritischen Befragung aussetzen? Haben Sie das nötig? Sie, die Virtuosin unter Amerikas Designern? Dürfen diese Dummköpfe Sie denn behandeln wie eine ... eine gewöhnliche Schauspielerin? Sie sind Künstlerin! Wenn man das hier nicht einmal erkennt ... Nein, diese Banausen haben es wirklich nicht anders verdient.« Tina spielte ihre Empörung täuschend echt. »Soll ich Ihnen ein Taxi rufen?« fragte sie jetzt in verändertem Ton, »oder wartet draußen Ihr Fahrer in der Limousine?«

»Ich ... oh ... ich bin heute selbst gefahren. Von Zeit zu Zeit gönne ich mir diese kleine Abwechslung. Gelegentlich nur, Sie verstehen. Zu meinem Vergnügen.«

»Aber natürlich, das kann ich Ihnen gut nachfühlen. Darf ich Sie nun hinausbegleiten, Miss Hunn? Wir haben Ihre kostbare Zeit schon viel zu lange in Anspruch genommen. Vergessen Sie nicht Ihre Mappe. Sind darin Ihre neuesten Entwürfe? Zu schade.«

Tina warf einen bedauernden Blick auf die großformatige Zeichenmappe, die an der Wand lehnte. »Tausende von Zuschauern werden nun um die Möglichkeit gebracht, Ihre eigenwilligen, großartigen Ideen kennenzulernen. Und wem haben Sie das zu verdanken? Der Unfähigkeit und dem mangelnden Fingerspitzengefühl einiger ungebildeter Schwachköpfe hier im Studio! Dummheit findet sich leider in allen Schichten der Gesellschaft, nicht wahr? Es ist wirklich ein Jammer! Ich könnte wetten, selbst in Kreisen der Modebranche muß man sich damit herumschlagen.«

Forsch ausschreitend geleitete Tina die plötzlich schweigsam gewordene Pamela Hunn durch die schwach beleuchteten verwinkelten Gänge. Sie hoffte nur, daß sie den richtigen Weg eingeschlagen hatte, der auch tatsächlich zum Ausgang führte. Mit Herzklopfen wartete sie, daß ihr Bluff Wirkung zeigte.

»Irre ich mich, oder habe ich kürzlich gelesen, daß Sie demnächst eine Exklusiv-Modenschau in einem der vornehmen Badeorte planen?« fragte sie leutselig.

»Auf der anderen Seite der Golden Gate – morgen.« Pamela lächelte geschmeichelt.

»Wie wundervoll! Vielleicht schaffe ich es ja, auch zu kommen. Ich hoffe, Sie werden nicht enttäuscht sein.«

Pamela Hunn blieb abrupt stehen. »Wieso soll ich enttäuscht sein? Alle Welt drängt sich nach meinen Modellen. Die Leute sind ganz wild darauf. Sie wollen mich und meine Mode bestaunen.«

Tina lächelte verstohlen. »Nun, Miss Hunn, ›Riley in the Morning‹ hat höchste Einschaltquoten, ein Millionenpublikum ... Aber keine Sorge.« Sie tätschelte Pamelas mageren Oberarm. »Es werden sich wahrscheinlich immer noch genügend Frauen für Ihre Modenschau begeistern, schließlich gibt es ja noch genug andere Medien, die für Ihre Publicity sorgen.«

»Aber ...«

»Und an den Gerüchten über Rachel Lamiel ist mit Sicherheit kein einziges wahres Wort. Sie hatte wahrscheinlich triftige Gründe, warum sie sich geweigert hat, in einer der regionalen TV-Shows aufzutreten. Die Leute reden halt immer viel ...«

»Rachel Lamiel? Sie ist nicht aufgetreten ... Und was sagt man?«

»Oh, ich bitte Sie«, flüsterte Tina verschwörerisch. »Ich möchte nicht indiskret sein.«

»Ich verrate niemandem ein Sterbenswörtchen«, versicherte Pamela hastig. »Was erzählt man sich über Rachel?« Ihre Nasenflügel bebten vor Erregung.

Tina sah sich betont auffällig nach allen Seiten um, dann neigte sie sich zu Pamela und flüsterte: »Man sagt, ihre Entwürfe wären einfallslos und ohne Niveau, und sie wäre ängstlich bedacht, daß nur ja nichts davon an die Öffentlichkeit dringt, bevor nicht alle Karten für ihre Modenschau restlos verkauft sind.«

Sie richtete sich wieder auf. »Aber, wie gesagt, ich glaube nicht an diese Gerüchte. Rachel Lamiel wird ihre Gründe gehabt haben. Hätte sie sonst auf diese wirksame Werbung verzichtet?«

Sie blickte Pamela von der Seite an. Hoffentlich hatte ihr schauspielerisches Talent ausgereicht, um genügend glaubwürdig zu wirken.

»Nun haben wir Ihre Zeit aber wirklich weit über Gebühr in Anspruch genommen, Miss Hunn. Ich bitte nochmals um Entschuldigung für unseren Irrtum und all die Unannehmlichkeiten, die Ihnen daraus erwachsen sind. Ich hoffe, Sie tragen uns unsere Fehler nicht nach.« Tina öffnete die schwere Doppeltür, die nach draußen führte.

»Warten Sie.« Pamela schluckte und befeuchtete nervös mit der Zungenspitze ihre Lippen. »Die Bluse steht Ihnen wirklich ganz ausgezeichnet.«

»Danke schön.«

»Eine hellere Farbe – Fuchsia vielleicht – würde allerdings noch besser mit Ihrer Haut und Ihrer Haarfarbe harmonieren.«

»Finden Sie?« Tina blickte zweifelnd an sich herab. »Ja, ich glaube, Sie haben recht. Es ist immer schwierig, den eigenen Typ zu beurteilen.«

Pamela nickte. »Wie war doch noch Ihr Name, meine Liebe?«

»Tina. Tina Cassidy.«

»Tina, ach ja. Hören Sie zu, Tina, ich finde Sie ganz reizend. Ihnen zuliebe habe ich mich nun doch trotz allem dazu durchgerungen, dieses läppische kleine Interview über mich ergehen zu lassen.«

Tina drückte beide Hände gegen ihr Herz. »O Miss Hunn«, rief sie mit unverhohlener Freude, »ich bin sprachlos. Sie sind wirklich zu gütig. Mit Ihrer Liebenswürdigkeit und Nachsicht beschämen Sie uns zutiefst.«

»Bitte, bitte. Keine Ursache.« Pamela Hunn hob abwehrend die Hände. »In meinem Geschäft darf man nicht zimperlich sein. Manchen Leuten fehlt einfach die Sensibilität im Umgang mit Künstlern. Aber ich will nicht nachtragend sein ...«

Alle Köpfe fuhren herum, als Tina die Tür zum Studio öffnete und die Designerin eintreten ließ. »Whitney, würden Sie bitte Miss Hunn eine Tasse Kaffee bringen? – Nehmen Sie Sahne oder Zucker?«

»Weder das eine noch das andere, meine Liebe. Wir müssen schließlich auf unsere Figur achten, nicht wahr?« Sie schenkte Tina ein strahlendes Lächeln. Die Crew schaute verblüfft drein.

»So, würden Sie jetzt bitte hier auf dem Sofa Platz nehmen, Miss Hunn?« Tina warf dem Kaugummi kauenden Mädchen einen warnenden Blick zu. »Seien Sie vorsichtig, wenn Sie gleich das Mikro anbringen. Miss Hunns Bluse ist aus reiner Seide!« Die Designerin lächelte geschmeichelt und bemerkte nicht Tinas spöttisches Augenzwinkern.

Tina hatte das Gefühl, in dieser knappen halben Stunde auf ihrem neuen Posten die Erfahrung von Jahren dazugewonnen zu haben. Immerhin, Pamela Hunn saß im Studio, die Crew hatte alles zur Aufnahme vorbereitet, und Aufnahmedirektor und Tontechniker warteten im Kontrollraum auf ihren Einsatz. Fehlte nur noch Riley.

»Wie haben Sie das bloß geschafft?« fragte Whitney voller Bewunderung, als sie Tina den Weg zu Rileys Garderobe zeigte. »Mich hat sie keines Blickes gewürdigt.«

»Ich habe ihr ein paar Streicheleinheiten verpaßt«, erwiderte Tina leichthin.

Whitney starrte sie verständnislos an.

»Ich habe ihr geschmeichelt, ihr angeknackstes Selbstwertgefühl wieder aufgerichtet.«

»Toll.«

»Danke. Leider ist meine Aufgabe damit noch nicht erledigt. Mr. Riley ist der nächste dicke Brocken. Ich bin neugierig, ob seine Stimmung sich inzwischen gebessert hat.«

Tina klopfte entschlossen an die Tür und öffnete sie, ohne erst ein ›Herein‹ abzuwarten. »Wir sind soweit«, verkündete sie in sachlichem Ton.

Jon Riley stand vor dem Spiegel. Um seinen Hals hing ein Handtuch, in der linken Hand hielt er ein Töpfchen Make-up, in der rechten ein Schwämmchen. Auf dem Schminktuch standen sein Kaffee und ein Schälchen mit Wasser. Stirnrunzelnd betrachtete er Tinas Spiegelbild.

»Lassen Sie uns eins bitte gleich klarstellen, Miss … Wie war doch noch Ihr Name?«

»Cassidy.«

»Cassidy, okay.« Er drehte sich um zu ihr. »*Ich* mache hier die Show. Sonst niemand. Das heute war ein Notfall, eine Ausnahme. Ich habe Ihnen einige Dinge durchgehen lassen im Interesse der Sendung, aber glauben Sie deshalb nicht, Sie könnten in Zukunft auf ähnliche Weise mit mir oder meinen Leuten umspringen. Habe ich mich deutlich genug ausgedrückt?«

Ohne den Blick von ihr zu wenden, befeuchtete er das Schwämmchen, tauchte es in das Make-up und betupfte sich damit den Nasenrücken. Anschließend stäubte er mit einem weichen Pinsel hautfarbenen Puder auf Stirn, Nasenspitze, Wangen und Kinn, damit nachher unter dem grellen heißen Scheinwerferlicht seine Haut nicht so glänzte.

»Wir starten in genau zwei Minuten, Mr. Riley«, sagte Tina unbeeindruckt. »Wenn Sie nicht rechtzeitig zur Verfügung stehen, sehe ich mich gezwungen, beim Programmdirektor formell Beschwerde einzulegen. Übrigens haben Sie

Ihr Make-up-Schwämmchen gerade in Ihre Kaffeetasse getaucht.«

Sie verließ den Raum, noch bevor sich Riley von seiner Verblüffung erholen konnte. Mit etwas gemischten Gefühlen sah sie dann seinem Auftritt im Studio entgegen. Doch in dem Moment, wo Scheinwerfer und Kameras sich auf ihn richteten, kehrte er den abgebrühten Profi hervor. Nichts bemerkte man mehr von seiner Verärgerung, die er beim Betreten des Studios noch deutlich genug zur Schau getragen hatte. Voller Hochachtung beobachtete ihn Tina.

Riley sprühte förmlich vor Charme. Seine Stimme, angenehm tief und einschmeichelnd, enthielt haargenau die Portion Vertraulichkeit, mit der er die Herzen der Weiblichkeit im ganzen Land stets aufs neue eroberte. Und angenommen, er lauschte wirklich nicht begierig jedem Wort Pamelas, angenommen, sein Interesse an ihren Entwürfen wäre wirklich nicht ernstgemeint, dann war er ein Meister der Verstellung, ein Schauspieler allerersten Ranges.

Sobald die Show abgedreht war und man Miss Hunn verabschiedet hatte, setzte Tina eine Dienstbesprechung für den gesamten Mitarbeiterstab an. Der anfängliche Widerstand und die mürrische Ablehnung bei einigen Mitgliedern der Crew hatten sich gelegt. Tinas energische Art, die Dinge anzupacken, und die Weise, wie sie die Krise vor der Sendung gemeistert hatte, nötigte allen Mitarbeitern Achtung, wenn nicht gar wohlwollende Bewunderung ab.

Während der Besprechung legte Tina einen Katalog von Wünschen, Regeln und Bestimmungen für die Zusammenarbeit vor. Und sie ließ keinen Zweifel daran, daß sie auf die strikte Einhaltung ihrer Anweisungen den größten Wert legte.

»Jeder von Ihnen ist ersetzbar.« Sie lächelte verbindlich, dennoch verbarg sich hinter ihren Worten eine unmißverständliche Drohung. »›Riley in the Morning‹ hat zur Zeit die zweithöchsten Einschaltquoten. Ich möchte, daß wir in

Kürze zur Nummer eins aufsteigen – und diesen Platz halten. Wer nicht bereit ist zur Zusammenarbeit, sollte die Gelegenheit nutzen und sofort aussteigen. Ich möchte ausdrücklich betonen, daß nichts mich davon abhalten wird, mein Ziel zu erreichen.« Sie sah zu Riley hinüber. »Sie, Mr. Riley, möchte ich bitte gleich unter vier Augen sprechen, in Ihrer Garderobe, schlage ich vor.«

Tina erhob sich und ließ eine ungewohnt nachdenkliche, schweigsame Crew zurück. Ihre Absätze klapperten laut auf dem Betonboden. Vor der Tür zu Rileys Garderobe blieb sie stehen und wartete. Nur Sekunden später erschien auch Riley.

Er öffnete ihr die Tür und machte eine tiefe Verbeugung. »Gnädigste.«

Tina trat ein. Riley folgte ihr. Er ließ sich auf sein Sofa fallen und lockerte seine Krawatte. Tina blieb in der Mitte des Raumes stehen. Wortlos musterte Riley sie. »Ja?« fragte er herablassend.

»Jeden Morgen nach der Aufnahme wird Whitney Ihnen eine Mappe mit Notizen und Informationen über Ihren nächsten Gesprächspartner hereinreichen. Ich möchte Ihnen dringend anraten, sich bis zum nächsten Tag mit dem nötigen Hintergrundwissen zu versehen. Ach, und noch etwas, unangemessene Temperamentsausbrüche von Ihrer Seite werde ich in Zukunft nicht dulden.«

»So? Werden Sie nicht?«

»Nein. Und hören Sie auf, die arme Whitney derart in Angst und Schrecken zu versetzen.«

»Warum? Die dumme Kuh ist doch daran gewöhnt.«

»Aus irgendwelchen unerfindlichen Gründen, die mir ehrlich gesagt unbegreiflich sind, betet das arme Mädchen Sie an. Und ich lasse nicht noch einmal zu, daß Sie sie in einer derart beleidigenden Weise abkanzeln. Ich würde noch nicht einmal zulassen, daß Sie einen Hund auf diese Art und Weise behandeln.«

»Sieh an. Sie läßt es nicht zu«, spottete Riley. »Wann sind Sie gestern nacht zu Bett gegangen?« fragte Tina ihn.

»Bitte?«

»Sie haben mich sehr gut verstanden.«

Riley starrte sie sekundenlang an. Dann hob er die Brauen.

»Was wollen Sie wissen? Wann ich ins Bett gegangen bin, oder wann ich mich schlafen gelegt habe?« fragte er anzüglich.

Tina seufzte. »Was Sie in Ihrem Bett treiben, Mr. Riley, interessiert mich nun wahrlich überhaupt nicht, glauben Sie mir das.«

»Ach, wirklich nicht? Weshalb fragen Sie dann?«

»Nun, Sie sehen aus wie eine wandelnde Leiche.« Sie wurde durch seinen verdutzten Gesichtsausdruck mehr als belohnt.

Offensichtlich war er es nicht gewöhnt, daß man etwas anderes als Lob über sein Aussehen äußerte.

Sie zuckte die Achseln. »Tut mir leid, aber Sie zwingen mich, so deutlich zu werden.«

Riley sah sie an. Er schluckte. Sein Mund öffnete und schloß sich wieder.

»In Zukunft möchte ich Sie ausgeschlafen vor der Kamera sehen. Und keinen Alkohol mehr am Abend, das gibt geschwollene Lider.«

Jon Riley setzte sich auf. »Was zum Teufel ...«

»Und falls Sie zu Tränensäcken neigen, kühlen Sie morgens nach dem Aufstehen mindestens fünfzehn Minuten lang Ihr Gesicht mit Eis.«

»Soll ich Ihnen mal was sagen, wo Sie sich Ihr Eis hinstecken können? Sie ...«

»Das wäre wohl vorerst alles. Danke, Mr. Riley.« Tina wandte sich zum Gehen und schlug ihr Notizbuch zu.

»Nicht ganz.« Er sprang auf und packte sie derb an den Schultern.

»Lassen Sie mich los, Sie…« – Riley verzog die Lippen zu einem Grinsen. »›Sie Prolet‹ wollten Sie doch sagen, stimmt's?«

»Lassen Sie mich endlich los, Mr. Riley, sonst…«

Da begann er plötzlich zu lachen. Er legte den Kopf in den Nacken, und es dauerte eine ganze Weile, bis er sich wieder beruhigte. Seine Augen funkelten immer noch belustigt, als er begann, Tina zu mustern. Er betrachtete sie von Kopf bis Fuß, und zum erstenmal sah er sie bewußt: ihre kurzen blonden Locken, die leicht geschwungenen Brauen über großen aquamarinblauen Augen, mit denen sie ihn wütend anfunkelte, darunter eine Stupsnase und volle rote Lippen. Lippen, die zum Küssen verlockten. Ein Grübchen in der Mitte ihres Kinns verlieh ihrem Gesicht einen liebenswert frechen Ausdruck, der so gut zu ihrem Auftreten paßte.

Insgesamt war Riley sehr angetan, ja angenehm überrascht. Seine neue Mitarbeiterin konnte sich sehen lassen. Sie schien ihr Handwerk zu verstehen, war intelligent, sexy und temperamentvoll. Und hätte er es sich nicht zur eisernen Regel gemacht, Beruf und Privatleben streng voneinander zu trennen, es hätte ihn schon gereizt, sie zu verführen.

»Sehr ansprechend.«

Riley nickte anerkennend.

»Wirklich nett, Miss Cassidy. Ein Bündel hochexplosives Dynamit, verpackt in attraktive Weiblichkeit. Die Arbeit mit Ihnen könnte sich durchaus interessant gestalten.«

Tina entwand sich seinem Griff, und sie wußte, daß ihr das nur gelungen war, weil er es zugelassen hatte. Dann ging sie eilig zur Tür.

»Bis morgen früh, Mr. Riley.«

»Aber selbstverständlich, Miss Cassidy. Nicht um alles in der Welt würde ich eine Verabredung mit Ihnen verpassen wollen.« Er verbeugte sich tief.

Noch bis auf den Gang hinaus klang sein hässliches Lachen ihr hinterher.

Sie fing an zu laufen.

Immer schneller.

Ihr Herz klopfte wild, ihr Puls jagte, und ihr Atem ging stoßweise.

Wie gehetzt rannte sie die Korridore entlang dem Ausgang zu.

Sie hatte nur noch den einen Gedanken: Sie mußte fort, weit fort von ihm – von Jon Riley.

3

»Du träumst ja, Tina. Wach auf!»

»Ja? Oh, es tut mir leid. Ich war...«

»Weit weg. Es ist uns nicht verborgen geblieben. Unsere Gastgeberin hängt ihren Tagträumen nach – mitten im dicksten Getümmel.« Die Umstehenden lachten. »Was hältst du davon, wenn wir unserem Boß jetzt sein Geburtstagsgeschenk bringen?«

»Keine schlechte Idee«, murmelte Tina, die Mühe hatte, sich in der Gegenwart wieder zurechtzufinden. »Ich flitze mal eben zu Stewart und frage ihn, ob er die Torte fertig hat.«

Im Vorbeigehen warf sie Riley einen Blick zu. Er stand hinter der Bar, verteilte gleichmäßig Drinks und sein Lächeln, aber er ließ sie dabei nicht eine Sekunde aus den Augen. Tina ahnte, daß er ganz genau wußte, woran sie gerade gedacht hatte.

In der Küche steckte Stewart bereits die Kerzen auf. »Ich glaube, es ist allmählich Zeit für den Kuchen«, sagte Tina.

»Höchste Zeit«, bemerkte Stewart säuerlich. Er setzte die Torte auf einen Teewagen, zündete die Kerzen an und hielt die Schwingtür auf. Tina rollte das Tischchen ins Eßzimmer. Bewundernde »Ahs« und »Ohs« ertönten, und alle Gäste klatschten Beifall.

»Happy Birthday«, erschallte im Chor – eine Schneise bildete sich, durch die man Abel Winn vor sich her schob, damit er die Kerzen ausblies, was er auch mit einem einzigen kräftigen Pusten schaffte.

Gelassen nahm er anschließend die vielen herzlichen Gratulationen entgegen und lachte gutmütig über die zahlreichen teils nicht sehr geschmackvollen Witze über Männer, die in die Jahre kommen.

Danach hielt er eine kurze Dankesrede und schloß mit den Worten: »Ich möchte mich bei allen bedanken, die heute abend gekommen sind, um hier mit mir zu feiern. Mein ganz besonderer Dank aber gilt unserer reizenden, unvergleichlichen Gastgeberin.« Er zog Tina an sich und küßte sie liebevoll auf beide Wangen.

Unter dem Beifall aller Anwesenden schnitt sie den Kuchen an und reichte Abel das erste Stück. Stewart versorgte die übrigen Gäste.

Abel zog Tina auf die Seite und strebte mit ihr einem ruhigen Eckchen zu. Er stellte seinen Kuchenteller auf einem Beistelltisch ab und sah Tina an.

»Mein Dank an Sie war nicht nur eine Höflichkeitsfloskel, Tina«, sagte er leise. »Sie haben sich wirklich unwahrscheinlich viel Mühe gemacht meinetwegen.«

Sie lächelte. »Danke, Abel«, erwiderte sie lebhaft. »Ich habe es wirklich gern getan.« Sie bemerkte, daß Riley sie über die Entfernung hinweg beobachtete. Wie ertappt wandte sie ihren Blick ab.

»Ich weiß, eigentlich ist jetzt weder die rechte Zeit noch der rechte Ort, um über berufliche Dinge zu sprechen, aber ...«

»Nein, Abel, wirklich nicht«, fiel Tina ihm hastig ins Wort. Aus den Augenwinkeln bemerkte sie, daß Riley hinter der Bar hervorkam und sich einen Weg auf sie zu bahnte.

»Bitte, Tina, nur noch ein kurzes Wort. Bevor Sie mir morgen Ihre endgültige Entscheidung mitteilen, möchte ich Ihnen eine allerletzte Entscheidungshilfe an die Hand geben: Achtzigtausend im Jahr – das ist unser Angebot. Na, was halten Sie davon?«

»Der helle Wahnsinn!»

Wie ein lauerndes Raubtier stand Riley plötzlich hinter Abel.

»Vielleicht ist unser Angebot tatsächlich ein klein wenig übertrieben«, sagte Abel lachend. »Aber wenn es mir gelingen sollte, Sie auf diese Weise zu verführen... Ich würde keinen Augenblick den hohen Einsatz bereuen.«

»Sie sind wirklich sehr großzügig, Abel. Ihr Angebot klingt verlockend. Aber eine Entscheidung fällt mir schwer, ich hoffe, Sie verstehen das.« Tina sah über Abel hinweg Riley ins Gesicht. Was fiel ihm ein, ihr Gespräch zu belauschen! Besaß er so wenig Taktgefühl? Warum verschwand er nicht? Sie hatte eine Entscheidung zu treffen, die ihr Leben veränderte, und ausgerechnet in diesem Moment mußte er wiederauftauchen! Warum? Aufregungen hatte sie auch ohnehin schon genug, und Ablenkung durch ihn konnte sie gerade jetzt nicht gebrauchen.

»Im zweiten Jahr bekommen Sie eine angemessene Gehaltserhöhung, dazu eine Beteiligung von einigen Prozent. Ihre gesamten Umzugs- und Reisekosten übernimmt selbstverständlich unsere Gesellschaft.«

»Ach, Abel, ich weiß nicht... Hier meine Zelte abzubrechen und nach Los Angeles überzusiedeln, das fiele mir unendlich schwer.«

Abel Winn runzelte nachdenklich die Stirn. »Ich möchte, daß Sie sich wohl fühlen. Unsere Gesellschaft besitzt dort unten einige Wohnhäuser direkt am Meer. Ich könnte solch ein Häuschen für Sie anmieten.« Erwartungsvoll sah er sie an.

»Bitte, Abel, lassen wir das Thema. Ich möchte mich jetzt noch nicht festlegen.«

»Nehmen Sie mir's bitte nicht übel, Tina. Morgen brauche ich Ihre Entscheidung, und ich nutze natürlich jede sich bietende Gelegenheit, um Ihnen den Wechsel nach L. A. so schmackhaft zu machen, daß Sie einfach nicht länger widerstehen können. Heute abend ist meine letzte Chance.«

»Glauben Sie mir, Abel, wenn ich ablehne, dann bestimmt nicht, weil mir Ihr Angebot nicht lohnend erschiene. Die Aufgabe reizt mich – sehr sogar. Aber ...« Sie zuckte die Achseln.

Abel sah sie stumm an. Enttäuschung malte sich in seiner Miene. »Ich gebe trotzdem die Hoffnung nicht auf, auch wenn ich begriffen habe, daß Sie eine integre Frau sind, die sich nicht kaufen läßt. Über Geld zu reden, macht Sie nervös.«

Was Tina wirklich nervös machte, war der boshafte Ausdruck auf Rileys Gesicht, und als Abel nun merkte, daß sie durch irgend etwas hinter ihm abgelenkt wurde, drehte er sich um. »Oh, Mr. Riley, ich hatte Sie gar nicht bemerkt.« Er lächelte höflich, aber kühl.

»Ich habe gerade versucht, Tina zu einem Wechsel in ihren Karrieremöglichkeiten zu überreden. Es war nicht sehr clever von Ihnen, sie gehen zu lassen – aber das wissen Sie sicher selbst.«

Abel Winn lächelte den Mann, der ihn so drohend anschaute, freundlich an, doch das Lächeln erreichte seine Augen nicht.

Die Atmosphäre zwischen den beiden Männern war gespannt. Jeder schien den anderen wachsam zu belauern.

»Ich glaube, einige Gäste möchten sich verabschieden. Wir sollten zu ihnen gehen«, sagte Abel schließlich. Ohne auf ihre Antwort zu warten, nahm er ihren Arm und führte sie davon. Ihr blieb keine Wahl, schließlich hatte sie ihren Gästen gegenüber Pflichten.

Aber sie fühlte sich unbehaglich, wenn sie daran dachte, daß sie Riley einfach hatte stehenlassen. Als hätte sie ihn im Stich gelassen. Dann jedoch ärgerte dieses Gefühl sie.

Was ging es sie an, was Riley dachte? Sie hatte ihn vor Monaten verlassen, und in all der Zeit hatte er nicht einmal versucht, Kontakt zu ihr aufzunehmen. Bis zu dem heutigen Abend schien er ihre Trennung gleichgültig hingenommen zu haben.

Er war draußen – raus aus ihrem Leben und ihren Gefühlen. Und sie hoffte, daß er da auch blieb!

Riley schaute dem Paar mit finsterem Blick hinterher.

»Und Sie überdenken noch einmal alles in Ruhe?« bat Abel, als er sich eine knappe halbe Stunde später auch verabschiedete. Alle außer Stewart und dessen Mitarbeiter waren fort. Tina und Abel standen allein an der Tür.

»Ganz bestimmt.«

»Und morgen bekomme ich Ihre Antwort?«

»Ja.«

Er ergriff Tinas Hände. »Sie werden mir die Antwort geben, die ich mir erhoffe«, sagte er im Ton eines Mannes, der daran gewöhnt ist, stets das zu bekommen, was er haben will.

»Gute Nacht, Tina. Es war eine herrliche Party.« Er küßte sie erneut auf die Wange, und Tina fühlte sich plötzlich unbehaglich. Sie wußte, hätte sie ihm auch nur die leichteste Ermunterung gezeigt, wäre sein Kuß nicht so väterlich geblieben. Sie mochte Abel und seine herzliche, offene Art, aber sie wollte ihre Beziehung unverbindlich halten.

Nicht noch einmal wollte sie Beruf und Privatleben miteinander verbinden, nicht noch einmal alle Höhen und Tiefen des Erfolgs oder Mißerfolgs eines Mannes miterleben und seine wechselnden Stimmungen ertragen müssen.

»Gute Nacht, Abel.« Sie schloß leise die Tür hinter ihrem letzten Gast. Müde lehnte sie sich gegen die Wand. Ihre Blicke wanderten durch den leeren Raum. Wo war Riley geblieben?

Tina lief in die Küche. Die Tür zur Terrasse stand weit offen. Stewart und seine Leute luden das mitgebrachte Geschirr, ihre Töpfe, Tiegel und Pfannen und Bestecke in einen Kleinlastwagen, der in der Zufahrt parkte. »Haben Sie irgendwo Mr. …«

»Diesen Typ von der Bar?« unterbrach Stewart sie. »Ihren Mann? Nein. Er muß sich still und heimlich verdrückt haben. Wir sind alle zutiefst betrübt. Bart ist geradezu geknickt.«

»Deprimiert«, murmelte Bart im Vorbeigehen, und schaute hinter einem Stapel Kartons, die er mit beiden Händen trug, grinsend hervor.

Die bissigen Bemerkungen ärgerten Tina. Nervös trat sie ans Fenster und sah in die Nacht hinaus. Was hatte sie erwartet? War sie enttäuscht, daß Riley ohne Abschied fortgegangen war? Sie schüttelte unmerklich den Kopf.

Nein. Sie sehnte sich nur nach Stille und Entspannung. Als Stewart ihr seine Rechnung vorlegte, schrieb sie ihm eilig einen Scheck aus.

»Den Lohn für den Barkeeper habe ich nicht abgezogen. Nehmen Sie sich den Betrag als Ihr Trinkgeld.«

»Oh, besten Dank. Sie sind mehr als großzügig. Für weitere Dienste stehe ich Ihnen jederzeit gern zur Verfügung.« Er tätschelte vertraulich Tinas Arm. »Ich wünsche eine gute Nacht, Miss Cassidy.«

Sie schloß hinter ihm die Tür ab. Ihr Blick fiel auf die Berge schmutzigen Geschirrs, die sich in und neben der Spüle stapelten. Stewarts Lohn hatte das Spülen ihres eigenen Geschirrs nicht umfaßt.

Sie seufzte. Die Küche war ein einziges Chaos, und sie wußte aus Erfahrung, daß sie keine Ruhe finden würde, bevor sie nicht einigermaßen Ordnung gemacht hatte.

Aber erst wollte sie sich umziehen. Sie schleppte sich die Treppe hinauf und betrat ihr Schlafzimmer.

»Nein!« Abrupt erstarrte Tina in ihrer Bewegung. Auf dem Bett lag lang ausgestreckt Riley. Er ließ die Zeitschrift sinken, in der er geblättert hatte.

»Sind alle weg?«

»Was tust du noch hier?«

»Ich ruhe mich aus. Schließlich bin ich stundenlang unermüdlich auf den Beinen gewesen.«

»Du weißt ganz genau, was ich meine«, sagte sie ärgerlich. »Ich will wissen, was du hier zu suchen hast. Hier, in meinem Schlafzimmer. Ich dachte, du wärst längst nach Hause gegangen.«

»Nach Hause?« Er lachte auf und warf die Illustrierte zur Seite. »Ich habe kein Zuhause. Ich habe ein Haus – ein Haus, das einmal ein Zuhause für mich war... als dort meine Frau mit mir lebte.«

Tina wandte sich ab. Ihr Blick fiel in den Spiegel, und sie fuhr sich mit den Händen durch die Haare. »Ich bin müde«, sagte sie tonlos und streifte die Schuhe von ihren brennenden Füßen.

»Dann leg dich hin. Komm her.« Riley rückte ein wenig zur Seite. Sie blickte im Spiegel zu ihm hin. Sein Angebot war verführerisch – aber wer begab sich schon freiwillig in Gefahr?

»Ich kann mich bremsen.«

Er lachte. »Warum? Weil du dich daran erinnerst, wieviel Spaß wir immer miteinander hatten, wenn wir von Parties kamen?«

»Ich erinnere mich an nichts«, antwortete Tina unwirsch. Und ob sie sich erinnerte! Aber wenn sie jetzt schwach wurde, wenn sie sich jetzt zu ihm legte, dann war es um sie geschehen. Sie würde ihm wieder mit Haut und Haaren verfallen, und alles finge von vorne an. Alles. Und sie würde es nicht noch einmal durchstehen, sich von ihm zu trennen. Vor sieben Monaten hatte sie den entscheidenden Schritt getan, und es hatte sie fast umgebracht. Seither hatte sie gelitten. Tage und Wochen hatte sie gegen ihren Schmerz angekämpft. Vergeblich. Ihre Kräfte waren aufgezehrt, ihre Nerven zum Zerreißen gespannt.

»Oh, doch, du erinnerst dich sogar sehr gut. Deshalb traust du dich auch nicht in meine Nähe, du Angsthase. Oder hast du etwa dem Sex neuerdings abgeschworen?« Er lachte leise. »Ach nein, das kann ich mir nicht vorstellen, dazu hattest du immer viel zuviel Spaß daran...« Er schwieg einen Moment. »Komisch, daß es immer nach Parties so besonders schön war. Vielleicht, weil man dann entspannt ist und gute Laune hat...«

»Warum läßt du mich nicht in Ruhe, Riley? Warum gehst du nicht endlich? Ich bin todmüde und erschöpft. Warum quälst du mich? Ich will nicht mit dir schlafen und auch nicht mit dir reden.«

»Besitzt du eigentlich noch diesen Strumpfgürtel aus schwarzer Spitze, der mir immer so sehr an dir gefiel?«

Tina wirbelte herum. Das Blut stieg ihr in die Wangen. »Nein.« Er konnte doch nicht durch den Stoff ihres Kleides sehen, oder?

Er lächelte verschmitzt. »Du lügst. Du hast ihn heute abend an.«

»Habe ich nicht.«

»Davon würde ich mich gern mit eigenen Augen überzeugen.«

»Was fällt dir ein!«

Riley lachte amüsiert, und Tina hatte Mühe, ihr Lächeln zu verbergen. Eilig verschwand sie im Badezimmer.

»Was tust du da?« rief er hinter ihr her.

»Ich ziehe mich um.«

»Findest du das nicht albern?«

»Was? Daß ich mir jetzt etwas anderes anziehe?«

»Nein. Aber daß du dich schamhaft vor mir versteckst, ist zum Lachen. Jeder Millimeter deines nackten Körpers ist mir vertraut, ich kenne jede winzige Sommersprosse auf deiner warmen, weichen Haut. Ich könnte jede Einzelheit beschreiben.«

Tina streifte ihr Kleid von den Schultern und ließ es zu Boden gleiten. Verträumt lächelnd sah sie an sich herab und löste die Haken ihres schwarzen spitzenverzierten Strumpfgürtels. Es hatte Riley immer erregt, wenn sie ihn trug – dabei war er auch so ein ausgesprochen leidenschaftlicher

Mann. Sie errötete, als sie durch die geschlossene Tür hindurch Rileys Stimme vernahm.

»Ich wette, du trägst auch den passenden Slip aus schwarzer Spitze.«

Tina schob das hauchdünne Fetzchen Stoff an ihren Beinen herunter bis zu den Fersen und stieg aus dem Höschen. »Nein!«

»Ich sehe dich förmlich vor mir stehen mit den mattglänzenden, glatten schwarzen Nylonstrümpfen an deinen langen, schlanken Beinen. Wundervoll«, schwärmte Riley.

Tina rollte ihre Strümpfe hastig und ohne alle Vorsicht an den Beinen hinab und zog sie aus. Dann stand sie nackt da und schimpfte mit sich selbst, daß sie dieses dumme Spielchen mit ihm spielte. Mit fahrigen Bewegungen zerrte sie einen Slip, alte Jeans und ein Sweat-Shirt aus dem Schrank, zog sich wieder an, schlüpfte in bequeme Mokassins und wagte sich zurück ins Schlafzimmer.

»Entzückend«, murmelte Riley spöttisch.

»Du kannst ja gehen, wenn dir mein Aufzug nicht gefällt«, bemerkte sie spitz und strebte der Tür zu.

Er sprang aus dem Bett. Mit einem Satz hatte er Tina erreicht und hielt sie am Hosenboden fest. Sie schrie auf und versuchte vergeblich, ihn abzuwenden. Doch Riley ließ nicht los. Er zerrte sie zum Bett, warf sie auf den Rücken und drückte sie mit seinem ganzen Gewicht auf die Kissen hinab. Mit triumphierendem Lächeln betrachtete er sie.

»Laß mich.«

»Oh, da ist es ja wieder – dieses gefährliche Glitzern in deinen schönen Augen, wenn du dich in die Enge getrieben fühlst. Und doch liebst du dieses Spielchen mit dem Feuer. O Tina, ich werde deine Glut anfachen, bis in dir ein helloderndes Feuer brennt. Und dann werde ich es löschen ...«

»Jetzt wirst du unfein.«

»Das hat dich nie gestört.« Er strich mit dem Zeigefinger

über ihre Rippen. Die zarte Berührung kitzelte. Tina konnte ein Kichern nicht unterdrücken.

»Hör auf, Riley«, japste sie. »Hör sofort auf!«

»Sag schön bitte.«

»Okay. Bitte. Bitte...«

Tatsächlich hörte er auf, sie zu kitzeln, aber dafür glitt seine Hand unter das weite Sweat-Shirt, und er streichelte nun Tinas weichen Bauch. »Ich wette, du trägst unter deiner Jeans noch das schwarze Spitzenhöschen.«

»Die Wette verlierst du.«

»Um was wettest du?«

»Was schlägst du vor?«

»Einen... Kuß?«

Riley nickte. »Gut, einverstanden.«

»Na? Nun bist du an der Reihe.« Tina lächelte siegesgewiß. Doch ihr Lächeln erstarb, als Riley sich über sie beugte und ihr ernst, fast feierlich in die Augen schaute. Sie atmete rascher. Riley zog den Reißverschluß ihrer Jeans auf und schob den dicken Stoff auseinander. Ein zartblauer knappsitzender Seidenslip kam zum Vorschein, und er war nicht minder reizvoll als der erhoffte schwarze. Riley atmete schwer.

Er spürte, wie die Erregung ihn überkam – heiß und heftig. Er streckte seine Hand aus und berührte mit den Fingerspitzen den glatten Stoff. Seine Berührung war so zart, so unendlich behutsam, daß Tina ein Schauer überrann. Sie schloß die Augen.

»Ich habe die Wette gewonnen«, flüsterte sie scheu.

»Ja. Und ich habe verloren. Ich bin verloren. O Tina!« Er schob seine Hand in ihren Slip, strich über das lockige Haargekräusel zwischen ihren Schenkeln, suchte seinen Weg in die glatte feuchte Wärme. Tina stöhnte leise. Das alles war ihr so vertraut. Erinnerungen kamen hoch. Erinnerungen an wundervolle Stunden, Stunden der Liebe und Leidenschaft. Verlangen stieg in ihr auf. Unwillkürlich streichelte sie Rileys Schultern, seinen Nacken. Ihre Hände vergruben sich in seinen dichten Haarschopf, und sie stöhnte auf, als seine Lippen über ihren Bauch glitten.

Mit jeder Faser ihres Körpers sehnte sie sich nach Rileys Umarmung, doch ihr Verstand behielt die Oberhand. »Nein, Riley, nein«, versuchte sie ihn abzuwehren.

»Doch, Tina, doch.«

»Nein...« Sie stöhnte auf. Ärger, Resignation und Erregung mischten sich in ihrer Stimme. Ihre Gefühle lagen in seltsamem Widerstreit, sie schwankten zwischen heftigem Begehren und striktester Ablehnung. »Nein!« rief sie mit letzter Kraft, als er sie auf jene Art liebkoste, von der er wußte, daß es sie in höchste Erregung versetzte.

Riley schaute sie fragend an. »Nein? Warum nein? Du willst mich doch.«

»Nein.«

Er lachte. »Du mußt dich nicht schämen, wenn du mit mir schlafen möchtest. Du bist schließlich meine Frau.«

»Nicht mehr.«

»Offiziell schon. Ich habe keine Scheidungspapiere unterschrieben.«

»Natürlich, offiziell sind wir noch Mann und Frau, ein Ehepaar, aber...«

»Hör zu, Tina. Du bist gegangen. Ich habe dich nicht daran gehindert. Ich habe dir Raum gegeben, Zeit, Abstand, Freiheit – wie immer du es nennen willst. Aber ich frage dich, Tina, wie lange soll dein Spielchen noch weitergehen?«

»Das ist kein Spiel, Riley.«

»Du weigerst dich also, mit mir...?«

»Ja.«

Er zog seine Hand zurück und rollte sich zur Seite, blieb auf dem Rücken liegen und bedeckte beide Augen mit den Händen. Eine Weile lag er reglos, nur seine Brust hob und senkte sich unter seinen schnellen heftigen Atemzügen. Er war immer noch erregt.

Tina betrachtete ihn wehmütig. Ihr Blick glitt von seinem Gesicht über die breiten Schultern und den muskulösen Brustkorb hinab zu den schmalen Hüften, die seine enge Jeans wie eine zweite Haut umspannte.

Sie wandte sich ab. Sie fürchtete, sich zu verraten. Es stimmte ja nicht, daß sie nicht mit ihm ins Bett wollte. Ganz im Gegenteil, sie war verrückt nach ihm. Sie wollte mit ihm schlafen, bei ihm liegen, ihn wieder in sich spüren, ihm nah sein – so nah ... Zum Teufel mit ihrem dummen Stolz! Tina streckte ihre Hand aus.

Doch in diesem Moment setzte Riley sich auf. Er ließ die Hände sinken.

»Ich sehe es ein, es ist kein Spiel«, sagte er ruhig. »Sieben Monate sind eine zu lange Zeit für ein Spiel. Welche Gründe du auch immer gehabt haben magst, dir ist es ernst.«

»Sehr ernst, Riley. Dich zu verlassen war keine Laune von mir.« Tina richtete sich auf, schloß den Reißverschluß an der Jeans. Dann sah sie Riley bedrückt an. Er berührte mit dem Handrücken ihre Wange. Lange sah er ihr in die Augen. Dann lächelte er traurig. »Komm, laß uns unten aufräumen.«

Sie erhob sich und ergriff seine ausgestreckte Hand. »Ich möchte, daß du jetzt gehst.«

»Noch nicht.«

»Bitte.« Tina hatte gemerkt, wie schnell ihr künstlicher Schutzwall aus kühler Ablehnung einzustürzen drohte. Sicher vor ihm – und vor sich selbst – war sie nur, wenn sie Riley auf Abstand hielt. Deshalb hatte sie ihre Trennung auch so plötzlich und gründlich vollzogen.

»Warum? Erwartest du Abel Winn heute nacht?« fragte er.

»Ich habe dir gesagt, daß zwischen Abel und mir nichts ist. Genügt dir das nicht?« Heftig befreite sie ihre Hand aus seinem Griff.

»Ich habe gesehen, wie ihr euch umarmt habt.« – »Und? Was ist dabei?«

»Geküßt hat er dich auch. Mindestens ein halbes dutzendmal.«

»Meine Güte! Er hat mich ein paarmal auf die Wange geküßt. Ja. Aus freundschaftlicher Zuneigung und zum Dank. Willst du ihm das verbieten?«

»Jawohl, das will ich.« Riley entleerte einen Aschenbecher in den Mülleimer. Er knallte den Deckel zu. »Ich dulde es nicht, daß andere Männer meine Frau küssen und sie begrapschen, verdammt noch mal. Und mir ist dabei völlig egal, aus welchem Grund sie es tun, mögen sie ihre Zudringlichkeiten nun als Zuneigung, Freundschaft, Wertschätzung oder sonstwie tarnen.«

»Daß ausgerechnet du das sagst, ist wirklich zum Lachen.«

»Was soll das heißen?« Er begab sich an die Bar und belud ein Tablett mit schmutzigen Gläsern, während Tina gebrauchte Papierservietten und Pappuntersetzer in eine Mülltüte sammelte.

»Das heißt, daß du niemals Hemmungen hattest, die Frauen anderer Männer zu küssen. Ich kann mich jedenfalls nicht erinnern, daß du jemals den Kuß einer Verehrerin abgelehnt hättest.«

»Fans gehören zu meinem Job. Und in gewisser Weise bin ich ihnen verpflichtet.«

»O ja. Und du genießt hemmungslos das Bad in der Menge, das willst du doch wohl nicht leugnen?«

»Moment mal!« Er schnippte mit den Fingern. »Ist das etwa der Grund?« Er schaute Tina ungläubig an.

»Der Grund? Wofür?«

»Für dein Verschwinden. Du hast gesehen, wie irgend so ein aufgedonnertes Gänschen sich mir an den Hals geworfen hat: Ich habe es geküßt – und du bist prompt ausgezogen?«

»Mach dich doch nicht lächerlich, Riley«, antwortete sie, ärgerlich darüber, daß er sie für so kleinlich hielt. »Meinst du, unsere Ehe hätte fünfzehn lange Monate überdauert, wenn Eifersucht mich aus dem Haus getrieben hätte? Wenn das der Grund gewesen wäre, dann hätte ich dich bereits nach einer Woche verlassen müssen.« Tina drehte sich um und marschierte in die Küche. Riley folgte ihr schweigend.

»Hast du Hunger?« wechselte sie das Thema. »Ich schätze, zum Essen hattest du wenig Zeit und Gelegenheit.«

»Hier und da habe ich mir ein Häppchen gegönnt, im Vorbeigehen sozusagen. Aber ich könnte jetzt wirklich was vertragen.« Er öffnete die Kühlschranktür und musterte den Inhalt. »Übrigens hast du dich noch nicht bei mir bedankt, daß ich dir so selbstlos aus der Patsche geholfen habe.«

Tina hob den Kopf. »Danke, Riley«, sagte sie leise.

»So ist es recht. Also gibt es doch noch etwas, wo du meine Hilfe zu schätzen weißt.« Er lächelte gönnerhaft und warf ihr eine Kußhand zu. »Ich hab's gern getan, ehrlich. Und Spaß hat es mir außerdem gemacht. Schade nur, daß die Party zu Ehren von Abel Winn stattfand, ich hätte mir einen netteren Anlaß gewünscht.«

Er nahm sich ein Schinken-Sandwich und biß mit Appetit hinein. »Es hat mir gar nicht gefallen, wie Winn sich an dich rangemacht hat«, brummte er mit vollem Mund. »Und was war das eigentlich für ein endloses Gerede von Umzugskosten, Hausmiete und so weiter? Was für einen Job bietet er dir an?«

»Einen sehr guten«, erwiderte sie ehrlich. »Hast du die Shrimps schon probiert? Köstlich.« Sie steckte sich einen in den Mund.

»Was für einen Job, Tina?« wiederholte er hartnäckig. Er wollte sich nicht von ihr ablenken lassen.

»Ich soll ›Front Page‹ produzieren.« Sie wich Rileys Blick aus.

Er legte sein Sandwich aus der Hand, trat ans Fenster und sah hinaus. Ihm war plötzlich der Appetit vergangen. Vor dem mondhellen Nachthimmel hob sich die Skyline ab – dunkel und majestätisch. Es war ein wunderbarer Augenblick, doch diesmal hatte Riley kein Auge dafür. Er schob die Hände tief in die Hosentaschen und stieß einen leisen Pfiff aus. »Das Angebot ist wirklich lohnend. Ein Super-Job!«

»Ich habe bisher nicht zugesagt«, bemerkte Tina beiläufig. Sie wußte selbst nicht warum, aber plötzlich hatte sie das Gefühl, ihn beschützen zu müssen.

»Warum nicht?« fragte er und drehte sich wieder zu ihr herum.

»Ich überlege noch.«

»Was gibt es da viel zu überlegen? Auf seitenlangen Berichten haben alle Fachzeitschriften ›Front Page‹ ausführlich vorgestellt. Tina, das wird die heißeste Sache seit der ›Tonight Show‹!«

»Aber bis dahin ist noch ein langer, mühsamer Weg. Noch existiert die ganze Sache nur auf dem Reißbrett und in den Köpfen des Planungsteams. Weder ist das Konzept bisher verbindlich ausgearbeitet, noch hat man die Zuständigkeiten verteilt oder sich um geeignete Mitarbeiter bemüht.« Sie ließ das einfließen, damit er nicht glaubte, man hätte ihn bei der Auswahl geeigneter Kandidaten nicht berücksichtigt.

»Alles hängt noch in der Schwebe. Vor Anfang des nächsten Jahres läuft die erste Show nicht über den Bildschirm, meint Abel. Wochenlang vorher starten wir natürlich massive Werbekampagnen in allen Medien. Trotzdem gibt es keine Garantie für einen Erfolg.«

»Pah, die TV-Anstalten werden sich um die Show reißen. Winn steckt seine Millionen nicht in einen Flop. Ehrlich, Tina, ich verstehe nicht, wieso du da noch zögerst.« Er sah sie scharf an. »Wenn er dich unbedingt als Produzentin haben will ...«

»Er hat auch andere in Betracht gezogen. Zum Beispiel jemanden aus Hollywood.«

»Sag mir endlich, warum du noch zögerst!« wiederholte er.

»Ich... ich mag meinen jetzigen Job«, wich Tina aus.

»Du klammerst dich an dieser mickrigen Radiosendung fest? Das darf ja nicht wahr sein!« meinte er ungläubig.

»Meine Sendung ist überhaupt nicht mickrig!«

»Gemessen an deinen Fähigkeiten ist sie ein billiger Dreck, etwas, das du ohne Anstrengung mit links erledigst. Mach dir doch nichts vor. Jeder Student, der ein Semester Psychologie gehört hat, könnte diesen Job übernehmen. Du weißt, daß du Klassen besser bist. Und daß du ins Fernsehen gehörst. Warum also hältst du Winn unnötig lange hin? Willst du deinen Preis in die Höhe treiben?«

»Um Gottes willen!« Tina sah Riley erschrocken an. »Für wen hältst du mich?«

»Dann verstehe ich es nicht«, sagte er und schüttelte den Kopf.

Sie fuhr sich mit der Zunge über ihre Lippen. »Einmal müßte ich umziehen, nach L. A. Und ich liebe mein San Francisco, wie du weißt.«

»Im Grunde meinst du, daß du mehr hier verlassen müßtest, als nur eine Stadt.«

Tina nickte. »Ja, ich müßte meine Eltern hier zurücklassen...« Sie holte ein sauberes Küchentuch aus dem Schrank.

»Und mich, nicht wahr?« Er sah sie mit einem Blick an, daß es ihr eiskalt den Rücken herunterlief. »Wolltest du dich etwa klammheimlich vor mir davonmachen? In einer Nacht-und-Nebel-Aktion sozusagen?«

»Nein, Riley, ich...« Sie schluckte. »Ich wollte dich um... um die Scheidung bitten.«

Es war totenstill in der Küche. Tina wagte nicht, sich zu

rühren. Mit ängstlich hochgezogenen Schultern stand sie da und starrte ihn an.

»Sieh an. Du hast also nur aus einem einzigen Grund bis jetzt an unserer Ehe festgehalten? Du hast ein lukratives Angebot abgewartet!« Rileys Stimme klang hart und spröde.

Sie senkte betroffen den Kopf. Seine Worte taten ihr weh. Aber konnte sie sie ihm übelnehmen? War seine Schlußfolgerung so abwegig? Nein, im Grunde dachte er nur logisch.

Was sollte sie jetzt tun? Ihm sagen, daß sie hauptsächlich seinetwegen ihre Entscheidung immer wieder hinausgezögert hatte? Daß sie sich vor dem endgültigen, unwiderstehlichen Bruch mit ihm fürchtete? Unmöglich. Das ging nicht.

Sieben Monate lebte sie nun von Riley getrennt, doch sie wohnten in derselben Stadt, noch immer war sie mit ihm verheiratet, trug seinen Namen – und noch immer liebte sie ihn. Wenn sie nach L. A. ging, mußte sie sich für ein klares Nein entscheiden, dann wurde eine Scheidung notwendig.

»Das sind zwei verschiedene Schuhe, Riley. Die eine Sache hat nichts zu tun mit der anderen, ich schwöre es dir.«

Riley kam langsam näher. Dicht vor ihr blieb er stehen, sah sie prüfend an. Warum gab sie ihm keinen Hinweis, warum sie fortgegangen war? Es war ein Rätsel, das er bis jetzt nicht hatte lösen können.

»Warum hast du mich verlassen, Tina?« Er wischte mit seinen Fingern behutsam die Tränen von ihren Wangen. »Warum? Wenn es so unerträglich für dich war, mit mir verheiratet und meine Frau zu sein, warum hast du dann nicht sofort deine Freiheit verlangt?« Er nahm ihr Gesicht in beide Hände und hob es an, so daß sie ihn anschauen mußte. »Warum, Tina?«

»Ich weiß es nicht«, flüsterte sie. »Es gibt keinen Grund, und es gibt gleichzeitig tausend Gründe. In meinem Kopf geht alles durcheinander.«

Er zog sie an sich, hauchte ihr einen Kuß auf die Stirn und

schloß die Augen, weil es gleichzeitig schön war, sie zu halten, und so schmerzhaft, sie nicht haben zu können. »Du willst gar keine Scheidung, Tina«, murmelte er. »Du willst mich nicht los sein, genausowenig, wie ich dich los haben will.«

Riley schob sie ein Stückchen von sich fort. »Und ich bin sicher, dich interessiert der Job in L.A. nicht die Bohne, sonst würdest du dir diese Riesenchance nicht entgehen lassen.«

»Meinst du etwa, ich wäre der Aufgabe nicht gewachsen?«

Er lächelte. »Wie sollte ich? Glaubst du, ich hätte vergessen, wie du ›Riley in the Morning‹ wieder auf Touren gebracht hast?«

Tina gab sein Lächeln nachdenklich zurück. O ja, sie hatte damals die Herausforderung angenommen, und ihr Einsatz hatte sich gelohnt. Bereits nach drei Monaten zeigten sich die ersten Erfolge, Früchte ihrer konsequenten Arbeit. Die Einschaltquoten lagen deutlich im Aufwärtstrend. Zwar erreichten sie noch nicht die erhoffte Höhe, die die Show an die erste Stelle katapultieren würde, aber sie waren auf dem besten Wege dahin. In Kürze würden sie die Konkurrenz überrunden.

Angesichts der erfreulichen Ergebnisse spendierte Tina ihren Mitarbeitern einen Kaffee, dann bat sie alle zu einer Besprechung. Aber danach gönnte sie weder sich noch der Crew eine Verschnaufpause.

Wie ein Sklaventreiber peitschte sie ihre Untergebenen zu Höchstleistungen, doch die gesamte Crew stand geschlossen hinter ihr.

Ohne Murren tat jeder seine Arbeit. Sie hatte die Leute motiviert. Jeder wußte, wofür er sich abrackerte; jeder kannte das Ziel; jeder hatte wie Tina den Wunsch, es zu erreichen, auch wenn er sich dabei manchmal bis an den Rand der Erschöpfung ausgeben mußte. Sie hatte es verstanden, jeden einzelnen bei seinem persönlichen Ehrgeiz zu packen.

Vielleicht war das etwas, was sie von ihrem Vater gelernt hatte – einem Admiral bei der Navy, der zuletzt in San Francisco stationiert gewesen war.

Den Cassidys hatte diese lebhafte, tolerante Stadt so gut gefallen, daß sie beschlossen hatten, auch nach Admiral Cassidys Pensionierung dort zu bleiben. Und nachdem Tina als Kind immer wieder hatte umziehen müssen, hatte sie es genossen, die letzten drei Jahre vor ihrem Schulabschluß an einem Ort bleiben zu können.

Die Leute, die mit ihr zusammenarbeiteten, wußten wenig mehr von ihr, als daß sie ein Energiebündel war, das ihnen mit seinem Hang zum Perfektionismus so manches Mal auf die Nerven ging. Doch wenn es um Neuerungen ging, so ging ihr der Ideenvorrat nie aus, und sie alle profitierten davon.

Eines Tages versammelte sie wieder einmal die Crew um sich. »Unsere Show bewegt sich für meinen Geschmack zu sehr in ausgefahrenen Geleisen«, sagte sie. »Wir müssen frischen Wind in die Sache bringen. Ich schlage vor, wir schieben ab sofort in regelmäßigen Abständen – einmal pro Woche vielleicht – eine Live-Übertragung ein. Wir drehen an Original-Schauplätzen und vor Publikum.« Sie schaute erwartungsvoll in die Runde.

»Wie?«

»Live?«

»Mit Publikum?«

»Warum denn nicht?«

»Das haben wir noch nie gemacht.«

»Ein Grund mehr, einen Versuch zu wagen«, verteidigte Tina ihr Vorhaben. »Warum sollten wir nicht schaffen, was die anderen längst erfolgreich hinbekommen? Angenommen, ich regele sämtliche Formalitäten, sorge dafür, daß Kameras und technische Geräte jeweils an Ort und Stelle einsatzbereit sind, und schaffe Ihnen bestmögliche Arbeitsbedingungen, würden Sie dann mitziehen? Kann ich auf Sie rechnen unter diesen Voraussetzungen?«

Einige blickten zwar noch ein wenig skeptisch, doch alle nickten. Der Funke war übergesprungen. Tinas Begeisterung riß alle mit. Selbst die letzten Zweifler und vorsichtigen Zauderer ließen sich anstecken.

»Und Sie, Mr. Riley?«

Er zuckte die Achseln. »Jemandem, der eine ausgeflippte Lady mit pinkfarbenem Haarschopf dazu bringt, ihm aus der Hand zu fressen, traue ich alles zu.« Er grinste.

Die ersten Wochen ihrer Zusammenarbeit waren ein ständiger Machtkampf gewesen. Riley hatte Tina argwöhnisch belauert und sie mit finsteren Blicken beobachtet – Tina hatte förmlich durch ihn hindurchgesehen. Er hatte geflucht und getobt – sie hatte sich taub gestellt. Er hatte sie angeschrien – sie hatte zurückgeschrien. Manchmal nahm ihr Streit geradezu beängstigende Formen an. Aber schließlich ging Tina als Siegerin daraus hervor.

Sie beherrschte ihr Fach, und Riley versagte ihr nicht länger seine Anerkennung. Fortan herrschte eine Art Waffenstillstand zwischen ihnen: Sie begegneten sich mit kühlem Respekt, und ihre Gespräche führten sie sachlich und professionell.

Der Erfolg von Tinas neuem Konzept war überwältigend. Mit einem derart positiven Echo der Zuschauer hatte sie in ihren kühnsten Träumen nicht gerechnet. Sie konnte sich an den wechselnden Drehorten kaum retten vor den begeisterten Zuschauern. Im Studio erwartete sie säckeweise Post, und von früh bis spät erreichten sie Anrufe von Menschen, die ihr Lob und Anerkennung zollten.

Während der Live-Sendungen stand nur halb soviel Personal zur Verfügung wie im Studio, deshalb mußte jeder notgedrungen mehrere Aufgaben übernehmen. Tina kümmerte sich um Riley. Sie beriet ihn bei der Auswahl seiner

Garderobe, half ihm beim Schminken, schrieb ihm gelegentlich das Drehbuch und unterstützte ihn auch sonst nach allen Kräften.

»Tina?«

»Hmm?« Tina befestigte in aller Eile das Mikrophon an seiner Krawatte. In wenigen Minuten würden sie auf Sendung sein. Alle anderen waren schon auf ihren Plätzen. Nur Tina war noch einmal aufgesprungen, weil das Mikro ihrer Meinung nach nicht richtig saß.

»Unser Boß würde Ihnen den Hintern versohlen, wenn er Sie bei dieser Tätigkeit erwischte.«

»Hoffen wir, daß mich niemand bei ihm verpetzt.«

Riley nickte. »Es wäre wirklich ein Jammer, solch ein hübsches Hinterteil verdient eine liebevollere Behandlung.«

Tina nahm seine Bemerkung gelassen hin. Solche Anzüglichkeiten war sie gewohnt. Es lohnte nicht, sich darüber aufzuregen. »So, das Mikro sitzt«, stellte sie zufrieden fest.

»Schade. Lassen Sie sich ruhig Zeit. Ihre Fingerspitzen in meinen Brusthaaren – nun ja, das ist schon ein angenehm prickelndes Gefühl.«

Tina starrte ihn erschrocken an. *Diese* Bemerkung hatte sie aus ihrer Gelassenheit gerissen.

Tina blickte auf, und ein Alarmsignal schrillte in ihr los, als sie merkte, wie nah sein Gesicht vor ihrem war. Und ihre Finger berührten tatsächlich seine Brusthaare. Sie hatte unter die Knopfleiste seines Hemdes gegriffen, um die Schnur des Mikrofons so gut wie möglich zu verbergen.

Nervös fuhr sie sich mit der Zunge über die trockenen Lippen, und sie wurde noch nervöser, als sie merkte, wie er sie dabei beobachtete.

»Fertig.« Ihre Stimme klang seltsam belebt, als sie das sagte, und sie zog schnell ihre Hand zurück.

»Lunch?«

»Bitte?«

»Lunch? Wir beide zusammen. Heute? Nach der Sendung?« Er sah sie an.

»Ja. Nein! Nein, ich glaube nicht.«

»Dann Abendessen?« Er lächelte gewinnend. Jungenhaft. Tina vernahm einen sehnsüchtigen Seufzer aus der ersten Zuschauerreihe. Das konnte nur eine Frau gewesen sein, eine, die sein Lächeln gesehen hatte. Und zu ihrer Überraschung fühlte Tina die gleiche Reaktion. Ihre Knie waren plötzlich so schwach; überhaupt hatte sie das Gefühl, sie müßte dahinschmelzen ...

»Bestimmt nicht«, sagte sie hastig.

»Wie wär's mit Frühstück?« Riley ließ nicht locker.

»Ich frühstücke niemals außer Haus«, antwortete Tina.

»Ich auch nicht.« Er lachte leise. Sie fühlte, wie ihre Knie nachgaben. Rileys Blick ließ keinen Zweifel, wie die Einladung zum Frühstück gemeint war.

»He, Tina!« rief der erste Kameramann. »Wir haben Ihren süßen Arsch auf der Linse, Baby. Wenn Sie den als Vorspann haben wollen – okay, kein Problem. Wenn nicht, dann sollten Sie schnellstens verschwinden. Und zwar innerhalb der nächsten dreißig Sekunden! Ich fang' jetzt an zu zählen ...«

Tina drehte sich um und rannte wie gehetzt an ihren Platz, froh, der zwingenden Macht von Rileys Blick, seiner tiefen, verführerischen Stimme, seinen leisen Einflüsterungen zu entfliehen. Am meisten zu schaffen machte ihr allerdings ihre eigene unerwartete Schwäche, ihre Empfänglichkeit für seine leisen Worte, ihr Herzklopfen und ihre Verwirrung. Ermattet schloß sie für einen Augenblick die Augen.

In den letzten Wochen hatte sie gespürt, wie zwischen ihr und Riley ein Verständnis erwuchs, das keiner Worte bedurfte. Sie arbeiteten Hand in Hand, und allmählich entwickelte sich daraus eine Art vorsichtiger Freundschaft.

Gelegentlich, wenn sich Tina unbeobachtet fühlte, hatte

sie Riley mit den Augen einer Frau betrachtet, und sie mußte zugeben, er war nicht nur ungewöhnlich attraktiv und sexy, er war außerdem charmant und geistvoll. Welcher Frau gefiele solch ein Mann nicht?

Und trotzdem, sie würde nicht auf sein Angebot eingehen. Nie und nimmer. Sie konnte und sie durfte nicht!

Wider alle Vernunft hoffte sie nach der Sendung, daß er dieses Gespräch mit ihr fortsetzen würde. Sie würde keiner Verabredung mit ihm zustimmen, natürlich nicht, aber es war nett zu wissen, daß er hinter ihr her war.

Die Sendung verlief ohne Pannen. Riley agierte professionell wie immer, die Crew arbeitete verläßlich, und das Publikum verhielt sich diszipliniert.

Sobald die Kameras ausgeschaltet waren, stürmten die Fans die Bühne. Im Nu scharte sich ein dichter Kreis von Verehrerinnen um Riley. Doch er stand wie ein Fels in der Brandung, lächelte und schrieb Autogramme. Eine besonders hartnäckige Verehrerin versuchte, einen Kuß von ihm zu ergattern. Riley jedoch lachte nur und ließ sie gewähren.

Plötzlich ertrug Tina den Anblick nicht länger. Angewidert wandte sie sich ab.

»Tina?«

»Was ist?« Eine unerklärliche Wut hatte sie gepackt. Whitney Stone erschrak und wich zurück. »Whitney!« Tina öffnete ihre geballten Fäuste. »Entschuldigen Sie, Whitney. Was gibt es denn?«

»Ich wollte Ihnen sagen, daß wir alle uns zu einem kleinen Imbiß treffen, sowie wir aufgeräumt und die Geräte verladen haben. Zur Feier des Tages will uns Daddy offensichtlich einen Drink spendieren. Sie kommen doch?«

Tina nickte. Sie ließ sich den Namen des Restaurants nennen und nickte abermals. »Bis später also, Whitney.«

Doch sie ging nicht hin. Sie erfand für sich selbst mehr oder minder glaubwürdige Ausreden, schob unerledigte Arbeit vor, dringende Telefonate, Briefe.

Dabei wußte sie genau, warum sie sich absonderte. Sie war wütend, so wütend, daß sie hätte an die Decke gehen können. Doch was sie eigentlich so sehr aus der Fassung brachte, konnte sie beim besten Willen nicht sagen. Oder doch?

O ja, sie durchschaute sehr wohl, was sich da in ihrem Innern abspielte. Eifersüchtig war sie! Eifersüchtig auf jede Frau, die Riley schöne Augen machte. Und es gab Tausende…

Tina schüttelte den Kopf. Hatte sie es nötig, sich lächerlich zu machen, indem sie sich ebenfalls in die unübersehbare Menge seiner weiblichen Bewunderer einreihte? Mit aller Kraft wehrte sie sich gegen diese demütigende Vorstellung. Mißmutig vertiefte sie sich in die eingegangene Post.

Es verbesserte ihre Laune auch nicht, als Riley, ohne anzuklopfen, in ihr Büro stürmte. Hinter ihm fiel krachend die Tür ins Schloß. »Wo sind Sie gewesen?« wollte er wissen.

Tina sprang aus ihrem Sessel auf. Sie reckte angriffslustig ihr Kinn vor. »Wenn Sie Fragen haben zu unserer nächsten Sendung, Mr. Riley…«

»Warum, zum Teufel, sind Sie nicht erschienen? Die Stone, diese Schlafmütze, behauptet steif und fest, sie hätte Ihnen Bescheid gesagt.«

»Sie hat. Ich hatte aber keine Lust. Die Teilnahme war doch wohl nicht befohlen, oder?« Sie schob die Schreibtischschublade so heftig zu, daß es knallte. »Mist«, schimpfte sie und betrachtete ihren abgebrochenen Fingernagel.

»Warum?«

»Ich wollte nicht.«

»Aber ich wollte, daß Sie dabei sind.« Er sah sie angriffslustig an.

»Pah, ich bezweifle, daß Sie meine Abwesenheit überhaupt bemerkt haben. Mit Sicherheit haben Ihre Verehrerinnen Sie keine Sekunde aus ihren Klauen gelassen.«

Riley starrte sie einen Moment ungläubig an. Dann schlug er sich mit der flachen Hand gegen die Stirn. »Mein Gott«, stöhnte er, »sie ist eifersüchtig.«

»Was?« schrie Tina auf. »Eifersüchtig? Ich?« Ihre Augen verengten sich zu schmalen Schlitzen. »Sie... Sie verblendeter, eingebildeter, überheblicher Hornochse. Sie wollte ich nicht einmal geschenkt...«

Mit sanftem Druck schob Riley sie gegen die Wand. »Treiben Sie das Spiel nicht zu weit, Tina, ich warne Sie! Ich könnte ernst machen...« Er schob seine Hüften nach vorn, und Tina spürte, wie erregt er war. Der Atem stockte ihr. Sie konnte nicht ausweichen. Riley preßte sie gegen die Wand. Tina wand sich wie eine Schlange. »Nein«, flüsterte sie atemlos.

»Ja.« Er schob sich noch dichter an sie. »Sie sind die erste Frau, die mich in einer Weise verrückt macht, mich ärgert, wütend macht, ja zur Weißglut treibt, wie ich es nie zuvor erlebt habe. Und ausgerechnet mir Pechvogel muß diese verwirrendste, atemberaubendste« – er senkte die Stimme – »und aufregendste Person über den Weg laufen. O Tina... verdammt noch mal...«

Er beugte sich nach vorn. Ihre Lippen berührten sich. Tina wehrte sich wie eine Wildkatze, sie wand und drehte sich, sie kratzte und schlug verbissen um sich.

Vergeblich. Riley war stärker. Er wollte das, was er sich schon so lange wünschte. Seine Lippen streiften Tinas Wangen, berührten ihren Mund, preßten sich auf ihn. Seine Zunge glitt spielerisch über ihre Lippen, schob sich dazwischen drang ein in ihren Mund.

Tinas heftiger Widerstand erlahmte. Ihre Arme sanken kraftlos zur Seite. Ihr Protest klang leiser und leiser, verstummte schließlich. Ein leises Stöhnen drang tief aus ihrer Kehle. Tina wußte, daß sie besiegt worden war.

Als sie aufhörte, gegen ihn zu kämpfen, hob Riley die Hände und umfaßte ihren Kopf. Leicht bog er ihn nach hinten.

Rileys Kuß war zärtlich und leidenschaftlich zugleich. Seine Zunge vollführte einen erregenden Tanz in Tinas Mund. Tina seufzte auf und schloß die Augen. Sie schwebte, fühlte sich davongetragen, befreit von Raum und Zeit.

Sie küßten sich eine Ewigkeit.

Nur zögernd löste sich Riley von ihr.

Er wirkte genauso verwirrt wie Tina.

»Verdammt, Tina«, flüsterte er heiser, »was hast du mit mir angestellt? Was ist mit mir – was ist mit uns – geschehen?«

4

Über der Spüle tropfte der Wasserhahn. Das Geräusch der aufklatschenden Tropfen klang wie ein Knall durch die Stille.

»Unser erster Kuß hat auf mich gewirkt wie Rauschgift. Seither bin ich süchtig«, raunte Riley Tina ins Ohr.

Er wußte, daß auch sie sich daran erinnert hatte, selbst wenn sie es nicht zugeben wollte. »Niemals zuvor schien mir ein Kuß so köstlich, so süß und vielversprechend... Ich konnte auf einmal gar nicht genug von dir bekommen.«

»Bitte, Riley, hör auf mit den alten Geschichten«, flüsterte Tina, die merkte, wie ihr Widerstand dahinschwand.

Wenn er nur nicht so gut reden könnte. Er wählte seine Worte sorgfältig und stimmte mit Bedacht Tonfall und Lautstärke auf den Sinn oder die beabsichtigte Wirkung ab. O ja, er war ein Meister auf diesem Gebiet, ein Meister der Verführung und Worte. Nicht von ungefähr beherrschte er seit Jahren als ungekrönter König der Talk-Master das vormittägliche TV-Programm. Sein weibliches Publikum konnte ihm einfach nicht widerstehen.

Aber hier lief keine Studio-Show, kein unverbindliches, heiteres Unterhaltungsprogramm, das hier war live, war die Wirklichkeit.

»Warum wärmst du die alte Geschichte wieder auf? Erinnerungen bringen uns nicht weiter.« Tina schob Riley zur Seite und räumte das schmutzige Geschirr in die Spüle.

»Feigling.«

Tina drehte das heiße Wasser an. Dampf stieg auf und hüllte sie ein. »Ich bin kein Feigling. Ich habe keine Angst vor dir, Riley, und damals hatte ich auch keine.«

Er lachte leise. »Vor mir nicht. Nein. Aber du hattest Angst vor dir selber. Angst vor deinen Gefühlen, deinem Verlangen ... vor dem, was du in deinem Innern spürst. Hier.« Sein Mittelfinger glitt von Tinas Hals über ihre Brust und Taille hinab bis kurz unter den Bauchnabel.

Sie schlug ihm auf die Hand. »Ich habe dich damals im Büro stehenlassen.«

»Ja. Gerannt bist du wie ein aufgescheuchtes Kaninchen.«

»Vielleicht erinnerst du dich mal, wie es wirklich war: Man hat mich zum Programmdirektor gerufen.« Tina drückte heftig auf die Spülmittelflasche. Die cremige Flüssigkeit spritzte in breitem Strahl in das heiße Wasser.

»Ich habe ganz bestimmt nicht vergessen, was geschah. Unsere liebe Whitney Stone klopfte genau in dem Augenblick, als ich deine Brust umfaßte, an die Tür. Das habe ich ihr übrigens nie verziehen«, fügte er trocken hinzu.

»Und ich habe dem Himmel gedankt für diese Rettung in letzter Minute. Ich weiß bis heute nicht, was damals über mich kam.«

»Ohne diese dumme Unterbrechung hättest du es aber bald erfahren.« Riley grinste.

Tina hatte das Gefühl, die Luft zum Atmen würde ihr knapp. Ihr war heiß und kalt zugleich. »Im Büro? Niemals. Soweit hätten wir uns nicht hinreißen lassen. Du nicht, und ich auch nicht.«

Er stapelte das Geschirr, das sie vorgespült hatte, in den Geschirrspüler und lachte leise. »Tina, mein Schatz, was bist du doch für ein harmloses Lämmchen. Glaub mir, wäre Whitney nicht gerade im entscheidenden Moment hereingeplatzt, du wärst nicht ungeschoren davongekommen. Wir hätten uns geliebt. Dort im Büro. Ich wollte dich, mußte dich haben. Auf der Stelle. Ich hatte nur den einen Gedanken. Alles andere war mir in diesem Augenblick egal. Alle Vernunft, jeglicher gesunde Menschenverstand waren in mir ausgeschaltet – von der Sekunde an, als ich dich berührt hatte.«

Er drehte sich um. Tina sah die ungestillte Leidenschaft in seinem Blick. Sie ließ die Arme sinken und atmete schwer.

»Ich war so ärgerlich, daß du nicht zu unserer kleinen Feier erschienen warst, daß ich dir glatt den Hals hätte umdrehen können. Aber als ich dann vor dir stand und dich anschaute, da wollte ich dich nur noch küssen. Ich mußte dich küssen, ich stand wie unter einem inneren Zwang. Der Himmel hätte über uns zusammenstürzen können, es hätte mich nicht abgehalten.«

Tina wandte den Blick von ihm ab, aber ihre Ohren konnte sie nicht vor seinen Worten verschließen. Als er weitersprach, waren seine Worte wie eine Liebkosung. »Ich wußte mit einemmal, daß ich dich liebte. Unser erster Kuß war wie eine Offenbarung.«

Er trat einen Schritt von ihr weg, und auf einmal konnte sie wieder freier atmen, aber dennoch klopfte ihr das Herz bis in den Hals hinauf. Oh, sie durchschaute Riley. Er spielte mit ihren Gefühlen. Er versuchte, sie zu erweichen, indem er süße Erinnerungen in ihr weckte. Aber mußte sie sich das gefallen lassen? Nach sieben Monaten war ihm plötzlich eingefallen, daß er sie brauchte. Was sollte sie davon halten? Was blieb ihr, wenn sie ihm wieder nachgab? Sobald sein Ego wieder aufgerichtet und gestärkt war, würde es wieder das gleiche sein. Stand sie dann nicht wieder genau dort, wo sie vor sieben Monaten begonnen hatte?

»Du hast dein Sandwich nicht aufgegessen«, sagte sie in der Hoffnung, ihn ablenken zu können.

»Das hat Zeit«, antwortete er kurzangebunden. Er hockte auf einem Küchenschemel, stützte seine Füße auf die unterste Sprosse und starrte geistesabwesend vor sich auf den Boden.

»Ich glaube, dir ging es damals genau wie mir«, sagte er nachdenklich. Er hob den Kopf und sah sie an. »Unser allerersterKuß hat auch in dir etwas ausgelöst. Auch du hast gespürt, daß du mich liebst. Es hat uns erwischt, alle beide.«

Tina preßte ihre Lippen aufeinander. Ihre Ablenkungstaktik hatte nicht funktioniert, weil dieser Mann stur in eine Richtung dachte. Okay, wenn er über die Vergangenheit reden konnte, ohne daß ihm das Kummer machte, warum konnte sie das dann nicht auch?

Nein, sie durfte ihren Schmerz nicht zeigen. Würde sie sich nicht verraten, wenn sie sich die Qualen anmerken ließ, die jede Erinnerung an ihre Liebe ihr bereitete? Sie durfte sich nichts anmerken lassen! Um keinen Preis der Welt sollte Riley erfahren, wie sehr sie unter der Trennung litt, und wie es in Wirklichkeit um sie bestellt war.

»Und wie kommst du zu diesem kühnen Schluß?« fragte sie mit gespielter Ruhe.

»Du bist mir danach stets aus dem Weg gegangen«, antwortete er.

»Wie hätte ich das tun können? Wir hatten täglich miteinander zu tun.«

»Sicher, während der Sendung oder bei Besprechungen. Aber wenn wir uns zufällig allein begegnet sind – am Kaffeeautomaten beispielsweise –, dann hast du dich immer eiligst aus dem Staub gemacht.«

»Das ist nicht wahr. Ich gehe grundsätzlich nichts und niemandem aus dem Wege. Ich hasse Drückebergerei, das weißt du genau.«

»Und du weißt genau, wovon ich spreche. Du hast mich gemieden, wo du konntest. Du hattest Angst, mit mir allein zu sein. Und wenn es nur für zehn Sekunden wäre.«

»Weil du immer versucht hast, mich zu küssen.«

»Ich hatte nicht das Gefühl, daß dich das störte. Im Gegenteil, es schien dir Spaß zu machen.«

Tina wurde rot, weil sie wußte, daß es keinen Sinn gehabt hätte, das zu leugnen. Sie probierte es andersherum. »Und wenn uns nun jemand gesehen hätte?«

»Darauf mußte ich es ankommen lassen. Ich war verrückt nach dir.«

»Ach ja? Hast du nicht zu der Zeit ständig diese junge Fußballerwitwe getröstet? Oder war es das Mannequin, die Innenarchitektin, das hoffnungsvolle Nachwuchstalent?«

»Na hör mal, schließlich mußte ich doch auf meinen Ruf achten! Stell dir mal vor, was passiert wäre, wäre in der Presse durchgesickert, daß Jon Riley ganz verrückt nach seiner Produzentin war. Und außerdem, wenn ich dich um eine Verabredung gebeten hätte, wärst du ja doch nicht mit mir ausgegangen. Richtig?«

»Richtig. Aber du hast dein Ziel dann ja doch noch erreicht«, sagte sie leise.

Riley zuckte die Achseln. »Ich hatte ja gar keine andere Wahl, als dich auszutricksen. Irgendwie mußte ich dich doch aus der Reserve locken.« Er grinste jungenhaft.

»Eigentlich hätte ich ja deine Tricks gleich durchschauen müssen.« Sein Grinsen war so entwaffnend, daß sie unwillkürlich lächeln mußte.

»Oh, ich denke, du hast sie sehr wohl durchschaut – und zwar von Anfang an.«

»Nein, ich war völlig ahnungslos«, entgegnete Tina heftig. Insgeheim war sie sich allerdings nicht so sicher. Hatte sie Rileys Täuschungsmanöver und all seine kleinen Tricks tatsächlich nicht durchschaut? Hatte sie nicht sein Spielchen willig mitgespielt? Wie damals, als er bei ihr zu Hause anrief…

»Hallo?«

»Hallo, Tina. Was treibst du?«

Riley! Tina stockte der Atem. Dieser eingebildete Kerl! Besaß die Unverschämtheit hier anzurufen und nicht mal seinen Namen zu nennen. Als ob sie sofort wissen müßte, daß er es war. »Mit wem spreche ich bitte?« fragte sie gestelzt.

»Oh, ich bitte vielmals um Entschuldigung, Gnädigste. Jon Riley am Apparat.« Tina hörte deutlich den amüsierten Unterton und wünschte sofort, sie hätte nicht so dumm gefragt.

»Bist du sehr beschäftigt?« wollte er wissen.

»Sehr.«

»Was machst du?«

»Ich putze mein Apartment.«

»Könntest du dein Streben nach Reinlichkeit eventuell auf eine spätere Stunde verschieben?«

»Kaum.«

»Ich möchte mich mit dir treffen.«

»Jetzt?«

»Ja. Warum nicht?«

»Vergiß es.«

»Wieso?«

»Ich mag nicht.«

»Aber ich habe eine Wahnsinnsidee!«

»Na und? Heute ist Samstag. Samstags habe ich frei. Am Montag bei unserer Dienstbesprechung kannst du mir deine Wahnsinnsidee unterbreiten.«

Tina hoffte, daß ihre Stimme sie nicht verriet. Sie gab sich alle Mühe, leichte Gereiztheit und Ungeduld durchklingen zu lassen. Aber innerlich jubelte sie. »Leg jetzt nicht auf! Leg bitte nicht auf!« formten lautlos ihre Lippen, während sie nervös das Telefonkabel zwischen ihren Fingern knetete. Ihr Herz klopfte in banger Erwartung, und ihre Handflächen wurden feucht vor Aufregung. Daß sich außerdem in ihrem ganzen Körper eine angenehme Wärme ausbreitete, versuchte sie standhaft zu ignorieren.

»Ich bin im Park«, sagte er, als ob das alles erklären würde.

Tina warf einen Blick aus dem Fenster. »Du bist im Park?« fragte sie ungläubig. »An einem solchen Tag? Es ist kühl, und es sieht aus, als würde es jeden Augenblick anfangen zu regnen.«

»Unsinn, das Wetter ist hervorragend. Wann kannst du da sein?«

Sag ihm, er soll sich zum Teufel scheren, riet ihr eine innere Stimme. »Habe ich gesagt, ich käme? Nicht daß ich wüßte.«

»Willst du meine Idee erfahren, oder nicht? Sag mal, was für eine Produktionsleiterin bist du eigentlich?« hatte er gefragt.

»Eine unterbezahlte.«

»Nun hör aber auf. Deine Probezeit ist um, man ist mit dir mehr als zufrieden, also hat man dir einen festen Vertrag und eine entsprechende Gehaltserhöhung gegeben. Soll ich dir vorrechnen, wieviel sie beträgt?«

»Woher willst du das alles wissen?« fragte sie indigniert.

»Die liebe Whitney hat ihr Väterchen belauscht«, erwiderte er mit einem Lachen.

»Und dir brühwarm die Neuigkeiten hinterbracht? Tut sie das immer?«

»Sie betet mich an. Hast du das nicht selbst gesagt?«

Tina konnte sein anzügliches Grinsen förmlich durch das Telefon sehen. »Du bist wirklich der allerletzte...«, begann sie, aber er ließ sie nicht ausreden.

»Wann treffen wir uns also?«

»Ich habe mit keinem Wort erwähnt, daß ich kommen werde!«

»Aber du kommst?«

Nein, nein, nein, wollte sie schreien. Doch irgendwie wollte ihr das nicht über die Lippen, und statt dessen hörte sie sich murmeln: »Okay. Aber nur ganz kurz. Wo finde ich dich?«

Sie mußte sich förmlich zwingen, nicht den ganzen Weg zu rennen, denn sie wollte nicht, daß er dachte, sie hätte es nicht erwarten können, ihn zu sehen.

Außer Atem betrat sie das weitläufige Gelände. Erwartungsvoll näherte sie sich dem verabredeten Treffpunkt, einer öffentlichen Telefonzelle am Hauptweg. Doch so sehr sie auch nach allen Richtungen Ausschau hielt, sie konnte Riley nirgends entdecken.

Dieser unverschämte Kerl! Was fiel ihm eigentlich ein? Bestellte sie hierher und ließ sie dann stehen wie ein dummes Gänschen, während er sich wahrscheinlich irgendwo heimlich ins Fäustchen lachte.

Für einen Moment wurde ihre Aufmerksamkeit auf einen spontanen Frisbeewerf-Wettbewerb gezogen, den die Besitzer eines Dobermanns und eines Irish Setters begonnen hatten. Die verspielten und vergnügt bellenden Hunde hatten eine erstaunliche Menge Zuschauer angezogen.

Aufmerksam musterte Tina die Umstehenden. Vielleicht hatte Riley sich ja für einen Augenblick unter die Menge gemischt.

»Pst!«

Tina wandte sich um. Ein Mann stand hinter ihr. Er war unrasiert und trug trotz der trüben Witterung eine Sonnenbrille aus verspiegeltem Glas, so daß Tina seine Augen nicht erkennen konnte. Eine zerknautschte Schirmmütze hing ihm tief in die Stirn. Tina musterte den Mann flüchtig. Seine Beine steckten in alten ausgeblichenen Jeans, darüber trug er einen abgewetzten Lederblouson.

Stirnrunzelnd wandte sich Tina ab und machte sich verärgert auf den Heimweg. Das würde sie Riley heimzahlen! Sie so zum Narren zu halten! Das war ja wohl …

»Pst!«

Tina schaute beunruhigt über ihre Schulter nach hinten. Der seltsame Unbekannte folgte ihr.

»Lassen Sie mich in Frieden!« Heutzutage war man wirklich nirgendwo mehr sicher!

»Spielst du die Spröde, Tina?«

Sie blieb abrupt stehen. Wie in Zeitlupe drehte sie sich um und starrte in das kantige Gesicht voller dunkler Bartstoppeln. »Riley?« flüsterte sie ungläubig.

»Still!« Der Unbekannte lüftete für einen kurzen Moment seine Sonnenbrille. Diese blauen Augen waren unverkennbar. »Ja, ich bin's.« Er packte sie am Arm und zog sie auf einen schmalen Seitenweg.

Tina hatte sich noch nicht von ihrem Schrecken erholt. Widerstrebend stolperte sie hinter Riley her. »Was hast du vor? Was soll diese Verkleidung? Ich habe dich überhaupt nicht erkannt in diesem Aufzug.«

»Das ist ja der Zweck der Sache. Ich möchte unbehelligt meinen Samstagmorgenspaziergang machen können wie jeder x-beliebige normale Bürger dieser Stadt«, erwiderte er.

Er zog sie eilig mit sich fort durch das hohe Gras, daß sie Mühe hatte, mit ihm Schritt zu halten.

»Ich dachte, mir läuft so ein Typ hinterher, der mich anmachen will.«

»Will ich ja auch«, antwortete er und grinste. »Und du bist mir auf den Leim gegangen.« Er schien ausgesprochen zufrieden mit sich zu sein.

»Wohin gehen wir eigentlich?«

»In die Wälder, ins Gebüsch, irgendwohin, wo uns niemand sieht.«

»Moment mal. Ich dachte, wir hätten Geschäftliches zu bereden.« Tina wollte stehenbleiben. Vergeblich. Riley zerrte sie unerbittlich weiter mit sich fort.

»Wer hat denn so was behauptet?«

»Du.«

»Ich? Nie! Ich habe nur behauptet, ich hätte eine großartige Idee, über die ich mit dir reden möchte. Mehr habe ich nicht gesagt.«

»Na also, damit ist doch sonnenklar – Au! Renn nicht so. Dauernd schlagen mir die Zweige ins Gesicht.«

»Das tut mir leid. Was wolltest du vorhin sagen?«

»Ich wollte sagen«, keuchte sie atemlos, »daß eine Idee, die du mir so dringend vorstellen willst, doch wohl nur mit unserer Show zusammenhängen kann. Oh, bitte, Riley, ich brauche eine Verschnaufpause.«

»Okay. Es fängt sowieso gerade an zu regnen. Komm, wir suchen uns einen Unterstand.« Er stieg in einen dämmrigen Hohlweg hinab, und Tina hatte keine andere Wahl, als ihm hinterher zu stolpern. Eine schmale Fußgängerbrücke überspannte den engen Pfad. Riley zog Tina unter die Brücke. »Hier haben wir es trocken und gemütlich.« Er strahlte. Tina schaute ihn befremdet an.

»Ich bin geradezu überwältigt«, spottete sie. »Ich komme mir vor wie die Hauptperson in einem Kitschroman: ›Verträumt schaut sie hinaus in die silbrigen Tropfen, die sacht vom Himmel herabperlen. Sie seufzt wehmütig und sehnt sich nach dem heimlich angebeteten Helden‹ – der sie aus diesem Schlamassel befreit. Verdammt, Riley, ich habe keine Lust, meine kostbare Zeit noch länger zu vertrödeln! Schieß los. Welche Superidee ist dir in den Sinn gekommen? Und setz um Himmels willen endlich diese alberne Sonnenbrille ab, ich bitte dich.«

Er schob die Brille in seine Jackentasche.

»Danke. Und jetzt erzähl mir endlich von deiner angeblich so tollen Idee.«

»Ich meine, wir sollten unsere Beziehung vertiefen.«

Tina starrte Riley stumm an. Es war sehr still in diesem abgelegenen Teil des Parks. Der sanfte Regen rauschte leise, und ab und zu fielen dicke Tropfen von den Blättern der hohen Bäume ringsumher.

Als eine ganze Weile verging und sie immer noch nichts sagte, meinte er: »Na ja, das war's.«

»Das war's? Das ist alles? Deswegen holst du mich an einem Samstagmorgen aus meinem gemütlichen, warmen Apartment, so daß ich jetzt hier im Regen stehen muß?«

»Ja.« Er lächelte fröhlich. »Na, was hältst du von meinem Vorschlag?«

»Du ... du bist ja nicht ganz echt!« Tina drehte sich um und trat in den Regen hinaus.

Riley sprang hinterher und bekam sie gerade noch an ihrer Jacke zu fassen. Er zog sie in den Schutz der Brücke zurück und schlang wortlos seine Arme um sie.

Mit hartem Druck preßte er Tina an sich. Die Versuchung, einfach ihre Arme um seinen Hals zu legen und sich an ihn zu schmiegen, war groß, doch sie widerstand ihr. Damit würde sie sich ganz in Rileys Hand geben, und das wäre nicht nur dumm, das wäre geradezu gefährlich.

Statt dessen bog sie ihren Oberkörper zurück und versuchte, Abstand zwischen sich und Riley zu bringen. Doch er runzelte nur unwillig seine Stirn. Er verstärkte den Druck seiner Arme und preßte Tina noch fester an sich.

»Ich meine, unterhalten könnten wir uns doch wenigstens über meinen Vorschlag.«

»Es ist zwecklos, Riley. Und wenn wir bis zum Jüngsten Tag darüber streiten, wir werden zu keiner Einigung kommen. Es ist unmöglich.«

»Nichts ist unmöglich.«

»Dein Vorschlag schon.«

»Wieso?«

»Eine Beziehung zwischen uns würde nie und nimmer gutgehen.«

»Und warum nicht?«

»Weil wir Berufskollegen sind.«

»Und?«

»Deshalb sollten wir es auch bei einer rein beruflichen Verbindung lassen.«

»Sei jetzt still.«

»Du bist wirklich ...«

»Halt deinen Mund, Tina Cassidy, wenigstens einmal in deinem Leben!«

Riley beugte sich vor und küßte sie. Tina sträubte sich nicht. Aber sie wäre ja auch vollkommen verrückt gewesen, wenn sie sich einen solchen Kuß versagt hätte. Sie kniff ihre Lippen fest zusammen. Doch je mehr sie sich wehrte, desto heftiger küßte er sie. Und je länger sie seine weichen, warmen Lippen auf ihrem Mund spürte, desto herrlicher fand sie es.

Wie von selbst öffneten sich schließlich ihre Lippen, und mit einem leisen Seufzer ließ sie Riley gewähren. Ein zarter Geruch nach Pfefferminz, gemischt mit dem frischen Duft von Eau de Cologne, stieg ihr in die Nase.

»O Gott, Tina, ist das gut.« Er vergrub sein Gesicht an ihrem Hals. »Ich hatte schon befürchtet, ich würde nie mehr in meinem Leben eine Chance bekommen, dich zu küssen.«

»Wir sind verrückt, Riley. Vollkommen verrückt.« Doch ihre eigene Einschätzung der Situation hielt sie keineswegs davon ab, sie zu genießen.

Tina drängte sich an ihn. Sie stieß ihm die Mütze vom Kopf und zauste zärtlich seinen Haarschopf. Sie knabberte an seinem Ohrläppchen. »Wir machen eine Dummheit«, murmelte sie, »eine Riesendummheit ...«

»Tut es dir etwa leid?«

»Hmmm ... ich ... nein.«

Ihre Lippen trafen sich von neuem, und Tina wurde mitgerissen von dem Begehren und der Lust, die dieser Kuß in ihr entfachte.

Ihre Hände glitten unter seine Jacke, um seine Taille, berührten und streichelten die festen Muskeln seines Rückens. Tina stöhnte auf.

»Wenn uns jemand hier sieht!« sagte sie ganz atemlos, als sie sich für einen Moment voneinander lösten.

»Niemand wird uns hier sehen«, erwiderte er. »Und selbst wenn, ist es auch völlig egal – au!«

»Was ist?«

»Weiß nicht. Ich glaube, der Reißverschluß deiner Jacke hat sich hier verklemmt ... Ja, das ist besser. Ja, genau so ...«

Sie seufzte zufrieden auf, als er ihre Jacke öffnete und sie dann wieder ganz nahe an sich heranzog.

Er küßte sie mit einer Wildheit, die sie ganz schwach machte und doch in eine solche Erregung versetzte, wie sie sie noch nie in ihrem Leben empfunden hatte. »Ich will dich, Tina! Verdammt noch mal, ich halt' es ohne dich einfach nicht mehr aus.«

Mit beiden Händen umfaßte er ihren Po und hob sie leicht an, und die Reaktion seines Körpers zeigte ihr noch viel deutlicher als seine Worte, wie groß sein Verlangen nach ihr tatsächlich war. Leicht begann er sich zu bewegen, und Tina stöhnte auf.

»Bitte!« sagte sie heiser, doch sie wußte selbst nicht so genau, worum sie so flehentlich bat.

Sie wußte nicht mehr, wie oft sie sich schon geküßt hatten. Gierig berührte, liebkoste sie ihn, und er erwiderte ihre Liebkosungen auf eine solch intime Weise, daß sie fast den Verstand verlor.

Und dennoch bewahrten sie sich beide einen letzten Rest von Vernunft.

Schließlich ließ Riley sie langsam an seinem Körper herabgleiten und stellte sie wieder auf den Boden. Sie lehnte ihre Wange an seine Brust und hörte, wie sein Herz hämmerte.

Zärtlich streichelten seine Finger ihr Haar, und hauchzart streiften seine Lippen ihre Schläfen. Um sie herum murmelte der Regen sein sanftes Lied…

»Manchmal meine ich noch das leise Rauschen des Regens zu hören, und dann ist mir, als stände ich wieder mit dir unter der Brücke – wie damals.« Riley lächelte wehmütig.

Von ihren Gefühlen überwältigt, lehnte sich Tina kraftlos gegen den Rand der Spüle. Schlaff hingen ihre Arme herab. Riley trat dicht hinter sie, sehr nahe – so nah, daß sie seine körperliche Reaktion auf die Erinnerung an jenen verregneten Nachmittag im Park mehr als deutlich spüren konnte.

Er legte seine Hände auf ihre Hüften, ganz leicht und entspannt, aber sein Körper war hart und angespannt. Sein warmer Arm streifte ihren Nacken. Seine Stimme klang leise und einschmeichelnd.

»Damals im Park, da hätte ich gern mit dir geschlafen. Ins trockene Laub unter der Brücke hätte ich mich gern mit dir gelegt, oder ich hätte dich ohne Umschweife im Stehen geliebt, an den Pfeiler gelehnt. Ach Tina, ich war krank vor Verlangen nach dir.«

Er hauchte einen Kuß auf ihren Nacken. »Vielleicht hätte ich es einfach tun sollen.« Seine Hände wanderten nach vorn zu ihrem Bauch, glitten dann langsam nach unten, legten sich zwischen ihre Schenkel. Aufreizend langsam strich er daran entlang.

»Vielleicht war es falsch, auf dich zu hören. Du wolltest nichts überstürzen, wolltest alles in Ruhe überdenken. Vielleicht hätte ich dich überrumpeln sollen. Wer weiß...« Er bewegte seine Daumen sanft auf und ab.

Tina schnappte geräuschvoll nach Luft. Sie löste sich von ihm, trat einen Schritt zur Seite, denn sie brauchte Abstand zwischen sich und ihm.

»Das war die einzige Möglichkeit, die mir blieb.« Ihre Stimme zitterte. »Damals und auch heute, Riley. Du kannst nicht nach sieben Monaten mit vollen Segeln bei mir hereinrauschen und genau an der Stelle weitermachen, an der wir aufgehört hatten. Ich kann nicht, Riley, und ich will nicht. Ich brauche Abstand und Zeit zum Nachdenken, viel Zeit, um mir über manche Dinge klar zu werden...«

»Quatsch!« fiel er ihr grob ins Wort. »Um Abstand und Bedenkzeit hast du mich schon damals gebeten, und schon damals hat es nichts gebracht. Ich bin darauf eingegangen. Und es war nicht gut. Du hast die Spielregeln bestimmt, ich habe wie eine Marionette an deinen Fäden gezappelt und nach deinem Willen getanzt. Du wolltest nicht mehr als eine Verabredung in der Woche, keinen Flirt und keine Vertraulichkeit im Studio – ich habe brav gehorcht.«

»Weil du, wie ich, ganz genau wußtest, daß wir uns in unserem Job keine Nachlässigkeiten erlauben durften. Professionell arbeiten kann man nur, wenn man sich voll auf die Sache konzentriert und sich nicht durch private Dinge ablenken läßt.«

»Das stimmt. Darin war ich einer Meinung mit dir. Es wäre auch nicht weiter schlimm gewesen, hättest du mich nicht wochenlang hingehalten und in Ungewißheit schmoren lassen. Glaub mir, es war das reinste Fegefeuer, durch das ich gegangen bin, bis du mir endlich, endlich gestanden hast, wie wunderbar wir zusammenpassen. In jeder Beziehung.«

»Wenn du es so nennen willst…«

»War es ja auch, oder?«

Wieder schweiften ihre Gedanken in die Vergangenheit zurück…

Er lachte plötzlich laut auf. »Obwohl ich ja schließlich ein wenig nachhelfen mußte, damit du zur Einsicht kamst. Mit einer kleinen Schocktherapie.«

»Herein.«

Whitney steckte vorsichtig den Kopf durch die Tür zu Tinas Büro. »Hallo. Tut mir leid, wenn ich Sie störe, aber wir haben ein Problem.«

»Eins diesmal nur?« Tina lächelte. »Wo drückt denn der Schuh? Aber erzählen Sie mir jetzt bloß nicht, unser Gast für Montag hätte abgesagt.«

»Nein, nein, mit Montag geht alles klar. Es ist nur wegen Riley.«

Tina hob fragend ihre Brauen. »Ja?«

»Er ist schon gegangen. Und er hat seine Unterlagen liegengelassen.«

»Vergessen meinen Sie?« Tina zog ein skeptisches Gesicht. Riley war ein Meister der Improvisation. Mit Hilfe seines umfassenden Allgemeinwissens, seiner beispiellosen Schlagfertigkeit und der Fähigkeit, sich blitzschnell neuen Gegebenheiten anzupassen, rettete er sich über jede unerwartete Situation. Ja, er machte aus jeder Panne geradezu ein Kabinettstückchen. Tina hatte Wochen gebraucht, ihn überhaupt soweit zu bekommen, daß er sich wenigstens die wichtigsten Daten und Fakten aus dem Leben seines jeweiligen Gastes ansah, bevor die Kameras liefen.

»Auf jeden Fall lag die Mappe im Studio. Ich würde die Unterlagen ja bei Mr. Riley vorbeibringen, aber ich fliege heute gleich nach Arbeitsschluß mit meinen Eltern nach Palm Springs.«

Tina streckte zögernd ihre Hand nach der Mappe aus. »Na gut, ich fahre nachher bei ihm vorbei.«

Zu den Spielregeln, die sie für sich und Riley aufgestellt hatte, gehörte es, sich nicht in ihren Privatwohnungen zu treffen, denn sie wollte jede Situation vermeiden, die sie in die Gefahr bringen könnte, mit Riley zu schlafen.

Sie wußte zwar nicht, wie lange sie es noch aushalten würde, nicht mit ihm ins Bett zu gehen, aber sie hatte auch keine Lust, eine weitere Nummer auf der Liste seiner schnellen Eroberungen zu sein.

Deshalb wartete sie an jenem Freitag so lange wie möglich, bevor sie zu ihm fuhr, in der Hoffnung, daß er ausgegangen war und sie die Akte in seinen Briefkasten werfen konnte.

Wie sie andererseits mit der Vorstellung fertig werden sollte, daß er sich mit einer anderen Frau amüsierte, wußte sie nicht.

Rileys Sportwagen parkte vor dem Haus, und Tina beschlich ein unbehagliches Gefühl, als sie sich der Tür näherte. Sie war noch nie bei ihm gewesen, und ihre Knie fühlten sich auf einmal ganz weich an.

Sie klingelte. Einmal. Zweimal. Nichts rührte sich. Sie wollte gerade die Mappe in den Briefkasten stopfen und sich wieder in ihr Auto flüchten, da ging die Tür auf.

»Oh!«

»Tina!« Rileys Freude wirkte echt. »Was machst du hier?« Er lächelte. »Du brichst unser Abkommen?«

»Ja, aber … ich … ich bringe dir nur die Unterlagen für die Show«, stotterte sie verwirrt. Sie warf ihm die Mappe zu, als hätte sie sich die Finger daran verbrannt. »Da. Du hattest die Unterlagen für Montag vergessen. – Habe ich dich beim Duschen gestört?«

»Ganz und gar nicht. Ich laufe in meiner Freizeit ständig mit einem nassen Handtuch um die Hüften durch meine Wohnung.« Er grinste und wischte sich das Wasser aus der Stirn, das aus seinen Haaren tropfte. »Aber komm doch rein.« Er machte den Weg frei.

Wie eine Schlafwandlerin bewegte sich Tina vorwärts. Er sah hinreißend aus. Benommen schaute sie auf Rileys nackten Oberkörper. Unter der glatten, leicht gebräunten Haut zeichneten sich kräftige Muskeln ab, und ein dichtes Gewirr kurzer schwarzer Kräusellocken bedeckte die Brust. Wie dicke Perlen hingen helle Wassertropfen in dem dunklen Netz aus Haaren.

Unwillkürlich befeuchtete Tina sich die Lippen. Ihr Blick glitt hastig über Rileys Hüften hinweg hinab zu den langen, schlanken Beinen, die so gut zu seiner athletischen Figur paßten.

»Ich kann aber nicht bleiben«, sagte sie mit belegter Stimme.

»Ach, sei nicht albern. Ein paar Minuten wirst du bestimmt Zeit haben. Ich möchte dir doch wenigstens mein Haus zeigen.«

Auf die Gefahr hin, daß Riley sie für unhöflich oder schlimmstenfalls sogar für prüde hielt, schüttelte Tina den Kopf und blieb einfach im Flur stehen. Und um den halbnackten, verführerischen Riley nicht ansehen zu müssen, schaute sie sich um.

Die Diele war großzügig angelegt und geschmackvoll ausgestattet. Tina gefiel es, daß er so viele Grünpflanzen hier aufgestellt hatte. Durch ein Oberlicht fielen ungehindert die Sonnenstrahlen herein und tauchten alles in ein helles fröhliches Licht.

Er schloß die Tür hinter ihr. Das leise Klicken ließ Tina zusammenfahren. »Es tut mir leid, daß ich dich gestört habe«, sagte sie hastig. »Ich will dich auch nicht lange aufhalten. Sicher hast du heute abend noch etwas vor. Ich hätte dich auch bestimmt nicht ausgerechnet an einem Freitagabend belästigt, aber ich dachte mir, du brauchst die Notizen. Unser Hauptthema am Montag ist Abtreibung. Du weißt ja, wie da die Meinungen auseinandergehen. Deshalb habe ich dir genügend Informationsmaterial zusammengesucht, damit du dich gründlich vorbereiten ...«

»Ich liebe dich, Tina.«

Ihr Mund öffnete sich und schloß sich wieder. Aus weitaufgerissenen Augen starrte sie Riley an.

Tina sagte kein einziges Wort; sie lächelte auch nicht. Sie fand es überhaupt nicht komisch oder seltsam, daß er nur mit dem Handtuch um die Hüften vor ihr stand und sich um seine bloßen Füße langsam von dem Wasser, das von seinem Körper heruntertropfte, eine Pfütze bildete.

Tina konnte Riley einfach nur anschauen, und sie war seltsam angerührt von der Aufrichtigkeit, die sie in seinem Blick las.

»Ich hatte nicht vor auszugehen.« Seine Stimme klang ungewohnt ernst. »Ich wollte es mir gemütlich machen, eine Kerze anzünden, ein Glas Wein trinken und an dich denken.« Er legte die Mappe aus der Hand. »Aber das tue ich ja eh jede wache Minute am Tag. An dich denken, meine ich. Tina, ich liebe dich.« Er trat vor sie hin, nahm ihr Gesicht zwischen seine Hände und küßte sie zärtlich auf den Mund.

Es war der süßeste Kuß, den sie je in ihrem Leben bekommen hatte. Ein Kuß voller Zärtlichkeit, voller Hingabe, ein Kuß, der ihr seine Liebe zeigen wollte und sie ahnen ließ, welche Leidenschaft Riley ihr schenken wollte.

Ohne Hast knöpfte er ihren Mantel auf und schob ihn über ihre Schultern nach hinten. Mit leisem Rascheln fiel er zu Boden. Riley berührte Tinas Bluse, hauchzart strich er mit den Fingerspitzen über den dünnen Stoff. Dann öffnete er die Knöpfe, einen nach dem anderen.

Tina sah schweigend zu und ließ ihn gewähren. Riley ließ sich viel Zeit. Als endlich alle Knöpfe offenstanden, schob er behutsam den weichen Stoff zur Seite.

Stumm betrachtete er Tina. Dann streckte er vorsichtig seine Hände aus, strich sacht über die Spitzeneinfassung ihres BH und tastete zögernd nach dem Verschluß. Fragend schaute er Tina an. Sie nickte fast unmerklich, und Riley löste den Haken.

Tina hielt die Luft an. Sie sah, wie Riley schluckte, sah, wie er rascher atmete. Dann beugte er seinen Kopf herab. Sie spürte seine warmen Lippen auf ihrer Haut. »Ich liebe dich, ich liebe dich«, murmelte er erstickt und spielte mit der Zunge um ihre steifen Brustwarzen.

Tina stieß ein unterdrücktes Wimmern aus. Sie preßte mit beiden Händen seinen Kopf gegen ihre Brust. »Ich liebe dich auch, Jon. Lange Zeit wollte ich es nicht wahrhaben, aber es ist wahr: Ich liebe dich.«

Riley hob den Kopf. Ihre Lippen fanden sich zu einem endlosen, hungrigen Kuß. Tina schloß die Augen. Um sie versank die Welt. Sie spürte nur noch Rileys Kuß, spürte seinen Körper, seine Leidenschaft, sein Verlangen, seine Liebe. Und sie vergaß vollkommen ihre sonstige Zurückhaltung. Sie drängte sich Riley entgegen, erwiderte seine Zärtlichkeiten und flüsterte wieder und wieder seinen Namen.

»Tina, mein Liebling, das Handtuch ...«, murmelte Riley.

»Ja?«

»Es ist runtergerutscht.« Tina hatte die Arme um seinen Hals geschlungen, ihr Kopf ruhte an seiner Schulter.

»Hm?« murmelte sie. »Wirklich?« Sie schaute zu ihm auf. Er lächelte. Er löste eine ihrer Hände von seinem Nacken und hauchte einen Kuß auf die Innenfläche und führte sie langsam über seine Brust an seinem Körper hinab. »Faß mich an«, bat er leise. Ihre Fingerspitzen berührten seinen Bauchnabel. Riley ließ ihre Hand los, ließ ihr die Wahl.

Einen winzigen Moment lang zögerte Tina. Dann streichelte sie seinen flachen Bauch, langsam glitt ihre Hand tiefer, ihre Finger tasteten zärtlich, liebkosten ihn, schlossen sich um ihn.

Sie hob den Kopf und suchte Rileys Blick. Er lächelte. »Ich liebe dich«, sagte er leise, und Tina wurde kühner.

Riley erzitterte. Sie faßte fester zu. Er atmete rasch und heftig. Sein Kopf sank auf ihre Schulter, ein Schauder ging durch seinen Körper. Er stöhnte laut auf.

»Tina … oh, mein Gott … Darling …« Er küßte sie mit solch ungestümem Verlangen, daß ihr die Luft zum Atmen knapp wurde. »Liebe mich«, murmelte er. »O Tina, bitte, werde endlich meine Geliebte!«

5

»Bitte, werde endlich meine Geliebte!«

Tina schrak auf. Das war kein fernes Echo aus vergangenen Zeiten mehr, das war eine flehentliche Bitte, ausgesprochen in der Gegenwart. Riley streifte mit seinen Lippen ihre Wangen. »Tina, ich liebe dich. Sei wieder meine Frau.«

Die Türglocke schrillte.

Tina zuckte zusammen. Mit einem heftigen Ruck entwand sie sich Riley. Der Klang der Glocke hatte sie zur Besinnung gebracht. Doch Tina wußte nicht recht, sollte sie nun dankbar sein, oder sollte sie die Störung bedauern. Schweratmend stand sie vor Riley, mit erhitztem Gesicht, geröteten Wangen und fiebrig glänzenden Augen. Sie drehte sich um und lief aus der Küche. Riley folgte ihr.

Tina öffnete. »Abel?« Sie verbarg ihren Körper hinter dem Türblatt und streckte nur den Kopf ein wenig vor.

Hinter ihrem Rücken fluchte Riley leise vor sich hin, doch Tina drehte sich nicht um. Sie konnte sich genau vorstellen, wie er jetzt aussah, sie kannte seinen Gesichtsausdruck, wenn er wütend war.

Aber sie wollte auch nicht, daß Abel merkte, daß Riley noch da war. Es wäre vielleicht ein wenig schwierig, seine Anwesenheit zu erklären.

»Das ist aber eine Überraschung«, sagte sie, und ihre Stimme zitterte.

Riley lauerte sprungbereit hinter ihr, breitbeinig und mit geballten Fäusten. Alle seine Muskeln waren aufs Äußerste angespannt, und seine Kiefer mahlten. Angestrengt lauschte er der Unterhaltung, doch er bekam immer nur Tinas Worte mit.

»Nein, nein, Sie haben mich nicht aufgeweckt. Ich hatte mich noch gar nicht hingelegt... Ich würde sie gern hineinbitten, aber es ist schon so schrecklich spät... Natürlich denke ich darüber nach, aber ich bin noch immer zu keinem Entschluß gekommen... Ja, morgen früh, wie abgemacht... Ich weiß, Abel, aber bitte geben Sie mir noch Zeit... Ja, natürlich werden Sie der erste sein, der meine Entscheidung erfährt. Das verspreche ich Ihnen... Gute Nacht.« Behutsam schloß sie die Tür und drehte sich zögernd um.

»Ist das eine Spezialität von ihm, nachts hierherzukommen und dir den Hof zu machen?«

»Nein. Und außerdem macht er mir nicht den Hof.«

»So? Dann bin ich aber mal gespannt, wie du das, was er da treibt, nennen willst.«

»Nichts.« Tina zuckte die Achseln.

»Und wie oft hat er dieses ›Nichts‹ schon bei dir versucht?«

»Noch nie. Er ist heute nacht zum ersten Mal hergekommen.«

»Erwartest du, daß ich dir das abnehme?«

»Es ist die Wahrheit.«

»Und warum, zum Teufel, kommt er ausgerechnet heute nacht auf diese Idee?«

»Er wollte sich noch einmal für die Party bedanken.«

Riley fluchte ordinär, und Tina war dankbar, daß sie nicht alles mitbekommen hatte. Denn das, was sie gehört hatte, reichte schon aus, sie erröten zu lassen.

»Er wollte wissen, ob ich mich bereits für den Job in L. A. entschieden habe.« Sie drückte sich an Riley vorbei und lief in Richtung Küche. Riley sauste wie ein Spürhund hinter ihr her.

»Morgen will er deine Entscheidung wissen? Oder? Morgen ist dein Ultimatum, ja? Und wieso muß er dich dann heute nacht noch aufsuchen? Warum? Bildet sich dieser unverschämte Kerl ein, nur weil er Geld und Einfluß besitzt, könnte er sich an dich heranmachen, an meine Frau?« Er war wütend, und Tina wußte, daß man sich vor seinem Zorn hüten mußte.

»Was bildet er sich ein?« wiederholte Riley und schlug mit der flachen Hand auf den Tisch. Er sah nicht das Glas, er hörte nicht das häßliche Geräusch, mit dem es zersplitterte, er spürte nicht den Schmerz, als sich die spitzen Scherben in seinen Handballen bohrten.

Erst als Tina einen unterdrückten Schrei ausstieß und erschrocken ihre Hand vor den Mund preßte, blickte er an sich herab.

»Verdammt.« Er hob seine blutverschmierte Hand und betrachtete sie erstaunt.

Tina, die einen Augenblick wie versteinert dagestanden hatte, erholte sich schnell von ihrem Schreck. Sie stürzte zur Spüle und drehte den Kaltwasserhahn auf. »Hier, halt deine Hand unter das fließende Wasser«, rief sie Riley zu. »Schnell! Mein Gott, das blutet ja entsetzlich. Tut es denn sehr weh?« Sie stützte seinen Arm und legte ein gefaltetes Geschirrtuch auf die Wunde. Im Nu hatte sich das dünne Tuch mit dunklem Blut vollgesogen. »O Riley!« Tina schluchzte auf.

Er nahm ihr das Tuch aus der Hand, betupfte erneut die Wunde und besah sich prüfend den tiefen Schnitt, der von seinem Daumen bis fast zum Handgelenk reichte. »Die Wunde sollte wohl besser genäht werden«, bemerkte er gelassen. »Würdest du mich zum Krankenhaus fahren?«

»Ja. Natürlich. Halt, warte einen Moment. Was ...« Tina faßte sich an die Stirn. Es fiel ihr schwer, Klarheit in die Gedanken zu bringen, die ihr durch den Kopf wirbelten. Der Mann, den sie liebte, hatte sich verletzt und hatte Schmerzen. Das Herz krampfte sich ihr zusammen. Sie hätte alles dafür gegeben, ihm zu helfen und seine Schmerzen zu lindern. Doch statt dessen mußte sie hilflos zusehen, wie er litt. »Komm, nimm deine Jacke.« Besorgt hängte sie ihm sein Blouson über die Schultern.

»Hier, hier ist noch ein sauberes Handtuch.« Mit zitternden Fingern schlang sie ein dickes Frotteetuch um seine verletzte Hand. »Vielleicht hört die Wunde auf zu bluten, bis wir im Krankenhaus eintreffen. Wo sind nur meine Schlüssel?« Sie rannte kopflos hin und her und suchte. »Oh, da sind sie ja.« Sie nahm sich ihr Schlüsselbund vom Haken neben der Tür, wo sie es immer aufbewahrte.

»Sei vorsichtig, Darling«, warnte sie und führte Riley behutsam durch den Flur. »Nein, nein, laß nur, ich mache die Tür auf. Hast du schlimme Schmerzen?«

»Nein«, log er und lächelte gequält.

Tina musterte ihn besorgt. Sie sah sein bleiches Gesicht, sah seine zusammengepreßten Lippen, aus denen jede Farbe gewichen war, und sie wußte, daß seine Antwort nicht stimmte. »Du kannst mir nichts vormachen, Riley«, sagte sie ernst. »Ich sehe dir an, daß du Schmerzen hast. Ich weiß es immer, weil deine Lippen dann ganz weiß werden.«

Sie half ihm ins Auto, bettete seine Hand auf ein Polster aus Kissen, führte den Sicherheitsgurt sorgsam um Rileys Oberkörper und ließ den Verschluß einrasten.

In fliegender Hast rannte sie um ihr Auto herum, ließ sich auf den Fahrersitz fallen, schnallte sich an und startete. Mit hoher Geschwindigkeit raste sie durch die hügeligen Straßen des nächtlichen San Francisco.

Immer wieder warf sie besorgte Blicke zu Riley, der auf dem Beifahrersitz hockte und reglos in das Dunkel der stillen Stadt hinaussah.

»Vielleicht solltest du deinen Arm etwas stärker anwinkeln, Liebling, dann liegt deine Hand bequemer. Möchtest du nicht deine Lehne flacher einstellen, dann mußt du nicht so steif aufrecht sitzen? Der Hebel befindet sich links neben dem Sitz. Besser? Leg deinen Kopf zurück und mach deine

Augen zu, mein armer Liebling. Gut so? Es dauert nicht mehr lange, ich beeile mich, so gut ich kann.«

»Du bist ja die geborene Mami, mein Schatz. Ich habe nie geahnt, welch vielfältige Talente in dir schlummern.«

»Eine Mami?« wiederholte sie, und ihre Stimme klang dabei seltsam hoch.

»Ja. Ich glaube, wir sollten allmählich an Kinder denken. Zwei oder drei sollten es schon sein – was meinst du?«

»Ich… darüber habe ich mir bisher keine Gedanken gemacht.«

»Aber ich. Ich stelle es mir wunderschön vor, wenn wir eine richtige kleine Familie sind.« Riley geriet fast ins Schwärmen.

»Kinder sind eine riesige Verantwortung.«

»Versteh mich bitte nicht falsch, Tina. Ich möchte nicht, daß du wegen eines Babys deinen Beruf aufgeben mußt; selbstsüchtig wie ich bin, will ich dich natürlich in meiner Show behalten, solange du selber Spaß daran hast«, sagte er.

»Aber ich möchte nicht nur ein einziges Baby. Ich bin als Einzelkind aufgewachsen, du ebenfalls. Das war nicht lustig. Zwei Kinder möchte ich wenigstens haben«, erwiderte Tina.

»Du bist also einverstanden? Wir gründen eine Familie?«

»Können wir darüber nicht zu einem anderen Zeitpunkt sprechen – in Ruhe?« Aus den Augenwinkeln bemerkte Tina, wie sich der helle Frotteestoff um Rileys Handgelenk rot färbte. »Wir sind gleich am Krankenhaus.« Sie legte tröstend eine Hand auf seine Oberschenkel, in der für eine Ehefrau so typischen selbstverständlichen Art.

Direkt unter dem überdachten Eingangsportal der Klinik hielt Tina an. Ein Wachmann trat ans Auto.

»Es tut mir leid, Miss, aber Sie dürfen Ihren Wagen hier nicht stehenlassen.«

Tina reagierte nicht. Wortlos öffnete sie die Tür, stieg eilig aus, lief um den Wagen herum und half Riley heraus. Sorgsam stützte sie seinen verletzten Arm. Dann wandte sie sich dem Wachmann zu.

Seit sie Jon geheiratet hatte, hatte sie es sich zur eisernen Regel gemacht, niemals seinen Namen zu benutzen, um einen Vorteil zu erringen – zum Beispiel um den besten Tisch im Restaurant zu bekommen oder Theaterkarten, wenn es eigentlich keine mehr gab.

Doch nun tat sie es, ohne darüber nachzudenken.

»Hören Sie«, sagte sie ernst. »Das hier ist Jon Riley. Und ich bin seine Frau. Er hat sich an der Hand verletzt, die Wunde blutet sehr stark. Ich bringe ihn zur Notambulanz.«

Der Wachmann trat ihnen in den Weg. Ungläubig starrte er sie an. »Jon Riley? Donnerlittchen, er ist es!« Er rieb sich die Augen. »Leibhaftig steht er hier vor mir! Wenn ich das meiner kleinen Frau erzähle... sie wird es mir nicht glauben. Sie müssen wissen, Mr. Riley, wir versäumen keine Show. Kein Morgen ohne Riley – das ist unser Wahlspruch.« Er lachte dröhnend.

»Dürfen wir schnell hinein?« Tina drängte sich an ihm vorbei und schob Riley sanft vorwärts. »Aber sicher doch! Selbstverständlich! Jon Riley – nein so was.« Der Mann schüttelte seinen Kopf. »Geben Sie mir getrost die Autoschlüssel, Miss – 'tschuldigung, Mrs. Riley meine ich natürlich – ich fahre Ihnen Ihr Auto auf den Parkplatz.«

»Der Schlüssel steckt«, rief Tina über ihre Schulter zurück. »Danke, Mister.«

Sie spürte, wie ein heftiges Zittern Riley durchlief. Ängstlich besorgt sah sie zu ihm auf. Sein breites Grinsen zerstreute augenblicklich ihre schlimmen Befürchtungen. Riley drohte nicht etwa ohnmächtig zu werden wegen des starken Blutverlustes, nein, er lachte, erst leise und verhalten, dann immer lauter.

»Wie hast du doch immer gesagt?« prustete er. »Niemals werde ich mir aus der Berühmtheit meines Mannes auch nur den geringsten Vorteil verschaffen. Das ist unmoralisch!«

»Das ist ein Notfall.« Tina schaute pikiert geradeaus.

Durch Rileys Heiterkeitsausbruch aufmerksam geworden, steckte die diensthabende Schwester ihren Kopf aus dem Fensterchen der Pförtnerloge. Als sie den prominenten Patienten erkannte, stürzte sie aus dem Zimmer und führte Tina und Riley unverzüglich in einen Behandlungsraum.

Und noch keine Minute war verstrichen, da umringte sie ein Team von Krankenschwestern, die sich um Riley kümmerten.

Eine Schwester entfernte das Handtuch von seiner Hand und reinigte die Wunde. Sie ging so energisch zu Werke, daß es Tina ganz flau im Magen wurde.

Eine andere Schwester steckte Riley ein Fieberthermometer in den Mund, eine dritte maß seinen Blutdruck. Tina kam sich plötzlich überflüssig vor. Unbemerkt trat sie in den Hintergrund und lehnte sich an eine kühle, weißgekachelte Wand.

»Ich höre, eine Berühmtheit macht uns ihre Aufwartung?« begrüßte der Arzt Riley. »Herzlich willkommen. Was kann ich für Sie tun?«

»Sie werden entschuldigen, daß ich Ihnen nicht die Hand schüttele«, meinte Riley mit trockenem Grinsen, als er dem Arzt die rechte Hand zur Untersuchung hinhielt.

Der Arzt beugte sich über Rileys Hand und betrachtete mit zusammengekniffenen Augen den Schnitt von allen Seiten. Tina beobachtete ängstlich jede seiner Bewegungen. Hatten die Scherben eine größere Ader verletzt? Waren Sehnen und Muskeln betroffen?

»Hmm, hmm.« Der Arzt wiegte bedenklich den Kopf. »Um ein paar hübsche kleine Stiche werden wir nicht herumkommen«, sagte er schließlich. »Ein paar Tage wird es höllisch weh tun, aber in einer Woche sind Sie wieder ganz der alte.« Er schlug Riley freundschaftlich auf die Schulter.

»Die Schwester verpaßt Ihnen schnell eine Betäubungsspritze …«

»Eine Spritze?« Riley erbleichte.

»Mehrere. Mit einer kommen wir nicht aus, fürchte ich.« Der Arzt lachte.

»In die Hand?«

Tina trat hinter Riley. Sie legte ihre Hände auf seine Schultern. »Er hat eine Abneigung gegen Spritzen, gegen Nadeln überhaupt.«

»Nun, er wird sich wohl überwinden müssen. Die Spritzen sind immer noch das kleinere Übel. Ich glaube kaum, daß Mr. Riley es vorzieht, ohne Betäubung genäht zu werden.«

Tina hauchte einen Kuß in Rileys Nacken. »Es dauert ja nicht lange«, flüsterte sie und strich ihm die feuchten Haare aus der Stirn. »Ich bleibe bei dir, Darling, das verspreche ich dir.«

Und während eine Schwester ihm nacheinander fünf Betäubungsinjektionen in die Hand spritzte, der Arzt mit siebzehn Stichen den tiefen Schnitt zunähte und eine andere Schwester ihm einen dicken Verband anlegte, drückte Tina seinen Kopf an ihre Brust und murmelte leise beruhigende Worte.

Schweißgebadet und ein wenig wackelig auf den Beinen erhob sich Riley nach dieser Prozedur. Dankbar stützte er sich auf Tina und ließ sich von ihr den breiten Flur entlang zum Ausgang geleiten. Der eifrige Wachmann bestand darauf, ihnen das Auto auch wieder zu holen.

»Eigentlich habe ich gar keine Angst vor Spritzen«, murmelte Riley und lehnte erschöpft seinen Kopf gegen die Rückenlehne, als er endlich wieder im Wagen saß. Er war erschöpft.

»Lügner. Ich erinnere mich genau, wie du dich angestellt hast damals, als du wegen deiner starken Bronchitis eine Penicillinspritze bekommen solltest. Du hast die arme Schwester terrorisiert, hast sie nicht an dich herangelassen, hast dich mit Händen und Füßen gewehrt. Erst als man mich schließlich aus dem Wartezimmer geholt hat, hast du klein beigegeben und endlich deine Hosen heruntergelassen.«

»Ach, diese Schwester war ja nur scharf darauf, einen Blick auf Jon Rileys nackten Hintern zu erhaschen.«

»Rede dich nicht raus, mein Lieber. Und wenn ich mich richtig daran erinnere, war sie auch nicht sonderlich beeindruckt. Ich glaube, die hätte selbst der knackigste Männerpo nicht beeindrucken können. Also überleg dir etwas anderes!«

»Na gut, vor dir muß ich mich ja nicht schämen. Ich gebe zu, ich brauchte eine glaubhafte Ausrede, damit ich meinen Kopf an deinen Busen betten konnte. Und das ist nicht gelogen, das schwöre ich dir.«

Tina lachte leise. »Du willst mir doch nicht weismachen, du hättest allein deswegen ein solches Theater gemacht.«

»Ist dein Busen das nicht wert? Was meinst du denn, warum ich vorhin so getan habe, als hätte ich Angst?«

Tina warf ihm einen vernichtenden Blick zu. »Spar dir deine Märchen für jemand anderen auf, Riley. Mir erzählst du nichts. Du bist und bleibst ein Angsthase, der sich vor einem kleinen Piekser fürchtet.«

»Es ist wirklich traurig, nicht mal die eigene Frau glaubt mir.« Er schaute zum Fenster hinaus. »Wohin fahren wir eigentlich?«

»Ich bringe dich nach Hause.«

»Zu mir?«

»Wohin sonst?«

»Ich hatte gehofft, du würdest mich für diese Nacht bei dir aufnehmen.« Er hob vorwurfsvoll seine bandagierte Hand in die Höhe. »Ohne meine rechte Hand bin ich hilflos wie ein Baby. Außerdem könnte ich Fieber bekommen. Oder einen Schock. Oder …«

»Okay, okay. Verschon mich mit weiteren Schreckensbildern.« Sie bog an der nächsten Ampel ab und fuhr in die Gegenrichtung. »Aber zieh bitte keine falschen Schlüsse aus meiner Gutmütigkeit. Ich tue nur, was jeder andere mitfühlende Mensch auch täte – aus Mitleid.«

»Ich verstehe. Und glaub nicht, ich wüßte dein weiches Herz nicht zu schätzen…« Tina spürte deutlich den gutmütigen Spott, der sich hinter seinen feierlichen Worten verbarg. Sie schwieg.

»Weißt du, woran mich diese Nacht erinnert?«

»Na?«

»An die Nacht, in der wir geheiratet haben.«

Der Wagen machte einen plötzlichen, heftigen Schlenker. Tina fluchte. »Blödes Schlagloch!«

Riley grinste. »Weißt du noch? Wir haben alles stehen- und liegen- und fallenlassen und sind nach Lake Tahoe aufgebrochen.«

»Besonders du hast buchstäblich alles fallen gelassen.«

»Du meinst das Handtuch?«

»Ja.«

»Mein Gott, ja.« Er stöhnte auf. »Deine Hand… Oh, ich erinnere mich… Liebe mich, habe ich dich angefleht, und du hast geantwortet…«

»Nein, Riley, ich kann nicht.« Sie trat einen Schritt zurück. Ihr Blick wanderte an Rileys nacktem Körper herab. Sie errötete und schaute schnell wieder hoch.

»Du kannst nicht?« Seine Stimme klang rauh.

»Ich… ich will nicht.«

»Du hast gesagt, du liebst mich.«

»Ich liebe dich. Glaub mir. Aber ich möchte nicht irgendeins deiner beliebig austauschbaren Groupies werden. Niemals, Riley!« Sie winkte ab, als er protestieren wollte.

»Sei still. Ich weiß Bescheid. Deine Liebesabenteuer sind das beherrschende Thema in jeder Kaffeepause. Meinen Namen möchte ich nicht in diesen billigen Klatschgeschichten wiederfinden. Und außerdem, was tue ich denn, wenn du nach kurzer Zeit das Interesse an mir verlierst und mich fallenläßt? An eine weitere berufliche Zusammenarbeit ist dann wohl kaum mehr zu denken.«

»Du willst also nicht mit mir ins Bett gehen?«

»Du sagst es.«

Riley legte seine Hände auf ihre Schultern. »Du glaubst mir nicht, daß ich dich liebe?« fragte er ruhig.

»Ich glaube, daß du es im Augenblick wirklich meinst. Aber ...«

»Du denkst, ich will nur mit dir schlafen, stimmt's? Du glaubst nicht, daß es etwas ist, das halten könnte?«

Tina zögerte. »Ich weiß nicht«, sagte sie unsicher.

»Ich liebe dich, Tina. Und weil ich dich liebe, möchte ich mit dir schlafen. Was soll ich tun, damit ich dich endlich in mein Bett bringe?«

»Heirate mich einfach«, war ihre schnippische Antwort.

»Gut. Einverstanden.«

Tinas Kopf schnellte in die Höhe. »Was?«

»Ich habe gesagt: ›Einverstanden. Ich heirate dich!‹« Riley zuckte die Achseln. »Ich hatte gehofft, daß dies deine Bedingung wäre. Es hat mich davor bewahrt, auf die Knie gehen und dir einen Antrag machen zu müssen. Weißt du eigentlich, wie albern ein nackter Mann aussieht, wenn er einen Kniefall macht?«

»Aber ... aber, ich habe das doch nur im Spaß gemeint ...«

Er runzelte die Stirn und hob seine Brauen. »Sind Heirat, Liebe und Treue für dich nur ein Scherz? Ein Spiel, das du mit den Männern treibst, die dich lieben?« fragte er.

»Nein«, wehrte sie erschrocken ab. »Aber ...«

»Willst du meine Frau werden, Tina?«

Sie schaute in zwei ernste tiefblaue Augen, und ihr Blick verlor sich in der klaren Tiefe, und sie hatte sich hinterher nie ganz deutlich daran erinnern können daß sie tatsächlich ›ja‹ gesagt hatte.

»Was wir tun, ist verrückt«, sagte sie, als sie eine knappe halbe Stunde später in Rileys Sportwagen unterwegs nach Lake Tahoe waren.

»Ich bin verrückt, verrückt nach dir«, meinte Riley lachend. »Verrückt und verliebt, zum ersten Mal im Leben liebe ich. Ist das keine Verrücktheit wert?« Er hielt das Lenkrad mit der linken Hand, mit der rechten nestelte er an den Knöpfen von Tinas Bluse.

»Wir werden auf dem Friedhof landen, wenn du nicht endlich guckst, wo du hinfährst und das Lenkrad mit... oh!... mit beiden Händen festhältst.«

»Möchtest du wirklich, daß ich meine Hand wegnehme?« fragte er leise und berührte mit den Fingerspitzen ihre steifen Brustwarzen.

»Hmm... nein.« Tina schob ihre Hand langsam an seinem Schenkel herauf.

Er fluchte leise vor sich hin und nahm dann seine Hand von ihrem Ausschnitt. »Fair ist fair«, meinte er, »und du hast deinen Standpunkt deutlich gemacht!«

»Meine Eltern werden sehr enttäuscht sein«, sagte sie versonnen und lehnte sich in ihrem Sitz zurück. »Meine Mutter hat sich immer eine richtige Hochzeit erträumt, mit feierlichem Glockengeläut, Orgelspiel und langem weißem Kleid mit Schleppe.«

»Wir werden deine Eltern morgen anrufen und sie für Sonntag einladen«, antwortete er. »Meinst du, ich werde ihnen gefallen?«

Tina lachte. »Stell dir vor, erst vor ein paar Wochen hat meine Mutter so ganz nebenbei bemerkt, es wäre allmählich an der Zeit, daß ich mein Junggesellinnendasein beende und einen netten jungen Mann, wie zum Beispiel diesen Jon Riley aus der Morning-Show, eheliche. Ist das nicht lustig? Ich sollte eine eigene Familie gründen, ein Haus mit Garten und einen Hund haben und aufhören, an meine Karriere zu denken.«

»Und dein Vater?« Eine Spur von Unsicherheit lag in seiner Stimme. Tina hatte ein paarmal von ihrem Vater erzählt, seinem strengen, militärischen Benehmen. »Was wird dein Vater von mir halten?«

»Ach, mein Vater kann nicht aus seiner Haut. Er hat irgend etwas von zu langen Haaren gebrummt, aber das darf man nicht ernst nehmen. Als ehemaliger Marineoffizier legt er natürlich seine gewohnt strengen Maßstäbe an. Und da schneidet selbst die eigene Familie schon schlecht ab. Aber er trägt es mit Humor. – Und deine Mutter? Wird sie mich mögen?« Rileys Vater war bereits vor einigen Jahren verstorben, das wußte Tina.

»Meine Mutter? Begeistert wird sie sein. Sie hofft seit Jahren auf eine patente Frau, die mich energisch in die Pflicht nimmt.«

Tinas Hand glitt zwischen Rileys Schenkel. »Ich denke, ich werde sie nicht enttäuschen.«

Er drohte ihr mit dem Zeigefinger. »Wir werden meine Mutter ebenfalls einladen und eine kleine Familienfeier machen. Was meinst du?«

»Wunderbar. Dann kann sich auch niemand beklagen.«

Tina hatte erwartet, sie würden sich in einer der schäbigen kleinen Kapellen trauen lassen, die wie Pilze überall entlang des Highways aus dem Boden schossen, seit sie die Grenze zum Staat Nevada passiert hatten. Diese winzigen, schmucklosen Kirchen mit den häßlichen grellen Neonleuchten an der Decke, in denen Trauungen für wenig Geld angeboten wurden wie Ware im Schlußverkauf und wo außer einem Ausweis keine Papiere verlangt wurden, waren vierundzwanzig Stunden rund um die Uhr geöffnet. Orgelmusik und künstlicher Blumenschmuck wurden auf Wunsch zwar gestellt, mußten aber zusätzlich bezahlt werden.

Zu Tinas Überraschung bog Riley jedoch vom Highway ab und parkte in einer stillen Seitenstraße vor einer anheimelnden kleinen Kirche mit tief herabgezogenem Dach, die halb verdeckt inmitten eines lichten Kiefernwäldchens lag. Durch bunte Glasfenster fiel ein warmer Lichtschein nach draußen auf den kiesbestreuten Weg.

Riley half Tina aus dem Auto und geleitete sie die Stufen hinauf zu dem gewölbten Eingangsportal. Er drückte die schwere, mit Schnitzereien verzierte Holztür auf, und sie betraten den Innenraum.

Staunend blieb Tina stehen. Die ganze Kapelle war verschwenderisch mit frischen Blumen ausgeschmückt, und unzählige Kerzen verbreiteten sanfte Helligkeit. Am Ende des schmalen Mittelganges erwartete sie vor dem Altar ein festlich gekleideter Priester. Von einem Harmonium im Hintergrund erklang leise eine getragene Melodie.

»Du bist doch nicht katholischen oder jüdischen Glaubens?« flüsterte Riley ihr zu, während sie langsam durch den Mittelgang gingen.

»Nein«, antwortete sie leise und schüttelte den Kopf.

»Dann hast du also nichts gegen eine protestantische Trauungszeremonie?«

»Nein ...«, flüsterte sie und sah Riley an. In ihren Augen standen Tränen.

»Gefällt es dir?« fragte er halblaut.

Sie lächelte verklärt. »Ich liebe dich«, erwiderte sie.

»Darling.« Riley beugte sich herab und küßte sie.

»Aber würdest du mir trotzdem erklären, wann du das alles arrangiert hast?

Riley lächelte. »Ich habe von deiner Wohnung aus angerufen, während du in deinem Schlafzimmer warst und ein paar Sachen zusammengepackt hast. War es nicht eine hervorragende Idee?«

Tina konnte nur nicken und gab ihm einen Kuß.

Ein leises Räuspern erklang. Tina und Riley fuhren auseinander. Glücklich lächelnd traten sie Hand in Hand vor den Altar.

Nach der feierlichen Trauungszeremonie fuhr Riley mit Tina zu einem abseits der Straße gelegenen Hotel am Waldrand. Tina sperrte Mund und Nase auf und staunte wie ein Kind, als sie die Suite sah, die Riley für sie hatte reservieren lassen. Zwischen Wohn- und Schlafraum befanden sich eine winzige, aber mit allem Komfort ausgestattete Küche und ein luxuriöses Bad, dessen Wände und Decke ganz mit rötlichem Edelholz getäfelt waren.

Neugierig begab sich Tina auf Entdeckungsreise. Gegenüber dem breiten französischen Polsterbett knisterte in einem gemauerten Kamin ein heimeliges Feuer. Sie klatschte in die Hände und umarmte Riley. »Du bist ein Schatz«, rief sie atemlos vor Freude.

Er küßte sie liebevoll auf die Stirn. »Bist du bereit, jetzt mit mir unseren Hochzeitskuchen anzuschneiden?«

»Unseren Hochzeitskuchen?«

Riley lächelte verschmitzt. Er schob Tina vor sich her in den Wohnraum und läutete nach dem Zimmerkellner. Er murmelte ein paar halblaute Anweisungen, der Kellner nickte, verbeugte sich und verschwand lautlos.

Kurze Zeit später rollte er ein Servierwägelchen ins Zimmer. Auf einer Serviette aus steifem weißem Leinen, die kunstvoll gefaltet war wie ein Schwan, ruhte zwischen den gespreizten Flügeln eine weiße Schüssel, in der sich ein lockerschaumiges Soufflé weit über den Rand türmte. Der Schwan schwamm in einem Meer von weißen Blütenblättern, die einen betörenden Duft verströmten.

Mit angehaltenem Atem bewunderte Tina das Kunstwerk. Sie schluckte. Ihre Augen füllten sich mit Tränen.

»Das ist wunderschön«, hauchte sie.

Auf einen Wink von Riley entfernte sich der Kellner. »Für eine Hochzeitstorte mit allen Schikanen war leider die Zeit zu knapp. Aber ich hoffe, du bist auch mit dem Ersatz zufrieden.«

Tina nickte gerührt und sah zu, wie Riley das Soufflé in

zwei Portionen zerteilte, auf zwei Teller häufte und mit cremiger Grand-Marnier-Sauce übergoß. Er stellte die gefüllten Teller auf dem runden Kaffeetisch ab und rückte Tina einen Stuhl heran.

»Voilà, Mrs. Riley, ich bitte, Platz zu nehmen.«

Überglücklich lachend setzte sich Tina. Riley stimmte froh in ihr Lachen ein, und nachdem auch er sich einen Stuhl geholt und sich Tina gegenüber niedergelassen hatte, fütterten sie sich gegenseitig mit der süßen cremigen Soufflémasse. Später tranken sie herben, perlenden Champagner. Tina fühlte sich leicht und beschwingt wie nie zuvor.

»Nimm dein Glas mit.« Riley erhob sich und faßte Tina an der Hand. »Komm, meine süße Braut, komm ins Schlafzimmer«, sagte er zärtlich. Behutsam nahm er ihr das Glas aus der Hand und stellte es auf dem Nachttisch ab. Er hob den Kopf und sah Tina in die Augen. »Da wären wir nun …«

»So, da wären wir.« Tina fuhr den Wagen in die Garage und stellte den Motor ab, dann drückte sie auf den Knopf, der das Tor hinter ihnen schloß. »Hast du geschlafen?« fragte sie Riley, der schwerfällig den Kopf hob und ins Licht blinzelte.

»Nein. Ich habe nur meine Augen geschlossen und einen wunderschönen Traum geträumt – von unserer Hochzeitsnacht.«

Tina wurde rot. »Hmm.« Sie wandte sich ab, stieg aus und verschloß das Garagentor von innen. Dann kümmerte sie sich um Riley. Sie führte ihn ins Haus und nahm ihm die Jacke von den Schultern. Er sah elend aus, ganz blaß und mit tiefen Ringen unter den Augen.

»Hast du noch einen Wunsch? Möchtest du etwas zu essen haben oder etwas zu trinken?« fragte sie fürsorglich.

Er schüttelte den Kopf. Schweigend stiegen sie nebeneinander die Treppe hinauf. »Warte.« Tina schlug die Bettdecke zurück. »Hast du Schmerzen?«

»Nein. Die Betäubung hält noch an.« Er zeigte auf seine bandagierte Hand. »Ausgerechnet die rechte mußte es natürlich sein. Zu dumm!«

»Nimm's nicht so schwer. Du wirst dir schon irgendwie zu helfen wissen.«

»Das sagst du so. Ich bin nur froh, daß ich keine Bluttransfusion gebraucht habe. Das hätte ich nicht überlebt!« Riley streifte seine Schuhe von den Füßen und ließ sich aufs Bett fallen. In alter Gewohnheit wollte er sein Hemd mit der rechten Hand aufknöpfen und merkte plötzlich, wie sehr er durch die Verwundung behindert wurde.

»Nicht! Laß mich das machen.« Tina eilte ihm zu Hilfe. An seiner linken Hand zog sie ihn wieder vom Bett hoch, und mit flinken Fingern öffnete sie Knopf um Knopf.

Als sie Rileys behaarte Brust mit dem Handrücken berührte, wurde ihr mit einem Mal bewußt, daß sie im Begriff war, ihn auszuziehen. Sie schluckte. Ihre Finger kamen ihr plötzlich seltsam steif vor. Mit ungelenken Bewegungen machte sie sich an den letzten Knöpfen zu schaffen.

Tausend Erinnerungen strömten auf sie ein. Erinnerungen an köstliche Spiele; an lange Nächte, in denen sie sich gegenseitig lustvoll entkleidet hatten, an Stunden, in denen sie sich in rasch entflammter Leidenschaft die Kleider förmlich vom Leib gerissen hatten vor Ungeduld.

Heftig atmend zerrte sie das Hemd aus dem strammen Hosenbund, zog es hastig über Rileys Schultern nach hinten und streifte es über seine Arme hinab. Ihre Blicke klebten an seinem Körper. Der vertraute Anblick erweckte all ihre mühsam unterdrückten Gefühle zu neuem Leben.

Tina preßte ihre Lippen fest aufeinander und warf gewollt nachlässig Rileys Oberhemd auf einen Sessel. »Möchtest du… hm… möchtest du auch deine Jeans ausziehen?«

»Normalerweise schlaf ich nicht in Jeans.«

Sie beugte sich vor. Ein Schwindel erfaßte sie, und sie fragte sich, ob er wußte, in welchem Zustand sie sich befand. Sie schloß für einen Moment ihre Augen und atmete tief durch.

Die breite Metallschließe des Gürtels fühlte sich angenehm kühl an. Tina strich mit den Fingerspitzen darüber. Sie löste den Gürtel. Zögernd öffnete sie den Knopf am Hosenbund.

Als sie die warme glatte Haut auf Rileys flachem Bauch an ihren Fingern spürte, zuckte sie unwillkürlich zusammen. Vorsichtig zog sie den Reißverschluß nach unten, wobei sie ängstlich jede Berührung mit Rileys Körper vermied.

Aber bei seinen hautengen Jeans war das schon ein kleines Kunststück für sich. Doch schließlich hatte Tina auch das geschafft. Sie richtete sich ein wenig auf, schob langsam ihre Hände unter den Bund und streifte Rileys Hose über die Hüften nach unten. Dann kniete sie sich vor ihn hin und zog an den Hosenbeinen. Riley stieg aus den Jeans.

»Ich schlafe auch nie in meiner Unterwäsche«, murmelte er.

Tina schaute zu ihm auf, wobei sie nicht vermeiden konnte, einige bestimmte Teile seines Körpers zu betrachten. Sie wurde blutrot.

Himmel. Wie sie sich danach sehnte, ihn zu berühren und zu küssen, seinen schlanken festen Körper zu streicheln und zu liebkosen! Es war eine Qual, es nicht zu tun!

»Eine Nacht lang wirst du's wohl mal aushalten können.« Energisch drückte sie ihn aufs Bett und deckte ihn schnell bis zum Kinn zu.

Dann floh sie ins Bad. Sie warf die Tür hinter sich zu und lehnte sich dagegen. Nach einer Weile, als sie wieder ruhiger atmete, zog sie sich aus und schlüpfte in ein bequemes Shorty aus pastellblauem Baumwolltrikot. Anschließend hüllte sie sich in einen alten Bademantel, den Riley einmal im Scherz als ›Liebestöter‹ bezeichnet hatte.

So gerüstet wagte sie sich zurück in ihr Schlafzimmer. »Brauchst du noch irgendwas?« fragte sie betont lässig und cool.

Riley schaute ihr zufrieden entgegen. Er hatte die Bettdecke bis zur Taille zurückgeschlagen. Sein Kopf ruhte auf seinem linken Arm, seine bandagierte Rechte in seinem Schoß.

»Gegen ein bißchen zärtliche Fürsorge hätte ich nichts einzuwenden. Vielleicht setzen wir unser vielversprechendes Gespräch über Familienplanung jetzt fort? Übrigens wird es ja verdammt schwierig werden mit unseren Schwangerschaften. Wie sollen wir, wenn wir getrennt leben, ein Baby ... He, was machst du?«

»Ich hole mir Bettzeug aus dem Schrank.«

»Wozu denn das?«

»Damit ich mir unten auf der Couch mein Bett herrichten kann.«

Riley setzte sich auf. »Um Himmels willen, Tina!«

»Nein, nicht dem Himmel zuliebe, sondern mir zuliebe – und dir.« Sie sah ihn an. »Du hattest doch wohl keine Hintergedanken, als du fragtest, ob du hierbleiben könntest?« Natürlich hatte er die gehabt, das war ihm am Gesicht abzulesen.

Sie klemmte sich energisch ihr Bettzeug unter den Arm. »Gute Nacht, Riley. Schlaf gut. Wir sehen uns dann morgen früh, mein Lieber.« Sie warf ihren Kopf in den Nacken und rauschte zur Tür hinaus wie eine Fürstin.

Die Couch war breit und bequem wie ein Bett. Tina kuschelte sich gähnend in ihre Kissen. Doch, obwohl sie todmüde war, fand sie keinen Schlaf. Sobald sie die Augen schloß, suchten die Erinnerungen sie heim. Bilder unbeschwert heiterer Tage und zärtlicher Liebesnächte verfolgten sie.

Unruhig wälzte sie sich hin und her. Gegen ihren Willen schweiften ihre Gedanken wieder und wieder zurück. Zurück zu ihrer ersten Nacht mit Riley, zu ihrer Hochzeitsnacht…

»Da wären wir nun…« Riley löschte die Lampen. Nur noch der sanfte rötliche Schein der brennenden Holzscheite im Kamin erhellte den Raum. Matt schimmerten die elfenbeinfarbenen Satinkissen, wenn das milde gelbliche Licht der züngelnden Flammen auf sie fiel. Flackernde Schatten malten dunkle, geheimnisvolle Bilder an die Wände, für Sekunden nur unterbrochen durch den hellen Strahl plötzlich hochauflodernder Flammen.

»Möchtest du gern ein Bad nehmen?«

»Jetzt nicht. Danach vielleicht.«

»Danach?« Riley hob die Brauen, seine Augen funkelten.

Tinas Wangen färbten sich. »Später«, sagte sie leise.

»Tina«, flüsterte er rauh. »Komm her zu mir. Komm in meine Arme…«

Sie sah ihn an. Ihre Augen glühten, ihr Atem ging schnell. »Riley«, stammelte sie und ließ sich von ihm umarmen.

»Tina, meine geliebte, süße Tina!« Er beugte sich zu ihr und küßte sie. Behutsam streifte er ihr das Kleid von den Schultern. Tina zog ihre Arme aus den Armlöchern, und mit leisem Rascheln rutschte der glatte Stoff über ihre Hüften hinab zu Boden.

Riley trat zurück. Tina spürte, wie er den Atem anhielt. Seine Blicke wanderten über ihren nur spärlich verhüllten Körper, ihre makellose, hellschimmernde Haut, ihren vollen Busen, der sich unter der hauchzarten champagnerfarbenen Seidenwäsche deutlich abzeichnete, ihre schmale Taille, die glatten, sanft gerundeten Hüften und ihre langen schlanken Beine. Riley seufzte leise.

»Ich kann mich nicht entscheiden«, murmelte er. »Soll ich dich nun küssen, oder soll ich dich nur immer ansehen?«

»Warum versuchst du nicht beides?«

Er riß sie ungestüm an sich und küßte sie leidenschaftlich. »Du bist schön«, flüsterte er benommen. Mit seinen Daumen schob er die Träger ihres Tops zur Seite und enthüllte ihren Busen. »Wunderschön.«

Unendlich zärtlich, fast ehrfürchtig berührten seine Finger ihre weiche warme Haut. Tina stöhnte auf, als Riley seinen Kopf senkte und sie seine heißen Lippen spürte. Ihre Finger krallten sich in seine Haare, sie atmete schwer.

Rileys Küsse versetzten sie in einen Rausch der Gefühle. Sie drängte sich heftig an ihn, preßte seinen Kopf gegen ihren Körper und murmelte erregt seinen Namen.

Doch Riley überstürzte nichts. Mit äußerster Willensanstrengung zügelte er sein eigenes Verlangen. Er streichelte Tinas Brüste und ließ seine Zunge um die aufrechten rosigen Brustwarzen kreisen, bis Tina hohe, gepreßte Schreie der Lust ausstieß.

Er lächelte wissend. Seine Lippen glitten zwischen Tinas Brüsten hinab zu ihrem Bauch. Riley sank auf die Knie. Ohne Hast zog er Tina den Slip aus. Sie schaute benommen zu. In seinem Blick mischten sich sehnsüchtige Erregung und mühsam beherrschte Ungeduld.

Mit zitternden Fingern löste er die Strumpfhalter und rollte bedächtig die mattglänzenden weißen Seidenstrümpfe bis zur Ferse hinab. Mit beiden Händen strich er an Tinas Beinen entlang und über ihren Po. Sie zuckte zusammen und wimmerte schwach. Schnell und geschickt hakte Riley den Verschluß des Strumpfhalters auf. Geräuschlos fiel er zu Boden.

Riley hob den Kopf. Er tat einen tiefen Atemzug. Vollkommen und ebenmäßig geformt wie eine antike Statue stand Tina in ihrer strahlenden Nacktheit vor ihm. Aber ihr Körper verströmte nicht die unberührbare Kälte toten weißen Marmors, ihr Körper fühlte sich lebendig an, warm und weich.

Ungestüm umschlang Riley sie. Er schloß die Augen und barg sein Gesicht an ihrem Schoß. Seine Erregung drohte ihn zu überwältigen. Stöhnend grub er seine Finger in das glatte, nachgiebige Fleisch ihres kleinen runden Pos. Sein Mund preßte sich gegen das feuchte seidige Haargekräusel zwischen ihren Schenkeln, und seine Zunge bahnte sich den Weg in das Gewirr.

Tina schrie auf.

Wie eine heiße Welle überkam sie die Lust.

Ihre Knie gaben nach, ihr wurde schwarz vor Augen. Riley nahm sie in seine starken Arme und trug sie zum Bett. Und noch ehe sie wieder ihre Augen ganz aufschlug, hatte er sich entkleidet und zu ihr gelegt. Tina schmiegte sich an ihn. Scheu berührte sie seine nackte heiße Haut.

Riley stöhnte leise.

Sie umarmten und küßten sich: unersättlich, wild und leidenschaftlich.

Seine Hand glitt zwischen ihre Beine.

Tina spreizte die Schenkel.

Riley streichelte sie, bis sie sich ihm seufzend entgegenstreckte und wimmernd unter ihm wand. »Komm, Jon, bitte komm«, stieß sie erregt aus.

Und dann spürte sie ihn: hart und fordernd.

»Ich liebe dich, Jon«, stammelte Tina. »Ich liebe dich so sehr.«

Riley drang in sie ein. Doch plötzlich zögerte er und hielt überrascht inne.

»Komm zu mir«, drängte Tina und schlang ihre Beine fester um ihn.

»Liebe mich, Jon.«

Fahle Morgendämmerung kroch träge durch den Spalt zwischen den zugezogenen Vorhängen. Tina und Riley lagen engumschlungen beieinander.

Ihre nackte Haut glänzte feucht, die Haare klebten ihnen an Stirn und Nacken, ihr Atem ging stoßweise, doch ihre Augen glänzten hell.

»Meine süße Braut, meine Geliebte«, flüsterte Riley lächelnd. »Danke, Tina.« Er küßte sie zärtlich.
»O Jon, mein lieber, lieber Jon.« Tina wischte sich verstohlen eine Träne aus dem Augenwinkel.

Unruhig wälzte sich Tina von einer Seite auf die andere. Das Sofa ächzte unter ihrem Gewicht. Von der Treppe her drang ein Geräusch in ihren Dämmerschlaf. Sie setzte sich auf.

»Jon?« hallte ihre Stimme durch die nächtliche Stille.

6

Sie tastete nach dem Lichtschalter. Helles Licht flammte auf. Geblendet blinzelte Riley und beschirmte seine Augen mit der Hand. »Du hast mich gerufen?«

»Ich? Dich? Wieso? Warum bist du nicht in deinem Bett?« Tina rannte zur Treppe, um Riley zu stützen.

»Du hast ›Jon‹ gerufen.«

»So?«

»Ja.« Er schaute sie an. »Jon hast du mich nur genannt, wenn wir uns geliebt haben.«

»Ich... ich muß geträumt haben.« Tina zuckte die Achseln.

»Daß wir uns geliebt haben?«

Sie wich seinem Blick aus und ging nicht auf seine Bemerkung ein. »Was tappst du hier im Dunkeln herum?«

»Dein ›Jon‹ klang wie ein Hilferuf durch die Nacht. Sollte ich da ruhig in meinem Bett bleiben und dich deinem Schicksal überlassen?« Er blieb auf der untersten Treppenstufe stehen und musterte Tina. Verlangen lag in seinem Blick.

»Du bist schön«, flüsterte er rauh. »Schön und begehrenswert.«

Sie senkte den Blick, sah an sich herab und schluckte. Ihr knappes Shorty schmiegte sich an ihren Körper wie eine zweite Haut, doch unter Rileys verlangendem Blick fühlte sie sich plötzlich nackt und seltsam verwundbar. Sie verschränkte fröstelnd ihre Arme vor der Brust. Sie spürte, wie ein Zittern ihren Körper überlief.

»Und um mir das mitzuteilen, bist du im Finstern die Treppe heruntergeschlichen und hast mich aufgeweckt?«

»Auch.« Er berührte seine bandagierte Hand. »Ich fürchte, die Betäubung läßt jetzt allmählich nach.« Er verzog das Gesicht.

»Hast du Schmerzen?«

Riley nickte. »Es tut höllisch weh.«

»In meiner Handtasche sind Schmerztabletten. Ich gehe schnell und hole sie.« Tina wollte losrennen, doch er hielt sie am Handgelenk fest. »Ich möchte keine Schmerztablette.«

»Aber warum willst du dich unnötig quälen? Ich bin gleich wieder …«

»Gieß mir lieber einen Brandy ein. Ein Schluck Alkohol betäubt die Schmerzen, aber mein Kopf bleibt klar. Trinkst du auch ein Glas?« Er steuerte auf die Bar zu. Tina trabte folgsam hinterher und setzte sich auf einen Barhocker.

Riley stöberte in den Regalen. »Ah, da haben wir ja schon, was wir suchen.« Er stellte zwei Flaschen Brandy vor sich auf die Theke, studierte eingehend die Etiketten und wählte dann die teurere Marke. Aus dem Barschrank angelte er zwei Cognacschwenker, öffnete die Flasche mit den Zähnen und füllte ein Glas bis über die Hälfte voll.

»Für mich bitte keinen Brandy«, erklärte Tina bestimmt.

»Ein Likörchen? Cointreau? Grand Marnier? Bailey's?« schlug er vor.

»Danke, ich möchte nichts.«

»Na dann, auf mein Wohl.« Er hob das Glas und prostete Tina zu. »Und auf deins.« Er tat einen kräftigen Schluck. Der hochprozentige Brandy rann feurig durch seine Kehle, und im Magen breitete sich eine angenehme Wärme aus.

Riley schloß die Augen. Sein Gesicht war unnatürlich bleich, um seine Augen lagen dunkle Schatten, und seine Lippen bildeten eine schmale weiße Linie. Tina betrachtete ihn besorgt.

»Du hast große Schmerzen, nicht wahr?«

»Ach, alles halb so wild.« Er rang sich ein mühsames Lächeln ab.

»Müßt ihr Männer denn immer nur den Helden spielen?« Tina schüttelte mißbilligend den Kopf.

»Soll ich jammern? Was nützt mir das?«

»Nun, immerhin könntest du auf Mitleid hoffen …«, erwiderte sie.

»Mitleid lindert keine Schmerzen. Aber ein bißchen Ablenkung täte mir vielleicht ganz gut. Zumindest könnte es nicht schaden.« Riley suchte Tinas Blick. »Erinnerst du dich an unser altbewährtes Hausmittel …?« Er strich mit dem Daumen über Tinas Lippen.

Sie schluckte. »Ich weiß nicht, worauf du anspielst«, entgegnete sie steif.

»Das bezweifle ich, mein Liebling.« Sein Blick ruhte auf ihrem Busen.

Tina spürte, wie ihre Brustwarzen sich aufrichteten. Sie errötete. »Wie willst du das beurteilen?« antwortete sie schnippisch. »Nimm dein Glas mit nach oben, ich lege mich jetzt wieder schlafen.«

Sie hüpfte vom Barhocker und schlenderte zu ihrem Sofa. Demonstrativ kehrte sie Riley den Rücken zu und schüttelte energisch ihre Kissen auf. Dann legte sie sich hin, zog die Bettdecke hoch bis an ihr Kinn, drehte sich zur Wand und schloß die Augen. Und fragte sich, was er jetzt wohl tun würde.

Keine zehn Sekunden lag sie so, da spürte sie, wie am Fußende das Polster unter Rileys Gewicht nachgab. Mit einem Seufzer rollte sie sich auf den Rücken und schlug die Augen wieder auf.

»Hattest du nicht gesagt, du wolltest dein Glas mitnehmen und deinen Brandy oben im Schlafzimmer austrinken?«

»Du hast diesen Vorschlag gemacht, nicht ich«, erwiderte er grinsend. »Mir scheint, du bringst heute nacht einiges durcheinander. Macht meine Gegenwart dich so nervös?«

Tina gähnte und verdrehte die Augen. »Meinetwegen bleib also hier sitzen. Aber laß mir meine Ruhe, ich möchte schlafen.« Sie seufzte und kuschelte ihren Kopf in ihr Kissen.

»Laß das!« Sie setzte sich abrupt auf und warf Riley böse Blicke zu.

»Du hast es immer gern gehabt, wenn ich deine Füße streichelte.« Riley hatte seine gesunde Hand unter die Bettdecke gesteckt und berührte ihre Zehen.

»Willst du mir nicht endlich mal ein wenig Schlaf gönnen?«

»Wie kannst du schlafen, wenn ich leide?« fragte er gespielt vorwurfsvoll.

»Zeigt der Brandy denn noch keine Wirkung?«

»Bisher nicht.« Riley hob das Glas, und Tina sah, daß es noch zu gut zwei Dritteln gefüllt war.

»Also gut, ich spiele noch ein Weilchen den Babysitter. Aber ich warne dich. Wenn du dich nicht anständig benimmst, schicke ich dich unverzüglich nach Hause. Du fährst auch mit nur einer Hand ziemlich sicher.« Sie sah ihn an.

»Und vorzugsweise mit der linken.« Riley lächelte versonnen. »Die rechte beschäftigte sich meistens mit angenehmeren Dingen.«

Tina preßte unwillkürlich ihre Schenkel zusammen. »Hör auf mit deinen zweideutigen Anspielungen«, sagte sie mit belegter Stimme. »Ich mache meine Drohungen wahr.«

»Als ich in unserer Hochzeitsnacht feststellte, daß du noch unberührt warst, war ich echt überrascht, im ersten Augenblick sogar irritiert. Hast du das gemerkt?«

»Riley! Hast du nicht gehört?«

»Aber ich war wirklich verblüfft. Ehrlich – das sollte keine Anzüglichkeit sein.«

»Und was ist daran so erstaunlich gewesen?«

»Bei Damen in deinem Alter stößt man schließlich nicht alle Tage auf Jungfrauen.«

»In meinem Alter? Das klingt ja, als wäre ich damals schon uralt gewesen ein Dinosaurier, ein Relikt aus vergangenen Zeiten.«

»Wie alt warst du denn? Fünfundzwanzig? Fünfundzwanzig Jahre und noch Jungfrau! Nun mal ehrlich, Tina, wie viele unberührte Mädchen in diesem Alter kennst du?« wollte er wissen.

»Vielleicht sollte man sie im Museum ausstellen – als abschreckendes Beispiel einer überlebten Moral.«

»Nun sei doch nicht gleich beleidigt. Habe ich denn behauptet, ich wäre enttäuscht gewesen?« Er streichelte erneut ihre Füße.

»Im Gegenteil, ich bin sehr froh, daß du so lange gewartet hast. Es macht mich stolz und glücklich, daß ich der erste Mann in deinem Leben sein durfte. Und offengestanden, der Gedanke, ein anderer Mann – andere Männer – hätten vorher schon mit dir ... dieser Gedanke wäre mir unerträglich.«

Rileys streichelnde Hand verfehlte nicht ihre Wirkung. Tina wurde unruhig.

Innerlich sperrte sie sich gegen ihre wachsende Erregung, doch ihr erhitzter Körper gehorchte nur widerwillig ihrem kühlen Verstand.

»Es gibt noch eine Menge anderer Möglichkeiten, sich zu lieben«, entgegnete Tina ärgerlich. In ihrer Wut über ihre Schwäche war ihr diese arrogante und verletzende Bemerkung ganz gegen ihren Willen herausgerutscht. Erschrocken biß sie sich auf die Lippen.

Eine steile Falte erschien zwischen Rileys Brauen. Das Streicheln hörte auf.

Seine Hand schloß sich hart um Tinas Fußknöchel. »Was soll das heißen?«

Hilflos starrte sie ihm ins Gesicht. Hätte sie doch nur ihren vorlauten Mund gehalten. »Ich ... ich habe niemals behauptet, mich hätten vor dir nicht ... nicht schon andere Männer ... geliebt«, stotterte sie.

»Heißt das, du hast deine Spiele mit den Männern getrieben – und sie mit dir –, aber niemals bis zum Ende?«

Tina zuckte die Achseln.

»Mit wem?«

»Ach, Riley, welche Rolle spielt das jetzt noch?«

»Welche Rolle? Eine gewaltige! Eine ganz entscheidende – für mich jedenfalls.«

»Aber warum? Warum jetzt auf einmal?«

»Weil du plötzlich mit deinen Liebhabern angibst.«

»Ich prahle nicht mit...«

»Wer waren diese Männer? Woher kanntest du sie? Waren es Freunde aus dem College?«

»Sicher.« Tina warf trotzig ihren Kopf nach hinten. Rileys hartnäckiges Mißtrauen und seine bohrende Eifersucht machten sie wütend und traurig zugleich. »Meinst du, ich habe gelebt wie eine Nonne?«

»Hm.« Seine Augen verengten sich zu schmalen Schlitzen. »Und in der High-School?« fragte er knapp.

»Es gab dort sehr attraktive junge Schüler.«

»Junior High-School?«

Tina sah ihn nur stumm an.

»Mein Gott«, flüsterte Riley mit ersterbender Stimme. Er schüttelte den Kopf. »Hast du allen diesen Männern Appetit gemacht, bis ihnen das Wasser im Mund zusammenlief, und hast ihnen dann den gefüllten Teller unter der Nase weggezogen? Wie weit durften diese armen Jungen sich denn vorwagen?«

»Das ist doch absurd, Riley.«

»Wie weit durften sie gehen?« brüllte er. »Durften sie deinen Busen sehen? Ihn anfassen? Antworte!« Seine Stimme überschlug sich fast.

»Ich denke nicht daran.«

»Durften sie deine Brüste küssen? Deinen Bauch streicheln? Oder deine Schenkel?«

»Riley...«

»Haben sie deine Schenkel geküßt? Dich ... da berührt – geküßt?« Er zitterte am ganzen Körper, und seine Augen sprühten Blitze.

»Hör auf, Riley. Hör endlich auf«, stöhnte Tina und hielt sich die Ohren zu.

»O nein«, schrie er aufgebracht. »Du wirst mir noch eine Weile zuhören. Schließlich hast du mit diesem Thema angefangen, und nun wirst du dir wohl oder übel anhören müssen, was ich dazu zu sagen habe.«

»Dieses Thema ist kein Thema. Es gibt dazu nichts zu sagen. Es gibt und gab keine Liebhaber.«

Riley hörte nicht auf ihre Worte. »Hast du ihre Zärtlichkeiten erwidert?« fuhr er Tina barsch an. »Mit deinen Händen? Mit deinem Mund? Was haben sie mit dir getan? Wie haben sie dich geliebt? Wie hast du sie geliebt? Ich will es wissen. Haarklein, und bis in alle Einzelheiten.«

»Ich kann dir nichts erzählen«, schrie sie verzweifelt. »Es gab keine anderen Männer. Begreif doch!«

Riley starrte sie an. Auf seiner Stirn standen dicke Schweißperlen. Sein Brustkorb hob und senkte sich in rascher Folge. »Wer war der erste Mann in deinem Leben? Wer?«

»Du.«

Sekundenlang saßen beide reglos und schwiegen. Dann ließ sich Tina erschöpft auf ihr Kissen zurückfallen. »War es das, was du hören wollest?« fragte sie leise.

»Du hast niemals vorher ...«

»Nie.« Ihre Augen füllten sich mit Tränen.

Riley legte seine bandagierte Hand auf ihren Bauch. »Aber warum hast du dann von anderen Männern gesprochen?«

»Ich weiß nicht. Vielleicht, um dich zu provozieren?«

»Was wolltest du damit bezwecken?«

»Keine Ahnung.« Tinas Stimme klang matt. »Vielleicht wollte ich mich rächen für die vielen Frauen, die du geliebt hast. Vor unserer Ehe – und auch während unserer Ehe.«

Sie rieb sich die Tränenspuren von den Wangen. »Wir waren häufig getrennt. Oft warst du allein unterwegs – mit jungen, attraktiven Frauen. Ich habe die Berichte in den Zeitungen gierig verschlungen.«

Riley griff nach seinem Glas und nahm einen großen Schluck. »Du hast auch nicht die ganze Zeit nur zu Hause gesessen und Däumchen gedreht«, entgegnete er barsch. »Winn streicht seit Wochen wie ein Kater um dich herum und gibt sich alle Mühe, deine Aufmerksamkeit zu gewinnen.«

»Woher weißt du das?«

»Ich habe meine Verbindungen.«

»Was Abel und mich verbindet, habe ich dir vorhin schon versucht zu erklären. Wir sind uns sympathisch, aber sonst ist nichts zwischen uns.«

»Und nicht anders ist mein Verhältnis zu den Frauen, mit denen ich mich in der Öffentlichkeit präsentieren muß.«

Tina musterte ihn zweifelnd.

»Du weißt genau, wie das läuft. Unser Intendant erwartet von mir, daß ich mich als offizieller Vertreter der Sendeanstalt um die Damen kümmere. Was bedeutet, daß ich sie zum Essen ausführen und zu diversen Veranstaltungen begleiten muß. Glaub mir, keine dieser Frauen hat mir je etwas bedeutet. Gefühle waren nie im Spiel.«

»Das stimmt nicht.« Tina setzte sich wieder hin. »Ich erinnere mich genau an den einen Abend, als wir ...« Sie brach ab. »Aber, was soll's ...?« Sie zuckte mit den Schultern.

»Nein, nein. Sprich nur weiter.« Riley beugte sich neugierig nach vorn. »Was war an diesem Abend?«

»Nichts. Gar nichts. Ich hab's vergessen.«

»Du meinst nicht etwa jenen Abend, an dem man uns die hochherrschaftliche Limousine mitsamt Chauffeur vor die Haustür geschickt hat?«

Die purpurne Röte, die Tinas Wangen überzog, verriet

Riley deutlicher als jedes Wort, daß er das richtige Gespür gehabt hatte.

»Meine Güte, welche Ehre. Womit haben wir denn das verdient?« fragte Tina spöttisch, als zur vereinbarten Zeit eine überlange schwarzglänzende Luxus-Limousine bei ihnen vorfuhr. Sie versanken in den weichen Polstern der hinteren Sitzbank. Der Chauffeur schien ihnen meilenweit entfernt.

»Eine berühmte Persönlichkeit holt man eben nicht in einem stinknormalen Dutzendauto ab. Um einen Jon Riley in den Country Club zu bekommen, läßt man sich schon etwas mehr einfallen.« Er sah Tina grinsend an.

»Was ich an dir so besonders schätze, ist die Tatsache, daß du trotz aller Erfolge immer so überaus bescheiden und zurückhaltend geblieben bist.« Tina lachte übermütig und drückte Riley einen schmatzenden Kuß auf die Wange.

»Na, na«, wehrte er mit gespielter Empörung ab. »Schau mal!« Er drückte auf einen Knopf, und über ihnen öffnete sich geräuschlos das Dach. »Hier sind noch eine Menge anderer Knöpfe und Hebel«, staunte er und betastete in kindlichem Erkundungsdrang jeden einzelnen.

»Hier, die Bar«, rief er. »Wünschen gnädigste Frau einen Drink? – Ach, und auf unser geliebtes Fernsehen müssen wir auch nicht verzichten. Was darf ich für dich einstellen? Dallas oder Denver?«

»Mach nur nichts kaputt«, mahnte Tina. »Die Kosten für die Reparatur dürften unseren Etat übersteigen.«

»Über unsere Finanzen brauchst du dir nicht dein hübsches Köpfchen zu zerbrechen«, wies er sie gönnerhaft zurecht. »Das laß nur getrost meine Sorge sein.«

Ein empörter Blick traf ihn, und er grinste zufrieden. »Mein Agent handelt zur Zeit einen neuen Vertrag aus. Es ist mir direkt peinlich, wie hoch er meine Gage ansetzt.«

Tina lachte. »Ich sehe dich förmlich erröten vor Scham.«

»Und ich weiß aus zuverlässiger Quelle, daß meine Producerin ebenfalls eine fette Gehaltserhöhung erwartet.«

»Wer hat dir denn das gesteckt?«

»Meine liebe Frau. Sie kann solche Neuigkeiten immer schlecht für sich behalten.«

»Man sagt, deine Producerin hätte hart gearbeitet, um ›Riley in the Morning‹ wieder auf Vordermann zu bringen«, erwiderte sie. »Da ist es nur gerecht, wenn man ihr ein paar Dollar mehr zubilligt. Ganz zu schweigen von den Mühen, die sie anfänglich mit Riley selbst hatte ...«

»Dafür steht ihr wahrhaftig eine Extraentschädigung zu«, raunte er und biß sie zärtlich ins Ohrläppchen.

»Das finde ich auch.« Tina kuschelte sich an ihn und öffnete einladend ihre vollen, rotglänzenden Lippen.

Riley beugte sich vor und küßte sie. »Habe ich dir eigentlich schon gesagt, wie verführerisch du heute abend wieder aussiehst?« murmelte er. »Ist diese Bluse neu?«

»Die Antwort auf deine erste Frage lautet: Nein, die auf deine zweite: Ja.« Tina fuhr mit der Zungenspitze über Rileys Lippen. »Sie sehen aber auch nicht übel aus, Mr. Riley. Ich habe eine Schwäche für Männer, die im Smoking eine so blendende Figur machen.« Sie seufzte.

»Das hättest du früher sagen sollen.« Er legte den Arm um ihre Schultern und berührte mit den Fingerspitzen die glatten Jettknöpfe an ihrer schwarzen Organzabluse.

»Riley! Der Fahrer ...«

»Augenblick.« Riley betätigte einen der vielen Knöpfe, und mit leisem Surren fuhr eine undurchsichtige Trennwand in die Höhe und entzog sie den Blicken des Chauffeurs. »Alle Achtung, bei diesem Auto hat man wirklich an alles gedacht. Bist du schon jemals in einer Limousine geliebt worden?«

»Nein.« Tina kicherte. »Benimm dich. Nicht, Darling ... oh ...«

»Ich bin verrückt nach dir!« Riley drückte sie sanft in die

schwellenden Polster und erstickte ihren Protest mit einem leidenschaftlichen Kuß.

Wie von unsichtbaren Kräften bewegt, hoben sich Tinas Arme und legten sich um seinen Hals. Ein Schauder durchlief sie.

»Der Stoff deiner neuen Bluse fühlt sich angenehm an«, flüsterte er heiser. »Hörst du das leise Rascheln?« Er öffnete rasch die Knöpfe.

»Riley, wir sollten wirklich lieber nicht …«

»Psst, Liebling. Bestimmt schmeckt deine Haut genausogut, wie sie sich anfühlt.« Er schob den Spitzenrand des schwarzen Teddy aus Satin, den sie unter ihrer Bluse trug, behutsam nach unten und legte ihren Busen frei. Seine Hände umschlossen zärtlich ihre festen Brüste.

Tina atmete heftig. Sie sah, wie Riley den Kopf neigte – und spürte seine warmen Lippen. Sie schloß die Augen.

Der schwarze Moiréstoff knisterte kaum hörbar, als Riley seine freie Hand unter Tinas Rocksaum schob. Seine Berührung brannte wie Feuer auf der glatten, weichen Haut zwischen ihren Schenkeln. Tina keuchte leise, als er den Verschluß im Schritt aufhakte und sich weiter vortastete.

Blindlings zerrte sie Rileys Smokinghemd aus dem Bund, riß mit zitternden Fingern die Knöpfe auf und wühlte alle zehn Finger in seine dichten, dunkelgelockten Brusthaare. »Jon …«, seufzte sie. »Ja, Jon, ja …« Es war unglaublich, welches Verlangen er in ihr wecken konnte.

Ihre Erregung entflammte Rileys Leidenschaft noch heftiger. »Darling!« Mit entschlossenem Ruck öffnete er den Reißverschluß seiner Hose. Tina spreizte ihre Schenkel, und er drang in sie ein. »Tina … du …«, keuchte er zwischen harten, rhythmischen Stößen. »Ich liebe dich.«

Die seltsame abgeschlossene Atmosphäre im Inneren des Luxusautos, das Unschickliche ihres Tuns und die geheime Angst, man könnte sie entdecken, schärften sämtliche

Sinne aufs Äußerste und steigerten ihre Lust auf fast unerträgliche Weise. Unerwartet schnell erreichten sie den Höhepunkt.

Es war, als erschütterte eine Explosion ihre erhitzten Körper. Aufstöhnend barg Riley seinen Kopf an Tinas Schulter. Sein heißer Atem streifte ihren feuchten Nacken. Ihre Arme sanken kraftlos zur Seite. Sie öffnete die Augen. Riley hob den Kopf. Er sah sie an, und ihre Blicke trafen sich.

Und plötzlich – wie auf Verabredung – mußten beide lauthals lachen.

»Riley«, japste Tina. »Was haben wir getan?«

Er warf einen Blick durch das getönte Seitenfenster nach draußen. »Wir müssen uns beeilen, Schatz«, bemerkte er. »Ich fürchte, wir sind gleich am Ziel.« Er rollte sich zur Seite und gab Tina frei.

»O nein!« Sie setzte sich auf und ordnete in fliegender Hast ihre Kleidung.

»Mir fehlt ein Knopf«, rief Riley nervös. »Ach, hier ist er… Nein, das war der Sicherheitsgurt.« Mit fahrigen Bewegungen tastete er über die Polster.

»Au! Mist! Da hast du deinen vermaledeiten Knopf. Ich habe mich draufgesetzt!«

»Danke.« Riley drückte hastig den winzigen Knopf durch die Knopflöcher, stopfte sein Hemd in die Hose und rückte den verrutschten Kummerbund zurecht.

»Vergiß bloß nicht, deine Hose zuzumachen«, mahnte Tina.

Er lachte. »Gut, daß du mich daran erinnerst.« Er zog den Reißverschluß hoch, band in aller Eile seine Smokingschleife neu, zupfte die Enden glatt, fuhr einmal kurz mit allen zehn Fingern durch seine Haare und lehnte sich dann aufatmend zurück.

Der Wagen verlangsamte jetzt seine Fahrt, bremste und kam mit sanftem Ruck zum Stehen.

»Wie sehe ich aus?« flüsterte Tina ängstlich.

»Wie die Liebesgöttin Venus höchstpersönlich – nach einer Liebesnacht.«

»Riley.«

»Das ist ein Kompliment, Darling.« Lachend ergriff er ihre Hand und drückte sie zärtlich. »Alle Frauen werden dich beneiden – und alle Männer mich. Denn ich kann mir kaum vorstellen, daß außer uns noch viele Leute die Fahrt hierher für ein solch anregendes Quicky genutzt haben.«

»Du bist unmöglich«, kicherte Tina und küßte ihn auf die Nasenspitze. »Aber ich liebe dich. Ich liebe dich ganz unglaublich.«

»Und ich liebe dich.« Er verstärkte den Druck seiner Hand. »Das schwöre ich vor Gott, dem Allmächtigen.« Ernst und feierlich küßte er Tina.

Der Chauffeur eilte herbei. Diensteifrig öffnete er die Wagentür. Die Damen und Herren des Empfangskomitees schmunzelten und spendeten Applaus. Tina und Riley fuhren auseinander. Verlegen winkten sie einen Gruß und stiegen aus.

»Gib zu, es hat Spaß gemacht!»

»Ich habe mich nie beklagt.« Tina entfernte einen Fussel von ihrem Bettzeug. »Es hat mir immer Spaß gemacht mit dir.« Sie hob den Kopf und musterte Riley mit traurigem Blick. »Hast du auch … Spaß mit anderen Frauen gehabt, seither?«

Er griff zu seinem Brandy. Bedächtig schwenkte er die goldgelbe Flüssigkeit und schaute versonnen in sein Glas.

»Als du fort warst, habe ich mich miserabel gefühlt.« Er schüttelte seinen Kopf. »Hundsmiserabel. Ich kam mir fallengelassen vor, kaltgestellt, ungeliebt, ja – verachtet. Stell dir vor, ich hätte dich auf diese Weise verlassen: so ohne Anlaß, ohne vorherigen Streit, ohne Erklärung, ohne ein winziges Zeichen des Bedauerns.« Er sah sie an.

»Okay, das war nicht fair von mir«, gab Tina zu. »Von deinem Standpunkt aus bist du zu Recht empört.«

»Der Meinung bin ich auch, verdammt noch mal.« Er stürzte den Rest seines Brandys mit einem Schluck hinunter und setzte das Glas hart auf die Tischplatte. »Kannst du dir gar nicht vorstellen, welche schrecklichen Sorgen ich mir um dich gemacht habe?«

»Aber ich hatte dir einen Zettel hingelegt.«

»Einen Zettel, ha! ›Sorg dich nicht, ich bin okay.‹ Sechs knappe Worte. Fabelhaft! In den Straßen wimmelt es von Sittlichkeitsverbrechern, und du empfiehlst mir, mich nicht zu sorgen. Täglich, stündlich, ja, jede Minute passieren Unfälle, Flugzeuge stürzen ab, Menschen ertrinken im Meer, erfrieren in den Bergen, verdursten in der Wüste ...«

Er brach erschöpft ab. »All das ging mir durch den Kopf, als ich deine lächerliche Nachricht in Händen hielt. Und glaub mir, hätte ich dich in dieser Nacht zu fassen gekriegt, ich hätte dich erwürgt.«

Riley sprang auf und begann mit großen Schritten auf und ab zu laufen. »Als ich dann deinen Brief erhielt und du, statt mir endlich eine Erklärung zu geben, mich nur aufferdertest, dich endlich in Ruhe zu lassen, da habe ich verrückt gespielt. Ich habe mich mit jedem angelegt, der mich nur schief angesehen hat. Wohlmeinende Freunde habe ich verprellt, unsere Crew terrorisiert, meine Talk-Gäste beleidigt. Ich war ausgeflippt. Total daneben. An vernünftige Arbeit war nicht mehr zu denken. Ich konnte nicht und ich wollte nicht zur Besinnung kommen.« Er schwieg einen Moment.

»Schließlich ließ mich der Intendant zu sich rufen. Er stellte mich vor die Wahl, mich entweder zusammenzureißen und die Show auch ohne dich in gewohnter Qualität zu liefern, oder freiwillig meinen Hut zu nehmen. Von diesem Augenblick an begannen meine grauen Zellen wieder zu funktionieren. Sollte ich mir von dir meine Karriere, mein

Leben ruinieren lassen? Ich fing an, wie ein Besessener zu schuften. Und ich verdrängte meinen Schmerz ...«

»Und du hast dich mit anderen Frauen getroffen.« Tinas Stimme klang hoch und dünn.

»Warum sollte ich nicht? Wußte ich denn, was du in der Zwischenzeit treibst? Wußte ich, mit wem du zusammen warst?«

Sie warf ihm einen giftigen Blick zu.

»Je jünger, unschuldiger und willfähriger die Mädchen waren, desto wohler fühlte ich mich.«

Tina schlug ihre Hände vors Gesicht. Sie wollte nicht weinen, auf keinen Fall. Was hatte sie denn erwartet? Treue? Enthaltsamkeit? Mit welchem Recht?

»Ich habe Frauen kennengelernt, die geben sich zu allem her, wenn man ihnen nur verspricht, sie noch ein zweites Mal auszuführen.« Riley lachte höhnisch. »Und selbst wenn es in deinen Ohren unverschämt und angeberisch klingen mag, ich hatte nie die geringste Mühe, ein williges Mädchen zu finden.«

Tina hielt es nicht länger auf ihrem Sofa aus. Sie schlug die Decke zurück und sprang auf. Tränenblind taumelte sie quer durch den Raum zur Bar. »Jetzt brauche ich einen Drink.«

»Glaub mir, die Frauen standen Schlange bei mir.«

»Das bezweifle ich nicht. Aber erspare mir bitte die Einzelheiten. Ich habe genug gehört.« Sie knallte ein Longdrinkglas auf die Theke und goß sich einen doppelten Whiskey ein.

»Ich habe mit keiner einzigen geschlafen.«

Tina erstarrte in ihrer Bewegung. Sie sah Riley an. Ihr Herz klopfte zum Zerspringen. Ihre Augen füllten sich mit Tränen. Sie schluchzte auf.

»Seit wir verheiratet sind, habe ich nie mehr mit einer anderen Frau geschlafen; um genau zu sein, seit unserem ersten Kuß.«

»Du hast nie ...?«

»Was meine Vorstellungen von Ehe angeht, bin ich offenbar ein unverbesserlich altmodischer Trottel.«

Tina stand noch immer reglos an derselben Stelle. Durch einen Tränenschleier sah sie Riley auf sich zukommen. Sie spürte seine Hand auf ihrer Schulter, und die Erstarrung wich von ihr. Müde sank sie auf einen Barhocker.

»In meiner Jugendzeit habe ich den Sex für einen angenehmen Zeitvertreib gehalten, für ein schnelles, unverbindliches Vergnügen. Ich habe meinen Spaß gesucht, wann immer sich mir eine Gelegenheit bot. Aber ich fand keine Erfüllung. Ich fühlte mich einsam und unbefriedigt.«

Tina nickte nachdenklich.

»Was Liebe wirklich bedeutet, das habe ich erst erfahren, als ich dich kennenlernte. Mir wurde bewußt, was mir gefehlt hatte, ich sah, was ich falsch gemacht hatte – und ich schämte mich.« Er senkte den Kopf. Beide schwiegen.

»Als du dann so plötzlich fortgegangen warst«, fuhr er leise fort, »da wollte ich unsere Liebe nicht durch billige Abenteuer entwerten. Ich wäre mir vorgekommen wie ein Verräter. Es mag schrecklich pathetisch klingen, aber es ist die Wahrheit: Unsere Liebe ist mir heilig.«

Tina schluckte. Sie liebte diesen Mann, liebte ihn so sehr, daß es sie schmerzte. Sie hatte versucht, von ihm loszukommen. Vergeblich. Ihre Gefühle ließen sich nicht abtöten.

Schon allzu bald hatte sie erkannt, daß sie Jon Riley verfallen war. Bis zu ihrem letzten Atemzug würde sie ihn lieben und ihm die Treue halten.

»Warum hast du mich verlassen, Liebling? Warum?«

Tina sah ihn lange an, doch sie gab ihm keine Antwort. Sie blieb stumm.

»Was war der Grund? Geld?«

»Geld!« Tinas Stimme klang verächtlich.

»Unsere gemeinsame Arbeit?«

»Nein.«

»Was denn?«

Unter seinem eindringlichen Blick erhob sie sich von ihrem Barhocker und trat wie unter einem inneren Zwang auf Riley zu, näher, immer näher, bis ihre Körper sich berührten.

»Tina!« Er umfaßte sie. Ein heiseres Stöhnen drang aus seiner Kehle, als er sie an sich preßte. Hart rieben sich seine Hüften an Tinas Unterleib. Sein heißes, ungezügeltes Begehren, seine hungrige Leidenschaft rissen sie mit sich. Sie wollte seine zärtlichen Hände spüren, die sie so sehr vermißt hatte, die süßen Küsse, die sie so lange entbehrt hatte, und sie wollte Riley spüren, tief in sich, dort, wo ihr Blut so drängend pulsierte.

Sein heißer Atem streifte sie. Sein Keuchen mischte sich mit ihrem eigenen. Und plötzlich besann sie sich. »Nein!« rief sie atemlos. »Nicht!« Sie stieß Riley von sich und floh wie gehetzt hinter die Bar.

Er rang nach Luft. Seine Arme hingen schlaff zur Seite. In seinem Blick mischten sich Schrecken und Ratlosigkeit.

»Das also ist der Grund?« fragte er mit stockender Stimme.

Tina gab keine Antwort.

»Keine Antwort ist auch eine Antwort.« Er beugte sich über den Tresen, und indem er unter Tinas Kinn faßte und es ein wenig anhob, zwang er sie, ihm in die Augen zu schauen. »Was stört dich, wenn wir miteinander schlafen? Was mache ich falsch im Bett?«

7

Das Telefon schrillte. Tina und Riley zuckten zusammen wie elektrisiert.

»Du gehst nicht dran!« Riley packte sie grob am Handgelenk.

»Dies ist mein Haus – und mein Telefon.« Tina riß sich los.

»Na gut. Heb den Hörer ab. Aber glaube ja nicht, unser Gespräch wäre damit beendet. Ich lasse nicht eher locker, bis du mir Rede und Antwort stehst. Übrigens – falls unser Freund Abel dich erneut belästigen will, dann reiße ich den verdammten Anschluß aus der Wand, das schwöre ich.«

Tina hob zögernd den Hörer an ihr Ohr. »Ich lasse mir von dir keine Vorschriften machen«, zischte sie. »Hallo?«

»Tina? Habe ich Sie aus dem Bett geholt?«

»Whitney.«

»Whitney Stone! Diese dumme Kuh hat mir gerade noch gefehlt«, brummte Riley. »Ich bringe sie um.«

»Pst!«

»Wie?«

»Das galt nicht Ihnen, Whitney.«

»Oh, Sie sind nicht allein? Herrje, das tut mir leid, Tina, ich wollte bestimmt nicht …«

»Sie brauchen sich nicht zu entschuldigen. Es ist niemand bei mir.« Sie sah aus den Augenwinkeln, wie auf Rileys Stirn eine steile Falte erschien. Mit seiner gesunden Hand angelte er nach dem Telefonhörer. »Das heißt … es ist doch jemand hier, aber … Nein, Whitney, Sie stören nicht, wirklich nicht. Was gibt es denn? Ist was passiert?«

»Ja ... es ist so ... ich sitze auf dem Flughafen fest.«

»Jetzt? Mitten in der Nacht?«

»Ich weiß, daß Ihnen das seltsam vorkommen muß. Es tut mir auch schrecklich leid, Sie um diese Zeit zu belästigen.« Whitney lachte nervös auf. »Ich habe eine Freundin besucht. In New York. Mit der letzten Maschine bin ich zurückgeflogen, und nun ... Sie ist weg, verschwunden.«

Abgelenkt durch Rileys Mätzchen hatte Tina einen Teil des Gesprächs verpaßt. »Was ist? Wer ist verschwunden?« fragte sie verständnislos.

Riley schwenkte die Brandyflasche vor ihrem Gesicht hin und her. »Willst du?« Sie schüttelte den Kopf und bedeutete ihm, endlich still zu sein. Er zuckte die Achseln, goß sich einen doppelten Brandy ein und leerte das Glas in einem Zug. Er verzog das Gesicht und schüttelte sich. Dann füllte er noch einmal nach und trank in kleinen Schlucken.

»Meine Tasche. Sagen Sie, Tina, geht es Ihnen nicht gut? Ihre Stimme klingt so seltsam, so ... ich weiß nicht ... so benommen.«

»Sie haben also Ihre Tasche verloren?«

»Ja, vermutlich. Ich kann sie nirgends finden.«

»Was ist denn eigentlich los?« flüsterte Riley unwirsch. »Was will die alberne Zicke?«

Tina bedeckte die Membran mit der Hand. »Sie vermißt ihre Handtasche.«

»Tina?«

»Keine Angst, ich bin noch dran. Ich versuche nachzudenken. Haben Sie mit dem Bordpersonal gesprochen?«

»Die Stewardessen haben alles durchsucht.«

»Könnte denn jemand die Tasche gestohlen haben?«

»Ich weiß nicht genau, ob ich beim Abflug meine Tasche überhaupt dabeihatte.«

»Aber wie konnten Sie denn ohne Ihre Tasche in das Flugzeug einsteigen? Sie müssen doch auch irgendwo Ihr Flugticket aufbewahrt haben.«

»Sie ist zu blöd.« Riley tippte an seine Stirn. »Stroh, nichts als Stroh im Hirnkasten.«

»Ach bitte, Tina, machen Sie mir nicht auch noch Vorhaltungen. Ich komme mir sowieso schon vor wie eine dumme Gans.« Sie hörte, wie das Mädchen anfing zu schluchzen.

Plötzlich schämte sich Tina. Whitney war verzweifelt und brauchte Trost. Und was tat sie? Sie stellte überhebliche Fragen. »Beruhigen Sie sich, Whitney«, lenkte sie ein. »Weinen hilft Ihnen jetzt nicht weiter. Was kann ich bei der Sache tun?«

»Könnten Sie ... mich abholen?« Whitneys Stimme wurde immer leiser.

»Jetzt? Auf dem Flughafen?«

Riley mache eine abwehrende Handbewegung. »Kommt nicht in Frage«, schimpfte er nicht gerade leise. »Nein!«

»Wohnen Ihre Eltern nicht hier in der Nähe, Whitney?«

»Sie sind übers Wochenende in die Berge gefahren«, antwortete sie.

»Dann haben Sie ja nicht mal ein Dach über dem Kopf. Unter diesen Umständen können Sie natürlich hier bei mir ...«

Riley hielt ihr den Mund zu. Tina schlug ihm wütend auf den Arm. »Kümmere du dich um deine eigenen Angelegenheiten«, zischte sie. »Sie hat mich angerufen, nicht dich.«

»Wenn du sie hierher einlädst ...«

»Ich wiederhole noch einmal: Das ist mein Haus. Und ich lasse mir von dir nichts vorschreiben. – Wie sieht's aus, Whitney, haben Sie eine Bleibe für heute nacht?« fragte sie.

»Oh, das ist kein Problem. Ein Ersatzschlüssel liegt bei uns immer unter der Fußmatte.«

»Und ein Taxi können Sie nicht nehmen?«

»Um diese Zeit bekommt man nur noch Miettaxis, und meine sämtlichen Papiere waren in der Handtasche, ich kann mich nicht mal ausweisen, geschweige denn die im voraus geforderte Gebühr entrichten. Aber fühlen Sie sich um Himmels willen nicht verpflichtet, mich hier abzuholen, Tina. Ich kann genausogut...«

»Unsinn, Whitney. Natürlich komme ich. Wo finde ich Sie?«

»Das kann doch wohl nicht dein Ernst sein?« polterte Riley los, als Tina kaum den Hörer aufgelegt hatte.

»Sie braucht Hilfe. Und was ist mit mir? Brauche ich nicht auch Hilfe? Brauchst du nicht Hilfe? Hat unsere Ehe keine Hilfe nötig?«

»Mach dich nicht lächerlich, Riley! Unsere Ehe hat sieben Monate lang nur auf Sparflamme gebrannt. Da kommt es jetzt auf ein paar Stunden wohl auch nicht mehr an.« Unbeirrt setzte Tina ihren Weg fort.

Riley stürmte hinterher. Doch Tina verschwand blitzschnell im Badezimmer und schlug ihm die Tür vor der Nase zu. In Jeans und Sweatshirt trat sie nach wenigen Sekunden wieder ins Schlafzimmer.

»Ich bin schätzungsweise in etwa – was machst du denn?«

»Das siehst du doch. Ich versuche meine Hose anzuziehen.«

»Nein, Riley. Du machst heute keinen Ausflug mehr. Du bist krank. Du mußt dich schonen.«

»Ach, zum Teufel mit der dummen Hand. Glaubst du, ich lasse dich mutterseelenallein um vier Uhr nachts zum Flughafen rausfahren?«

»Ich brauche keinen Leibwächter.«

»Komm, komm, deine Emanzipationsanstrengungen kannst du auf später verschieben. Stell dir nur vor, du hast plötzlich einen Platten.«

Tina stemmte ihre Fäuste in die Hüfte und lachte. »Und dann willst ausgerechnet du als Pannenhelfer einspringen? Du, der nicht mal ohne meine Hilfe seine Hose zubekommt.«

»Streite dich nur ruhig weiter mit mir rum und vertrödele wertvolle Zeit. Unsere Whitney wird sich schon zu wehren wissen, wenn zwielichtige Typen ihr unsittliche Anträge machen. Ich habe oft genug mitbekommen, welches Gesindel sich auf den Flughäfen herumtreibt.«

»Du bist ja echt in Sorge um Whitney.«

»Ach was, Whitney. Diese Strolche tun mir leid. Nun komm schon, mach mir den Knopf zu«, brummte er unwirsch.

»Na gut. Wahrscheinlich ist es sowieso klüger, dich nicht allein im Haus zu lassen, wer weiß, was du sonst wieder für Dummheiten anstellst. Es ist besser, du bleibst unter Aufsicht.«

»Wenn du verhindern willst, daß ich mich der lieben Whitney in unsittlicher Weise zeige, dann solltest du den Reißverschluß meiner Jeans vielleicht lieber hochziehen.«

Tinas Blicke fielen auf Rileys Hosenschlitz. Sie befeuchtete nervös die Lippen mit der Zungenspitze.

Riley lachte. »Ich würde ja auch gerne ... aber leider.« Er zuckte die Achseln. »Der Zeitpunkt ist schlecht gewählt. Wir sollten die Sache verschieben ...«, fügte er hinzu.

Tinas Züge erstarrten zur Maske. Ohne ein Wort zog sie den Reißverschluß hoch.

»Au! Sei doch vorsichtig! Du mußt – was ist?«

»Da haben wir's.«

»Eingeklemmt?«

»Nein!« entgegnete Tina heftig. »Nichts geht mehr. Wenn du nicht immer so unanständig enge Jeans tragen würdest, wäre das nie passiert.«

»Ich höre zum ersten Mal, daß dir das nicht gefällt«, spottete Riley. »Wenn du den Stoff ein bißchen straff ziehst, dann geht es bestimmt.«

»Ich weiß, ich weiß.« Tina zwängte ihre Hand in seinen Hosenbund, spannte den Stoff und zerrte mit einem ungeduldigen Ruck den Reißverschluß hoch.

»Na also.« Riley grinste. Tina murmelte einige unverständliche Worte und ließ ihn stehen. Auf der Treppe hörte sie hinter sich schwere Schritte, dann ein Stolpern, dem ein lautes Gepolter folgte. Erschrocken drehte sie sich um. Riley lehnte am Geländer und grinste breit. Seine Augen glänzten unnatürlich, auf seinen schmalen Wangen zeigten sich kreisrunde rote Flecken. Tina berührte prüfend seine Stirn, sie fühlte sich kühl und trocken an.

»Ist was?«

Sie musterten ihn argwöhnisch. »Bist du etwa betrunken?«

»Nicht die Spur.« Riley reckte sich und stand sekundenlang kerzengerade. Dann wankte er und suchte Halt am Geländer. »Nur ein winzig kleines bißchen be-benebelt... durch den Blutverlust.« Er hob seine verletzte Hand und fuchtelte damit vor Tinas Gesicht herum.

»Es bleibt mir nichts erspart.« Sie seufzte, packte ihn am Arm und zog ihn ziemlich unsanft mit sich fort. »So, setz dich!« Sie verfrachtete ihn auf den Beifahrersitz und zurrte den Gurt fest.

Riley schloß die Augen. Plötzlich streckte er die linke Hand aus und tätschelte Tinas Schenkel. »Du bis 'ne feine Frau, Tina. 'n prima Kumpel.« Er kicherte. »Ein Mordsweib.«

Tina hatte schon von weitem die einsame Gestalt am Straßenrand erspäht. Sie hupte und hielt an. »Whitney.«

»Tina. Oh, was bin ich froh, daß Sie gekommen sind. Ich weiß nicht, wie ich das je wiedergutmachen soll. Ist das Blut?« Sie starrte angstvoll auf Tinas Sweatshirt.

Tina sah an sich herab. »Blut? Ach so, ja, das sind eingetrocknete Blutflecken.«

»Mein Gott, was ist denn passiert?«

»Das ist eine lange Geschichte. Macht es Ihnen etwas aus, wenn Sie auf der Rückbank sitzen müssen?«

»Aber nein, natürlich nicht.« Whitney warf ihren Handkoffer auf den Rücksitz und krabbelte hinterher. »Haben Sie sich verletzt, Tina? Hatten Sie einen Unfall?«

»Nein, ich...«

»Wer ist denn das? Riley!?«

Riley, der auf der Fahrt eingenickt war, schrak hoch. Sein Kopf krachte gegen die harte Innenverkleidung des Autodachs, und er stieß einen Schwall derber Flüche aus. Stöhnend betastete er seine Schädeldecke.

»Ihre Hand!« kreischte Whitney. »Ihre Hand ist bandagiert!«

»Welch treffende Feststellung.« Riley warf Tina einen Blick zu. »Ja, meine liebe Whitney, man hat mir die Hand verbunden. Und wenn ich um meinen Kopf nun ebenfalls einen Verband benötige, dann verdanke ich das ganz allein Ihnen.«

»Es tut mir leid, Mr. Riley. Ich hatte Sie nicht bemerkt. Was haben Sie mit Ihrer Hand angestellt?«

»Das ist eine lange Geschichte.«

Whitney schaute verblüfft von einem zum anderen. »Genau dasselbe hat Tina eben auch geantwortet.«

Riley seufzte: »Ich habe mich an einer Glasscherbe verletzt, und man hat mir im Krankenhaus den Schnitt genäht.« Er lehnte sich zurück und schaute nach vorn auf die Straße.

»Waren Sie bei Tina im Haus, als das Unglück passierte?«

»Ja«, antworteten Riley und Tina wie aus einem Mund.

»Hmm. Haben Sie miteinander im Bett gelegen, als ich vorhin anrief?« fragte Whitney in plumper Vertraulichkeit.

Tina gab so heftig Gas, daß der Wagen einen Satz nach vorn machte. Riley lachte lauthals.

»Dann sind Sie also wieder zusammen!« Whitney strahlte übers ganze Gesicht. »Was bin ich froh. Ich habe ja gleich geahnt...«

»Wir haben uns nicht versöhnt«, unterbrach Tina und nahm die Kurve mit quietschenden Reifen.

»Oh.«

»Und wir haben auch nicht zusammen in einem Bett gelegen.«

»Ach.« Whitney schaute verlegen zum Fenster hinaus. »Ich hatte nur gedacht... na ja, die Geräusche im Hintergrund, dieses Flüstern und Raunen und Ihre seltsame Stimme, Tina... Ich hatte wirklich befürchtet, ich störe.«

»Das haben Sie auch«, brummte Riley. »Und ganz besonders, weil wir eben noch nicht im Bett waren.«

Whitney schwieg eine Weile. »Oh, ich verstehe«, sagte sie dann leise.

»Absolut nicht. Riley und ich ziehen nicht wieder zusammen.«

»Aber warum denn nicht?« Das junge Mädchen schaute Tina erstaunt an.

»Das würde ich ja auch gerne wissen.«

»Es wäre doch wirklich für alle nur zum Besten, wenn Sie beide wieder Frieden schließen würden.«

»Amen.«

»Halt du deinen Mund. Du bist betrunken.«

»Er trinkt?«

»Ich habe meinen Rausch längst ausgeschlafen.«

»In der kurzen Zeit? Nie.«

»Ich hätte nicht geglaubt, daß Riley jemals dem Alkohol verfallen könnte. Ich dachte, er hätte mehr Charakter.«

»Er trinkt doch gar nicht.«

»Er ist betrunken, aber er trinkt nicht. Wie soll ich das verstehen?«

»Ja, Tina, dieses Rätsel mußt du uns lösen. Du hast schließlich behauptet, ich wäre betrunken«, feixte Riley.

»Kein Kommentar.« Tina sah starr geradeaus.

»Nur schade um die Show.«

»Wieso? Was ist mit der Show?« Plötzlich war Tina wieder hellwach.

Riley setzte sich mit einem Ruck auf. »Nichts«, knurrte er. »Gar nichts.«

Whitney schnellte auf ihrem Sitz nach vorn und legte die Arme auf die Rücklehne von Tinas Sitz. »Die Show läuft schlecht.«

»Das ist nicht wahr. Die Einschaltquoten sind nach wie vor nicht übel.«

»Daddy ist da anderer Meinung. Er sagt, daß seit Tinas Ausscheiden die Show mehr und mehr abrutscht«, erzählte Whitney.

»Dummes Geschwätz! Was wissen Sie denn schon?« fragte Riley aufgebracht. »Sie arbeiten doch gar nicht mehr bei mir in der Show. Und der liebe Daddy, was weiß er? War er schon mal im Studio? Ahnt er, mit welchen Schwierigkeiten ich mich abplage, bis auch die letzte Einstellung klappt? Da teilt man mir einen Haufen unfähiger Idioten zu und erwartet, daß ich mit deren großartiger Unterstützung eine Supershow abliefere. Können Sie mir verraten, wie ich das schaffen soll?«

»Sie könnten geduldiger mit den Leuten umgehen«, entgegnete Whitney tapfer. »Sie schreien und toben beim geringsten Anlaß. Ihre Leute zittern ja alle vor Angst. Mir ging es doch früher genauso. Und die Producer...«

»Mehrere?« mischte sich Tina neugierig ein.

»Drei. Drei haben schon das Handtuch geworfen.«

»Lauter unfähige Dummköpfe. Die eine Braut trug Ohrringe, die ihr bis auf die Schultern baumelten, und mindestens einen Ring an jedem Finger. Die hatte sich anscheinend dem Teufelskult verschrieben. Jeden zweiten Tag sah ich mich Gurus, Wahrsagern oder Hexenmeistern gegenüber.«

Tina unterdrückte ein Lachen.

»Dann tauchte dieser geschniegelte Knabe auf, frisch von der Uni, vollgestopft mit Wissen und von einer Überheblichkeit, die mir die Sprache verschlug. Ein Studio hatte dieser Mensch noch nie zuvor von innen gesehen, doch kaum setzte er einen Fuß hinein, da spielte er sich als der große Meister auf. Egal, ob Tontechnik, Kamera oder Regie, egal, ob die Leute auf zwanzig Jahre Berufserfahrung zurückblicken konnten, er gab ihnen Anweisungen, er wußte alles besser. Und wem schiebt man die Schuld für diesen Pfusch zu? Mir! Die nächste Dame...«

»Sie rannte weinend aus dem Studio.«

»Wieso?« Tina musterte Riley argwöhnisch.

Riley öffnete den Mund, doch Whitney kam ihm mit der Antwort zuvor. »Er hat sich unvorstellbar gemein benommen. Ich fand sie außerdem gar nicht so dick.«

»Dick? Du hast einer Frau gesagt, sie wäre dick? Mitten ins Gesicht? Riley! Wie konntest du!« Tina war wirklich entsetzt.

»Ich habe das besagte Wort überhaupt nicht in den Mund genommen.«

»Das stimmt. Er sagte lediglich: Es scheint mir angebracht, unser Filmmaterial ab sofort auf Breitwand umzustellen; jedenfalls für die Dauer Ihres Aufenthalts hier bei uns.«

»Ich habe mich mit einem riesigen Rosenstrauß bei ihr entschuldigt«, brummte Riley gereizt. Er verschränkte die Arme vor der Brust und sah trotzig vor sich hin, wie ein kleiner Junge, der Schelte erwartet.

»Er hat auch einen Kameramann angegriffen und verletzt.«

»Verletzt?« rief Tina.

Riley wich ihrem vorwurfsvollen Blick aus. »Ich habe ihn nicht verletzt«, murmelte er. »Ich habe ihm nur... einen kleinen Stoß gegeben. Ist es meine Schuld, wenn er über ein Kabel stolpert und hinfällt?«

»Vier Wochen lang humpelte der arme Mann mit einem Gipsfuß durch die Gegend«, erzählte Whitney ganz begeistert.

»Ja, bist du denn von allen guten Geistern verlassen, Riley? Was ist los mit dir? Was macht dich plötzlich so gewalttätig?«

Riley zuckte die Achseln und schwieg. »Der Bursche hat Riley angeboten, Sie, Tina, eigenhändig in Rileys Bett zurückzutragen, damit sich endlich seine miese Stimmung bessert.«

Totenstille herrschte im Auto. Tina und Riley sahen starr auf die Straßen hinaus. Whitney wagte kaum zu atmen. Ängstlich wartete sie, was geschehen würde. Doch die beiden schwiegen beharrlich.

»Daddy hat…« Whitney räusperte sich. »Daddy hat uns erzählt, diese Woche hat der Intendant Riley unmißverständlich Bescheid gesagt: Riley soll sich jetzt selbst einen Producer suchen, mit dem er klarkommt, andernfalls…«

Sie brauchte nicht weiterzusprechen. Tina war lange genug im Geschäft, um zu wissen, was dieses ›andernfalls‹ bedeutete: Entlassung – das Aus, eine Karriere auf dem Abstellgleis.

»Warum sagt denn niemand etwas?« Whitney schaute nervös von einem zum anderen. »Sie sind mir doch nicht böse, Riley?«

Riley schüttelte müde seinen Kopf.

»Tina ist Ihre Frau. Sie sollte nicht ahnungslos bleiben. Diese Dinge gehen beide Partner an. Sehen Sie, ich mag Sie, alle beide. Und ich wünsche mir so sehr, daß Sie miteinander glücklich sind.«

Riley lächelte. »Ist schon gut, Whitney. Und vergessen Sie nur nicht, gleich morgen früh den Verlust Ihrer Papiere und der Kreditkarte zu melden.«

»Das vergesse ich bestimmt nicht.«

»Sie müssen lernen, sorgfältiger auf Ihre Sachen achtzugeben. Manch übler Zeitgenosse wittert leichte Beute bei verträumten Damen.«

»Da sind wir schon.« Tina hielt vor dem Haus der Stones. Sie gab sich alle Mühe, äußerlich ruhig und beherrscht zu erscheinen. Aber nach allem, was Whitney ausgeplaudert hatte, fiel es ihr schwer, die Fassung zu bewahren.

»Danke. Vielen, vielen Dank.« Whitney nahm ihr Köfferchen und kletterte aus dem Wagen. Sie beugte sich zu Tina hinab, die die Scheibe des Seitenfensters herunterkurbelte.

»Und bitte, Tina, seien Sie mir nicht böse, weil ich kein Blatt vor den Mund genommen habe. Sie müssen nicht meinen, ich wollte mich wichtig machen. Ich will mich auch bestimmt nicht in Dinge einmischen, die mich nichts angehen. Aber in diesem Fall … da konnte ich einfach nicht schweigen. Sie wissen, wie sehr ich Sie schätze, Sie alle beide. Sie lieben sich, aber Sie quälen sich. Es tut mir weh, untätig zusehen zu müssen, wie zwei Menschen sich unglücklich machen. Ich hoffe so sehr, daß Sie wieder zueinander finden.« Für Whitney war das eine verdammt lange Rede.

»Das ist alles nicht so einfach, Whitney.«

»Ich gebe trotzdem die Hoffnung nicht auf. Nochmals danke schön, daß Sie mir geholfen haben. Gute Nacht.«

»Gute Nacht.«

Tina wartete, bis Whitney die Haustür hinter sich geschlossen hatte, dann fuhr sie los. Riley schien zu schlafen. Zumindest hielt er während der ganzen Fahrt seine Augen fest geschlossen.

Tina kämpfte mit den Tränen. Ihre Enttäuschung und auch ihre Wut ertrug sie noch einigermaßen, doch dem Gefühl der Demütigung fühlte sie sich ohnmächtig ausgeliefert.

»Ich bringe dich zu deiner Wohnung«, sagte sie laut.

»Zu unserer Wohnung.« Riley richtete sich in seinem Sitz auf. »Übrigens ist das nicht gut möglich, mein Auto parkt noch vor dem Haus deiner Freundin. Außerdem müssen wir unser interessantes Gespräch von vorhin unbedingt fortsetzen, daran ändert auch dieser nächtliche Ausflug nichts.«

»Mach dir keine falschen Hoffnungen.« Tina kniff die Lippen zusammen und steuerte, verbissen schweigend, den Wagen durch die verlassenen Straßen bis vor ihr Haus.

Doch kaum hatte sich die Verandatür hinter ihnen geschlossen, da brach ihre mühsam bewahrte Fassade zusammen. »Du Mistkerl!« schrie sie. »Du mieser, unverschämter, kleiner, dreckiger ...« Die Stimme versagte ihr.

Mit großen Schritten lief sie durch die Küche. Unter ihren Sohlen knirschten die Glasscherben. »Jetzt verstehe ich auch, warum du so sehr dagegen warst, daß ich Whitney abhole.«

»Was zum Teufel faselst du da für einen Unsinn zusammen?« Riley stellte sich ihr in den Weg. »Was hat Whitney mit unseren Angelegenheiten zu tun? Ich möchte wissen, warum du in der Nacht damals ...«

»Du hattest Angst, sie würde aus dem Nähkästchen plaudern.«

»Nähkästchen?«

»Du hättest dein Gesicht sehen sollen, als sie von ihrem Dad anfing.«

»So.«

»Ja. Und als sie dann auf die Show zu sprechen kam, da sind dir bald die Augen aus dem Kopf gefallen.«

»Hm.«

»Riley, seit du heute abend hier unangemeldet hereingeschneit bist, hast du mir vorgemacht, wie sehr du mich vermißt. Wie sehr du mich liebst. Wie verzweifelt du dich nach mir sehnst und auf meine Rückkehr hoffst. Pah!« Sie stemmte ihre geballten Fäuste in die Hüften. »Nun mal ehrlich, Mr. Riley! An wem liegt dir? An einer Ehefrau oder an einer Producerin? Willst du wirklich mich? Oder sind meine beruflichen Fähigkeiten ausschlaggebend? Willst du unsere Ehe retten oder deine Show?«

Riley blieb vor Verblüffung die Luft weg. Ein Ausdruck ungläubigen Staunens erschien auf seinem bleichen Gesicht. »Du glaubst ... ich wäre nur deshalb ...?«

»Ja.«

»Du irrst dich, Tina. Du irrst dich gewaltig.«

»Wirklich?« Tina fing wieder an, unruhig auf und ab zu rennen. »Ich könnte einen Schreikrampf kriegen, wenn ich daran denke, daß ich dir schon wieder fast auf den Leim gegangen bin.« Sie blieb erneut vor Riley stehen. »Du Lügner! Du liebst nicht mich. O nein, du liebst nur dich selbst. Dein armes, angeschlagenes Ego willst du hätscheln! Mich brauchst du nur, damit ich dir die Kohlen aus dem Feuer hole. Du hast inzwischen gemerkt, wie wunderbar bequem es ist, wenn dir jemand all die täglichen Unannehmlichkeiten vom Hals hält. Wer hat denn deine schwierigen Gäste betreut? Wer die Crew bei der Stange gehalten? Wer auf die tausend kleinen, aber wichtigen Dinge geachtet, die den reibungslosen Ablauf der Show garantierten? Ja, und jetzt siehst du deine Felle davonschwimmen. Deine Karriere steht auf der Kippe, und ich soll dich vor dem Sturz bewahren. So ist es doch, oder?«

»Tina, du …«

»Der große Star kommt zu Kreuze gekrochen. Für eine Nacht spielt er den reuigen Sünder. Und welch ein Zufall: Gerade zu dem Zeitpunkt, an dem ich vor einer schwierigen Entscheidung für meine eigene Karriere stehe. Ach, nein, Riley, nicht mit mir.«

»Aber das ist nicht wahr, Tina!« Rileys Stimme klang ungewöhnlich leise und sanft.

»O doch, das ist wahr.«

»Wirklich nicht.«

»Und du wärst heute zu mir gekommen, wenn ›Riley in the Morning‹ reibungslos liefe, die Einschaltquoten stimmten, die Crew freudig ihre Arbeit täte, dein Job nicht auf dem Spiel stünde? Wer's glaubt!« Sie sah ihn spöttisch an.

»Aber es stimmt.«

»Sicher. Ich glaube dir aufs Wort. Aber ich will dir eine Chance geben. Du hast die Wahl, Riley. Entscheide dich. Wen ziehst du vor? Wen möchtest du zurückhaben, deine Producerin – oder deine Frau?«

»Beide.« Er trat auf sie zu und legte seine Hände auf ihre Schultern. »Was ist daran schlimm oder verkehrt? Wir sind im Studio ein eingespieltes Team, zu Hause ergänzen wir uns ebenfalls vortrefflich, und im Bett...« Er durchbohrte Tina förmlich mit seinem Blick. »Damit sind wir wieder beim ursprünglichen Thema. Warum hat es im Bett nicht mehr geklappt?«

»Ich habe nicht vor, mit dir darüber zu sprechen«, sagte Tina gestelzt und wich seinem Blick aus.

»Aber so kommen wir nicht weiter, Tina. Wir haben zusammen fantastische Liebesnächte erlebt. Wir haben uns am Morgen geliebt, am Mittag, am Nachmittag und am Abend. Und wir haben Spaß daran gehabt, beide. Aber dann ist irgend etwas geschehen. Irgend etwas ist schiefgelaufen, aber ich habe keine Ahnung, was es ist und woran es liegt. Warum, Tina? Warum hast du plötzlich die Lust verloren? So rede doch! Hilf mir. Hilf dir. Laß uns gemeinsam einen Weg aus dieser Sackgasse suchen.«

»Es hat keinen Sinn, Riley. Wir finden keinen Weg. Wir landen immer wieder am selben Punkt.«

»Tina, ich bitte dich. Laß es uns doch wenigstens versuchen! Erinnere dich. Wann fing alles an? War es in der Nacht, als wir von der Presseveranstaltung kamen?«

8

»O Riley!« Tina strahlte überglücklich, als der Festredner ›Riley in the Morning‹ mit dem Pressepreis für die beste lokale TV-Produktion auszeichnete.

Auch Riley strahlte. Er beugte sich zu ihr und küßte sie. Dann begab er sich nach vorne zur Bühne. Beifallsstürme begleiteten ihn auf seinem Weg, und als er schließlich oben auf dem erhöhten Halbrund stand und den Preis entgegennahm, erhoben sich die Festgäste und spendeten ihm minutenlang Ovationen.

»Meine Herren von der Presse, liebe Kollegen« – er lachte jungenhaft –, »ich bin überwältigt!« Er hielt eine launige Rede, die wiederum mit tosendem Beifall aufgenommen wurde. Am Ende bedankte er sich bei seinen verständnisvollen Vorgesetzten, seiner verläßlichen Crew, dem technischen Stab, und besonders herzliche Worte fand er für die ›fähigste aller Producerinnen, die auch als Ehefrau nicht zu verachten ist – in jeder Beziehung‹.

Alle Köpfe drehten sich in Tinas Richtung, man schmunzelte und applaudierte herzlich.

Aber damit hatte sich das Interesse an ihrer Person auch schon erschöpft. Unbeachtet saß sie den ganzen Abend still im Hintergrund und sah dem Trubel zu, der sich um Riley abspielte. Pausenlos klickten Kameras, Blitzlichter flammten auf, Reporter und Fans bildeten eine dichte Traube um Jon Riley. Doch Riley selbst hatte keinen Augenblick vergessen, wer beteiligt war an seinem großen Erfolg. »Tina«, rief er durch die lärmende Menge. »Bitte, Liebling, komm zu mir herauf. Ich möchte dich dem Pressechef vorstellen. – Meine Producerin und Ehefrau Tina.«

Tina streckte ihre Hand aus, doch anstatt sie zu schütteln, umschloß sie der Pressechef mit seinen feisten Händen und tätschelte sie gönnerhaft. »Es ist mir ein Vergnügen, Mrs. Riley«, sagte er und wandte sich sofort wieder Riley zu. »Sie haben wirklich eine prächtige kleine Frau, mein lieber Riley. Mein Kompliment! Man muß Sie beneiden.« Und noch immer hielt er Tinas Hand.

»Ich weiß.« Riley legte voll Besitzerstolz den Arm um Tinas Schultern. Tina versteifte sich, das freundliche Lächeln gefror ihr auf den Lippen, doch Riley in seiner Siegerlaune schien nichts davon zu bemerken.

»Welch ein irrer Abend!« Riley stieg ins Auto, ließ sich in die Polster fallen, lockerte seine Schleife und öffnete den obersten Hemdknopf. »Hübsch, nicht wahr?« Er betrachtete lächelnd die schlanke goldene Statuette, die man ihm als Preis verliehen hatte. Sein Name und das Datum des heutigen Tages waren im Sockel eingraviert.

»Ja, sehr hübsch«, murmelte Tina mißmutig. Sie ärgerte sich zwar maßlos über ihre Empfindlichkeit und den geheimen Groll, den sie gegen Riley hegte, doch es gelang ihr trotzdem nicht, sich ihre Verstimmung nicht anmerken zu lassen. Zu sehr fühlte sie sich gekränkt. Man hatte sie ganz einfach übersehen, hatte sie links liegengelassen wie eine unbedeutende kleine Hilfskraft.

Doch Riley fiel ihre ungewöhnliche Schweigsamkeit gar nicht auf. In seiner Begeisterung redete er ohne Pause auf Tina ein und merkte nicht, daß sie immer einsilbiger wurde.

»Es tut mir leid, Liebling, ich bin heute nicht in Stimmung.« Tina schob seine Hand fort und rollte sich in ihre Bettdecke ein.

Riley hob den Kopf. »Tina? Was hast du, Tina?« fragte er erschrocken. »Bist du krank? Soll ich dir …«

»Nein, nein, ich bin nicht krank. Ich fühle mich nicht besonders, das ist alles.«

Riley lächelte verstehend. »Bekommst du deine Tage?«

»Nein.« Tina schüttelte den Kopf. »Ich ... bitte Riley, frag nicht, ich möchte heute nicht.«

»Dann verschieben wir's halt.« Er küßte sie zärtlich. »Ich liebe dich.«

»Ich liebe dich auch.« Die Worte hinterließen einen bitteren Geschmack auf Tinas Zunge. Voller Scham barg sie ihr Gesicht im Kopfkissen. O nein, es war ja nicht gelogen. Sie liebte Riley über alles – aber da war auch diese widerwärtige Eifersucht, die sie quälte, von der sie sich aber nicht freimachen konnte ...

»Neid? Du warst eifersüchtig auf meinen Erfolg?« Ungläubiges Staunen malte sich auf Rileys Zügen. Er sank auf die Bettkante. Während Tina zögernd und mit leiser Stimme erzählt hatte, waren sie langsam die Treppe hinaufgestiegen.

»Deshalb hast du mich verlassen?« Noch immer fassungslos schaute Riley ihr ins Gesicht.

»Du verstehst nicht.« Tina setzte sich mit dem Rücken zu ihm auf den Hocker vor der Frisierkommode und betrachtete abwesend ihr Spiegelbild. Die glitzernden Diamantenstecker in ihren Ohren bildeten einen lächerlichen Kontrast zu ihrem fahlen Gesicht und dem blutverschmierten Sweatshirt. Sie fühlte sich plötzlich alt.

»Deshalb wollte ich nicht mit dir darüber sprechen, Riley«, sagte sie matt. »Ich wußte, du würdest mich mißverstehen. Es ist sinnlos, Riley.«

»Ganz und gar nicht. Meinst du, ich falte die Hände vor meinem Bauch und sehe untätig zu, wie unsere Ehe zerbricht?«

Tina drehte sich um. »Sieben Monate lang schienst du mir nicht besonders beunruhigt.«

Riley sah sie lange an. Schließlich senkte er den Kopf. »Du hast recht, ich hätte früher kommen sollen, viel früher. Glaub mir, es verging kein Tag, an dem ich nicht drauf und dran war, dich zu mir zurückzuholen – notfalls mit Gewalt.

Aber dann ... ich war zu stolz, zu verdammt stolz.« Er vergrub sein Gesicht in den Händen.

»Der große Star, der es nicht nötig hat, hinter seiner Frau herzulaufen.«

»So ähnlich habe ich gedacht. Ja. Aber jetzt nicht mehr, Tina. Ich liebe dich. Was nützt mir mein ganzer alberner Stolz, wenn ich dich verliere? Bitte hilf mir! Ich möchte begreifen, warum du fortgegangen bist. Was ist an dem Abend geschehen? Was hat dich so sehr gekränkt?« Er sah sie wieder an.

Tina seufzte. »Ach, Riley, wie soll ich es dir nur begreiflich machen? Ich war stolz auf dich an diesem Abend. Ich bin es noch heute. Aber – dein Preis hätte zur Hälfte auch mir gebührt, deshalb war ich verstimmt. Nenn mich meinetwegen selbstsüchtig, überheblich, eingebildet – es ändert nichts.«

»Aber ...« Riley verstummte. »Habe ich in meiner Dankrede nicht deutlich genug betont, daß du hinter meinem Erfolg stehst, daß dein Konzept ›Riley in the Morning‹ zum Hit gemacht hat?«

»Doch, Riley, du hast meine Arbeit nicht vergessen. Aber all die anderen: die Kollegen, der Intendant, die Photographen und alle die anderen zahllosen Vertreter der Medien. Niemand hat mir auch nur die geringste Beachtung geschenkt. Alles drängte sich um dich ...«

»Heißt das, wenn damals ein paar Photographen sich deiner angenommen, wenn ein paar Journalisten dich befragt hätten, dann wäre es niemals zu dieser Krise gekommen?«

Tina holte tief Luft und zählte langsam bis zehn. »Meinst du nicht, du machst es dir jetzt zu einfach? Dieser Abend war nur das allerletzte Glied in einer langen Kette ähnlicher Erlebnisse. Alle sahen immer nur dich, mich beachtete niemand. Und jedesmal hatte ich das Gefühl, ein Stück meiner Persönlichkeit ginge verloren. Mein ›Ich‹ löste sich allmählich auf, verstehst du?«

»Verübelst du den Leuten, daß sie sich freuen, wenn sie mich auf der Straße wiedererkennen?«

»Nein, Riley, bestimmt nicht«, erwiderte sie. »Es hat mich ja auch nicht gestört, wenn deine Fans mit dir auf Tuchfühlung gingen. Ich gönne dir den Starruhm und den Rummel. Darauf war ich nie neidisch. Im Rampenlicht stehen wie du wollte ich wahrhaftig nicht. Aber ich mochte mich auch nicht aufgeben, mochte nicht so weit in deinen Schatten treten, daß ich unsichtbar wurde hinter dir.«

Tina erhob sich und strich mit zitternden Händen ihre Haare aus der Stirn. »Nach fünf Monaten harter Arbeit und unermüdlichem Einsatz, als die Einschaltquoten sprunghaft in die Höhe schnellten, als ›Riley in the Morning‹ sich sicher gegen die Konkurrenz behaupten konnte, da war ich mit einem Mal nur noch Mrs. Riley, die reizende kleine Frau von Mr. Jon Riley. Niemand sprach mehr von mir als Producerin, man reduzierte mich auf ein hübsches Anhängsel von dir. Das tut weh, Riley, glaub mir.«

»Du hast mich geheiratet, Tina. Du hast meinen Namen angenommen. Was ist falsch daran, wenn dich jemand Mrs. Riley nennt?«

»Die Art, wie er mich einordnet. Bin ich denn durch meine Heirat plötzlich nur noch Ehefrau? Besitze ich keine eigene Persönlichkeit mehr?«

»Es ist mir nie in den Sinn gekommen, daß du die Dinge so sehen könntest. Ich glaubte immer, ich hätte dich gleichberechtigt behandelt.«

»Dir mache ich ja keine Vorwürfe. Ich rede von den vielen anderen, die wahrscheinlich nicht einmal bemerkt haben, wie sehr sie mich kränken.«

»Und deshalb hast du dich mehr und mehr von mir zurückgezogen?« Riley schüttelte verständnislos den Kopf. »Weil du dich über die Gedankenlosigkeit der Leute geärgert hast?«

»Was sollte ich sonst tun? Dir Konkurrenz machen?« fragte sie.

»Warum nicht? Besser jedenfalls, als deine Enttäuschung in dich hineinzufressen.«

»Und wie hätte ich gegen dich bestehen sollen?« Sie lachte bitter. »Du hättest deine Auftritte in der Öffentlichkeit mal sehen sollen. Du hast dich in deiner Berühmtheit gesonnt! Du hast geschwelgt in der ehrlichen Bewunderung deiner Anhänger und ihren Beifall huldvoll wie ein orientalischer Prinz entgegengenommen. Sollte ich mich vor dich drängen? Man hätte mich ausgelacht.«

»Erwartest du, daß ich mich für meine Eitelkeit entschuldige? Du kanntest diese Schwäche lange vor unserer Hochzeit.«

»Deine Eitelkeit stört mich nicht, sie gehört zu dem Jon Riley, den ich liebe.«

»Ja, verdammt noch mal, worüber streiten wir dann überhaupt? Irgendwie scheine ich heute schwer von Begriff zu sein.«

»In jener Nacht damals, da warst du wie im Rausch, du warst trunken vor Freude, du warst high und schwebtest über allen Dingen.«

»Ich war glücklich. Überglücklich. Durfte ich das nicht?« fragte er gereizt.

»Doch, natürlich.«

»Und?« Seine Stimme wurde lauter. »Was war daran so furchtbar schlimm?«

»Was konnte ich dir im Bett noch bieten, Riley? Wie konnte ich bestehen neben dem Triumph, den du an diesem Abend erlebt hattest?«

Verblüfft starrte Riley sie an. »Mein Gott, Tina!« Er schlug die Hände vors Gesicht. »Du hast geglaubt, du wärst mir weniger wichtig als solch eine dumme Feier und dieses Stückchen gegossenes Metall? O Tina, meine arme, liebe Tina!«

Er schüttelte traurig den Kopf. »Ist dir nicht aufgefallen, daß du Äpfel mit Birnen vergleichst? Wer dich so reden hört, der muß glauben, ich verlange Unmögliches von dir.«

»So habe ich das nicht gemeint. Außerdem machen mir nicht deine Wünsche und Erwartungen zu schaffen, sondern die Ansprüche, die ich an mich selbst stelle. Es ist allein mein Problem, Riley.«

»Du irrst, es ist unser Problem. Ich bin davon genauso betroffen. Und deshalb müssen wir gemeinsam eine Lösung finden. Warum hast du dich nie mit mir über deine Gefühle ausgesprochen?«

»Weil ich immer Angst hatte, du würdest mich mißverstehen. Ich habe befürchtet, du glaubst, ich gönne dir deine Beliebtheit nicht.«

»Und du warst wirklich kein bißchen eifersüchtig?«

»Nein.« Tina schüttelte den Kopf. »Neidisch war ich nie. Aber geärgert habe ich mich schon gelegentlich.«

»Inwiefern?«

»Nun, den Zuschauern präsentierst du dich stets von deiner vorteilhaftesten Seite: perfekt frisiert, perfekt geschminkt, perfekt gekleidet, lächelnd, gutgelaunt, schlagfertig – ein rundum perfekter Jon Riley. Ich sehe leider nicht nur deine attraktive Schokoladenseite, ich erlebe oft genug einen anderen Jon Riley, einen verschlafenen, unrasierten, wortkargen, der in uralten Klamotten durchs Haus latscht. Das ist mein Riley, mein Alltags-Riley. Kein strahlender Gott, sondern ein normaler Mensch mit seinen Stärken und Schwächen.«

»Hm.« Riley nickte bedächtig. »Langsam fange ich an zu begreifen. Du mußtest täglich erleben, wie Tausende das Hochglanzbild eines Riley anhimmelten, der für dich so nicht existierte. Du ertrugst klaglos meine Fehler und Launen, von denen die anderen nichts wußten und auch nichts wissen wollten.«

»Aber ich habe es gern getan. Ich habe dich geliebt trotz

deiner Fehler und mit deinen Schwächen. So sehr, daß ich dich nie enttäuschen wollte. Ich wollte sein wie deine Fans...«

»Und daran ist unser Zusammenleben gescheitert. Du hast Übermenschliches von dir erwartet, und je weniger du dich deinem Ideal annähern konntest, desto mutloser hast du dich von mir zurückgezogen.«

»Ja.«

»Und schließlich hast du es ganz aufgegeben. Du bist mir aus dem Weg gegangen. Du hast dich mir verweigert. Oft mit fadenscheinigen Ausflüchten.« Er lachte bitter. »O Tina, ich hatte deine Ausreden schnell durchschaut, aber ich habe mir nichts anmerken lassen. Ich hatte Angst... ja, Angst. Ich fühlte mich in meinen Grundfesten erschüttert. Weißt du, was es für einen Mann bedeutet, wenn er seine Frau nicht glücklich machen kann? Ahnst du das?« Er stützte den Kopf in seine Hände und starrte vor sich auf den Fußboden.

»Riley...«

»Tina, wenn ein Mann eine Frau streichelt, und sie zuckt zurück...« Er sah sie traurig an.

»Habe ich das getan?«

»Am Anfang noch nicht offensichtlich. Du warst nur plötzlich pausenlos beschäftigt. Kein vernünftiges Gespräch kam zwischen uns mehr zustande. Deine Gedanken schienen ausschließlich um die Show zu kreisen. Du hast dich derart in deine Arbeit hineingekniet, daß du abends todmüde in dein Bett gesunken und auf der Stelle eingeschlafen bist. Zumindest hast du so getan. Tag für Tag, Woche für Woche dasselbe Spiel.«

»Das klingt, als wäre ich ein Roboter.«

»Ja, ein Roboter, der sich bewegte und sprach wie Tina. Eine Maschine: schön, sexy, klug und – fremd. Ich stand ratlos davor. Keiner meiner verzweifelten Versuche, dich in mein Leben zurückzuholen, fruchtete. Sowie ich mich dir näherte, prallte ich gegen unsichtbare Schranken. Nichts verfing. Weder Humor noch Zärtlichkeit oder Leidenschaft drangen durch den Panzer, mit dem du dich umgeben hattest. Ich fühlte mich schuldig, ich wollte dich um Verzeihung bitten, aber du gabst mir keine Chance.«

»Wenn du wüßtest, wie sehr ich mich nach dir gesehnt habe.« Tränen rollten über Tinas Wangen. »Ich wollte so gern mit dir schlafen. Du solltest mich küssen, mich streicheln...« Sie schluchzte auf. »Aber ich habe mich nicht getraut.«

»Kannst du dir vorstellen, durch welche Hölle ich gegangen bin? Wie ich mir von früh bis spät den Kopf zermartert habe, um herauszufinden, woran es lag, daß du nicht mehr mit mir schlafen wolltest? Unzählige Möglichkeiten kamen mir in den Sinn: War ich zu leidenschaftlich? Nicht leidenschaftlich genug? Wollte ich zu oft? Zu selten? War unser Schlafzimmer zu nüchtern eingerichtet? Oder zu romantisch? Hat der Anblick meines nackten Körpers dich abgestoßen? Bereitete die Liebe dir Schmerzen? Oder konnte ich dich nicht befriedigen? Wirklich, Tina, es war entsetzlich.«

»O Riley.« Kopfschüttelnd musterte Tina ihn.

»Solche Gedanken macht sich ein frustrierter Ehemann nun mal«, verteidigte er sich.

»Warum hast du mich nicht einfach gefragt?«

»Meinst du, es hätte mir Spaß gemacht, von dir hören zu müssen, mein Glied sei zu klein?« Er lachte.

Befreit stimmte Tina mit ein. Zum erstenmal wieder seit sieben Monaten lachten sie gemeinsam. Es war ein wunderbares Gefühl.

»Für zwei Leute, die Tag für Tag ihre Brötchen hauptsächlich mit Reden verdienen, haben wir erstaunlich wenig miteinander gesprochen.«

»Aus Angst.«

»Und aus Mangel an Vertrauen. Seltsam, da gehen zwei

Menschen, die sich lieben, sich aus dem Weg und leiden, anstatt gemeinsam einen Weg zu suchen, der für beide gangbar ist.«

Riley nickte ernst. »Und nun? Was tun wir jetzt?« fragte er nachdenklich.

Tina zuckte die Achseln. »Ich weiß es nicht«, seufzte sie.

»Nimmst du den Job in L. A., den Abel dir bietet?« Er sah sie fragend an.

Tina zuckte erneut die Achseln. »Ich kann mich noch immer nicht zu einem Entschluß durchringen.«

»Nimm dich in acht vor Abel. Mir scheint, hinter seiner sachlichen Fassade brodelt ein Vulkan. Er ist berüchtigt für sein ungestümes Temperament – im Studio ebenso wie im Bett!«

»Dann habt ihr ja einiges gemeinsam.«

»Ja?«

»Na, na, bist du auf Komplimente aus? Erwarte nur nicht von mir, daß ich dein angeschlagenes Selbstbewußtsein wieder aufrichte, Mr. Riley.«

»Wärst du denn dazu imstande?«

»Ich... ich denke schon.«

»Du machst mich neugierig, Tina.«

»So?« Tina streckte zögernd ihre Hand aus und strich ihm scheu die zerwühlten Haare aus der Stirn. »Ich könnte dir zum Beispiel versichern, daß kein anderer Mann einem Vergleich mit dir standhält. Daß ich niemals für einen anderen Mann das empfunden habe, was ich für dich empfinde. Daß ich fast vergehe, wenn du mich küßt. Daß ich nicht genug bekommen kann von deinen zärtlichen Berührungen.« Sie lächelte unter Tränen. »Und daß ich deinen nackten Körper liebe, und...« – ihre Stimme senkte sich zu einem kaum hörbaren Flüstern –, »daß dein Glied nicht zu klein ist...«

»Puh. Jetzt bin ich aber erleichtert.«

Leise lachend umfaßte Riley Tina und zog sie sanft an

sich. Näher, immer näher, bis sich ihre Stirnen berührten, ihre Nasenspitzen aneinanderstießen und ihre Lippen sich streiften.

»Ich habe dich so schrecklich vermißt, Tina«, murmelte er. »Ich wollte dich vergessen. Ich wollte dich hassen. Vergeblich. Ich mußte mir nur immer aufs neue eingestehen, daß ich dich liebe. Ich habe versucht, meine Einsamkeit im Alkohol zu ertränken, habe nächtelang gefeiert, doch nichts und niemand konnte mich ablenken. Tina, ich kann ohne dich nicht leben.«

Über Tinas Gesicht rannen Tränen. »In den sieben Monaten ohne dich habe ich erfahren, daß es die Tina Cassidy, die im Schatten Jon Rileys zu verschwinden drohte, noch gibt. Ich fühlte mich als Mensch geachtet und als Kollegin anerkannt. Ich habe Bestätigung gefunden, und genau das war es, was ich der Welt, mir und auch dir beweisen mußte.«

»Verzeih mir, Liebling. Bitte verzeih mir.« Riley senkte den Kopf. »Ich liebe dich, Tina.«

»Riley ...« Die Stimme versagte ihr.

Er umfaßte ihr Gesicht mit beiden Händen und sah ihr lange in die Augen. »Weißt du, daß Abel Winn dir einen Traumjob bietet? Ich hasse ihn zwar deswegen, aber du wärst wirklich dumm, wenn du dir diese einmalige Chance entgehen ließest.«

»Noch bleibt mir eine kurze Frist, mich endgültig zu entscheiden.«

»Laß uns die wenigen Stunden nutzen, die uns noch bleiben, Tina. Du bist meine Frau, ich bin dein Mann. Ich liebe dich, und ich möchte dich nicht verlieren. Geh jetzt nicht zurück auf dein Sofa, leg dich zu mir. Ich will keinen Sex. Nur deine Nähe, deine Wärme möchte ich spüren.«

»Und was geschieht, wenn ich am Morgen Abel meine Zusage gebe?«

»Dann lasse ich dich gehen und wünsche dir Glück und Erfolg, das schwöre ich.«

Tina zögerte einen Augenblick. »Gut«, sagte sie schließlich leise. »Ich lege mich zu dir.«

Schweigend entkleidete sie sich bis auf die Unterwäsche. »Komm«, sagte Riley mit belegter Stimme. Er löschte das Licht, und sie legten sich hastig ins Bett.

»Sei vorsichtig mit deiner Hand.«

»Keine Sorge, der Hand geht's schon wieder prima.« Er hob den Arm und bettete ihn oberhalb von Tinas Kopf auf das Federkissen.

»Ach, Riley, du spielst schon wieder den harten Mann. Nimm lieber eine Tablette.«

»Damit ich versäume, dich neben mir zu spüren? Kommt nicht in Frage. Ich wäre schön dumm.« Er rückte näher.

In alter Gewohnheit schmiegte sich Tina an ihn. »Du solltest dir ein bißchen Ruhe gönnen.«

»Aber ich will nicht. Meinst du, ich lasse mir eine einzige kostbare Sekunde mit dir entgehen?«

»Aber du hast den Schlaf bitter nötig.« Sanft zog Tina seinen Kopf an ihre Brust. »Schlaf, Riley«, flüsterte sie.

Riley kuschelte sich in die weiche Wärme und sog den vertrauten Duft ihrer Haut ein. »Du spielst nicht fair«, brummte er schläfrig.

»Pssst.« Sie strich ihm über die Haare.

Es dauerte keine Minute, da verrieten Rileys tiefe Atemzüge, daß er seinen Kampf gegen die Müdigkeit verloren hatte. Tina lächelte erschöpft. Gern hätte sie auch ein wenig geschlafen, doch zu viele Gedanken gingen ihr im Kopf herum. Sie würde nicht eher Ruhe finden, bis sie endlich eine Entscheidung getroffen hatte. Sie seufzte verhalten. Auf der einen Seite lockte sie Abel Winns fantastisches Angebot. Es reizte sie nicht wenig, eine so aufregende, ungewöhnliche Show aufzubauen. Dazu das mehr als großzügige Gehalt. Durfte sie überhaupt ablehnen?

Aber auf der anderen Seite scheute sie die Übersiedlung nach Los Angeles. Hier in San Francisco wohnten ihre Eltern, hier traf sie sich mit Freunden und Kollegen – und hier lebte der Mann, den sie liebte. »Jon«, flüsterte sie zärtlich und hauchte einen Kuß auf seinen zerwühlten Haarschopf.

Riley bewegte sich und murmelte ein paar unverständliche Worte. Tina wagte nicht, sich zu rühren. Doch Riley atmete schon wieder ruhig und regelmäßig.

Sollte sie den Job vorziehen und Riley dafür aufgeben? Sie durfte sich nichts vormachen, der Job und ihre Übersiedlung nach L.A. bedeuteten die Scheidung. Ein hoher Preis.

Ein zu hoher? Sie spürte Rileys warme glatte Haut an ihrem Körper. Und mit einem Mal brauchte sie nicht mehr zu überlegen.

Sie liebte Riley. Ihn wollte sie, und sie wollte ›Riley in the Morning‹. Sie schloß die Augen und entspannte sich.

Doch ihre Gedanken ließen sich nicht abschalten. Ruhelos kreisten sie um immer dieselbe Frage: Warum war Riley gerade heute erschienen?

Hielt er es wirklich keine Stunde länger aus ohne sie? Oder suchte er nur die Versöhnung, weil man ihn unter Druck gesetzt hatte. Ging es ihm um ihre Ehe oder um die Zukunft seiner Show? Wen liebte er mehr, sie oder sich selbst?

Fragen über Fragen, die sie quälten und auf die sie keine Antwort fand. Aber brauchte sie überhaupt eine Antwort? Was wollte sie Riley vorwerfen?

Nachdenklich lauschte sie auf seine ruhigen Atemzüge. Als sie ihn verließ, hatte sie denn da an ihn gedacht? Hatte sie auf seine Gefühle Rücksicht genommen? Wessen Wohlbefinden war ihr denn damals vorrangig erschienen?

Er hatte seinen Stolz überwunden und war zu ihr gekommen. Das allein zählte. Er hatte sie um Verzeihung gebeten. Er liebte sie. Was wollte sie mehr?

Tina schlang ihre Arme um Riley und preßte ihn an sich. »Ich liebe dich, Jon«, flüsterte sie. »Ich liebe dich so sehr.«

9

»Tina?«

»Hmm?«

»Bist du schon auf?«

»Ja, ich war kurz unten.«

»Was hast du gemacht?«

»Ich habe Kaffeepulver und Wasser in die Kaffeemaschine eingefüllt und die Zeitautomatik eingeschaltet«, antwortete sie.

»Wie spät ist es denn?«

»Noch sehr früh. Es tut mir leid, daß ich dich aufgeweckt habe.«

»Macht nichts. Komm.«

Tina schlüpfte unter die Decke, die Riley ihr hochhielt. Sie seufzte zufrieden und kuschelte sich dicht an ihn. »Tut deine Hand weh?«

Er umfaßte mit der linken Hand ihre Taille. »Mag sein«, antwortete er versonnen, »aber ich spüre keinen Schmerz, ich spüre nur dich. Es ist ein unbeschreiblich wunderbares Gefühl, deine warme Haut wieder zu berühren.« Er seufzte. »Ach Tina, ich bin so froh.« Er lächelte sie glücklich an.

»Ich auch, Riley. Es ist schön, nicht mehr allein zu sein.«

Riley betrachtete sie lange. Im gedämpften Morgenlicht schimmerte Tinas Haut wie rosiges Perlmutt. In seltsamem Gegensatz dazu standen ihre Locken, die wie eine duftige Wolke ihr schmales Gesicht umrahmten. Rileys Blick fiel auf Tinas Mund. Hellrot und feucht glänzten die vollen Lippen. »Tina«, flüsterte er heiser. Seine Lippen streiften ihre Stirn, ihre Wangen, berührten zaghaft ihren Mund.

Tinas Lippen öffneten sich. Sie seufzte leise.

Und seine Küsse schmeckten ihr vertraut und doch fremd. Tina kannte all seine Zärtlichkeiten, und doch entdeckte sie jede wieder neu.

»Keiner küßt wie du«, murmelte sie außer Atem. »Deine Küsse sprechen ihre eigene deutliche Sprache. Sie sprechen von der Liebe zwischen Mann und Frau...« Sie drängte sich an ihn.

»Vorsicht, mein Bart...«

»Der stört mich nicht.« Tina strich über die kurzen Stoppeln an seinem Kinn. »Im Gegenteil, bestimmt ist die Liebe mit einem Piraten sehr aufregend.«

»Wenn du das sagst...«

»Hmm.«

»Ach, Tina, Tina, du hast mir so sehr gefehlt. Du...« Er flüsterte ihr all die altvertrauten törichten und doch so süßen Kosenamen ins Ohr. »Ich fühlte mich sterbenselend ohne dich, krank und verzweifelt. Aber jetzt wird alles gut.«

Riley schob langsam seine Hand in ihren Slip. Warme Finger streichelten Tinas weiches Fleisch. Unwillkürlich stieß sie einen leisen Schrei aus. Ihr Herz klopfte wild, und ihr war heiß wie im Fieber. Immer heftiger ging ihr Atem. Sie tastete nach Rileys Shorts und zwängte ihre Hand zwischen Gummizug und Haut.

Riley stieß einen erregten Laut aus, der halb wie ein Seufzen, halb wie ein Stöhnen klang. Er drängte sich ihr leidenschaftlich entgegen. Ihre Lippen fanden sich. Tina spürte, wie ungeduldige Hände ihren Slip nach unten zerrten. Instinktiv rollte sie sich auf den Rücken.

Riley befreite sie rasch von ihrem Slip und dem taillenkurzen Top, das sie als Unterhemd trug. Seine Shorts streifte er ebenfalls ab. Dann richtete er sich halb auf und betrachtete Tinas nackten Körper mit verlangenden Blicken.

»Jon?« Tina streckte bittend ihre Arme nach ihm aus. »Komm!«

»Sachte, sachte, mein stürmischer Liebling. Nicht so wild!« Leise lachend rollte er sich auf sie. »Wir haben so viel Zeit. Ich möchte, daß wir unsere neue alte Liebe zu einem Fest machen. Es soll schön werden, schöner als jemals zuvor.«

Tina zog seinen Kopf zu sich herab. »Es war immer schön, wenn wir uns geliebt haben, glaub mir.«

»Trotzdem. Es soll sein wie das allererste Mal: so aufregend, so zärtlich und so wundervoll. So, daß wir uns gern daran erinnern. Daß unsere Augen leuchten, wenn wir später davon sprechen.« Riley strich unendlich liebevoll die Locken zur Seite, die an Tinas glühenden Wangen klebten. »Ich liebe dich über alles, Tina Cassidy. Und ich möchte dir mit jeder kleinen Geste zeigen wie sehr.« Er betrachtete sie lächelnd. »Du bist wunderschön.«

Sanft streichelte er ihren nackten warmen Körper. »So weich und glatt sind deine Kniekehlen«, flüsterte er. »Was ist das?« Er fuhr mit den Fingerspitzen über eine längliche Narbe auf ihrem linken Schenkel.

»Da bin ich am Strand in eine Flaschenscherbe gefallen.«

»Wie alt warst du damals?«

»Fünf oder sechs Jahre.«

Seine Hand wanderte weiter und ertastete das Muttermal unterhalb ihrer rechten Brust. »Hübsch.«

»Das ist häßlich.«

»Mir gefällt's. Ich liebe jedes kleine Fleckchen an deinem herrlichen Körper. Hier, das Grübchen an deinem Kinn, das liebe ich besonders.«

Tina lachte leise. »Ich habe meine Mutter mal gefragt, wieso keine meiner Freundinnen solch ein Grübchen hätte. Sie erklärte mir, Gott hätte, bevor er mich zur Erde schickte, gesagt: ›Du bist mein kleiner Lieblingsengel‹ und mir dabei mit dem Zeigefinger ans Kinn getippt.«

Riley schmunzelte und küßte sie auf die Nasenspitze. »Du bist mir schon ein netter kleiner Engel«, raunte er und küßte zärtlich ihre Fingerspitzen. Tina schloß ihre Augen. Sie fühlte, wie Riley ihre Hände sanft nach unten führte, bis sie ihre Brust berührten. Erschrocken riß sie die Augen wieder auf. Eine stumme Frage lag in ihrem Blick. Doch Riley schaute sie nur an und schwieg. Nervös befeuchtete sie ihre Lippen. »Du möchtest, daß ich …?« Ihre Stimme erstarb.

Riley nickte bedächtig.

»Aber … aber du hast niemals gesagt … nie eine Andeutung gemacht, daß du …«

»Ich stelle es mir verlockend vor, dir zuzusehen«, flüsterte er. »Bitte.«

Zögernd bewegte Tina ihre Finger. Doch schon bald wurde sie mutiger. Eine seltsame Erregung, gemischt mit ein wenig Scham, überkam sie. Sie überwand nach und nach ihre Scheu. Heftig atmend streichelte sie ihren Busen, bis die Brustwarzen fest und rosig in die Höhe ragten.

Riley stöhnte auf. »Darling, o Darling.« Er beugte sich vor und küßte voll Verlangen ihre Brüste. Wieder und wieder glitt seine Zunge über Tinas Brustwarzen, saugten sich seine Lippen an ihnen fest und preßte sich sein feuchter Mund auf das weiche schwellende Fleisch.

Tina wimmerte leise vor Lust, als Riley jetzt seine Hand nach unten über ihren Bauch zwischen ihre Schenkel schob. Zielstrebig gruben sich seine Finger in die Haare, teilten das feuchte Lockengewirr und strichen zart über die seidige Haut, die sich wie ein Blütenkelch unter seinen Berührungen öffnete. Als dann noch sein Mund den gleichen Weg nahm wie zuvor seine Hand und Rileys Zunge einen erregenden Tanz vollführte, da schwanden Tina fast die Sinne. Hemmungslos gab sie sich seinen Liebkosungen hin. Sie stöhnte, sie schrie und keuchte. Sie wollte eins mit Riley sein, sich ihm ganz schenken, mit ihm verschmelzen. In grenzenloser Liebe öffnete sie sich. Ihm allein wollte sie gehören – für jetzt und alle Zeit.

»Jon«, flüsterte sie. »Bitte, Jon, komm zu mir. Ich möchte

dich in mir spüren.« Sie bog sich ihm entgegen und breitete ihre Arme weit aus, um ihn zu empfangen.

Und Riley drang tief in sie ein. »Fühlst du, wie sehr ich dich liebe, Tina?« murmelte er und küßte sie mit einer Leidenschaft, die ihr den Atem nahm.

»Ja«, stieß sie hervor. »Ja, Jon! Ja! Oh, ich liebe dich, ich liebe dich ...«

»Es ist wirklich gelungen.« Tina rekelte sich träge in Rileys Armen.

Er lag erschöpft auf dem Rücken und hielt die Augen geschlossen. »Wieso? Was meinst du damit?« brummte er und seufzte zufrieden.

»Ich werde mich mein Leben lang daran erinnern.«

»Woran?«

Tina zog spielerisch an seinen Brusthaaren.

»Au!« schrie Riley. »Entschuldige. Es war ja nur ein Scherz.« Lachend nahm er sie in seine Arme und küßte sie. »Kannst du mir noch einmal verzeihen?«

»Nein.« Sie schmunzelte, als sie sein erschrockenes Gesicht sah. »Dummkopf!« Sie zauste ihm zärtlich die Haare. »Ich möchte wieder deine Frau sein«, flüsterte sie kaum hörbar. »Und ich möchte zu dir zurückkommen.«

»In unser Haus?«

Sie nickte.

»Und in unser breites Bett?« Er grinste spitzbübisch.

»Und in unser Bett.« Tina strich mit den Fingerspitzen über seine Lippen. »Dorthin vor allem.«

»Und wir bleiben in Zukunft zusammen?«

»Bis an unser Lebensende.«

»Und wie sieht es aus mit Kindern?«

»Wieso fragst du?«

»Nun, als ich gestern dieses Thema mal probehalber angeschnitten habe, bist du nicht gerade begeistert darauf angesprungen.«

»Du machst mir Spaß. Während du dich so ausführlich über Babys ausgelassen hast, hast du mir mein Auto völlig mit Blut vollgekleckert. Außerdem lebten wir gestern noch nicht wieder zusammen.«

»Aber es war nur noch eine Frage der Zeit.«

»Blas dich nicht so auf, mein Lieber. Sonst erzähle ich dir nicht, daß ich ausgerechnet heute vergessen habe, die Pille zu schlucken.«

»So, so. Vergessen. Welch ein Zufall.« Riley zwinkerte Tina verschwörerisch zu. Doch plötzlich wurde seine Miene wieder ernst. »Bist du dir ganz sicher, Tina?« fragte er leise. »Willst du einen neuen Versuch wagen?«

»Ja«, antwortete sie ohne Zögern. »Ja. Riley, ich bin mir sicher. Absolut.«

»Und der Job in L. A.? Ich habe ein verdammt schlechtes Gewissen, falls du wegen mir eine solche Gelegenheit sausen läßt.«

»Ich habe bereits abgelehnt.«

»Du hast schon ... Wieso? Wann?«

»Heute morgen, als du noch schliefst.«

»Aber du ... Warum hast du das nicht gesagt?«

»Wozu? Ich hatte meine Entscheidung getroffen.«

»Und Abel? Wie hat er reagiert? Allzu begeistert wird er wohl nicht gerade gewesen sein.« Es gelang Riley nicht, eine gewisse hämische Schadenfreude zu verbergen.

»Wenn man bedenkt, daß ich ihn noch vor Tagesanbruch aus dem Bett geklingelt habe, dann hat er meine Mitteilung bemerkenswert gelassen aufgenommen. Im ersten Moment war er sogar erfreut, so früh schon von mir zu hören.«

»Das kann ich mir vorstellen. Bestimmt hat er geglaubt, du wärst zu einem Entschluß gekommen.«

»Das bin ich ja auch.« Tina kuschelte sich glücklich in Rileys Arme. »Nur eben nicht in seinem Sinne.« Sie hauchte einen Kuß auf sein Kinn. »Und du? Bist du glücklich, daß du mich wiederhast? Als Ehefrau und als deine Producerin?«

Er räusperte sich umständlich. »Das ... ist schon sehr praktisch – besonders in dem Augenblick, in dem man mir noch einmal eine Show anvertraut.«

Tina starrte ihn an. »Wie? Was? ...« stotterte sie hilflos.

»Unsere kleine Whitney war nicht ganz auf dem neuesten Stand, als sie heute nacht ihre Neuigkeiten herausposaunte. Eins hat ihr Daddy ihr nämlich verschwiegen. Als man mir die Pistole auf die Brust setzte und mir so überaus freundlich riet, dich wieder herzuschaffen, egal mit welchen faulen Tricks, da habe ich den Herren den Kladderadatsch vor die Füße geworfen. Das heißt, ich habe ihnen unmißverständlich deutlich gemacht, daß ich nicht bereit bin, meine Ehe wegen irgendeiner affigen TV-Show aufs Spiel zu setzen.« Er zuckte die Achseln und starrte zur Zimmerdecke hinauf. »Nun sitze ich auf der Straße mit meinem großen Maul ...«

Riley drehte seinen Kopf langsam zu Tina und sah sie an. »Du weinst? Warum? Bist du mir böse?«

Sie schüttelte den Kopf.

»Bist du traurig, weil du nicht länger mit einem TV-Star verheiratet bist?«

Sie lächelte unter Tränen. »O Riley, mir fällt ein Stein vom Herzen. Frag bitte nicht, wieso. Ich liebe dich, ich liebe dich so sehr.«

»Tina.« Er nahm ihre Hand. Lange sahen sie sich an.

»Willst du diesmal tatsächlich ernst machen?«

»Wieso?«

»Komm, Riley, nun tu doch nicht so ahnungslos. Ein gutes dutzendmal mindestens hast du doch schon in einem Wutanfall das Handtuch geworfen – und bist reumütig zurückgekehrt, nachdem deine Wut verraucht war.«

»Der Trick zieht nicht mehr.« Riley lachte spöttisch. »Diesmal habe ich mir den Stuhl zu weit vor die Tür gesetzt.«

Tina lächelte. »Im Gegenteil. Sie werden dir mit einem

fetten neuen Vertrag hinterherlaufen. Ja, ich wette sogar, sie nehmen dich ohne Zögern mit offenen Armen auf, wenn sie erst erfahren, daß du woanders ein tolles Engagement in Aussicht hast.«

Riley spitzte die Lippen und sah sie nachdenklich an. »Was brütest du da für einen raffinierten Plan in deinem klugen Köpfchen aus?«

Tina lachte leise vor sich hin. »Unsere Versöhnung wird sich wie ein Lauffeuer verbreiten. Gleichzeitig wird bekannt, daß ich ein Super-Angebot für ›Front Page‹ habe – na? Fällt der Groschen?«

Riley schwieg.

»Alle Welt wird glauben, Abel Winn nimmt dich ebenfalls unter Vertrag.«

»Ausgerechnet...«

»Aber das weiß niemand.«

»Und wenn es rauskommt...«

»Hat man uns längst einen neuen Vertrag gegeben.«

»Donnerwetter! Welch hinterhältiger Schachzug!« Sie lachten übermütig wie zwei Kinder, die einen Streich ausgeheckt haben. »Und wenn unser Trick nicht klappt?«

Tina zuckte die Achseln. »Dann fangen wir irgend etwas anderes an. Irgend etwas, das mit Fernsehen nichts zu tun hat.«

»Solch ein großes Vertrauen setzt du in mich?«

»In uns beide, Riley.« Sie sah ihm in die Augen. »Ich habe dich in einem Anfall von kindischem Trotz verlassen«, bekannte sie mit leiser Stimme. »Heute ärgere ich mich über meine Dummheit. Ich weiß jetzt, was es heißt, jemanden bedingungslos zu lieben.«

»Komm her«, brummte er und zog sie an sich. »Wenn wir jetzt anfangen, uns all unsere Fehler einzugestehen und gegeneinander aufzuwiegen, dann sind wir heute abend noch nicht fertig. Laß uns die kostbare Zeit lieber besser nutzen.«

Ein langer, inniger Kuß besiegelte ihre wiedererwachte Liebe, eine Liebe, die tiefer und reifer war als zuvor.

»Und wozu wollen wir die kostbare Zeit nutzen?« fragte Tina gedehnt und rollte sich auf ihn.

»Nun, zum Beispiel, um etwas zu essen.«

Sie rutschte nach unten. Ihre Zunge umkreiste Rileys Brustwarzen, und er zog geräuschvoll den Atem ein. »Ich habe... oh... das Sandwich von gestern abend nicht... Tina... nicht...«

»Hmm?« Tinas Zunge bohrte sich in seinen Nabel.

»Das Schinkensandwich meine ich... ich habe es nicht mal... aufgegessen. Ich... Tina... Tina?« Er stöhnte auf.

»Ja-a?«

»Was muß ich tun... oh... Tina... um... ja, das ist gut, ja... um bei dir ein Frühstück zu bekommen?«

»Dreimal darfst du raten.« Aufreizend langsam ließ sie sich auf Riley nieder. »Das erste Frühstück nehmen wir jedenfalls schon mal im Bett ein. Danach werden wir weitersehen...«

Weltbild Buchverlag – Originalausgaben –
Genehmigte Lizenzausgabe 2007 für
Verlagsgruppe Weltbild GmbH,
Steinerne Furt 67, 86167 Augsburg

Projektleitung: Dr. Ulrike Strerath-Bolz
Übersetzung: Irene Paetzold (Diese unendliche Zärtlichkeit)
Edith Reisch (Manche mögen's immer wieder)
Umschlaggestaltung: Hauptmann & Kompanie
Werbeagentur GmbH, München
Umschlagabbildung: © Fotostudio FM/zefa/Corbis (Gesicht);
© Getty Images (Guy Edwardes, Landschaft)
Satz: Uhl und Massopust GmbH, Aalen
Druck und Bindung: GGP Media GmbH, Pößneck

Gedruckt auf chlorfrei gebleichtem Papier

ISBN 978-3-89897-540-4